aufbau taschenbuch
AUFBAU VERLAGSGRUPPE

STEFFEN MENSCHING, 1958 in Berlin geboren, 1977 Abitur, 1979 redaktioneller Mitarbeiter der Zeitschrift »Temperamente«, Studium der Kulturwissenschaft an der Humboldt-Universität Berlin. Seit 1983 freiberuflich als Autor, Schauspieler, Regisseur. Er lebt in Berlin.

Publikationen: Poesiealbum 146 (1976); Erinnerung an eine Milchglasscheibe (Gedichte, 1984); Tuchfühlung (Gedichte, 1986); Pygmalion – ein verloren geglaubter dubioser Kolportage-Roman aus den späten 80er Jahren, entschlüsselt und herausgegeben von Steffen Mensching (1991, überarb. Fassung AtV 2005), Allerletztes aus der Da Da eR (Textbücher, zusammen mit Hans-Eckardt Wenzel), Berliner Elegien (Gedichte, 1995), Stuwwelpeter neu erzählte (1995); Quijotes letzter Auszug (Stück, 2001); Jacobs Leiter (2003, AtV 2004); Lustigs Flucht (Roman, 2005); Mit Haar und Haut. Xenien für X (Liebesgedichte, 2006)

Herausgabe: Rudolf Leonhard: In derselben Nacht. Das Traumbuch des Exils (Aufbau-Verlag, 2001).

Soloabende: »One Man Show Down« (1999),; Amok (2001.

Film: Letztes aus der Da Da eR (zusammen mit Hans-Eckardt Wenzel, 1991).

Diverse Clownsabende gemeinsam mit Hans-Eckardt Wenzel, Übersetzungen, Inszenierungen.

»Vordergründig ist ›Lustigs Flucht‹ die komische Geschichte eines als Reise getarnten Rückzugs. Hintergründig jedoch erzählt Steffen Mensching von der Unvereinbarkeit des totalen TV-Irrsinns mit kulturellen Werten.«

Brigitte

»Natürlich übt, wie nicht anders zu erwarten, Mensching allerhand Kritik an der heutigen Profit-, Spaß- und Mediengesellschaft und an der vergangenen DDR.«

Lausitzer Rundschau

»Steffen Mensching inszeniert Bruder Lustigs Selbstbehauptungskämpfe als Satire auf die juxende Event-Kultur. Sein böser Blick auf den Kulturbetrieb ist von wohltuend respektlosem Zorn.«

Norddeutscher Rundfunk NDR

»... mit skurrilen Einfällen und großem Sprachwitz.«

Kieler Nachrichten

Steffen Mensching

Lustigs Flucht

Roman

Aufbau Taschenbuch Verlag

ISBN 978-3-7466-2305-4

Aufbau Taschenbuch ist eine Marke
der Aufbau Verlagsgruppe GmbH

1. Auflage 2007
© Aufbau Verlagsgruppe GmbH, Berlin
© Aufbau-Verlag GmbH, Berlin 2005
Umschlaggestaltung
Dagmar und Torsten Lemme, Berlin
unter Verwendung eines Fotos von getty images
Druck und Binden C. H. Beck, Nördlingen
Printed in Germany

www.aufbau-taschenbuch.de

Ist nicht alles Flucht um mich herum?

Friedrich Schiller, Das philosophische Gespräch aus dem Geisterseher

Wäre mein Leben ein Roman, ich würde ihn nicht lesen. Die Maxime stammt nicht, wie man vermuten könnte, aus der Feder des Antisthenes, des Kynikers, sondern von mir selbst, jahrelang diente sie meinem Tagebuch als Motto. Ich zitiere sie nicht, um meine poetische Ader zu demonstrieren, sondern in der Absicht, übersteigerte Erwartungen zu zügeln. Der Text wird künftigen Lesern einige Geduld abverlangen. Heute, da ich mit den Aufzeichnungen beginne, schreiben wir den 6. Cervantes des Jahres 44 oder (um es in herkömmlicher Manier zu sagen) den 6. April des Jahres 2004. Das Zusammenfallen der numerischen Tagesdaten ist reiner Zufall und eine Folge des diesjährigen Schaltjahrs.

8. Baudelaire bis 1. Goethe 44
(19. bis 22. März 2004)

Der letzte normale Tag (insofern man gewillt ist, die jetzigen Tage als aus der Norm geratene zu betrachten) war der 8. Baudelaire bzw. der 19. März, in jedem Fall ein Freitag. Ich hatte mich nach dem letzten Zerwürfnis von T. getrennt, das gemeinsame Quartier gemieden und mich in die Arbeitswohnung in der Straßmannstraße zurückgezogen, die ich von F., einem Studenten der Politikwissenschaft (zur Zeit im Ausland), für ein halbes Jahr gemietet hatte, um dort mein Buch fertigzustellen. Der angehende Meinungsforscher war mit T. in die gleiche Oberschulklasse gegangen. Beide verband, nach den Worten meiner Geliebten, von der ich im Augenblick nicht wußte, ob sie es noch war, eine rein platonische Beziehung. (Falls es so etwas zwischen

Mann und Frau geben sollte, woran ich persönlich nicht glaube.)

Seit Tagen hielt sich der Himmel über Berlin preußischgrau bedeckt. Wolken, Schauer, Nebeldunst. Kein Wetter für Melancholiker, Menschen in Beziehungskrisen und Männer ab Vierzig. Ich durfte mich, Maximalist, der ich bin, getrost unter alle drei Rubriken einordnen.

An jenem Abend ging ich, um dem Nieselregen zu entfliehen, in ein Kino am Alexanderplatz. Einer von diesen neuen Glaspalästen mit Popcorn und zu kleinen Damentoiletten. Dort war ich zuvor nie gewesen, das Haus gehörte nicht zu den von T. und mir favorisierten Filmtheatern. Ebendeshalb ging ich dorthin. Ich hatte keine Lust, ihr über den Weg zu laufen. Der Film, den ich sah, war, soweit ich mich erinnere, ein amerikanischer Film, eine Aussage, die nicht viel aussagt, sind heutzutage doch die meisten Filme amerikanische Filme, einschließlich derer, die in Europa und Asien gedreht und produziert werden, wenn Sie verstehen, was ich damit meine. Ich erinnere mich nur weniger Details. Nach einer Viertelstunde registrierte ich die Überlänge des Werks. Robert Redford spielte das Opfer. Er war in den letzten Jahren alt geworden, viel älter als Alain Delon.

Nach dem Kino wollte ich mit der S-Bahn bis zur Warschauer Brücke fahren (T.s Nähe suchend, was sonst?, ein Fakt, um den ich wußte, ohne ihn mir einzugestehen), mit der Straßenbahn wäre ich schneller an dem Ort gewesen, den ich nicht mein Zuhause nennen mochte. Bahnhof Alexanderplatz hing ein Großplakat, eine Pizzascheibe von drei Meter Durchmesser, belegt mit Blattspinat. Die gigantische grüne Freßfläche zog mich magisch an. Ich konnte den Blick nicht abwenden, ließ einen S-Bahnzug abfahren, einen zweiten, stand wie festgenagelt vor dem Poster. Obwohl nicht hungrig, bemerkte ich einsetzenden Speichelfluß (wie der Pawlowsche Hund). Der Designer, der sein Signum in die untere rechte Ecke des Plakats gesetzt hatte, verdiente

Respekt. Um seinen Namen lesen zu können, trat ich näher an die Werbewand. ® *Rüdiger Mercks, Düsseldorf*. In der Absicht, ihn mir einzuprägen, errichtete ich eine Eselsbrücke, die von einem Arzneimittelkonzern zum Darmstädter Brieffreund Goethes, Kriegsrat und Kritiker, führte und von einem belgischen Radprofi namens Eddy überquert wurde. Den Blick hebend, starrte ich direkt in die Spinatmasse. Augenblicklich wurde der Appetit von Ekel verdrängt. Mir wurde übel. Ungefilterte Nähe sah des Herrn Mercks Werbestrategie nicht vor. Mein einziger Gedanke im Angesicht des grün-gelben, schaumigen Schleims: Wer so etwas ißt, muß verrückt sein.

Nachdem ich mich auf einer Rasenfläche unweit des Fernsehturms von meinem akuten Unwohlsein befreit hatte, fuhr ich mit der Straßenbahn (die absurderweise erst nach dem Abzug der Russen zur *Tram* wurde) in den Friedrichshain. Die Wohnung des Studenten fungierte wie eine Art Hotel. Kein Gesicht war mir bekannt, nie begegnete mir jemand auf der Treppe, ab und zu bemerkte ich Gerüche, Haschisch, angebrannten Kohl, Parfüm, nachts, am Wochenende zumeist, dröhnte Musik über den Hof, Musik, die ich nicht kannte, nicht mochte. Ein Zeichen, daß die meisten Mieter junge Leute sind. (Ein Bewohner hört, ob aus Protest oder Leidenschaft blieb mir bislang verschlossen, deutsche Countrymusik, der Mann ist, glaube ich, arbeitsloser Fernfahrer, dem der Alkohol zum Verhängnis wurde.) So wie ich mit keinem Menschen bekannt war, kannte mich niemand. Anonymität, die ich schätzte. Mein Name stand weder am Briefkasten noch an der Wohnungstür, nur ausgewählte Freunde besaßen die Anschrift oder Telefonnummer. Der Entschluß, die Arbeitswohnung nicht mehr zu verlassen, war nicht geplant. (So wie ich grundsätzlich, wenn die Bemerkung erlaubt ist, nicht zu vorsätzlichen Taten neige. Ich lasse die Dinge gern auf mich zukommen, reagiere, statt zu agieren, eine Bequemlichkeit, die T., meine Geliebte, nicht müde wird mir vorzuwerfen.)

Anfänglich weigerte ich mich, die selbst auferlegte Isolation beim Namen zu nennen: Rückzug in die Höhle. Ich erfand für die Lethargie eine Palette von Gründen: Frühjahrsmüdigkeit, die Magenverstimmung durch ein Pizza-Plakat (eine Lebensmittelvergiftung durch bloße *Anschauung*, ein Meisterstück der Einfühlung), pochender Gelenkschmerz im Knie. Angeblich, so redete ich mir ein, fesselte mich das Regenwetter ans Zimmer, die Vorstellung, Bekannten zu begegnen, bremste den Impuls, ins Kino zu gehen (das Angebot von Filmen, die man nicht gesehen haben mußte, war in den ersten zehn Monaten des Jahres 44 überwältigend). Ich behauptete, der streikende Rechner ließe mich nicht los und, vor allem, mein vermaledeites, mich zum Wahnsinn treibendes Buch. Niemand da draußen vermißte dieses Buch, wie mein Verleger treffend festgestellt hatte, um gleich anzufügen: »Und wir drucken es trotzdem!« Also brauchte ich nur die Verbindung zur Außenwelt abzubrechen, um es schreiben zu können.

Obwohl ich ungern davon spreche, werde ich wohl nicht umhinkommen, es zu tun, da besagtes Buch (oder Buchprojekt, denn der Text blieb ja bislang Fragment) in dieser Geschichte eine gewisse Rolle spielt. (Es ist strukturell der Titelfigur des Stückes *En attendant Godot* vergleichbar, es wird beständig erwähnt, aber erscheint nie.) Bevor man über meine Profession in sinnlose Mutmaßungen verfällt: Ich bin ausgebildeter Germanist und Literaturhistoriker, habe 1987 promoviert (*Hellas in Weimar, das Griechenbild bei Wieland und Schiller*, ein Exemplar der Arbeit dürfte in der Universitätsbibliothek zur Ausleihe liegen), arbeitete einige Zeit als wissenschaftlicher Assistent an der Fakultät, bis ich diese 1993 (auf eigenen Wunsch) verließ. Seitdem führte ich eine ebenso vielseitige wie unsichere Existenz, in der freie Lehrtätigkeit, Publizistik, Auftritte als Alleinunterhalter (der Ausdruck trifft es, der einzige, der an der Sache Spaß hatte, war ich selbst) und Arbeitslosigkeit abwechselten. Ich veröffentlichte mehrere Biographien, so zu Herder, Jochmann und Iffland, sowie ein Kinderbuch über Goethe (*Der dicke Herr Geheimrat ist verschnupft*). Mit der Idee, eine neue Schiller-Biographie zu verfassen, ging ich seit meinem Studium schwanger, da ich in jener Zeit das zweifelhafte Vergnügen hatte, alle vorhandenen lesen und vergleichen zu müssen. Von Thomas Carlyle, Palleske, Jacob Minor bis Middell, kaum ein Werk habe ich ausgelassen, auch Neuerscheinungen der letzten Jahre nahm ich, obwohl nicht mehr im akademischen Betrieb, mit der mir anhaftenden Neigung zur Gründlichkeit zur Kenntnis. Ohne die Leistungen anderer Kollegen geringschätzen zu wollen, muß ich gestehen, daß mich alle Bücher unbefriedigt ließen, meine Vorstellung, mein inneres Bild des verehrten (und irgendwo auch verachteten) Genius wurde in keinem Porträt getroffen, ein Unbehagen, das ja nicht selten zum Impuls für neue Texte wird.

1. Goethe 44 (22. März 2004)

In jener Nacht versuchte ich den Computer flottzumachen. Ich öffnete das *Basic Input Output System* und tastete mich wie ein Blinder durch das Labyrinth der Anweisungen. Die Menschen waren fähig, hochkomplexe Maschinen herzustellen, und nicht in der Lage, Handbücher zu schreiben, die man ohne Experten verstehen konnte. Bei heruntergelassenen Jalousien, im Lichtkegel der Schreibtischlampe sitzend, betrachtete ich meinen nackten Körper, die Falte über dem Bauchnabel, die festen Oberschenkel, die Narbe am Knie. Schlaff hing der Schwanz zwischen den Schenkeln. Der Anblick meines Gliedes und die Tastatur des Rechners paßten nicht zusammen, zwei Welten, zwischen denen eine unsichtbare, aber deutliche Grenze verlief.

Nach meiner Rechnung blieben mir etwa noch 9 000 Tage (900 Monate nach dem *Lustigen Kalender*, nach dem ernsten *Gregorianischen* nur 300). Gesetzt, ich würde so alt werden wie Vater. Genetische Planspiele. Hatte ich tatsächlich gesünder gelebt als er? Wir waren beide, bis zum dreißigsten Lebensjahr, starke Raucher gewesen, Vater hatte mehr Streß im Beruf, Verantwortung, wenig Schlaf, Querelen mit der Betriebsleitung, ich neigte dazu, alles in mich hineinzufressen, Ärger, Konflikte, Krisen, Frauengeschichten. Starrköpfig waren wir beide. Auf meiner Habenseite stand regelmäßige Ernährung, auf der seinen gesündere Lebensmittel. Der Kriegsgeneration war es gelungen, sich durch Brennesseln, Sauerampfer und den Dreck aus den Straßengräben der Hungerjahre ein Reservoir an Abwehrstoffen anzufressen, gegen das meine Generation mit all ihren Vitaminpillen und Antibiotika nicht ankam. Ich war froh, als Krabbelkind Sand im Buddelkasten geschluckt zu haben, dadurch blieb ich wenigstens von endogenen Ekzemen verschont. 9 000 Tage. Ein lächerlich dünnes Konto. Um so mehr, als die letzten Jahre kaum als vollwertige mitzuzählen waren, Tage, wo man nicht mehr vögeln konnte, wo man nach zwei Schnäpsen betrunken war, nach zwei Stunden Fahrradfahren am Rand der Erschöpfung, Tage im Liegestuhl, Lehnstuhl, Rollstuhl. Auf dem schwarzen Monitor erschien die Mitteilung *Befehl oder Dateiname falsch*. Eine kryptische Botschaft. Während der Rechner Arbeitsgeräusche von sich gab, verfolgte ich das Flußnetz der blauen Adern unter der dünnen Haut meines Gliedes. Ein einsamer Mann, Mitte Vierzig, der seinen Schwanz betrachtet, an was anderes konnte der denken als an den Tod?

Übrigens, wie wenig verläßlich Voraussagen über die Lebenserwartung sind, die auf vergleichender Familienstatistik beruhen, bewies der *Alte*, der in dem Zusammenhang diesen Titel kaum verdient, wurde er doch gerade mal fünfundvierzig Jahre alt. Sein Vater, Johann Caspar, schaffte es immerhin bis auf zweiundsechzig Jahre, die Mutter, Elisabeth Dorothea, geborene Kodweiß, wurde fast siebzig und seine Großmutter sogar stolze einundachtzig, was im 18. Jahrhundert durchaus ein biblisches Alter genannt werden darf. Und das Leben des Dichters war nicht nur kurz, sondern zu allem Überfluß auch noch reich an Leiden. (Sein zeitgenössischer Kollege Gottfried August Bürger – Vater des unsterblichen Lügenbarons von Münchhausen – erfand nach dem Zerwürfnis von 1791 für Schiller den Spottnamen *Kranker Uhu*.)

Ich schwamm durch das Zimmer wie ein Fisch im Aquarium, kannte jede Ecke, wußte, wie viele Schritte, Flossenschläge, ich vom Schrank bis zum Fenster benötigte, wußte, meine Entscheidung entbehrte jedweder Logik. Ich war nicht eingeschlossen, hatte mich vor niemandem zu verbergen, ich war frei.

Wer eine alte Geschichte beenden oder eine neue beginnen will, sollte, wenn ihn Unsicherheit ergreift, wie die Sache anzufangen ist, zunächst einen neuen Kalender einführen. So haben es Julius Cäsar gehandhabt, Papst Gregor XIII., die Jakobiner und sogar, wenn auch halbherzig, die Bolschewiki in St. Petersburg. Warum sollte die Methode nicht auch für mich passen? Ich mußte, daran war nicht zu rütteln, von 365 Tagen und ein paar Stunden ausgehen. Da ich mathematisch eine ziemliche Null bin – ein Satz, der einen gewissen Hintersinn verrät –, favorisierte ich das ins historische Abseits geratene Dezimalsystem, 36 Monate à 10 Tage, zuzüglich einer fünftägigen sogenannten *Sonderperiode* (SP), die in jährlichem Wechsel einen eigenen, nie wiederholten Namen tragen sollte, so wie es das Jahr der Schleiereule gab, das der Rotbuche usw. An diese Festwoche verschwendete ich noch keine Gedanken. Die *SP* lag, da ich, was den Jahresanfang oder das Jahresende anbetraf, keine neue Zäsur anstrebte und eine Orientierung am Jüdischen Kalender aus historischem Feingefühl ausschloß, logischerweise am Ende des ehemals Dezember genannten Monats und also, da es gerade Frühling wurde, nach jeglicher Zeitrechnung in einiger Ferne. Nun war es relativ einfach, für ein Jahr 36 Monate zu bestimmen, doch mit der Entscheidung, wie man sie kennzeichnet, stellte sich einem die Frage nach Ideologie und Programm. Als Literaturhistoriker hatte ich im Grunde von nicht viel mehr als Büchern eine Ahnung, und so entschied ich mich, der Not gehorchend, diese Kenntnis in Anwendung zu bringen, indem ich eine Liste meiner Lieblingsautoren notierte, mit der Einschränkung, daß alle sechsunddreißig Wahlmänner – die Majorität war in der Tat maskulin – vor Beginn des 20. Jahrhunderts in Erscheinung getreten und gestorben sein sollten. Meine Zeitrechnung nannte ich den *Lustigen Kalender*, was nicht bedeuten soll, ich würde die Sache nicht ernst nehmen. Da ich so unbescheiden war, die Agenda nach mir zu taufen, möchte ich die Gelegenheit nutzen, mich vorzustellen.

Wo immer ich meinen Namen nannte, erntete ich Gelächter. Als ich dreizehn Jahre alt war, kam mir die Idee, aus der Not eine Tugend zu machen und meinen ungewöhnlichen Namen in entsprechend origineller Manier zu präsentieren. Auf die Frage: Wie heißt du denn, Kleiner?, gab ich lässig die Antwort: Ernst wie Lustig. Meist wurde der Spruch mit einem Lächeln quittiert. Ein aufgewecktes Bürschchen. Je größer das erzeugte Vergnügen war, desto deutlicher wurde die Verärgerung, wenn ich, nach dem Nachnamen gefragt, den Faden weiterspann und replizierte: Lustig wie Ernst. Nie hat sich ein Erwachsener, wenn sich herausstellte, daß ich zwar naseweis geantwortet, jedoch nicht gelogen hatte, also zu Unrecht vorsätzlicher Frechheit bezichtigt worden war, für seine Grobheiten bei mir entschuldigt, immer erwartete man Entschuldigungen von mir. Frühe Kränkungen hinterlassen oft prägende Folgen. Eine hieß: Skepsis.

Ich hatte einen Kalender entworfen und endlich, nach drei gescheiterten Versuchen, das Betriebssystem neu installiert, wußte aber nicht, auf welche Leistung ich stolzer sein sollte. Ein Fachmann würde die Startbefehle, nach denen ich acht Stunden suchte, in wenigen Minuten eingegeben haben. Ich schaltete den Monitor aus und den Fernseher ein, eine Angewohnheit von T. Sie litt an Schlafstörungen, konnte nur einschlafen, wenn Fernsehlicht durch den Raum zuckte. (Der Gedanke an ihr schlafendes Katzengesicht war peinigend.)

Sechs Uhr am Morgen. Im Hinterhof zwitscherten frühe Vögel, auf dem Teleshoppingkanal zeigte ein schmieriger Moderator ein Massagegerät, das den Speckgürtel am Bauch schrumpfen ließ, ohne daß man sich bewegen mußte. Der wolkenlose Himmel zeigte an, dieser 1. Goethe hatte Chancen, das zu werden, was man früher einen schönen Märztag nannte: mittlere Tagestemperatur zehn Grad. (Für einen Augenblick war ich geneigt, den Monat Goethe in Lenz umzutaufen. Doch paßte der froststarre Jakob Michael nicht ebensogut zu den ersten Tagen des Wonnemonats Mai? Ich ließ alles beim alten, man sollte, selbst wenn man die Macht dazu hat, die Zeitläufe nicht nach Lust und Laune korrigieren.) Mit einem behaglichen Gefühl legte ich mich auf die Couch, ein kleiner Junge mit Hausarrest (der seine Strafe genießt), und drehte mich auf die Seite.

Nach gründlicher Überlegung habe ich mich entschieden, sämtliche Mitglieder des Lustig-Clans mit ihren vollständigen Namen durch diese Aufzeichnungen geistern zu lassen, während andere Akteure, aus Gründen der Wahrung von

Persönlichkeitsrechten, abgekürzt oder mit Pseudonym erscheinen. Wir waren fünf Kinder: Monika, Erika, Petra, Liane und ich. Unsere Mutter, Helene, genannt *die spröde Helena*, war eine energische, humorvolle Person, die ihre polnischen Wurzeln – sie stammte aus Westpreußen und war eine geborene Kapuczinsky – unter der Maske von Strenge zu verbergen suchte. Anders wäre sie auch kaum mit uns klargekommen, denn unser Vater, Paul Lustig, vertrat, obzwar ein gutmütiger, großzügiger, liebevoller Mensch, die altmodische, aber bequeme Ansicht, daß sich der Teil, den ein Mann an der Hausarbeit zu leisten habe, auf das Kohlenholen beschränke. Liane, meine Lieblingsschwester, hatte also gewisse Gründe, als sie in ihrer Pubertät begann, von ihrem Papa als *Pascha* zu sprechen. Dabei war Vater Lustig – mein genaues Gegenteil – von kräftiger Statur und ein Mann, der mit seinen Händen umzugehen wußte. Er war Stellwerker. Es gibt Leute, die bei der Eisenbahn arbeiten, und es gibt Eisenbahner, war der Leitspruch meines Vaters, für die einen ist es ein Broterwerb, für die andern ist es eine Passion. Ihn im 18. Jahrhundert zu denken war mir stets ein Ding der Unmöglichkeit. Gelegentlich vermutete ich, seine Leidenschaft für Schienen und Züge hätte mir meinen Arbeitsgegenstand aufgezwungen, mich an einen Mann gebunden, der vom Lokomotivwesen vollkommen unberührt blieb. (Goethe verpaßte nur knapp die deutsche Jungfernfahrt zwischen Nürnberg und Fürth, Schiller hingegen blieb durch seinen frühen Tod vor den Folgen der industriellen Revolution verschont, er starb gewissermaßen im Sattel, als hustender Cowboy und Favorit der Postkutschen.)

Als Erika, ein munteres, wenn auch nicht besonders hübsches Geschöpf, das jeden Morgen, sommers wie winters, bei geöffnetem Fenster Gymnastik getrieben hatte, im Alter von dreiundzwanzig Jahren an Herzversagen starb – eine Schwäche, die in unserer Familie, soweit darüber Berichte vorlagen, zuvor nicht existierte –, schien mir dies Verhängnis Antwort zu geben auf die Frage, warum meine Eltern nach ihrer Geburt die Produktion nicht eingestellt hatten und drei weitere Sipplinge folgen ließen. Vielleicht gab ein geheimer Instinkt den Frauen ein, wie viele Früchte sie in die Welt setzen mußten, damit der Stamm Bestand haben könnte? Doch hielt ich eine andere Begründung für naheliegender. Stets hatte ich Vater im Verdacht, die Triebkraft des Kinderreichtums gewesen zu sein. Es lag ihm, wie ich glaube, nicht übermäßig viel daran, die männliche Linie seines Geschlechts sich fortpflanzen zu sehen (sein Bruder, Onkel Werner, hatte immerhin für drei stramme Burschen gesorgt), noch kümmerte ihn die Bewahrung unseres Familiennamens (auch hier hatte der Onkel die Nase vorn), es ging ihm einzig darum, der Welt einen Zugbegleiter, Stellwerker oder Lokführer zu schenken, der meinen absurden Namen trug. Wie sich in seinem Kopf die fixe Idee hatte festsetzen können, ist unbekannt, Fakt ist, der Spleen war dort und stachelte ihn an. Ein Name braucht ein Vehikel, das ihn transportiert. Dafür brauchte er mich. So bestieg er – die Verwandtschaft mag mir das derbe Bild verzeihen – allabendlich meine Mutter und pumpte seine Erbanlagen in ihren Leib, in der Hoffnung, einen maskulinen Sproß zu zeugen, den er nach seinem Gusto taufen konnte. Bis es soweit war, mußte meine arme Mutter jedoch Petra und Liane austragen, zwei Schwestern, die auch mit häßlichen Vornamen gestraft waren, die jedoch im Gegensatz zu meinem noch charmant genannt werden konnten. Zu meinem Namen gab es nie eine Alternative, weder Martin noch Peter oder Olaf wurde eine Sekunde lang in Erwägung gezogen. Schon als Monika, die Erstgeburt, sich ankündigte und niemand ahnte, daß die kleine Frucht sich anschickte, ein Fötzchen zu werden, stand fest, daß der neue Mensch, falls er einen Pimmel haben würde, Ernst heißen sollte. Dieser Starrsinn, diese verbissene Wut, einen Witz zu reißen, paßte im Grunde nicht zu einem deutschen Eisenbahner. Humor war nicht Vaters Stärke. Logik, Pünktlichkeit, Ordnung waren die drei tragenden Säulen seines Weltbilds. Er war ein trockener Mann. Nur mit mir erlaubte er sich seinen Schabernack. Wie sollte man es sonst nennen, wenn jemand, an dessen Klingelbrett der Name Paul Lustig stand, sein eigen Fleisch und Blut unter dem Vornamen Ernst ins Geburtsregister des Standesamtes Berlin-Niederschönhausen eintragen ließ?

Meine Mutter, eine kleinwüchsige Frau, hatte ihre Größe durch Beweglichkeit kompensiert. Ich, der ich für die kurzen Distanzen nie ein besonderes Talent, geschweige denn Neigung gezeigt habe, während ich Zähigkeit auf den Langstrecken bewies, mußte mir im Sportunterricht oft den Vorwurf anhören: Wenn du doch nur halb so schnell wärst wie deine Mutter. Sie war eine stadtbezirksbekannte Schnellgeherin. Gelegentlich fuhren kleine Jungen auf Minirädern mit ihr um die Wette, selten gelang es einem, sie zu bezwingen. Ihre Sportlichkeit war allerdings auf festen Grund beschränkt, sobald sie sich ins Wasser vorwagte, wurde sie unsicher und langsam. Trotz zahlreicher Versuche meines Vaters und der Schwestern, sie zu unterrichten, schaffte sie es nie, richtig schwimmen zu lernen. Ich selbst unterdrückte die Trainerambitionen, wußte ich doch, daß Mutter ohnehin der Meinung war, ich lebte in dem Bewußtsein, alles besser zu können als sie. Ihr berufliches Leben blieb mir, ehrlich gesagt, ewig ein Rätsel. Sie arbeitete halbtags, von acht Uhr morgens bis zwei, was noch immer keine schlechte Leistung war für eine Frau von ein Meter vierzig, die fünf Kinder und einen Mann versorgen mußte, der gegen sechs Uhr am Abend von der Arbeit kam und dann nichts Wichtigeres zu tun hatte, als die Zeitung zu lesen oder sich die Fingernägel zu schneiden. Er setzte sich zu diesem Zweck auf den Balkon, der auf die Straßenkreuzung und die U-Bahnstrecke hinausging. Er nannte dies: *Meine Ruhe haben*. Tatsächlich hätte ich mich mit heißem Öl übergießen oder mit dem glühenden Bügeleisen verbrennen können, mein Vater würde weiter in seinem leinenen Liegestuhl lümmeln, den er im Sommer mit an den Strand zu nehmen pflegte, und Gott einen lieben Mann sein lassen. Der Lärm der Straßenbahnen, U-Bahnzüge, Autos und Menschenmassen, die über den Bürgersteig hasteten, würden meine Schmerzensschreie übertönen. Diese tägliche Session dauerte eine gute halbe Stunde, in der Mutter und ihren vier weiblichen Gehilfinnen die Möglichkeit gewährt wurde, den Abendbrottisch zu decken, Tomaten zu schneiden, Eier zu kochen und Tee zu bereiten. Es gab in meiner Familie nicht wenige Zeremonien, doch die Abendbrot-Zeremonie stellte alle anderen in den Schatten.

Noch heute achte ich, der ich ein unregelmäßiges, müßiges, ja chaotisches Leben führe, peinlich genau darauf, wenigstens am Abend ein wenig feste Nahrung zu mir zu nehmen und ein Glas heißen Tees zu trinken. Der Glaube, die Fesseln der Vergangenheit gelöst zu haben, ist eine schöne Illusion. Dies bemerke ich jedesmal, wenn ich eine Tomate aufschneide. Dann ist mir für einen Augenblick so, als könnte ich kaum über die Tischkante schauen, und ich sehe durch das Teeglas, in dem der Löffel einen Knick macht, das fröhliche Gesicht meines Vaters, der sich die Hände reibt und nach einer Scheibe Brot langt. Wenn ich die Tomate dann koste, weiß ich wieder, daß sich die Zeiten geändert haben.

Zurück zu meiner Mutter. Wie gesagt, was sie beruflich tat, wurde mir nie klar. Angeblich war sie in der Buchhaltung beschäftigt. Doch schienen mir ihre mathematischen Fähigkeiten eher kläglich. Jahre später, nach dem Fall der Mauer, als alle Welt in der Hysterie lebte, jeder, ob Ehemann, Chef, Tanzpartner, Nachbar, sei ein Spitzel gewesen, litt ich eine kurze Zeit unter dem Verdacht, meine Mutter könnte, weil sie nie über ihre Arbeit gesprochen hatte, für das Ministerium gearbeitet haben. Ich kam mir lächerlich vor, als ich sie eines Abends fragte, ob auch ein Mitglied unserer Familie eine Nebenbeschäftigung bei der *Firma* unterhalten habe.

»Wenn du nicht dabeigewesen bist«, sagte Mutter, »war es niemand.« Die Antwort bestärkte mich in der Überzeugung, daß der Lustig-Clan in vielfacher Hinsicht nicht dem gesellschaftlichen Durchschnitt entsprach.

Es wurde in meiner Familie oft von meiner Geburt gesprochen, wohl, weil das freudige Ereignis mit einiger Unruhe verbunden war. Ich kam – in früher Abgrenzung zu meinen Schwestern, die sich alle zum vorhergesehenen Zeitpunkt einstellten – mit zweiwöchiger Verspätung auf die Welt, ein Umstand, der meinen Vater echauffierte. Nicht, weil er fürchtete, meine junge Gesundheit könnte Schaden nehmen oder die seiner Frau, meiner tapferen Mutter, die sich weigerte, einen Kaiserschnitt durchführen zu lassen, mit der Begründung, dann wäre ja der zweiteilige Badeanzug, den ihr Schwager aus dem Westen geschickt hatte, völlig nutzlos, nie könne sie sich mit einer armlangen Narbe am Strandbad Müggelsee sehen lassen, ein Argument, das die Hebamme verstand und dem diensthabenden Arzt nahebrachte. Bereits auf der Entbindungsstation sorgte sich Vater um die berufliche Zukunft seines Sohnes. Er war überzeugt, der fünfte Sproß würde der lang erwartete Stammhalter sein, der ihm später in seiner Profession folgen sollte. Doch zu den Tugenden, die er dafür benötigte, gehörte, jedenfalls nach meines Vaters Überzeugung, absolute Pünktlichkeit. Er stand also am Wochenbett meiner Mutter, die im Krankenhaus unter medizinischer Beobachtung auf die Wehen wartete, und klagte, ein Junge, der ganze vierzehn Tage Verspätung hätte, könne doch unmöglich Eisenbahner werden.

»Aber wieso?« soll meine Mutter entgegnet haben, »zum Reichsbahner ist er doch damit bestens empfohlen.«

Diese Spitze bewirkte, daß das Ehepaar erst wieder miteinander redete, als Mutter abgestillt hatte, nach einem guten Dreivierteljahr. Mir wurde die Geschichte so oft erzählt, daß ich bereits als Dreijähriger die Uhr zu lesen verstand und mich seit frühester Jugend einer an Kleinlichkeit grenzenden Pünktlichkeit befleißigte, als wollte ich eine Schuld abtragen. Die Ironie des Schicksals machte hingegen meine Schwestern zu typischen Vertreterinnen ihres Geschlechts, die nie eine Verabredung einhielten. Obwohl weit davon entfernt, alle meine Marotten und Schwächen auf elterliche Erziehungsfehler abwälzen zu wollen, glaube ich nicht zu übertreiben, wenn ich behaupte, Vaters Erwartungen hätten mich von Geburt an überfordert. Nach vier Töchtern geriet ich als winziger Mann in seine Eisenbahnerhände, die augenblicks begannen, mich nach seinem Bilde zu formen. Noch als Säugling wurde mir – bildlich gesprochen – eine Schaffnermütze über die offene Epiphyse gestülpt und eine eiskalte, verchromte Trillerpfeife als Nuckelersatz in den Mund gesteckt. Ab dem vierten Lebensjahr durfte ich jeden Abend, auf einem Hocker stehend, seine dunkelblaue Reichsbahnerjacke abbürsten. (Seitdem verachte ich Uniformen und alles, was an sie erinnert.)

Das Schlagen eines Preßlufthammers zerriß den Traum, den ich, kaum erwacht, vergessen hatte. Ein Arbeiter im Turnhemd, ein südländischer Typ mit stark behaarter Brust, war neben den Mülltonnen im Hof damit beschäftigt, den Betonboden aufzubrechen. Ein zweiter schaufelte Schutt in eine Schubkarre und fuhr das Gemenge durch den Flur des Vorderhauses auf die Straße. Ich begann die gymnastischen Übungen, die ich seit der Kreuzbandoperation mehr oder weniger regelmäßig absolvierte, ging, die Hände im Genick verschränkt, in die Knie, hielt nach drei Durchgängen inne, tastete den Bauch ab, fand die Fettschicht erträglich, dachte an das Massagegerät und daß mir Kniebeugen und Liegestütze nach nur vier Stunden Schlaf die Laune verderben würden, es daher ratsam sei, die lästige Turnerei abzukürzen. Als das Telefon klingelte, hatte ich die rechte Gesichtshälfte rasiert. Da ich noch immer hoffte, T. würde mir ein Friedensangebot machen – eine völlig abwegige Spekulation, weshalb sollte *sie* mich um Rückkehr bitten, da *ich* doch die Tür ins Schloß geworfen hatte –, griff ich zum Hörer. Es war U., der Kupferstecher.

»Dich kriegt man ja gar nicht mehr zu fassen, E-Mails beantwortest du auch nicht.«

»Hab viel zu tun.«

»Kommst du morgen allein oder in Begleitung?«

»Wohin?«

U. lachte.

»Zur Ausstellungseröffnung, in Moabit.«

Richtig, er hatte mir die Einladung geschickt. Eine Galerie in der Nähe des Landgerichts, U.s Stiche hingen dort bis Mitte Gogol, ehemals 20. Mai, Christi Himmelfahrt. Ich hatte seit eh ein komisches Gefühl, wenn ich das Wort Moabit vernahm, es klang für mich immer wie *morbid*.

»Ich muß vielleicht verreisen«, hörte ich mich sagen.

»Klingt geheimnisvoll«, sagte U. »Egal, falls ihr Zeit habt, kommt einfach vorbei.«

Mich überraschte, daß der Graphiker in Betracht zog, ich könnte T. mitbringen. Es gab noch Leute, die uns als Paar sahen. Das Telefon klingelte erneut. Diesmal hielt ich mich mit dem Abheben zurück. Nach dem Piepton klirrte U.s Stimme aus dem Lautsprecher.

»Hab ganz vergessen zu fragen, fährst du für länger weg?«

Ich ging in die Küche und goß kochendes Wasser in die Kaffeetasse. Die Idee, zu verreisen, war gar nicht so schlecht. Meine Arbeit konnte ich ebensogut an der Nordsee, in Tibet oder in Dresden beenden. (Falls ich sie beenden sollte.)

Die Monate des *Lustigen Kalenders* (in ihrer zeitlichen Abfolge): Schiller, Homer, Kleist, Byron, Brockes, Voltaire, Günderode, Baudelaire, Goethe, Cervantes, Forster, King Ping Meh, Lenz, Gogol, Hölderlin, Shakespeare, Hoffmann, Tschechow, Wieland, Poe, Lessing, Sappho, Heine, Catull, Lenau, Whitman, Börne, Molière, Jean Paul, Defoe, Büchner, Andersen, Grabbe, Petrarca, Stifter, Aristoteles.

Diese Auflistung wird, davon gehe ich aus, einige Verstimmung erregen und Zweifel an meiner literarischen Kompetenz laut werden lassen und bedarf daher einer Kommentierung. Ich weiß um die schmerzhaften Fehlstellen auf der Liste der sechsunddreißig Olympier. Und höre die Stimmen, die beklagen, daß X fehlt, Y besser durch Z zu ersetzen gewesen wäre usw. Die Parade erhebt keinen Anspruch auf Endgültigkeit, sie ist eine private Favorisierung. (Es steht jedem frei, sich eine Agenda nach seinen Vorlieben herzustellen, ich gebe das Copyright frei.) Wie unschwer zu erkennen ist, habe ich mich um eine Parität deutscher und fremdsprachiger Autoren bemüht, achtzehn zu achtzehn, wobei mir die Auswahl der einheimischen Equipe leichter fiel als die Rekrutierung der multinationalen Truppe. (Allein mit den Griechen hätte ich die Ränge füllen können.) Bei den Deutschen verzichtete ich auf einige Großschriftsteller wie Herder, Tieck, Seume, ignorierte die Romantiker fast vollständig (als sein Biograph schulde ich dem *Alten* eine gewisse Loyalität), auch die Vorväter Vogelweide, Luther, Gryphius, Grimmelshausen blieben außen vor, bei den Engländern habe ich mich, unter Schmerzen, gegen Shelley, Keats und Blake, aber für Byron entschieden, eine Verneigung vor dem Tatmenschen, die nicht zuerst literarisch begründet ist. Daß Defoe mit von der Partie ist, wird niemand verwundern, gilt er doch gewissermaßen als Schutzheiliger der Eremiten, bedauerlicherweise mußte ich um seinetwillen auf Laurence Sterne verzichten, einen frühen Meister der Abschweifung, ebenso fehlen Swift, Wilde,

Dickens, Kipling. Bis in die Vorrunde kam Mark Twain, doch hatte der Amerikaner Pech oder Glück, wie man's nimmt, er starb erst 1910 und mußte wegen Überalterung disqualifiziert werden. Auch die Russen kamen in jedem Fall zu kurz (T. würde mir panslawisch den Kopf abreißen), man wird Dostojewski vermissen, doch führt den Düsterling letztzeitlich jeder Flachkopf im Munde, auch sucht man vergeblich nach Puschkin, Tolstoi d. Ä., Lermontow, Gontscharow, Turgenjew. Dagegen kam mit Tschechow ein Kandidat ins Rennen, dessen Aufstellung umstritten genannt werden muß, weil Anton Pawlowitsch zwar auf deutschem Boden das Zeitliche segnete, aber der traurige Vorfall in Badenweiler eben erst am 15. Juli (oder 4. Poe) 1904 (im Jahr 56 vor Lustig) eintrat, der Arzt und Dramatiker also nach strenger Regelauslegung zum Zeitpunkt der Kalendereinführung noch nicht einhundert Jahre tot war. Doch hat Tschechow, finde ich, ein derart großzügiges, menschenfreundliches Lebenswerk hinterlassen, daß sich eine so kleinliche Ausgrenzung verbietet. Bei anderen Autoren bin ich selbst überrascht, daß sie zu der Ehre kamen, einem Monat ihren Namen zu leihen, Brockes zum Beispiel, den ich nicht unbedingt liebe, oder Petrarca, der unbegreiflicherweise vor Dante den Vorzug bekam. (Der die Auszeichnung wirklich verdient gehabt hätte, rief er doch, um uns Beatrices Todesdatum zu überliefern, sogar die arabische und syrische Zeitrechnung auf.) Über die Benennung der fünf- oder, im Falle des Schaltjahres, sechstägigen *Sonderperiode (SP)* habe ich noch nicht entschieden, ich erwäge jedoch – falls mein Buch ein finanzieller Erfolg werden sollte –, die Einsetzung einer neunköpfigen Kommission, die jeweils Anfang Homer die Bezeichnung der *SP* des nächsten Jahres beschließt, wobei ausschließlich unbekannte oder vergessene (also quasi vom Aussterben bedrohte) Autoren gewürdigt werden sollen. Für das Jahr 2004 schlage ich vor: *Sonderperiode* Jesaias Rompler von Löwenhalt.

Bis Mittag überarbeitete ich das Kapitel beim Hofgärtner Fleischmann, im Bemühen, Henriette von Arnim mehr Platz und Kontur zu geben. Das einzige kokette Frauenzimmer in des *Alten* Armen. Ein Maskenfest in Dresden, Sommer 1787. Das dem Theaterfundus entliehene Musketier-Kostüm war dem Dichter ein wenig zu klein. Er überragte alle anderen Tänzer, ein stelziger Storch. Henriette, im Kostüm einer Zigeunerin, griff seine Rechte und las ihm daraus eine glänzende Zukunft. Ein bedeutender Mann würde er werden, an deutschen Fürstenhäusern wohlgelitten. Henriettes Mutter, Offizierswitwe und Gouvernante am sächsischen Hof, registrierte die Tändelei mit Zurückhaltung. Es würde sich in der Residenz herumsprechen, wem Deutschlands bekanntester Theaterschriftsteller aus der Hand zu fressen bereit war, doch sollte der schwäbische Galan darob nicht dem Fehlschluß erliegen, seinen Werbungen würde Gehör geschenkt, und seien sie noch so poetisch verfaßt. Der Mann hatte Manieren, doch mit Tournure allein ernährte man keine Familie. *Ich kann dir nichts als treue Freundschaft geben*, schrieb er dem schwarzäugigen Mädchen ins Stammbuch. Eine ehrliche Haut, das mußte man ihm lassen. Rührend, wie er ein Spiel wagte, dessen Regeln ihm fremd blieben. Kleine Geschenke öffnen Türen und Herzen. Gebäck, Blumen, Fächer und Duftstoffe. Der verliebte Narr ging so weit, der Aktrice französische Romane zu senden, deren Stil und Inhalt ihn abstießen, würfe er einen Blick hinein. Er akquirierte Bargeld, verschleuderte die Prosafassung des *Karlos* an Bodini, drängte den armen Großmann auf die Rückzahlung einer albernen Schuld von zwölf Dukaten. An einem drückend heißen Juniabend wartete er, wie der Ochs vorm neuen Tor, am Eingang des Arnimschen Hauses, da Henriette ihm gebot, spontane Visiten zu vermeiden, so er im Fenster Licht sehe, um nicht die Intimität etwaiger Familienfeste zu stören. Schiller ahnte nicht, daß im Salon im zweiten Stockwerk derweil andere

Bewerber um Henriettes zartes Händchen und der Mutter hartes Herz anhielten und man sich, versteckt in den Vorhängen stehend, über den auf dem Pflaster ausharrenden Jüngling belustigte, dessen rotblondes Flachshaar der Sommerwind zerzauste. Sicher dichtet er wieder, sagte die Witwe und bat lachend zum Tee.

Seltsamerweise hatte der Hausbesitzer, der die Wohnung rekonstruierte und eine Gasheizung einbaute, den Kachelofen nicht entfernt. Eine Rarität, die mich nostalgisch werden ließ. Ich sah meine Mutter im Winter, noch in der Dunkelheit, vor der Ofenklappe hocken und, während sie das Feuer anfachte, mit sanfter Stimme sagen: Schlaf weiter, es ist erst sechs Uhr. Ich liebte diese geschenkte Stunde bis zum Aufstehen, wenn das Holz knisterte und sich der Raum langsam erwärmte. Vollendete Vergangenheit. F., der Student, schien den Ofen nur als Ablagefläche für Kartons und Koffer zu nutzen. Die braunen Kacheln waren kalt und glatt.

Mein Blick fiel auf ein Poster: Zwei Männer, ein Weißer, ein Schwarzer, richteten, mit kalt entschlossenem Gesichtsausdruck, Pistolen auf ein außerhalb des Bildes liegendes Ziel. Eine Filmszene, doch kannte ich weder den Film noch die Schauspieler. Rechts daneben standen ein Wäscheschrank aus hellem Holz, ein IKEA-Teil, sowie ein schwankendes Buchgestell, in das ich die Bücher eingereiht hatte, die ich für meine Arbeit brauche. Den Platz vor den Fenstern okkupierte die Couch, vom Verein deutscher Orthopäden und Heilpraktiker konstruiert, man konnte auf ihr nicht sitzen, ohne Rückenschmerzen zu bekommen. Ich nahm an, daß der Politologe in spe sie von Leuten geschenkt bekommen hatte, die ihn haßten. Zusammen mit den schweren Stühlen, deren Zustand mir Kopfzerbrechen bereitete und die ich nie benutzte, aus Furcht, sie könnten zusammenbrechen. Die Sitzfläche bestand aus geflochtenem Korb, die klobigen Beine wackelten. Holzleim hatte ich im Werkzeugfach des Flurschranks vergeblich gesucht. Expeditionen ins Reich meines Vermieters unternahm ich mit Unbehagen. Alle Gegenstände erklärten mir ihre Fremdheit. Hier gehörte mir nichts. Nicht die Schraubenzieher, nicht das Klebeband, der Essigreiniger, das Duschgel, das Olivenöl, weder die Bibel, die auf dem Schreibtisch stand wie eine Drohung, noch die Yuccapalme, der ich jeden Tag frisches Wasser gab, eine übertriebene Fürsorge für eine Pflanze, die Monate ohne einen Regentropfen zu überstehen vermag. Das karge Gewächs war das einzige Lebewesen, an das ich Aufmerksamkeit verschwenden konnte. Gewiß würde ich die Palme mit meiner unbefriedigten Libido umbringen, ersäufen, verfaulen lassen.

Es gab einen zweiten Schrank, mit zwei Klapptüren und Schubfächern, die ich nicht öffnete, im oberen verglasten Teil verstaubten neben einer kleinen HiFi-Anlage Nippes, Vasen, Keramik, eine dicke Kerze und ein Plüschdackel. (Welcher Mensch, dachte ich, bewahrt Stereoanlagen hinter Glas auf wie Bibliophile ihre seltenen Erstausgaben?) CDs suchte ich vergeblich, mein Vermieter hatte sie nach Skandinavien mitgenommen. Diverse Flecken und Brandlöcher in der karamellfarbenen Auslegware weckten in mir den Verdacht, der Student würde nicht ganz so puritanisch und zurückhaltend leben, wie ich anfänglich vermutete. An der Wand zwischen den Fenstern hing, mit Reißzwecken befestigt, die Kopie eines sowjetischen Propagandaplakates aus den dreißiger Jahren. Eine junge Frau zertrümmerte mit einem Hammer einen Destillationsapparat. Ich dachte an T. (eine bekennende Abstinenzlerin, gebürtig in Moskau).

Henriette führte ihn an der langen Nase herum. Schiller ließ es mit sich geschehen. Walter Benjamin beschrieb im Anhang des *Passagen-Werks* eine pornographische Lithographie, die des *Alten* sächsische Leidenszeit illustriert: *mit einer Hand weist er, malerisch hingelagert, in eine ideale*

Weite, mit der anderen onaniert er. Natürlich werden die Kollegen der Schiller-Gesellschaft (trockene Greise, denen, im Gegensatz zu mir, der Sprung ins akademische Elysium glückte) meinen Rückgriff auf diese Quelle als Bestätigung nehmen, daß der Entschluß, mir die Türen ihres Vereins zu verschließen, gerechtfertigt war, obwohl die Gründe, die dafür herhalten mußten, längst widerlegt wurden. Kein ernst zu nehmender Forscher wird bestreiten, daß Schillers Sexualität ein Mysterium darstellt. Das Sinnlich-Körperliche verbannt der deutscheste der deutschen Dichter in den Bereich des Gemeinen, wenn nicht Niedrigen, rauschhaft, unberechenbar, aggressiv agiert es auf der Gegenseite der Vernunft, der die hohe Aufgabe zukommt, das Tier im Zaum zu halten, zu domestizieren. Nirgendwo wird seine unsichere Beziehung zum anderen wie zum eigenen Geschlecht sichtbarer als in seiner Beziehung zu Goethes Lebensgefährtin Christiane Vulpius. Nie grüßte er, kein einziges Mal erwähnte er die nichteheliche Gattin seines Freundes in der umfangreichen Korrespondenz zwischen beiden, während jener nicht müde wurde, sich Charlotte Schiller als der *lieben Frau* wärmstens zu empfehlen.

Ich habe mit diesen Briefen gelebt, Jahre meines Lebens widmete ich der Beziehung der beiden toten Männer. Börnes Verdikt, es sei eine didaktische Freundschaft gewesen, eine Art gegenseitiger Unterricht, mochte ich nie zustimmen, obwohl mich sein Urteil, ihr Umgang gliche Fuchs und Storch, die sich bewirteten, wobei der Gast immer hungrig gehen müsse, stets amüsierte. Von beiden konnte nur Friedrich der Adebar sein, was Johann, als dem Verfasser von *Reineke Fuchs*, zu Recht die räuberische Rolle zuschrieb. Schillers Ruhm, das Fatum, eine nationale Ikone zu werden, war ein Treppenwitz der Literaturgeschichte, dessen Sinn mir verschlossen blieb, obwohl ich genug Gründe dafür aufrufen konnte. Weshalb hoben meine Landsleute ihren einsamsten Minnesänger auf das Podest? Um diesen

Titel rang in Germaniens Dichtergarten ein Pulk chancenreicher Bewerber. Allein unter zeitgenössischen Anwärtern gab es vier Genies: Lenz, Novalis, Tieck, Hölderlin. Waren sie, die weniger Erfolgreichen, die Goethes Aufmerksamkeit übersah, keine Fürstengunst adelte, nicht unendlich verlorenere Seelen, sie, die in Tübingen verrückt wurden oder auf Moskaus ungepflasterten Straßen in den Staub sanken?

Schillers Isolation war geringer, die Größe und Einzigartigkeit seiner Tragödie liegt in der Kluft zwischen der enormen Popularität und dem geheimen, ungelebten Leben. Friedrich, die verkappte Existenz. Seine Lyrik gibt davon ein beredtes Beispiel in dem, was sie verschweigt. *Eine der ersten Erfordernisse des Dichters ist Idealisierung, Veredlung, ohne welche er aufhört, seinen Namen zu verdienen.* Diese zweifelhafte Maßgabe, gegen Gottfried August Bürger (in der folgenschweren, klugen, doch kaltherzigen Rezension von 1791) erhoben, hat, wo er sie gegen sich selbst richtete, seinem Talent einen üblen Dienst erwiesen. Das Ich seiner Poesie ist ein Konstrukt. Fast wäre ich geneigt zu sagen, die gesammelten Werke Kants böten mehr lyrische Subjektivität als die Verse des Marbachers. Seine Leidenschaft für Bühne, Mimen, Rollenspiele, sein genialer Instinkt fürs Dramatische blieb von dieser Zurückhaltung unberührt. Wo Goethe – den man oft aristokratischer Unnahbarkeit bezichtigt – noch in seinen Distichen sich in geradezu kindlicher Offenherzigkeit zeigt, verdunkelt Freund Schiller jeden Verweis, der seine Physiognomie deutlich machen könnte, nimmt die Larve, mit der er auf dem Dresdner Maskenball auftrat, zeit seines Lebens nicht vom Gesicht. Der Prophet mit der Hand am Geschlecht ist das treffende Bild einer gegen sich selbst verhängten Knechtschaft.

Zehn Nachrichten hatte der Anrufbeantworter aufgezeichnet. (Um ungestört schreiben zu können, stellte ich gewöhnlich den Klingelton ab.) K., die Lektorin, die seit

Jahren meine ästhetischen Idiosynkrasien ertrug, erbat einen sofortigen Anruf, es ginge um die ersten drei Kapitel, *der Leser* hätte sich gemeldet, ich wüßte schon, wer. (Allerdings.) Abschließend fragte sie, was sie immer fragt: »Kommst du gut voran?«

Monika und Liane wollten wissen, warum ich mich nicht meldete, wir hätten uns bislang auf kein gemeinsames Geschenk geeinigt – weiß der Himmel, worauf sie anspielten. Liane erwähnte, auf dem Friedhof die Grabstelle bepflanzt zu haben. (»Nachtfrost wird doch keiner mehr kommen, oder?«)

Passend dazu die Anfrage der Firma *Eismann*, ob ich an ihrem neuen Jahreskatalog interessiert sei? Nach der Pizza-Episode der schlechteste Zeitpunkt für solche Offerte.

Drei Anrufer legten auf, ohne aufs Band zu sprechen, eine Mitteilung war nicht für mich bestimmt, sondern für den Vermieter. Eine Mädchenstimme redete eine Minute ohne Punkt und Komma in einer nordischen Sprache. Im Hintergrund kicherten Backfische. Obwohl ich kein einziges Wort verstand, verdarb mir das Gelächter gründlich die Laune.

Die ersten dunklen Wolken über dem Schiller-Projekt hatten sich Anfang März zusammengezogen, als in Berlin beinah hochsommerliche Temperaturen herrschten. Meine Lektorin bestellte mich in den Garten eines italienischen Restaurants, keine hundert Meter vom Verlag entfernt, in einem kleinen Innenhof im Scheunenviertel. K. hielt sich nicht mit langen Vorreden auf.

»Das Buch fliegt aus der Planung«, sagte sie, »es sei denn, du lieferst bis zum vereinbarten Termin ein druckreifes Manuskript.«

Ihre funkelnden, etwas nervösen Augen über der vegetarischen Lasagne unterstrichen: Und das ist keine leere Drohung.

»Ist die Biographie nicht bis zur Frühjahrsmesse auf dem

Markt, wird sie ein Schiebetitel, auf Halde gelegt, den man irgendwann, vielleicht, ins Programm nimmt, wenn mal Bedarf ist für einen Lückenfüller. Schiller wird kein Kassenschlager, das weißt du so gut wie ich, nach dem Jubiläum kräht kein Hahn mehr nach ihm. Oder willst du bis 2055 warten?«

Ich schaltete nicht gleich, blickte verwirrt in K.s Gesicht.

»Da ist er 250 Jahre tot«, sagte sie und stocherte mit der Gabel in den Nudelschichten. Mein Gott, dachte ich, wie tot wird er in fünfzig Jahren sein, wo er doch jetzt schon ein Vergessener ist.

»Ich nehme ein Glas Valpolicella«, sagte ich, »falls der Verlag die Investition übernimmt.«

Spatzen flatterten zwischen den Tischen, auf der Jagd nach Brotkrümeln, die Luft war weich, zu weich für diese Jahreszeit, Serviererinnen, dünn wie Supermodels, bedienten Männer um die Dreißig, die in Baumwollhemden und lässigen Jacketts steckten, Sonnenbrillen auf der Stirn trugen und mit Laptops, Rucolasalat und San Pelegrino jonglierten. Bestimmt hatten sie Abitur, Diplome, Doktortitel, waren polyglott, kreditwürdig, Leute mit Manieren, ordentliche Steuerzahler ohne Verbindung zu terroristischen Netzwerken, die den Unterschied zwischen einem Spätburgunder und einem Federweißen herausschmeckten, den aktuellen Wechselkurs von Dollar und Schweizer Franken kannten und wußten, wer die Bundesligatabelle anführt. Trotzdem hätte ich meine rechte Hand verwettet, daß kein einziger der Anwesenden ein Gedicht des Nationaldichters, dessen ultimativen Lebensbericht ich zu verfassen gedachte, auswendig würde rezitieren können. Für einen Augenblick reizte mich der Gedanke, der Runde zu verkünden, daß ich demjenigen die Rechnung bezahlte, der mir aus dem Stegreif das Geburts- und Sterbedatum des Verfassers des *Don Karlos* zu nennen wüßte. Ich brauchte keine Angst zu haben, das Lokal als armer Mann zu verlassen. Kaum jemand würde wissen, wer das Stück schrieb, daß es sich überhaupt um einen Theatertext handelte.

»Ist dir nicht gut?« fragte meine Lektorin.

»Doch, doch«, sagte ich und trank meinen Wein aus.

Bei diesem Treffen, beim Nudelgericht, vernahm ich erstmals den Namen D., das heißt, seinen Namen hatte ich vorher gekannt, man konnte nicht in diesem Land leben, ohne daß einem tagtäglich, aus der Zeitung, aus dem Fernseher, von den Titelseiten der Illustrierten, an den Kassen im Supermarkt, an Tankstellen, im Kino, von Plakatsäulen, von den Mauern menschenleerer Vorortstraßen, sein aufgeblasenes Gesicht entgegensprang. Wenn ich sage, ich hörte seinen Namen erstmals, meine ich, zum ersten Mal in einem Zusammenhang, der mich betraf. K. schirmte ihren Mund mit der gekrümmten Hand ab und verlangte flüsternd ein Schweigegelübde, eine Albernheit, die mich an den Stasioffizier Lenz erinnerte, der mich einst werben wollte, aber von meinem Meerschwein gebissen und in die Flucht getrieben wurde. Meine Lektorin blieb hartnäckig und ließ die Katze erst aus dem Sack, als ich bei der Ehre meiner Mutter geschworen hatte, das Geheimnis nicht auszuplaudern. Dabei war das, was mir unter dem Siegel der Verschwiegenheit mitgeteilt wurde, nicht mehr als eine vage Andeutung. Angeblich gäbe es Pläne im *Haus* – so der *terminus intimus*, mit dem Verlagsmitarbeiter in der Regel andeuteten, ihnen sei ihre Arbeitsstelle ein geweihter Ort, eine Art Ersatzheimat –, Überlegungen, meine im Werden begriffene Schiller-Biographie durch die Showgröße *promoten* zu lassen.

»Ich weiß nicht, was soll es bedeuten«, sagte ich meiner Lektorin.

K. gestand, sie wüßte es auch nicht. Jedoch waren wir uns einig, daß es nichts Gutes sein konnte. (Eine Ahnung, die sich ja dann auch bald bestätigen sollte.)

Ein weiterer Anruf aus dem Verlag. Ein neuer Versuch K.s, mit mir in Verbindung zu treten. Ihre Stimme schwankte zwischen Unsicherheit und Forderung.

»Du kannst jetzt nicht einfach einen Rückzieher machen. Laß mich nicht so hängen, Ernst!«

Meine Lektorin wußte, daß ich nichts lieber täte, als das ganze Unternehmen hinzuschmeißen, wußte aber auch, daß ich keine andere Chance hatte, als die Sache laufen zu lassen, gute Miene zum bösen Spiel machend. Ich hatte die Kröte geschluckt. Man konnte dem Chef manches nachsagen, nicht, daß er sich nicht verständlich machen konnte, wo er deutlich sein wollte. Entweder ich akzeptierte D. als Co-Autor, oder das ganze Projekt würde auf Eis gelegt. Falls das Schiller-Buch platzte, könnte ich meine ohnehin ins Wanken geratene Position im Verlag schwerlich behaupten. Mir blieb keine Alternative, der Markt für biographische Prosa war eine Wachstumsbranche, hart umkämpft. Erfolgshungrige Schreiber, meist Journalisten, hockten in den Startlöchern, um nachzurücken, sie formulierten locker, knallig, ihnen fehlte zu ihrem Gegenstand jede Gefühlsbindung, sie recherchierten wie Pathologen, unparteiisch, schnell, wenn auch nicht gründlich, beuteten fremde Quellen erbarmungslos aus, ohne die ursprünglichen Urheber anzugeben, und brachten nichts in die Diskussion ein als ihre schrill vorgetragene, meist konträre, von jeder Fachkenntnis ungetrübte Kaltschnäuzigkeit. Es gab wenige Ausnahmen, die nur die Regel bestätigten. Auf den Schwellen aller Verlage, zu Füßen der Chefsekretärinnen und Werbeleiter lagen die jungen Bluthunde und offerierten, wie Pharmavertreter, die breite Palette ihrer Arbeiten, Biographien von A wie Adenauer bis Z wie Zuckmayer.

Auch zu Schiller, erklärte mir der Verleger, als verrate er damit eines der bestgehüteten Staatsgeheimnisse, habe es drei weitere Angebote gegeben, die er ablehnte, weil er auf Fachkenntnis setze statt auf bloße Effekthascherei, doch könne er nicht die Augen davor verschließen, daß zumindest zwei der abgewiesenen Autoren bei anderen Häusern untergekommen seien. Ihre Texte, die zeitgleich mit meinem erscheinen sollten, wären zwar alles andere als seriös, würden jedoch trotzdem (oder gerade darum?) genug Aufmerksamkeit binden, wenn nicht in Fachkreisen, so doch beim großen Publikum. (Der Chef ließ keinen Zweifel daran, welcher der beiden Parteien sein Hauptinteresse galt, indem er sagte: »Und Sie wissen, verehrter Dr. Lustig, wir sind nicht *Metzler*.«) Als ich, um der Diskussion auszuweichen, nachfragte, in welche Richtung die Bücher vorstießen, erstrahlte ein Lächeln auf seinem von Sorgenfalten geplagten Gesicht. Die Texte, meinte er grinsend, bildeten in der Tat schöne Antipoden. Der eine (*Der Macho aus Marbach*) stilisiere den Meister zum Chauvinisten, der, nach der Geburt der Tochter, neben Charlotte von Lengefeld weiterhin eine Beziehung zu ihrer Schwester Karoline unterhalten habe, die weit über das Schwägerliche hinausging, und sich gleichzeitig mit einem Heer von Mätressen vergnügte, die er vor allem in Weimarer Schauspielerkreisen rekrutierte. Der Autor oder – soviel könne er doch sagen, ohne zuviel zu verraten – die Autorin entblöde sich nicht, Schillers Todesursache anzuzweifeln, indem sie die alte Kamelle der galoppierenden Lustseuche erneut auf Tableau brachte. Das Pamphlet sei zwar ohne jede Substanz, lese sich aber flotter als der Gesellschaftsteil der *Bild-Zeitung*. (Und das, meine der Verleger, müsse man bei einer promovierten Germanistin als Leistung anerkennen, ein Seitenhieb, den ich verstand, jedoch nicht kommentierte.) Die andere Publikation sei, wiewohl aus der Gegenrichtung kommend, nicht weniger bizarr. Das Buch habe nicht nur einen schlichten Titel (*Zwei gute Freunde*), sondern auch eine klare Botschaft. Schiller und Goethe, so die populäre These, habe mehr verbunden als Dichtung und Wahrheit, ihre Beziehung sei alles andere als platonisch gewesen, der Briefwechsel würde dies bestätigt haben, wäre er nicht, erst von Lotte von Schiller, später von Goethes Erben, radikal gesäubert worden. Die heute zugängliche Korrespondenz zeige nur noch unverfängliche Spuren der intimen Liaison. Wenn Goethe den Freund in Jena ersuchte, ihn weiter durch seine Liebe und sein Vertrauen *erquicken* und *erheben* zu wollen, so sei dies durchaus als direkte Aufforderung zu verstehen gewesen. Die Schrift triefe stellenweise vor Sentimentalität, habe jedoch auch entzückende Stellen, an denen man sich dabei ertappte zu hoffen, wenigstens ein Bruchteil der den beiden Klassikern unterstellten Liebesfreuden wäre wahr gewesen.

Als der Chef meinen ungläubigen Blick bemerkte, zuckte er mit den Achseln und meinte: »*Sex sells*, da können wir uns kopfstellen.« Er lachte ob der Zweideutigkeit seiner Bemerkung und wechselte in eine kaufmännische Pose. Um so dringender sei es, für unser Produkt – er meinte damit mein Buch – einen Werbeträger zu finden, der den Absatz fördere, ohne sich inhaltlich einzumischen. D. sei dafür der ideale Mann.

Da ich seine Idee nicht rundheraus ablehnen wollte, bezweifelte ich das Interesse des vorgeschlagenen Partners. »Was hat er davon?« wollte ich wissen.

»Nichts«, antwortete der Verleger und begann auf seinem Stuhl herumzurutschen – ich okkupierte inzwischen eine geschlagene halbe Stunde sein Büro –, für ihn sei das Ganze, wie für uns, eine reine Werbemaßnahme. D., der Showmaster, Sänger, Populist, Produzent, Schauspieler, Rennfahrer, inszeniere alle seine Auftritte, er liebe und lebe die Rolle des Chamäleons. Alle Welt erwarte, daß er demnächst etwas Neues unternähme, einen neuen Coup lande, um auch diese Unternehmung in den Talkshows auszubreiten. Der Boulevard rechne mit mancherlei, doch niemand erwarte, daß er als Literaturhistoriker auftauche, im Gewand des Intellektuellen. Erstens wäre dieses Kostüm absolut *out of fashion*, und zweitens – der Chef suchte nach einem Vergleich und eine Zigarre in seinem Schreibtischschubfach –, zweitens, passe es zu D. wie eine Cohiba in den Mund eines Sozialhilfeempfängers. Der Verleger lächelte und sagte: »Und dies meine ich ganz und gar nicht zynisch.«

Die Sonne sank hinter das Spitzdach des Seitenflügels, als ich den Text auf der Festplatte löschte. Allmählich ein festes Ritual im Tagesplan: an jedem Abend das zu vernichten, was tagsüber geschrieben wurde. Diesmal ging ich einen Schritt weiter, indem ich alle Disketten formatierte, auf denen frühere Fassungen gespeichert waren. Bulgakow und Kafka waren gezwungen, ihre Texte zu verbrennen, mir genügte, um mein Manuskript loszuwerden, ein Tastendruck. Insgesamt 250 Seiten. Vor dem Löschvorgang hatte ich ein letztes Mal die Wörter gezählt (das heißt, ich ließ sie zählen, von meinem digitalen Zauberlehrling): 55 643 Wörter, 7 706 Zeilen, 375 514 Zeichen (mit Leerzeichen). Schön zu wissen, wieviel man in den virtuellen Mülleimer versenkt. Der Computer traute mir soviel Mut nicht zu. (Nicht einmal er.) Fragte unterwürfig nach, ob ich mir den Schritt gut überlegt hätte, alle Daten gingen nach Ausführung des Befehls (subalternes Element!) endgültig verloren. Das Gerät sicherte sich ab, machte, den Zeigefinger hebend, auf die drohenden Konsequenzen aufmerksam.

Alle Welt ließ einen ständig wissen, daß man über etwaige Folgen in Kenntnis gesetzt worden war. Kaufte man Zigaretten, bekam man als Bonus verknappte Autopsieberichte. Knallbuntes Kinderspielzeug, *Made in China*, ließ man wie glühende Kohlenstücke fallen, las man das Kleingedruckte: *Achtung, Erstickungsgefahr, Kleinteile können verschluckt werden!* Wurde einem das Kniegelenk operiert, prognostizierte der Narkosearzt mit der emotionslosen Miene eines Versicherungsvertreters, man würde unter Umständen als Querschnittsgelähmter wieder erwachen, gesetzt, man entschiede sich für die harmlosere, aber mit Restrisiken verbundene Spinalanästhesie. Jedermann übertrieb maßlos, um sich am Ende nicht verantworten zu müssen. Selbst der Computer. Wußte doch jeder Drittkläßler, daß Daten nicht einfach von der Festplatte verschwanden. Väter verschwanden, Geliebte verschwanden, Staaten, und manchmal, wenn auch nur vorübergehend, verschwanden sogar Schiller-Forscher, aber keine Daten. Jede alte Festplatte war für alte Geheimdiensthasen ein Fest. Fachleute vom BKA könnten meine Biographie ohne Aufwand wiederherstellen. Sie würden sich dabei zu Tode langweilen, okay, das war Berufsrisiko. Dafür besaßen sie Pensionsberechtigung. Zwar konnte ich mir keinen Grund denken, warum die Kripo meine Daten retten sollte, vielleicht würde sie K. überreden oder mit Bücherspenden bestechen können, für die Literatur ging die Frau durchs Feuer. Normalerweise brauchten die staatlichen Schnüffler einen Auftrag, einen Tatbestand, so etwas wie Steuerhinterziehung oder Mord. In meinem Fall wäre dann doch eher mit Mord zu rechnen. Obwohl mir niemand einfiel, den ich hätte ermorden sollen. Als Literaturhistoriker – toter Zweig am Stammbaum der Gattung – besaß ich nicht einmal natürliche Feinde.

Mit einem Brummton riß mich mein Handy in die Realität zurück. Es bewegte sich kreiselnd auf dem Schreibtisch, wie eine dicke Fliege, die man tot glaubt, urplötzlich ein Summen von sich gibt, um gleich wieder zu verstummen und in die Winterstarrheit zu verfallen. Das Signal kündigte den Eingang einer SMS an. Meine Mobilfunknummer kannten nicht einmal alle meine Schwestern. Nur Liane hatte ich sie – ihrem Insistieren nachgebend – anvertraut. Der Kreis der Auserwählten umfaßte fünf weitere Personen: Rike (meine Tochter), A. (meine Ex-Frau), K., Frau Dr. S. (meine Orthopädin), sowie, natürlich, T., derenwegen ich das Telefon überhaupt angeschafft hatte. Man kann mit einer Vierundzwanzigjährigen zusammenleben, wenn man vierundvierzig Jahre alt ist, wenn einem der Film *Amélie* nicht gefällt, wenn man nicht weiß, wer Elliott Smith ist, wenn man nur ein Bein hat, aber man kann mit keiner Vierundzwanzigjährigen zusammenleben, ohne Handybesitzer zu sein. So, wie ich zum Telefon griff, wußte ich, daß die Geschichte, unsere Geschichte, zumindest für mich, nicht vorbei war. (Oder sollte ich sagen: ausgestanden?) Die Hälfte von dem, was sich zwischen zwei Leuten abspielt, ist Theater, weniger Tragödie, mehr Schmierenkomödie, man tut *cool*, mimt Gleichgültigkeit, redet sich ein, auf den anderen verzichten zu können usw., doch wenn das Telefon klingelt, wenn man glaubt, der andere wäre am Ende der Leitung oder er sende nur ein kleines Lebenszeichen, fällt die ganze Fassade zusammen, und man greift zum Hörer wie ein Ertrinkender nach dem Rettungsring.

Die SMS war nicht von T. Mein Netzanbieter bot mir einen neuen Vertrag an, ein einmaliges Angebot, mit dem ich besser, billiger, schneller, sicherer ins Ausland telefonieren, im Internet surfen, Fotos verschicken und sonstwas anstellen konnte, alles Dinge, die mich ganz und gar nicht interessierten. Ich beschloß, den bestehenden Vertrag sofort zu kündigen, öffnete das Handy, entnahm die SIM-Karte, ging zum Fenster und warf den Chip in den Hof. Die Plastikscheibe fiel trudelnd wie ein Lindensamen. In Höhe des zweiten Stocks – der bereits im Schatten der Dämmerung lag – verlor ich die Karte aus den Augen. Die Aktion war ebenso unüberlegt wie lächerlich. In weniger als zehn Sekunden hatte ich Schuhe und Jacke angezogen und stürzte (so schnell ich mit meiner Gelenkbehinderung konnte) die Treppe hinunter. In der Ecke, zwischen den zwei mit Schutzhauben bedeckten Motorrollern, wo die SIM-Karte nach meiner Berechnung gelandet sein mußte, war nichts zu entdecken. Entweder hatte sie ein Windstoß in die Forsythienbüsche in der Nähe der Mülltonnen geweht, oder sie war durch eines der Gitter gefallen, die über den Kellerfenstern lagen. Um die Schächte prüfen zu können, brauchte man eine Taschenlampe. Es war bereits zu dunkel geworden. In der Parterrewohnung saß ein verquollener Mann mit trübem Blick in einem klotzigen Sessel vor einem noch klotzigeren Fernseher. Wahrscheinlich der arme Irre, der, mit Vorliebe nach Mitternacht, in ohrenbetäubender Lautstärke Lieder von Gunter Gabriel abspielte. Sein Lieblingstitel war *Hey Boß, ich brauch mehr Geld*. Offenbar war ich nicht der einzige Mieter, der seine Wohnung nicht mehr verließ. Ohne Ergebnis brach ich die Suche ab.

Ich hatte Fotos von T. vor die Glasscheibe der IKEA-Vitrine geklemmt. Normalerweise lehnte ich Personenkult ab, eine geheime alttestamentarische Schwäche gemahnte mich, mir kein Bildnis zu machen. Jetzt betrachtete ich mit Rührung eine Aufnahme, die uns beide auf einer Moskauer Rolltreppe zeigte. Wie kam so ein Mann zu solcher Frau? Jung, sexy, neugierig auf die Welt, alles Eigenschaften, die ich für mich nicht beanspruche, und zu alledem hochintelligent. Die Frage war nicht neu, ich hatte sie mir oft genug gestellt, morgens vor allem, wenn ich – an altersbedingter Schlaflosigkeit leidend – ihr Gesicht bewunderte, das im Kissen neben mir lag, traumversunken, fern. Gehörte ich zu jener ausgesuchten Schar Männer, die eine *wiederholte Pubertät* erleben, ein Phänomen, in das Goethe seinen Eckermann einweihte, dabei deutlich auf sich selbst anspielend? Daß alte Männer jungen Frauen den Hof machen und sich wie Narren aufführen, ist keine Erfindung Nabokovs. Die Motive liegen auf der Hand, Lust und Todesangst. Was aber treibt die Frauen in die Arme alter Männer? Erfahrungssuche? Ich bilde mir auf meine Technik nichts ein. (T. meinte bissig, dies wäre die einzige Selbsteinschätzung, die der Wirklichkeit nahekommt.) Ökonomische Sicherheit? Meine Finanzlage war mir anzusehen, noch nicht an den Zähnen, aber vielleicht bereits an den Schuhen. Vaterersatz? Wie trivial. Bei meinen Grillen!

T. lebte übrigens in der Überzeugung, sie hätte unsere Beziehung eingeleitet. (Es gehört zum Selbstbild moderner junger Frauen, Verführerinnen, nicht Verführte zu sein.) In Wirklichkeit verlief die Romanze eher klassisch. Unser Zusammenkommen könnte man als ziemlich kitschige Liebesgeschichte verkaufen, müßte sie allerdings etwas bearbeiten und einige für mich peinliche Szenen retuschieren. T. wagte ich den tatsächlichen Ablauf erst zu erzählen, als wir ein Dreivierteljahr zusammenlebten und ich mich ihrer relativ sicher wähnte. (Ein weiterer Irrtum auf der von Irrtümern reichen Liste.)

Es geschah im Januar vor zwei Jahren, ich lebte bereits von meiner Frau und Rike getrennt, hatte es aber noch nicht geschafft, mir eine eigene Wohnung zu besorgen. (Um ehrlich zu sein, ich unternahm nicht die geringste Anstrengung in dieser Hinsicht, aus purer Trägheit oder weil ich mir der Endgültigkeit meiner Entscheidung nicht sicher war.) Für eine gewisse Übergangszeit (seit immerhin sechs Monaten) wohnte ich als Untermieter bei einem Freund in Pankow (G., ein Tuba- und Sousaphonspieler, der häufig auf ausgedehnte Konzertreisen ging). An seine Musik, eine Weiterentwicklung des Free Jazz auf der Basis der Zwölftontechnik, hatte ich mich allmählich gewöhnt, doch als am Vorabend von Silvester seine jugendliche Tochter aus erster Ehe zu Besuch kam und nach Neujahr wenig Neigung zeigte, wieder zu ihrer Mutter nach Bremen zurückzukehren, wurde meine Anwesenheit zu einem Problem. Zwar schlief ich weiterhin in der Kissingenstraße (wo sollte ich bleiben? an eine Pension oder ein Hotelzimmer war nicht zu denken), doch mied ich die Wohnung tagsüber. Ich kam mir störend vor, ein Gast, der zu lange blieb. (G. benahm sich phantastisch, ich kann ihm nichts vorwerfen, doch hat sich unser Verhältnis seitdem merklich abgekühlt.) Jeden Morgen lief ich zum U-Bahnhof, nahm die U2, um pünktlich, neun Uhr, mit den ersten Lesern in die Staatsbibliothek eingelassen zu werden. Frühes Erscheinen war Pflicht.

Ich mag den Bau, das Licht, die Atmosphäre, und ich hasse es, wenn jemand den Platz belegt, den ich seit Jahren als meinen Platz in der Staatsbibliothek reklamiere. Der Tisch liegt an der breiten Fensterfront (nicht direkt am Fenster, auch nicht an den Gang grenzend – ich werde den Teufel tun und die Lage genau beschreiben, der Platz ist ohnehin schwer genug zu verteidigen), man genießt Naturlicht von hinten und nach vorn den Ausblick auf die Freihandregale der Werkeditionen. Darunter, selbstverständlich, die Nationalausgabe des *Alten*, deren Anschaffung ich mir nie leisten konnte.

Die Lage meines Stammplatzes hat seine Logik. Ich benötige und beobachte die dort stehenden Bücher. Es ist dies ein weiteres meiner eigentümlichen Hobbys. (Unter uns gesagt, glaube ich nicht, mich durch die Menge meiner Spleens aus dem gesellschaftlichen Durchschnitt herauszuheben. Viele Menschen leben Ticks und Schrulligkeiten aus, nur wagen die wenigsten, sich öffentlich zu ihren Neurotizismen zu bekennen. Vielleicht fällt einem ein solcher Schritt leichter, wenn man Ernst Lustig heißt?) Das erwähnte Hobby, das ich, zugegeben etwas ambitioniert, *Bookwatching* nenne, ist eher simpel und korrespondiert mit meiner SSS. Man kann es während der Arbeit betreiben. Schreibend oder lesend behalte ich, aus den Augenwinkeln, die Buchreihen der Klassiker im Blick. Mein Interesse in diesem Regal gilt nur Schillers Schriften, die daneben stehenden Bände Klopstock, Mörike, Storm usw. fallen nicht ins Gewicht. *Bookwatching* gehört in den Bereich privater Literatursoziologie, Ziel der Untersuchung ist, zu erfassen, wie oft und von welchen Lesergruppen (Geschlecht, Alter, mögliche Tätigkeit) die Werke Friedrich Schillers zur Hand genommen werden. Die bislang vorliegenden Ergebnisse (nach einhundert registrierten Bibliotheksbesuchen von jeweils acht Stunden) sind nicht anders als erschütternd zu bezeichnen. Innerhalb dieser Zeit (immerhin 33,33333 Tage!) habe ich nur ganze fünf Leser zum Autor der *Bürgschaft* greifen sehen. Goethe, dessen Bücher die Gegenseite des Regals, quasi die Südwand, füllen (und den ich vergleichend beobachtete), konnte im gleichen Zeitraum eine Trefferquote von 28 vorweisen. (Das scheint auch nicht bedeutend, sind aber 560 Prozent!) Weshalb ich dies alles erzähle? Ich hatte doch eine Liebesgeschichte angekündigt, Geduld, ich bin bei der Sache. Die Nennung der vier anderen Leser erspare ich mir und komme gleich zur Nummer fünf, einer jungen Frau mit kurzem Haar, die, im Minirock, mit hochhackigen Stiefeln und Netzstrumpfhosen, nicht unbedingt dem klassischen Bild der Schiller-Forscherin entsprach. Es war niemand anderes als T., die – das erfuhr ich im nachhinein – eine Hausarbeit schrieb, eine vergleichende Analyse der Urfassung der *Räuber* mit der Mannheimer Überarbeitung. Zu diesem Zweck, mehr oder weniger ohne Ergebnis, was ich ihr vorher hätte sagen können, recherchierte sie im Briefwechsel. Der Zufall wollte es, daß sie den Tisch okkupierte, der dem meinen gegenüberlag. Wir arbeiteten sozusagen Kopf an Kopf, obwohl ich, seit sie Platz genommen hatte, nicht mehr zum Arbeiten kam. Es ist durchaus möglich, daß ich während dieser Phase aktive Schiller-Konsumenten übersah. T. beachtete meine Blicke nicht. Ich war (was sie später bestätigte und im Streit gern erwähnte) Luft für sie, zweiundvierzig Jahre alte Luft. In diesem Augenblick erwog ich keine Affäre, stellte mir nichts vor, sondern betrachtete nur, wie sie sich das Haar aus der Stirn strich und mit einer kleinen Silberkette spielte, die durch ihr Ohrläppchen gefädelt war, wobei sie das Ohr jedesmal ordentlich in die Länge zog. (Eine schreckliche Angewohnheit, die erst aufhörte, als T. die Ohrkette – Ohrring konnte man dazu wirklich nicht sagen – glücklicherweise, wiewohl von ihr sehr bedauert, verlor. Mitunter sind Verluste eben auch zu etwas gut.)

Es verging circa eine Stunde, in der T. die Lektüre nur unterbrach, um einen Blick auf ihr Handy zu werfen. Ich besaß damals noch kein Mobiltelefon, die Abbreviatur SMS war mir nur aus nervenden Werbeunterbrechungen bekannt. Ich glaubte, sie würde nach der Uhr sehen, und bedauerte jedesmal, daß sie nun gleich – wahrscheinlich für immer – gehen würde. Irgendwann, als eine erwartete Kurzmitteilung eingegangen war, bückte sich die junge Schöne und ließ das Telefon in ihre unter dem Tisch stehende Plastiktüte gleiten. Zumindest war dies ihre Absicht. Tatsächlich ertastete sie nicht den Tüteninnenraum, sondern das, was man, wenn man es unbedingt umständlich sagen will, Tütenaußenraum nennen könnte, die übrige Welt also, das Universum (das man ja andauernd betastet), und in dieses ließ sie das willenlose Handy fallen. Der Aufschlag auf dem Bibliotheksteppich ging in einer Lautsprecheransage unter, die mitteilte, wegen anhaltenden Besucherandrangs müsse auch an diesem Nachmittag ein vorübergehender Einlaßstopp verhängt werden. Da ich empfindliche Ohren habe, hörte ich den dumpfen Knall, zudem besitze ich zwei zwar halbblinde, aber durch Brillengläser geschärfte Augen und sah so den Apparat an der Grenzlinie unserer beiden Tische liegen. Mein ausgestreckter Fuß vermochte das silberne Ding zu berühren. Ein ehrlicherer, höflicherer, absichtsloserer, ein besserer Mensch als ich wäre sofort tätig geworden, hätte das Gerät aufgehoben und der Besitzerin mit einer charmanten Floskel überreicht.

Ich blieb sitzen. Mehr noch, ich schob mit der Schuhspitze das Telefon ein paar Zentimeter weiter in meine Richtung. Damit riskierte ich allerhand. Was, wenn noch jemand in unserem Umkreis den Absturz beobachtet hatte und jetzt mich observierte, einen Handydieb mit Doktortitel? Während ich die uns umgebende Lesergemeinde musterte, erhob sich T., würdigte mich erneut keines Blickes, nahm den Band 23 der Nationalausgabe und ging zu seinem

Stellplatz. Ihren wippenden Turnerinnengang zu bewundern, hatte ich keine Zeit. Da sie mir vermutlich nur ein paar Sekunden den Rücken zukehren würde, bückte ich mich blitzschnell, tauchte unter den Tisch und nahm ihr Handy, und somit mein Schicksal, in die Hand.

Später habe ich T. glauben lassen, ursprünglich sei meine Absicht gewesen, ihr den Besitz sofort nach der Rückkehr vom Regal einzuhändigen, allein ihre ignorante Art, über mich hinweg, durch mich hindurch (Luft, sage ich nur, Grabesluft!) zu sehen, habe mich von meinem guten Vorsatz abgebracht. Das war eine Lüge. Ich hielt das silberne Ding zwischen meinen Schenkeln – Psychoanalytiker mögen sich ihren Reim darauf machen – und betete zu allen Göttern Griechenlands, daß es ja ausgestellt sein möge und nicht etwa anfinge zu klingeln. Als T. den Lesesaal verließ, fragte ich mich, ihr nachblickend, ob es nicht doch hohe Zeit wäre, meinen Freund Z. zu konsultieren, einen Psychiater und guten Menschen, der mich verstand. Das Handy war nicht gesperrt. Jetzt brauchte ich nur noch zu warten. T. rief mich nach einer knappen Stunde an, das heißt, eigentlich rief sie sich selbst an, nur daß ich am Apparat war, Ernst Lustig, der ehrliche Finder. Wir vereinbarten ein Treffen, es wurde unser erstes Rendezvous.

Wer zu spät kommt, den bestraft das Leben, sagte G. Wer zu früh kommt, sagte T., den bestrafe ich.

Ich hatte stets ein unverkrampftes Verhältnis zum weiblichen Geschlecht. Und wenn ich Geschlecht sage, so meine ich Geschlecht. Liane, die im Doppelstockbett über mir schlief, zeigte mir jeden Morgen beim Aufstehen Einblicke, die mich dazu anregten, in der Unterstufe einen ungewöhnlichen Verein zu gründen. In jener Zeit – wir schrieben das wechselvolle Jahr 1969, in dem Brian Jones starb und die Amerikaner auf dem Mond landeten – waren bei uns Arbeitsgemeinschaften groß in Mode. Junge Philatelisten, Geologen, Schmetterlingssammler, Kosmonauten. Eines Tages geschah es, daß sich Petra, die sonst eher ungezwungene Kleidung bevorzugte, in einen derben Büstenhalter zwängte, während ihr Erika mit irritierender Feierlichkeit ein Badetuch reichte. Mutter drängte zur Eile und zog ihre Drittgeborene im Sturmschritt aus der Wohnung. Ich fragte die Schwester, weshalb mich die beiden nicht ins Schwimmbad mitgenommen hätten. Erika erklärte lachend – oh, wie ich diese Überlegenheit haßte –, daß Mutter Petra zum Gynäkologen begleiten würde, weil diese heute zum ersten Mal dort hinginge. Da ich mir keine Blöße geben wollte, fragte ich nichts, schlug statt dessen in Liebknechts Volksfremdwörterbuch nach, fand dort jedoch keinen Eintrag, auch der Duden machte mich nicht schlauer, weil ich das Wort statt mit »y« mit »ü« buchstabierte. Also blieb mir nichts übrig, als Liane ins Vertrauen zu ziehen. Ein Gynäkologe? Jemand, der den Mädchen in die Muschi schaut, erklärte sie, ohne nachzudenken. Ich hatte Zweifel, konnte ich mir doch nicht erklären, weshalb man sich dafür mit einem riesigen Handtuch und einem kaum kleineren Büstenhalter bewaffnen mußte. Andererseits faszinierte mich der fremde Begriff, den ich des Nachts vor mich her sprach wie eine Zauberformel.

Es vergingen gut zwei Wochen bis zu jenem Pioniernachmittag, an dem jeder einzelne vorzutreten hatte, um einen Vorschlag für eine Arbeitsgemeinschaft (oder AG, wie es knapp und revolutionär abgekürzt hieß) zu verkünden. Mittlerweile konnte ich das Wort Gynäkologe noch immer nicht schreiben, aber zumindest aussprechen, ohne zu stottern, ja ohne daran zu denken, was es bedeutete. Frau M. (meine Klassenlehrerin, inzwischen verstorben) ging wie üblich alphabetisch vor. Es gab eine endlose Wiederholung von Albernheiten. Die Naturforscher lagen an erster Stelle, gefolgt von Verkehrsschülern, Streichholzschachtelbildersammlern, Volkstanz, Handarbeiten, Märchenerzählen. Sabine Kern, die schlimmste Streberin, stand – Standbein, Spielbein – neben der Lehrerin und schrieb mit ihrer schwungvollen Schrift die Vorschläge an die Tafel. Als Silvia aufgerufen wurde, meine spätere erste Kußpartnerin, auf die ich damals freilich noch kein Auge geworfen hatte, notierte Sabine ihren Wunsch, Frau M. kontrollierte die Rechtschreibung und fragte, ob das Wort *Häkeln* orthographisch korrekt geschrieben sei. Nein, rief Silvia, die eine Haßliebe mit der Klassenbesten verband, weil diese sich standhaft weigerte, ihre Freundin zu werden, Häkeln schreibe sich mit »e«, nicht mit »ä«, ein Einwurf, auf den die Schreiberin neben dem Lehrertisch mit einem unaufgeregt knappen Urteil antwortete: »Quatsch.«

Natürlich wußte ich, daß Sabine recht hatte und Silvia besser den Mund gehalten hätte, doch ergriff ich in diesem Konflikt – eine Entscheidung, die für mein Leben richtungsweisend sein würde – Partei, nicht für die arrogante Wahrheit, sondern schlug mich auf die Seite der aufrichtigen Beschränktheit. Ich entschloß mich, Sabine mit einem Wort zu konfrontieren, das sie noch nie gehört hatte, geschweige denn würde schreiben können. Es verging eine qualvolle Minute, in der ich nach einem solchen Wort suchte. Inzwischen war Peter Leißing an der Reihe (der Polizistensohn, der neben mir saß und dessen Name im Klassenbuch vor meinem stand). Für welche Arbeitsgemeinschaft er sich stark machte, will mir beim besten Willen nicht mehr einfallen, es kann nichts Großartiges gewesen sein, denn schon wurde mein eigener Name aufgerufen.

»Ernst, was hast du dir ausgedacht?«

Meine Nachbarin stieß mir ihren knochigen Jungmädchenellenbogen in die Flanke. Ich schraubte mich aus der Bank und sagte: »Ich beantrage die Gründung einer Arbeitsgemeinschaft Junger Gynäkologen.«

Erstaunte Frauengesichter habe ich in meinem Leben einige gesehen, doch die Gesichtszüge meiner Lehrerin in diesem Augenblick werden mir für immer als einzigartig in Erinnerung bleiben. Ihr Mund stand offen, die Augen blickten starr wie die eines gut abgestaubten Tierpräparats. Kein einziger meiner Klassenkameraden konnte mit dem Wort, das ich voller Stolz ausposaunt hatte, etwas anfangen. Sabine blickte unschlüssig zu Frau M., die, als sie sich wieder gefangen hatte, zu mir sagte: »Ernst, du überlegst dir bis morgen etwas Neues, bei dem alle mitmachen können!«

Nach dem Pioniertreffen hielt sie mich zurück und fragte, ob ich überhaupt wüßte, was das ist, ein Gynäkologe. Die Definition meiner Schwester Liane, die ich wortgetreu übernahm, machte sie nicht unbedingt glücklicher.

Wir wohnten an der filmgeschichtlich bedeutenden Ecke, wo die Eberswalder Straße auf die Kastanienallee und die Schönhauser trifft. Ein unruhiger Ort, an dem es nur zwischen drei und vier Uhr morgens still wurde, wenn der U-Bahnverkehr und die Straßenbahnen pausierten und wenige Lastkraftwagen über die Kreuzung donnerten. Mutter und die Mädchen wären lieber in Niederschönhausen geblieben, einer Gegend, die dörflich anmutete, sah man von den Flugzeugen ab, die alle halbe Stunde im Landeanflug auf Tegel über die Hausdächer zogen. Vater meinte, die Genossen der Regierung zu verstehen, er könne die westlichen Störenfriede auch nicht länger ertragen und müsse also wie sie, die nach Wandlitz emigrierten, das Weite suchen. Er verschwieg, daß ihn weniger der Lärm störte als die Maschinen, die denselben verursachten. Paul Lustig war ein Fanatiker, der Autos ablehnte, Flugzeuge jedoch verachtete. Sie waren, nach seiner festen Überzeugung, eine tödliche Bedrohung des Eisenbahnwesens. Obwohl gelernter Maschinenschlosser, ein Mann der Technik, weigerte er sich strikt, eine Fahrerlaubnis zu machen, und hielt diesen Boykott, zum Ärger meiner Mutter, bis an sein Lebensende durch. Seinen zweiten Rütli-Schwur, niemals und unter keinen Umständen einen Fuß in ein Flugzeug zu setzen, hat er gebrochen, obwohl er für sich reklamierte, es sei keine freie Entscheidung gewesen, vielmehr eine Entführung, während der er, wie ihm glaubhaft versichert wurde, keine Sekunde gestanden, sondern stets auf der Bahre gelegen, also niemals einen Fuß auf irgendeinen Boden gesetzt hätte. Fakt ist, Paul Lustig war als Luftfracht unterwegs gewesen, in welcher Lage auch immer, zwanzig Minuten lang. Nach einem Herzanfall – der zweiten Inzidenz, die diese familiäre Schwachstelle belegt, auf meine Schwester Erika werde ich noch zu sprechen kommen – wurde er in einem Rettungshubschrauber des Arbeitersamariterbunds von einer bayrischen Bergwiese in eine Münchner Klinik geflogen. Als ihm Mutter, drei Tage später, am Krankenbett erzählte, wie ihn die Retter von der Alb in die Stadt befördert hätten, lächelte er resigniert aus den steifen himmelblauen Kopfkissen.

Das geschah fünfunddreißig Jahre nach unserem Umzug in die Innenstadt. An jenem Nachmittag, nachdem seine Arbeitskollegen den letzten Karton in die Wohnung getragen hatten und Mutters Buletten mit Kartoffelsalat lobten, nahm mich Vater, auf dem Balkon, auf seinen Arm, damit ich die Brüstung überblicken konnte, und wies mit der rechten Hand zum Signal auf dem Hochbahngleis. »Paß auf, mein Junge«, sagte er, »wenn die Lampe grün wird, kommt ein Zug.«

Schiller und ich waren füreinander bestimmt. Kein zweiter deutscher Dichter hatte eine ähnliche Affinität zum Innenraum. Natürlich war seine Häuslichkeit krankheitsbedingt. Es gab genug Stellen in seiner Korrespondenz und im Werk, in denen er sich beklagte, nicht in die freie Natur fliehen zu können. *Ich wohne in einem steinernen Haus, / Da liege ich verborgen und schlafe, / Doch ich trete hervor, ich eile heraus, / Gefordert mit eiserner Waffe.*

Ich schlief schlecht. Ich konnte nicht einschlafen. Mir fehlte Bewegung, frische Luft, vitaminreiche, kalorienarme Ernährung, Magnesium, Spurenelemente, mir fehlte meine tägliche Banane, mir fehlte meine Portion Kalzium. Alles Unsinn, mir fehlte meine Geliebte. Ich konnte nur gut schlafen, wenn ich Sex hatte. Möglicherweise ist es ein altmodischer Standpunkt, gleichwohl finde ich nicht, daß Masturbation Sex ist. Für mich gehören zum Sex mindestens zwei. Was man allein macht, ist höchstens Erotik. Allerdings meinte T., Frauen wären mehr an Erotik interessiert als Männer. Vielleicht. (Obwohl nach geheimen Erhebungen des Statistischen Bundesamtes im Jahr 2003 mehr Männer als Frauen Selbstbefriedigung betrieben. Konnte man solchen Umfragen trauen? Ich verließ mich lieber auf meine Selbsterfahrung.) Zum Beispiel schlief ich nach Sex immer ein, T. war hellwach. Je besser der Sex war, desto wacher wurde sie. Auch überfiel sie ein Hungergefühl, proportional zur Stärke ihres Orgasmus. Sie bat mich dann, ihr etwas zu essen zu holen, das wäre meine Pflicht, Bestandteil des Nachspiels. Wenn ich mich schlafend oder ohnmächtig stellte, rannte sie, in ihrer Nacktheit, die ich mit einem Auge verfolgte, in die Küche, holte unsere eisernen Rationen aus dem Kühlschrank und begann mit Heißhunger und unkontrolliert zu essen. Das war ungesund. Trotzdem leben Frauen länger als Männer. Gott ist Feminist.

2. Goethe 44 (23. März 2004)

Unmöglich, alle Anrufe meiner Schwestern zu ignorieren. Meine Freunde rechneten mit meiner Unzuverlässigkeit, anders Monika, Petra und Liane. Biedere Naturen, die sie waren, würden sie, wenn ich nicht zurückrief, das Schlimmste befürchten und die Polizei alarmieren. Für sie blieb ich immer der kleine Bruder. Die Erstgeborene, Monika, die seit einigen Jahren mit ihrem Mann, einem abgewickelten Mathematiker, in einem Berliner Vorort lebte, hatte sich zur Physiotherapeutin umschulen lassen und führte am Marktplatz des Orts eine kleine Praxis. Sie arbeitete mit einer jungen Angestellten und überließ Hans den Abrechnungskram. Über mangelnde Kundschaft konnte sie nicht klagen, in ihrer Gegend wohnten vorwiegend Rentner, und die am See gelegene Reha-Klinik war keine wirkliche Konkurrenz, da die Kollegen dort, obwohl technisch besser ausgerüstet, keine Hausbesuche machten und sich für die Patienten weniger Zeit ließen, ein Defizit, das sich schnell herumsprach. Nach meiner Knieoperation offerierte mir Monika ihre Massagekunst, ein Angebot, das ich mit einem Scherz ablehnte, ich würde ein unpersönliches Verhältnis zu Medizinmännern und -frauen vorziehen. Zu spät bemerkte ich, daß die Frotzelei die Schwester verletzte, sie glauben machte, ich würde auf sie herabblicken. Es war das alte, nie verwundene Minderwertigkeitgefühl, der Komplex, als einzige unter fünf Geschwistern ohne Abitur oder Diplom dazustehen, und der unausgesprochene Selbstvorwurf, einen begabten, aber lebensunfähigen Logiker geheiratet zu haben, ihren autistischen Gefährten Hans, der sogar mich an Weltfremdheit noch übertraf.

T. hielt mir Taktlosigkeit vor, mangelnde Familienbindung, alle Bemerkungen, die ich über meine Schwestern machte, nährten in ihr die Furcht, daß ich im Grunde gefühlskalt sei. Vielleicht hatte sie recht. Jetzt zum Beispiel wollte ich Monika nicht anrufen, um mich nach ihrem Befinden zu erkundigen, sondern nur, um vorzubeugen, daß sie mir weiter auf die Nerven fiel. Die Gefahr, daß sie hier auftauchte, war nicht akut. Sie kannte nur den Festnetzanschluß der Arbeitswohnung, nicht die Adresse. Monikas Nummer war im Handy gespeichert. Aber das Handy funktionierte nicht. Die SIM-Karte lag im Hinterhof. Es war noch zu früh, weil zu dunkel, den Chip suchen zu gehen.

Was eigentlich bedeutete SIM? Sichinnichtsauflösendematerie? Das Leben wurde mit jedem Gerät, das man sich zulegte, in der Hoffnung, sich das Leben zu erleichtern, nur komplizierter. *Die vermehrte Abhängigkeit der Menschheit vom Physischen.* Trennte sich T. von mir – eine Entwicklung, die ich mit meinem wortlosen Verschwinden heraufbeschwor –, konnte ich mich wieder von meinem Handy trennen. Dummerweise hatte ich mich an beide gewöhnt, an T. noch viel mehr als an das Handy. So geht das. Liebe macht abhängig. Unter einem Stapel Karteikarten entdeckte ich mein Telefonbuch, ein winziges Heft, kaum so groß wie eine Kinderhand, gefüllt mit Daten von Leuten, von denen nicht wenige gestorben waren. Von Monika fand ich nur die Anschrift in Radebeul. Die Nummern meiner zwei anderen Schwestern stimmten noch. Petra war ein besonderes Kapitel. Ich beschloß Liane anzurufen, meine Lieblingsschwester, hörte ein Freizeichen, dann eine verschlafene Stimme »Hallo« sagen.

»Guten Morgen, hier ist dein Bruder, freust du dich?«

»Was ist passiert?«

Liane besaß noch immer die Fähigkeit, mit einem Schlag wach zu werden. Wie ein Soldat.

»Bleib ganz ruhig, es ist alles in Ordnung.«

Es half nichts, sie mißtraute mir. Die Frau, die mich am besten kannte. Mit keiner hatte ich länger ein Zimmer geteilt. Kurz nach ihrer Jugendweihe, als Monika mit Hans nach Dresden ging, zog Liane ins Mädchenzimmer, und ich konnte endlich die obere Etage des Doppelstockbetts belegen.

»Was hast du ausgefressen?« fragte Liane, »ist deine Freundin schwanger?«

Dafür, daß sie seit fünfundzwanzig Jahren Parteibeitrag zahlte, verfügte sie über eine erstaunliche Menge Humor. Wir hatten uns immer gut verstanden, obwohl wir politisch selten harmonierten. Die Idee, unsere kindliche Wohngemeinschaft zu beenden, kam nicht auf unsere Initiative zustande, sondern als Resultat einer zweistündigen Beratung von Vater und Mutter, die den Beschluß faßten, das Zusammenleben einer Vierzehnjährigen mit ihrem zwölfjährigen Bruder berge ein Potential unkontrollierbarer Entwicklungen in sich, das für unser beider Zukunft zu gefährlich sei, was immer sie damit meinten.

»Erinnerst du dich an den Wal?«

»Hast du getrunken?« kam als Antwort zurück.

»Den toten Wal aus der Spree?«

»Ich weiß beim besten Willen nicht, wovon du sprichst.«

»Macht nichts«, sagte ich »war Anglerlatein.«

Liane wartete, daß ich verriet, was ich eigentlich wollte, so früh am Morgen, ich hoffte, sie würde irgend etwas erzählen, doch für eine Plauderei war sie nicht aufgelegt.

»Geht es dir gut?«

»Das willst du nicht ernsthaft wissen«, sagte sie gähnend, »es geht mir schlecht, denn ich hätte zwei Stunden länger schlafen können, aber dir geht's scheinbar wunderbar?«

»Ich stecke bis zum Hals in der Arbeit«, behauptete ich naßforsch, legte aber vor dem letzten Wort eine deutliche Kunstpause ein.

»Sei froh, daß du Arbeit hast.«

»Wie konnte ich das vergessen«, sagte ich, »der Anteil des Affen an der Vermenschlichung der Arbeit, Vollbeschäftigung für alle, Schluß mit dem Mietwucher! Kann man bei Ihnen Antragsformulare erhalten, Genossin?« Ich pfiff die ersten Takte der *Internationale*.

»Idiot«, sagte meine Schwester.

Für ein paar Sekunden herrschte Funkstille.

»Na dann, bis Sonnabend«, sagte sie.

»Wieso?«

»Petra wird fünfzig, sag bloß, du hast es verschwitzt?«

Seltsam, daß ich, der ich nie zu einem Termin zu spät komme, mir Geburtstage nicht merken kann, jedenfalls die von Lebenden, die der Toten behalte ich ganz gut. 10. November, 25. August, 17. Oktober, 13. Dezember. Überlegend, ob Lessing am 23. oder 22. Januar 1729 zur Welt kam, nach meiner Agenda im Monat Kleist, benannt nach einem Autor, der in Lessings Geburtjahr noch nicht existierte, wurde mir klar, daß ich am Wochenende keine Familienfeier ertragen könnte. Alles andere ja, bloß keine quengelnden Kinder und Kaffee und Kuchen verzehrenden Kleinbürger. Petra und die Leute ihres Clans waren für mich ein rotes Tuch. Obwohl gerade dies die Farbe war, mit der sie, im Gegensatz zu Liane (die Barrikade des Klassenkampfes verläuft direkt durch unsere Familie), zuletzt etwas zu tun haben wollten.

»Deswegen rufe ich an«, erklärte ich, »um dich zu fragen, ob du ihr nicht schonend beibringen kannst, daß ich nicht erscheinen werde, am Sonnabend, bin verhindert, eine dringende Angelegenheit.«

»Tut mir leid, die Suppe mußt du allein auslöffeln.«

Wenn es darauf ankam, sich mit ihren Schwestern zu arrangieren, machte Liane regelmäßig Schwierigkeiten. Sie bekam schlechte Laune, wurde unlogisch und ironisch. Offene Rechnungen. Daß sie vor zwanzig Jahren immer den Mülleimer hatte runterbringen müssen. Und für den Abwasch verantwortlich war, wenn Erika zum Training ging. Daß die Älteren sie überhaupt furchtbar ausgenutzt hätten. Zäh hält sich in der Welt das Gerücht, Haushalte mit Frauenüberschuß seien harmonischer als männlich dominierte oder solche mit Geschlechtergleichgewicht. Eine feministische Basislüge. Die achtzehn Jahre, die ich unter dem Matriarchat lebte, waren achtzehn Jahre an der Front.

»Ich kann sie nicht anrufen, ich muß zum Flughafen, außerdem funktioniert mein Handy nicht.«

»Was willst du denn am Flughafen?« rief Liane.

»Verreisen«, gab ich zur Antwort. Und bereute die Lüge im gleichen Augenblick.

»*Du* fliegst, sag bloß. Wohin? Bist du krank?« Meine

Schwester stotterte sich in Gesprächslaune. Gleich würde sie mich mit einer Breitseite Suggestivfragen angreifen.

»Entschuldige, das Taxi wartet«, rief ich in gespielter Hast, »ich melde mich später noch mal, aus dem Transitraum.«

Damals war ich fünf oder sechs Jahre alt. Jedenfalls glaube ich, noch nicht zur Schule gegangen zu sein, als sich die Nachricht herumsprach, in der Spree sei ein Wal gefangen worden. Da ich bereits als kleines Kind begonnen hatte zu angeln, eine ungewöhnliche Leidenschaft für Fische hatte, Aquarien liebte (aber nie eines bekam, weil meine Eltern fürchteten, ich würde die Tiere sezieren), wollte ich den Wal unbedingt sehen. Meine Schwestern versuchten mir einzureden, daß Wale überhaupt keine Fische seien. Sie fürchteten sich vor seinem Geruch. Trotzdem zogen wir am Sonntag los. Der gestrandete, tote Koloß wurde in der Nähe der Friedrichstraße der Öffentlichkeit präsentiert. Er lag an einem Spreearm, auf dem Straßenpflaster. Ein grauer Kloß, der, wie ich feststellen mußte, tatsächlich wenig mit einem Fisch zu tun hatte. In seinem Bauch herrschte ein Licht wie in einem zusammengefallenen Zirkuszelt, ein sonderbarer, mit nichts zu vergleichender Geruch lag schwer in der Luft, Meeresatem oder, wie ich phantasierte, Todesgeruch, denn so gigantisch und beeindruckend der Wal war, er hatte einen ungeheuren Nachteil, er war gestorben. Oder, wie meine Mutter sagte: verendet. Ich hielt dies für einen besonders gebildeten, erwachsenen Ausdruck und überraschte meine Eltern, Wochen später, mit der Bemerkung, meine Kindergärtnerin Frau Tonne sei heute nicht zur Arbeit gekommen, weil ihr Mann am Wochenende verendet sei. Den toten Herrn Tonne habe ich nie gesehen, so blieb der Wal für lange Zeit in meinem kleinen Leben das einzige tote Lebewesen, das größer war als ich.

Ich drückte Mutters Hand fester. Wir liefen in einer Reihe

durch den Bauch des Tieres. Niemand sprach. Fiel einmal ein Wort, so hallte es dumpf und ohne Echo zwischen den ledernen Wänden, die ich nicht zu berühren wagte. Der Wal schien sich von menschlichen Lauten zu ernähren. Eine ähnliche Stimmung erlebte ich, Jahre danach, als ich das Lenin-Mausoleum betrat. Eine schweigende Menschenmenge, die sich durch das Innere eines Körpers bewegte, während der wachsbleiche Mann im Glaskasten wie eine Batterie alle Energien aufsaugte.

Daß sich im Internet keinerlei Hinweise auf den Wal finden ließen, besagte gar nichts. Ein seriöser Forscher wie ich verließ sich eher auf studentische Hilfskräfte als auf Suchmaschinen. Drei meiner Schwestern, die mit mir, Hand in Hand, das Walinnere (sozusagen, wenn der Kalauer gestattet ist, die Walkabine) durchwandert hatten, versicherten, sie könnten sich beim besten Willen weder an den Ausflug noch an das Ungeheuer selbst erinnern. Erika und Mutter zu befragen war mir nicht mehr möglich. Alle Versuche, Zeitungsberichte über das Ereignis aufzutreiben, verliefen erfolglos. Seitdem bin ich verunsichert, ob ich die Geschichte wirklich erlebt oder nur geträumt habe. Wenn es den Wal nicht gab und die Exkursion durch seinen Magen einzig meiner Phantasie entsprang, könnte man annehmen, daß auch andere Geschichten, die ich meine erlebt zu haben, nicht wirklich stattfanden bzw., per Umkehrschluß, daß ich solche, die ich tatsächlich erlebte, nicht mehr erinnere. Ahnen Sie, worauf ich hinaus will? Die Entdeckung, ob es in den Jahren 1964 oder 1965 zur Strandung eines Meeressäugers am Ufer der Spree kam oder nicht, wäre für mich weit mehr als eine bloße Befriedigung nostalgischer Ambitionen.

Liane würde Einzelheiten verlangen. Die leichtfertige Bemerkung, ich wäre unterwegs zum Flughafen, der erwähnte Transitraum, brachten mich in Erklärungsnot. 1985, auf der Feier meines 25. Geburtstags, hatte ich, in jugendlichem

Übermut, gewettet, ich würde wie Vater niemals mit einem Flugzeug fliegen, eine Ankündigung, die viel Hallo erzeugte und Liane auf die Idee brachte, diesen Schwur mit Handschlag zu besiegeln. Es ging um eintausend Ostmark, eine, für damalige Verhältnisse, astronomische Summe, die fünf Jahre später, in gegenseitigem Einvernehmen, im Verhältnis 1:1 in Westmark umgerubelt wurde, sich aber bei der späteren Euro-Einführung dann doch halbierte. Die Laufzeit betrug genau fünfundzwanzig Jahre. Bestieg ich bis zu meinem 50. Geburtstag, dem 3. Oktober 2010 (dem 6. Molière des Jahres 50), kein Luftfahrzeug (Flugzeug, Hubschrauber, Zeppelin, Ballon, Rakete eingeschlossen) zum Zwecke der Fortbewegung (Visiten in Museen oder auf Messen waren gestattet), erhielt ich 500 Euro.

Umgekehrt hatte ich, sollte mir vor Erreichen des Jubiläums eine Flugreise nachgewiesen werden, den Betrag an Liane zu zahlen. Meine Nachfrage, was im Falle eines vorzeitigen Ablebens eines der beiden Partner geschehe, wurde damals als geschmacklos abgetan, doch gewährte mir eine Zusatzklausel 50 Prozent Rabatt, insofern ich die Schwester (oder besser meine ganze Familie) auf den Jungfernflug mitnahm. Mutter tippte die Vereinbarung auf ihrer Schreibmaschine im Büro. Mein Exemplar befand sich, wenn ich mich nicht irrte, in einem der beiden Koffer in T.s Keller, in der Mappe mit meinen Verlagsverträgen.

Eigenschaften der im Sternzeichen Waage Geborenen (alphabetisch geordnet): ästhetisch, aufgeschlossen, ausgewogen, behutsam, betörend, beweglich, charmant, diplomatisch, friedlich, gemeinschaftlich, gerecht, geschmackvoll, gesellig, harmonisch, intuitiv, kompromißbereit, kontaktfreudig, kooperativ, liebenswürdig, luftig, nett, optimistisch, plaudernd, selbstlos, stilvoll, tolerant, überlegen, verbindlich, vielseitig, vornehm, zögerlich.

Sollte irgendwann jemand, ein Wahnsinniger, ein Bruder im Geiste – solang die Verrückten nicht aussterben, ist Hoffnung für die Welt –, auf die Idee verfallen, meine Biographie zu schreiben, hätte der unbekannte Eckermann mit einer schwierigen Quellenlage zu rechnen, da mein Nachlaß (eine solche Unternehmung war nur *post mortem* anzusetzen) auf verschiedene Standorte verteilt und völlig ungeordnet war. Der Großteil meiner Bücher befand sich noch immer in der Wohnung meiner Ex-Frau. (Ein Umstand, den ich vor allem für mein Gefühl von Entwurzelung verantwortlich machte, gemäß dem Canetti-Satz: *Ein anderer Ausdruck für Heimat ist Bibliothek.*) Einige hundert Exemplare meines Goethe-Kinderbuchs und der Jochmann-Biographie lagerten in einer windschiefen Scheune in Mecklenburg (ich übernahm die verramschten Bücher vom Verlag für einen Stückpreis von 50 Cent, mit dem Effekt, daß sie jetzt von Mäusen gefressen oder von Katzen bepißt wurden). Meine Sommergarderobe verstopfte die ohnehin aus den Nähten platzenden Kleiderschränke meiner Geliebten in der Warschauer Straße. Der Rest meines Hausstands war, in Kisten verpackt, bei Monika und Petra untergestellt (sie hatten am meisten Platz und interessierten sich am wenigsten für den Inhalt), Manuskripte, Briefe, Kontoauszüge, Fotografien, Disketten, Videofilme, Tagebücher, Schulhefte. Wer wie ich sein Brot sauer damit verdiente, alte Papiere auf verborgene Botschaften abzuklopfen, warf kein Schriftstück achtlos in den Müll. Meine Schwestern waren da anders, lebenspraktisch, unsentimental.

Gelegentlich fragte ich mich, ob hinter der Sorgfalt, mit der ich jeden Zettel zur Archivalie erhob, die geheime Hoffnung lauerte, es würde eines schönen Tages doch noch das Licht der Aufmerksamkeit mein vergrämtes Gesicht erhellen. Ich bin ein schlechter Psychologe, keine Ahnung, ob mich der väterliche Druck oder der Wettbewerb mit den Schwestern in den Irrglauben trieb, aus mir müsse einmal etwas ganz Besonderes werden. Hochmut kommt vor dem Fall. Ein Kind, das im zarten Alter von zehn Jahren beginnt, die deutsche Nationalliteratur zu studieren, ist mit zwingender Notwendigkeit zum Scheitern verurteilt. (Womit ich nicht gesagt haben will, daß die Lektüre der Klassiker in jedem Fall in den Wahnsinn oder ins Gefängnis führen muß.)

Meine Arbeit als Biograph bot mir reichlich Gelegenheit, darüber nachzudenken, ob das Leben eher als Abfolge von Willkürlichkeiten oder als feines Gespinst gegenseitiger Beeinflussungen zu betrachten sei. Neigte ich früher der Chaostheorie zu, entwickelte ich, je reifer ich wurde (oder sollte ich besser sagen: älter?), mehr und mehr Sympathie für die zweite, teleologisch anmutende Konzeption. (Eine Verschiebung, hinter der als Ursache weniger erwachende religiöse Sehnsucht zu vermuten ist als die Möglichkeit, den eigenen Lebensweg in Kontinuität zu überschauen.) Wo ich ehemals den Zufall wirken sah, erkenne ich heute den sanften Druck einer Notwendigkeit. (Kein Wunder, daß mancher am Ende seiner Tage bei der einen oder anderen Konfession unterschlüpft.) So klingelte an einem Junivormittag des Jahres 1979 das Telefon in der elterlichen Wohnung, und ich ahnte, den Hörer abhebend, nicht, daß das folgende Gespräch mein weiteres Leben prägen sollte.

Es meldete sich eine Stimme, die behauptete vom *Ministerium des Innern* zu sein. Mein Vater wäre nicht zu Hause, sagte ich und überlegte, welche Aufgaben das Innenministerium eigentlich hatte, was machte ein Arzt, der *innere Krankheiten* behandelte?

»Wir würden uns gern einmal mit Ihnen unterhalten«, sagte ein Mann am anderen Ende der Leitung. Es klang, als glaubte er, mir damit eine Freude bereiten zu können. Wer waren *wir*?

»Bitte«, erklärte ich freimütig, »fragen Sie.«

»Nicht am Telefon«, entgegnete der Unbekannte beinah erheitert, »von Angesicht zu Angesicht.«

Er schlug vor, in einer halben Stunde vorbeizuschauen, da man gerade in der Nähe sei. Wer war *man*? Die ganze Geschichte schien mir merkwürdig, auf unbestimmte Weise bedrohlich und abenteuerlich. Erlaubte sich einer meiner ehemaligen Mitschüler einen schlechten Witz? Mir fiel niemand ein, dem soviel freche Phantasie zuzutrauen war. Vor Aufregung hatte ich vergessen, meinen Besuchern die Adresse durchzugeben, doch würden sie diese selbst herausfinden, es gab nur einen Paul Lustig im Berliner Telefonbuch. Die Musik von *Emerson, Lake and Palmer*, die bis eben zu diesem müßigen Morgen gepaßt hatte, wirkte jetzt störend. Ich schaltete das Tonband aus und suchte eine unbespielte Kassette. Als es an der Tür läutete, drückte ich die Aufnahmetaste und schob das Gerät unter das Bett. Meine eigene Handlung verwunderte mich, sie kam mir vor wie eine Filmszene. Vor der Tür stand ein einzelner Mann, der nicht den Erwartungen entsprach, die ich von einem Geheimdienstmitarbeiter hatte, ein banales Gesicht. Er zeigte mir einen Klappausweis. Sein Name wäre Lenz.

»Wie der Schriftsteller«, meinte ich.

»Ja, wie Frühling, genau.«

Ich bat ihn herein. Ob er mir noch einmal seine Legitimation zeigen könnte, ich hätte sie eben, im Halbdunkel der Türfüllung, nicht richtig erkennen können, und, wie Lenin schon sagte, Vertrauen sei gut, aber Kontrolle besser. Er lächelte. Das mußte er als Tschekist, wenn man ihn mit einem Lenin-Zitat überraschte. Das Klappkärtchen bewies, daß er wirklich Lenz hieß, oder vorgab zu heißen, daß er am 12. Januar 1946 geboren, also dreiunddreißig Jahre alt war und, wie ein kreisrunder Stempel verriet, für das Ministerium für Staatssicherheit arbeitete. Genosse Lenz musterte mit einem Rundblick die Einrichtung meines Zimmers und fragte mit den Augen, wo er sich hinsetzen sollte. Ich wies auf den

Sessel am Fenster. Er strahlte eine beruhigende Unbefangenheit aus. Offenbar war man in seinem Beruf daran gewöhnt, fremde Menschen in fremden Wohnungen aufzusuchen. Ich setzte mich auf einen Stuhl ihm gegenüber, schlug das rechte Bein über das linke und fragte bemüht lässig: »Womit kann ich Ihnen dienen?«

Die Naivität war nicht gespielt, ich hatte wirklich keine Ahnung. Lenz begann einen Vortrag über den Sinn und die Aufgaben seines Betriebes, dem ich nur mit einem Ohr folgen konnte, um so mehr, als ich begriff, daß das Gespräch, das ich mir als kurze Frage-Antwort-Situation gedacht hatte, in eine längere Unterredung auszuufern drohte. Nicht, daß ich etwas vorgehabt hätte, ich war quasi arbeitslos, obwohl es diese Stellung in der *Republik* eigentlich nicht gab – wollte man mir wegen *asozialen Verhaltens* an den Kragen? –, auch war nicht zu befürchten, daß Liane oder Petra vorzeitig aus der Berufsschule kommen würden, und wenn, wäre dies nicht mein, sondern des Genossen Lenz Problem gewesen, Kopfzerbrechen bereitete mir, daß in knapp zwanzig Minuten ein schriller Pfeifton die freundliche Atmosphäre zwischen dem Sicherheitsmann und mir zu zerstören drohte. Ich zweifelte, ob der Mann, der nicht müde wurde, die Notwendigkeit der konspirativen Arbeit zu begründen, meine Leidenschaft für dieselbe billigen würde, hatte er doch zu Beginn seiner Ausführungen betont, er rechne damit, alles, was wir beredeten, möge *selbstverständlich* unter uns bleiben. Als er mich auf diese Formel einschwor, hätte ich das Gerät unter dem Bett hervorziehen und ausschalten können, irgendwie fehlte mir dazu die Kraft. Der Recorder war ein Geschenk von Onkel Werner, Vaters Bruder, der nach der Kriegsgefangenschaft in der britischen Zone hängengeblieben war, in Düsseldorf, bei einem Mädchen namens Gisela, dann zur Bundesbahn ging und dort zum Abteilungsleiter für Gefahrguttransporte aufstieg. Der Onkel trug Schuld daran, daß der bewährte

Lokführer Paul Lustig nie in *Interzonenzügen* zum Einsatz kam und später auf das Stellwerk umsattelte, exakter gesagt, Fahrdienstleiter wurde. Aber auch dem fünf Jahre älteren Werner blieben, wegen besonderer Kenntnisse in sicherheitsrelevanten Bereichen, Reisen in den Ostblock und die *Zone* (was die *Republik* meinte) von seinem Arbeitgeber untersagt, so daß sich der Kontakt der Geschwister auf Geburtstagsglückwunschkarten und Weihnachtspakete beschränkte. Zu meiner Jugendweihe, vor fünf Jahren, erschien, zu unser aller Überraschung, Tante Gisela und mit ihr der Radiorecorder, der jetzt unter dem Bett stand und die Rede des Genossen Lenz aufzeichnete. Das integrierte Mikrophon war hochempfindlich, der Radioempfang stereophon, vier verschiedene Frequenzen standen zur Auswahl. Einziger Nachteil des Apparats war der verräterische Signalton, der das Tonbandende ankündigte, damit der Musikliebhaber, *der Tanzmusik mitschnitt*, eine neue Kassette bereitlegte. Man konnte den Warnmechanismus unterbinden, doch verlangte dies einen technischen Eingriff, den ich scheute. Ich konzentrierte mich auf die Stimme des Mannes im Sessel.

»Deswegen wollen wir wissen«, hörte ich ihn sagen, »warum Sie sich haben exmatrikulieren lassen?«

Das war der Grund? Der Geheimdienst schickte einen Mitarbeiter zu mir, um zu erforschen, was ich in einer zweiseitigen Erklärung dem *Referat Erziehung und Ausbildung* aufgeschrieben hatte. Meine Begründung war ein wenig geschönt und abgeschwächt, aber das mußte ich Lenz nicht mitteilen. Er hätte es falsch verstehen können. Das Klima an der Sektion Journalistik ging mir auf die Nerven. Am Tag der Einschreibung geriet ich mit Professor Schwarz, Dozent für *Wissenschaftlichen Kommunismus*, aneinander, als ich gestand, die Funktion des Parteigruppenorganisators des Studienjahres nicht übernehmen zu können, für die man mich vorgeschlagen hatte.

»Wieso nicht?«

Der Ton deutete an, daß es nicht üblich war, gegen solche Pläne Widerspruch anzumelden.

»Ich kann es nicht.«

»Keine falsche Bescheidenheit.«

Professor Schwarz wandte sich mit dem Brustton der Überzeugung an die versammelten Erstsemestler.

»Deine Genossen werden dir mit Rat und Tat zur Seite stehen.«

»Da bin ich sicher«, entgegnete ich, »doch kann ich unmöglich Parteigruppenorganisator werden, wenn ich nicht Mitglied der Partei bin.«

Ein schlagendes Argument, das ein Mädchen zum Lachen animierte. Der Dozent warf ihr einen strafenden Blick zu und erklärte mit gepreßter Stimme, die dennoch verstanden wurde, da es im Saal still geworden war:

»Genosse Lustig, Sie sollten nicht krampfhaft versuchen, Ihrem Namen Ehre zu machen.«

Die Immatrikulationskommission steckte die Köpfe über meinen Bewerbungsunterlagen zusammen, aus denen, wie ich wußte, hervorging, daß ich den üblichen Massenorganisationen, doch keiner politischen Partei angehörte. Die Studenten starrten mich an wie ein seltenes Tier. Als Parteiloser am *Roten Kloster*, wie die Sektion genannt wurde, angenommen zu werden war bislang ein Privileg von Ausländern gewesen.

Lenz wiederholte seine Frage. Die Anekdote war nichts für ihn, vor allem, weil er sie unter Umständen schon kannte.

»Ich will etwas anderes studieren«, sagte ich, »Germanistik oder Geschichte.« Die Nachricht verblüffte den Geheimdienstmann.

»Sie interessieren sich für Literatur?«

Er schien aufklärungstechnisch nicht besonders viel auf dem Kasten zu haben. In den Regalen meines Zimmers standen knapp 2000 Bücher. Was glaubte er, würde ich damit anstellen? Briefmarken pressen, Blätter und Pflanzen? Lenz machte eine Bemerkung, doch ging seine Rede im Lärm der Straßenbahn unter, die über die Kreuzung rumpelte.

»Sie mögen die Klassiker?«

»Woher«, sagte ich, »wissen Sie das?«

Das Lächeln meines Gesprächspartners war beredt: Von dir, Ernst Lustig, wissen wir noch ganz andere Sachen, wir kennen alle deine Gewohnheiten, sogar die, von denen du selbst nichts weißt. Die Situation entbehrte nicht einer gewissen Spannung. Ich hoffte, er würde endlich die eigentliche Absicht seines Besuchs enthüllen, als ein Pfeifton uns beide aus der Grübelei aufschreckte. Die über das Bettzeug gebreitete Wolldecke hing bis auf den Boden und dämpfte das Warnsignal, dennoch war das Geräusch, das der Recorder in hoher Frequenz, im 5-Sekunden-Takt, ausstieß, unüberhörbar. Was ist das? fragten die graublauen Augen des Beamten. Statt nach einer Erklärung zu suchen, überlegte ich in diesem Augenblick, ob der Mann eine Waffe trug. Jetzt stellte er die Frage wörtlich.

»Was ist das?«

»Mein Meerschwein«, antwortete ich, ohne zu zögern.

Wie auf Stichwort begann *Schiller* – mein wirkliches Haustier – in seinem Käfig zu rumoren. Er stellte sich mit den Vorderpfoten auf sein Häuschen und schien die Signaltöne zu orten. Lenz blickte abwechselnd zum Bett, zum Rosettenmeerschwein und zu mir. In seinem Kopf vollzog sich eine einfache Deduktion.

»Ich besitze ein Paar«, erklärte ich und öffnete den Käfig. »Das ist Schiller.«

Dann steckte ich, niederkniend, den Kopf unter die Überdecke, setzte das Nagetier neben den Kassettenrecorder und unterband, die Stopptaste drückend, das Warngeräusch.

»Ein komischer Ton«, sagte der Genosse, »meine Tochter hat auch so ein Tier, das piept ganz anders.«

»Eine seltene Rasse«, erklärte ich, »Nordafrika, kennen Sie sich mit Meerschweinen aus?«

»Nicht wirklich.«

Gott sei Dank.

»Wie heißt das andere?«

»Was meinen Sie?«

»Das zweite Schwein«, sagte der Stasimann.

»Raten Sie.«

»Goethe?«

»Sie kriegen wohl alles raus?«

Lenz lächelte.

»Zeigen Sie mir auch den Weimaraner«, forderte er. Ich verkniff mir die Bemerkung, daß es sich um einen Kleinnager und keinen Hund handelte, kroch erneut unter die Couch und griff wieder nach *Schiller*, der ein Weibchen war und mitunter heimtückisch sein konnte.

»Man sieht keinen Unterschied«, meinte der Geheimdienstler und drehte und wendete mein Haustier, als suche er ein Etikett oder Namensschild.

»Es sind Zwillinge«, sagte ich keck. Lenz wollte seine Volksnähe betonen und neckte mein Schwein mit dem Zeigefinger. *Schiller* schnappte zu, ich wußte, er besaß kleine, scharfe Zähne, die empfindlich zwicken konnten. Lenz verzog das Gesicht und setzte den Nager verärgert auf den Teppich.

»Böser Goethe.«

Der Biß hatte meinen Gast verwirrt, eine Lage, die ich auszunutzen wußte. Ich fragte, was ihn wirklich zu mir führte. Die Schärfe, mit der ich eine Erklärung forderte, überraschte Lenz und hinderte ihn an weiteren Tierversuchen.

»Sie sind doch kaum gekommen, um mit mir über Schiller und Goethe zu reden?«

»Doch«, antwortete der Geheimdienstmann.

Paul Lustig wäre kein echter deutscher Eisenbahner gewesen, hätten ihn Zweifel an seinem Staat geplagt. Er ging nicht zur Arbeit, sondern zum Dienst. Als Uniformträger fühlte er sich zu unbedingter Loyalität verpflichtet. Um so mehr schmerzte ihn, daß die Existenz eines ihm im Grunde fremden Bruders – den er als Kind kaum wahrgenommen hatte, da Werner erst Flakhelfer gewesen, dann eingezogen und an die Front geschickt worden war, so daß sie sich erst lange nach dem Krieg, Anfang der fünfziger Jahre, und dann letztmalig, bei einem Besuch in West-Berlin, wiedersahen –, daß also dieser einzige West-Verwandte den Vorgesetzten genügte, um sein Einsatzgebiet, das er wie kaum ein zweiter auszufüllen vermochte, zu begrenzen. Dennoch hörte ich aus seinem Mund nie ein Wort, das man mit Gesellschaftskritik hätte verwechseln können. Jahrelang ging ich davon aus, Vater wäre Mitglied der Partei, erst in der siebten Klasse entdeckte ich im Klassenbuch, daß hinter dem Namen Lustig, Paul zwar das Kürzel *AK* stand, was Arbeiterklasse bedeutete, obwohl, wie mir schien, zum Berufsstand Stellwerker viel eher die Kategorie *I*, wie Intelligenz, gepaßt hätte, doch fehlte der Hinweis auf eine Parteizugehörigkeit. Dagegen war Mutter, die eine muntere Zunge führte, wenn es im Konsum an der Ecke keine Gurken gab oder man wieder versäumt hatte, Obst für die Werktätigen zurückzulegen, die erst nach siebzehn Uhr zum Einkaufen kommen konnten, Mutter, die in der Tageszeitung nur den Lokalteil, das Fernsehprogramm und Beiträge über Hausarbeit las und abends nicht einmal Ostnachrichten sah, Helene Lustig, geborene Kapuczinsky, war nicht nur *A*, wie Angestellte, sondern auch *SED*.

Ihr erzählte ich von meinem Treffen mit dem Genossen Lenz erst Jahre später, als ich mich weigerte, die Fragebögen auszufüllen (ein Boykott, der in meiner Familie auf allgemeines Unverständnis stieß), während ich Vater sofort an jenem Juniabend ins Vertrauen nahm. Er lag in seinem

Liegestuhl auf dem Balkon und las Zeitung, als ich ihm sagte, ich müßte ihn sprechen. Als Antwort kam ein Brummen, das man mit viel gutem Willen als Aufforderung zum Reden übersetzen konnte.

»Ich hatte Besuch«, begann ich und wartete, daß er mir sein Gesicht zuwandte.

Nichts geschah. Ich blickte zum U-Bahngleis, zündete mir eine Zigarette an, wissend, wie sehr es ihn reizte, wenn ich in seiner Gegenwart rauchte. Als er auch diese Provokation ignorierte, sagte ich: »Heute war die Stasi bei mir.« Der Satz kam mir über die Lippen wie eine Bemerkung über das schöne Wetter. Ich war achtzehn Jahre alt, trug schulterlange Haare und hatte weder Lust noch Geduld, die Sache gefällig aufzubereiten. Vater, schlagartig hellwach, sprang aus dem Liegestuhl und schloß, was ich ziemlich lächerlich fand, die Balkontür.

»Wie meinst du das?« fragte er.

Ich verstand nicht. Hatte ich keinen eindeutigen Aussagesatz formuliert?

»Red schon«, drang er auf mich ein, »muß man dir jeden Satz aus der Nase ziehen?«

Eine irrationale Reaktion, die ich häufig bei Vertretern der älteren Generation beobachtet hatte. Ich berichtete den Ablauf der Ereignisse. Vater hörte mir mit finsterer Miene zu.

»Das ist alles?«

»Ja«, sagte ich, »außerdem hat mir der Mann eingeschärft, ich solle mit niemandem über unser Gespräch reden, auch nicht mit meinen Eltern.«

»Das sagen sie immer«, sagte Paul Lustig.

Der Satz war mehr zu sich selbst gesprochen als zu mir, doch fragte ich mich, woher er das wußte.

»Und du hast nichts ausgeheckt? Auch nicht in Leipzig? Irgendwelche Dummheiten? Irgendwas Politisches?«

Ich beschränkte mich auf verneinende Kopfbewegungen. Dann herrschte er mich an: »Hast du's Mutter erzählt?«

»Nein.«

»Hör zu, Junge, Ernst«, er nahm mich bei den Schultern, wir waren inzwischen gleich groß, »ich weiß, du hörst es nicht gern, wenn ich dir einen Rat gebe, aber jetzt geb ich dir noch mal einen, obwohl du inzwischen volljährig bist, überleg dir genau, was du tust, mit diesen« – er schien nachzudenken, wie er die handelnden Subjekte charakterisieren sollte – »Genossen ist nicht zu spaßen, das ist eine ernste Angelegenheit, wenn die sich jetzt schon an dich wenden, wo du noch so jung bist, würde ich mir an deiner Stelle gut überlegen, ob die Entscheidung, in die Wissenschaft zu gehen, also diese Sache mit Literatur und Geschichte, ob die richtig ist, vielleicht solltest du das mit dem Studieren ganz sein lassen und lieber einen richtigen Beruf ergreifen, etwas Handfestes.«

Es war eine für seine Verhältnisse lange Rede.

»Vater, was soll das«, antwortete ich, »du willst mich doch nicht wieder zum Lokführer machen, der Zug ist abgefahren.«

Er winkte ab, resigniert.

»Jedenfalls kommen diese Leute nicht noch einmal über die Schwelle meines Hauses, hast du verstanden, wenn du dich mit ihnen treffen willst, dann mach das woanders, ist das klar?«

Noch nie hatte ich Vater so entschieden sprechen hören. Ich nickte. Er war mit der stummen Antwort nicht zufrieden und wiederholte die Frage. »Ist das klar?«

»Ja.«

»Mutter darf davon nichts erfahren, hörst du? Es bringt sie um. Also, die Sache, diese Unterhaltung, bleibt unter uns, kapiert? Du kannst doch schweigen?«

War das eine ernsthafte Frage? Zum zweiten Mal innerhalb weniger Stunden wurde mir ein Schweigegelübde abgenommen.

»Selbstverständlich«, sagte ich und fand meine Beteuerung

grotesk, da ich ja mit meinem Geständnis hinreichend bewiesen hatte, was von meinem Ehrenwort zu erwarten war.

Vielleicht war ich im Grunde nur ein alberner Mensch, ein Clown und meinem Feind, meinem erfolgreichen Alter ego, dem Entertainer D., gar nicht so unähnlich? T. hatte sich oft gewundert, wie jemand, der ernsthaft über die Aktualität der Kyniker nachdachte, der sich durch das Gesamtwerk von Wieland arbeitete und Kants Sprache als Höhepunkt deutschen Schrifttums achtete, ein Hobby wie die *SSS* betreiben, einer Beschäftigung nachhängen konnte, die (zumindest in ihren Augen) jedweder akademischen Dimension entbehrte. Mag sein, daß in diesem Widerspruch mein Problem begründet lag, meine Krise, meine Unfertigkeit, meine nie geschriebene Habilitation, meine Bindungsangst, meine Neigung zum Hasard. Am Ende bewies Vater prophetisches Geschick, als er mich Ernst Lustig nannte, oder drückte er mir mit diesem Namen den Stempel erst auf, das dialektische Stigma?

Vorsatz war es nicht, wenn ich zu schwadronieren begann. Die Manie packte mich anfallartig, wobei der Übergang von Wahrheit zu Dichtung fließend war, er fiel mir nicht auf, dies erhöhte die Chance, daß er auch anderen verborgen blieb. (Zum Glück hatte ich nur mit Normalsterblichen Umgang, nicht wie mein Namensvetter *Bruder Lustig* in Grimms Märchen, der an den heiligen Petrus geriet, den Himmelspförtner, der problemlos alle seine Flunkereien durchschaute.) Wußte ich nicht weiter, begann ich Geschichten zu erfinden, stopfte Wissenslücken mit dem Mörtel der Phantasie. Vielleicht ist die Kunst zu lügen die eigentliche Voraussetzung für ein biographisches Talent? Es ist dies, das sei mit aller Unbescheidenheit angemerkt, kein geringes Vermögen, denn man muß so lügen können, daß die Wahrheit keinen Schaden nimmt.

Wohin verschwand diese Fähigkeit, die zu mir zu gehören schien wie der Leberfleck auf meinem Gesäß, der schon da war, bevor ich ihn bemerkte? Woran lag es, daß ich mich mit der Darstellung des *Kranken Uhus* plagte, während mir die Porträts von Jochmann und Iffland leicht von der Hand gegangen waren, obwohl bei beiden die Quellenlage unvergleichlich dürftiger war als die des *Alten*. Hemmte mich der Erwartungsdruck? Konnte man eine Begabung einbüßen wie, sagen wir einmal, die Virilität? (Was für eine naive Frage, war doch die Literaturgeschichte nicht zuletzt eine Dokumentation des Verfalls von Talenten.) Wo lag der Grund, daß ich die Passion für Schiller verlor, die mich einst wie ein Virus gepackt hatte?

Kaum ein anderer Junge in meiner Klasse war in der Pubertät ein größerer Stubenhocker als ich. Diese Entwicklung hatte in der Mitte der fünften Klasse begonnen, wenige Monate nach meinem Versuch, das Leben der Arbeitsgemeinschaften zu revolutionieren. Vorher war ich ein Junge wie andere Jungen, spielte auf dem Falkplatz Fußball, balancierte in Hinterhöfen über Mülltonnen und Brandmauern, hing kopfunter an Klopfstangen, legte Pfennige auf Straßenbahnschienen, damit sie plattgefahren wurden. Für gewöhnlich hatte ich aufgeschrammte Ellbogen, Pflaster auf den Knien, Löcher in den Hosen und Sand im Haar. Bis ich eines schönen Tages eine folgenreiche Entdeckung machte.

Bei einem Arbeitseinsatz, der sich großspurig *Subbotnik* nannte, obwohl er an einem Montag durchgeführt wurde, fiel mir in einem Nebengelaß der Aula ein Buch in die Hände, ein zerschlissener Dünndruckband aus dem Insel-Verlag (ein schönes Exemplar der *Grossherzog Wilhelm Ernst Ausgabe*, das ich noch heute besitze und das sich bei T. befinden dürfte). Aus welchen Gründen wurde die Schrift aus der Anstaltsbibliothek ausgesondert? Landete das Buch auf dem Müll, weil der Autor über *Müll* schrieb, über den *Abfall* eines ganzen Landes? So jedenfalls las ich den Titel, als ich ihn erstmalig sah: *Geschichte des Abfalls der Vereinigten Niederlande vom Königreich Spanien.* Was hatte der Müll der Niederländer, in denen ich die Holländer erkannte, mit den Spaniern zu schaffen, zwischen beiden Ländern lagen doch wenn nicht Welten, zumindest einige Länder, Frankreich zum Beispiel. Ich beschloß, es herauszufinden. Und verstand so gut wie nichts. Nur soviel: Es ging nicht um Müll, sondern um Freiheit. Seit damals weiß ich, daß Kinder, haben sie sich einmal etwas in den Kopf gesetzt, von einer zähen Ausdauer sein können. Schillers Geschichtswerk überforderte mich und stellte mein Sitzfleisch auf eine harte Probe. Der Mann schrieb in einer unbekannten Sprache, die Sätze waren endlos und ergaben keinen Sinn, die Anzahl und Fremdartigkeit der handelnden Personen verwirrte mich. Trotzdem legte ich das Buch nicht aus der Hand, bis ich die letzte Seite gelesen hatte. Dieses Fundstück war mein Schatz, mein Geheimnis, die Zone, die ich mit niemandem teilen mußte, in der ich Alleinherrscher war. Vom Inhalt der Schrift blieb nicht viel bei mir hängen, doch immerhin genug, um eine erneute Auseinandersetzung mit meiner Lehrerin, zu provozieren.

Bei einer Klassenwanderung in der Umgebung von Kloster Chorin brach ich, mit einem Astschwert bewaffnet, aus einem Hinterhalt hervor, stürzte mich auf die versammelte Mädchengruppe und schrie, daß es weit durch den Buchenwald hallte: »Die Geusen sollen leben!« Sabine, die Gruppenratsvorsitzende, verriet meinen Schlachtruf an Frau M., die mich zur Seite nahm und fragte, was ich mir schon wieder ausgedacht hätte. Unser Vertrauensverhältnis war seit meiner Initiative in Richtung Gynäkologie gestört, hinter jeder meiner Äußerungen wurde Schweinisches vermutet, eine Unterstellung, die meinen Worten sogar bei Schülern der oberen Klassen ein ungeahntes Gewicht verlieh. Ich galt als jemand, der es *faustdick hinter den Ohren* hatte, ein Kompliment, das mir undeutlich blieb und gestützt wurde durch die Tatsache, daß meine Schwester Petra, die in die zehnte Klasse ging, im Ruf stand, als Küsserin Knutschflecke erzeugen zu können, die mindestens eine Woche hielten.

Frau M. hakte nach: »Weshalb beleidigst du deine Klassenkameradinnen?«

Ich antwortete mit einer, wie mir schien, harmlosen Gegenfrage. Ob sie katholisch sei oder Spanierin?

Nachdem sie sich von ihrem Schreck erholt hatte, sagte die nach Luft ringende Pädagogin (die in den oberen Klassen Staatsbürgerkunde unterrichtete), sie sei mit ihrer Geduld am Ende, wir würden uns beim Direktor wiedersehen.

Die Lage geriet außer Kontrolle. Ich agierte planlos, veränderte ohne erkennbare Absicht althergebrachte Gewohnheiten, mied meine Freunde, belog Angehörige, stellte vage Überlegungen als vollendete Tatsachen hin, begann mich in meinen eigenen Geschichten und Zeiteinheiten zu verstricken, kam aber mit meiner Arbeit um keinen Schritt voran. Ich brauchte dringend Rat, professionellen Beistand, einen Psychologen. Meinen Freund Z. (besagten Chefarzt einer psychiatrischen Klinik), wollte ich nicht mit meinen Neurosen belästigen, offensichtlich deutete die Bemerkung, eine persönliche Bindung an den Therapeuten abzulehnen, eine tiefere Verunsicherung an, als ich mir eingestand. T. hatte, mit jugendlicher Penetranz, auf diese Schwachstelle hingewiesen.

»Du bist unfähig, dich zu öffnen, willst niemanden wissen lassen, wie es dir geht.«

»Das stimmt nicht«, hatte ich geantwortet, sie redete mir einen Komplex ein, wie könnte ich mit ihr zusammenleben, wenn ich so verkapselt wäre?

»Leben wir denn zusammen?« hatte sie entgegnet und daran erinnert, daß ich nie klare Antworten gab, wenn sie die Möglichkeit erwähnte, eine Familie zu gründen.

Ich: »Findest du nicht, daß du die Sachen unnötig verkomplizierst?«

Sie: »Du lebst in den Tag hinein. Wie alt bist du eigentlich?«

Nach diesem Tiefschlag folgte meist ein handfester Streit, mit gegenseitigen Schuldvorwürfen, der in Schweigen endete. T. saß im Badezimmer auf dem Duschteppich, den Rücken am Heizkörper, die Knie angewinkelt, das Telefon zwischen Schulter und Wange eingeklemmt, und sprach stundenlang mit einer Freundin. Sie redete russisch, zwitschernd und ohne Pausen. Ich nahm an, daß sie sich über mich beklagte. Wenn sie lachte, war ich sicher, sie lachte über mich. Ich saß am Schreibtisch, versuchte mich mit meiner Arbeit abzulenken und ärgerte mich, die Drohung meiner Russischlehrerin, Frau F., ich würde es einmal bereuen, die Sprache Tolstois und Majakowskis nur mangelhaft zu beherrschen, vor dreißig Jahren nicht ernster genommen zu haben.

Der Zwischenfall im Klosterwald und die Aussprache im Sekretariat des Schulleiters sollten mich tiefer in die Isolation führen und enger an den Dichterfürsten ketten, als es für die Entwicklung eines pubertierenden Thälmannpioniers gut sein konnte. Hörte ich den Spruch *Wissen ist Macht* aus dem Mund eines Lehrers, verzogen sich meine Strichlippen zu einem verächtlichen Grinsen. Davon wußte ich nun ein Lied zu singen.

Der Wandertag war auf einen Freitag gefallen. Ich nutzte das Wochenende, um meine Kenntnisse in Sachen Geusen aufzufrischen. Schon damals verfügte ich über die Fähigkeit, schnell und leicht Texte auswendig zu lernen, vor allem wenn es sich um Verse handelte. (Eine Begabung, die später meine kurzzeitige Karriere als Kleinkünstler nicht unerheblich beförderte.) Zunächst bemühte ich mich, etwas Ordnung in die Personnage zu bringen, wer stand auf welcher

Seite: Philipp II., Margareta von Parma, Kardinal Granvella, ihnen gegenüber Wilhelm von Oranien, die Grafen Egmont, Brederode und Hoorne. Obwohl mir schleierhaft blieb, für welche Ziele die einzelnen Parteien eintraten, begriff ich zumindest, daß die Aufständischen bei der Übergabe einer Bittschrift an die Regentin mit einem Haufen Bettler verglichen wurden. Geusen kam aus dem Französischen, Gueux bedeutete ein Bettlerhaufen, ich konnte das Wort schwer aussprechen, ebenso wie den Namen des Mannes, dem man die Beleidigung in den Mund legte, ein gewisser Graf Berlaymont.

Am Montagnachmittag hatte ich mit meiner Mutter beim Direktor zu erscheinen. Ich war nicht schlecht präpariert. Zwar war mein Wissen lückenhaft, doch baute ich auf ein kleines Polster von Zitaten, mit dem meine Gegner absolut nicht rechneten. Der Schulleiter hieß Dr. Schlegel, ein beziehungsreicher Name, der mir damals noch nichts sagte, ein steifer, humorloser Mann, Physiklehrer, dessen Vertretungsstunden unter den Schülern allgemein gefürchtet waren. Mutter, von der Einladung überrascht, fragte besorgt, was vorgefallen wäre. Ich gestand ihr die halbe Wahrheit, es selbst nicht genau zu wissen.

Das Schulsekretariat befand sich am Ende des unteren Flures, über dem Eingang hing die Uhr, nach der sich die Klingelzeichen richteten, sie ging stets fünf Minuten nach. Frau M. begrüßte Mutter mit so freundlichem Lächeln, als wolle sie ihr zu ihrem Sohn gratulieren. Mir legte sie, was sie sonst dankenswerterweise nie tat, die Hand auf die Schulter und schob mich ins Vorzimmer, wo die Sekretärin, Frau Bommel, ihre Nagelfeile in der Handtasche verschwinden ließ und uns ins Büro des Direktors führte. Man munkelte, zwischen Bommel und Schlegel sei irgend etwas im Gange. Keine Ahnung, ob dem so war, jedenfalls hätten sie eine schöne kleine Familie gründen können, würden sie geheiratet haben: die Schlegel-Bommels oder Bommel-Schlegels.

Ich war aufgeregt, doch nicht, weil ich Strafe fürchtete, ich war von meiner Unschuld überzeugt. Erstmals befiel mich Lampenfieber, eine flatterhafte Unruhe im Bauch, die ich später vor jeder Vorlesung oder Vorstellung verdrängen mußte. (Man könnte den Eindruck gewinnen, mein Leben sei eine bloße Abfolge vieler Déjà-vus.) Im Zimmer des Schulleiters roch es nach kalter Zigarette, ein wenig wie in unserem Wohnzimmer während der Wintermonate, wenn Vater sich weigerte, auf dem Balkon zu rauchen. Dr. Schlegel reichte Mutter und Frau M. die Hand, mich ignorierte er. Dann bat er mit einer stummen Geste, die er aus einem Film entliehen haben mußte, die Anwesenden, Platz zu nehmen. Wir waren fünf Personen, der Direktor, die Lehrerin, Mutter, die Sekretärin mit Stenographierblock und ich, doch gab es nur vier Sitzmöglichkeiten: drei schalenförmige Sessel und den Drehstuhl hinter dem Schreibtisch. Ich blieb stehen und spürte mein rechtes Knie zittern. Der Schulleiter starrte auf die grüne Filzmatte auf seinem Arbeitstisch, ließ einen Bleistift durch seine Finger gleiten, hob plötzlich den Kopf und sah mir fest in die Augen. Die Taktik verfing bei mir nicht. Ich hielt dem Blick stand. Offensichtlich erwartete man, daß ich etwas sagte, Stellung bezog, wie es so schön hieß. Ich schwieg. Schlegel wandte sich Mutter zu, ölig lächelnd wie meine Lehrerin. Klar, sie versuchten zwischen Mutter und Sohn einen Keil zu treiben, ganz wie bei Egmont und Oranien.

»Frau Lustig, was ist los mit dem Jungen? Hat er Probleme?«

Ich haßte es, wenn man von mir in der dritten Person sprach. Also antwortete ich, bevor Mutter den Mund aufmachte, an ihrer Stelle mit einem kräftigen: »Nein.«

Frau Bommel blickte aus den Notaten auf, in Richtung ihres Chefs, der schüttelte kaum merklich den Kopf. Mein Widerspruch kam nicht ins Protokoll.

»Ernst«, ermahnte mich die Klassenlehrerin, »antworte bitte nur, wenn du gefragt bist.«

»Vielleicht sollten Sie mir erst mal sagen, was eigentlich vorgefallen ist«, erklärte Mutter, »aus ihm« – sie wies auf mich – »ist nämlich nichts Vernünftiges rauszukriegen.«

Daß auch Vaters Ehefrau, die Mutter meiner Schwestern, von mir sprach, als sei ich nicht im Raum, kränkte mich, doch wußte ich aus Schillers Buch, Verrat war in dieser Welt ein alltägliches Geschäft und kam in den besten Familien vor.

Die Lehrerin räusperte sich. Eigentlich habe sie die Sache nicht an die große Glocke hängen wollen, doch hätten noch Freitagabend, wenige Stunden nach dem *Vorkommnis*, Eltern bei ihr angerufen – Frau M. besaß auch einen privaten Telefonanschluß –, deren Töchter – Namen wolle sie jetzt nicht nennen – nach dem *Angriff* regelrecht unter *Schock* gestanden und stundenlang geweint hätten, infolge des plötzlichen *Gewaltausbruchs* und der *verletzenden Worte*, die ich gebraucht hätte. Daß ich gegen sie, meine Lehrerin, über den *Tathergang* befragt, unangemessen frech geworden wäre, sei das kleinste und entschuldbarste meiner Vergehen.

Ich glaubte meinen Ohren nicht zu trauen. Ich hatte von Schillers Abfallschrift mehr verstanden als von der Rede meiner Klassenlehrerin. Wen hatte ich angegriffen? Die Mädchen hatten geschrien und mich mit Kienäpfeln beworfen, geheult hatte keine einzige.

»Das ist nicht wahr«, setzte ich an, aber Schlegel schnitt mir mit einem kalten: »Du bist noch nicht dran!« das Wort ab.

»Du hast sie *Gänse* genannt«, sagte Frau M. mit gespielter Empörung.

Ich mußte lachen. Endlich klärte sich das Mißverständnis auf.

»Ernst Lustig«, rief der Direktor, »wir haben uns hier nicht versammelt, um uns von dir auslachen zu lassen, ein Junger Pionier vergleicht seine Mitschülerinnen nicht mit Tieren, das ist eine Beleidigung, der Mensch ist das Ensemble der gesellschaftlichen Verhältnisse.«

»Ich habe niemand beleidigt«, sagte ich, »wer das behauptet, lügt.«

Der Satz stand im Raum und breitete sich aus. Meine Mutter spürte, daß sie mir irgendwie beistehen mußte, und fragte, ob ich überhaupt etwas zu den Mädchen gesagt hätte?

»Die Geusen sollen leben, habe ich gerufen.«

Frau Bommel fragte, wie sich das schriebe.

»Wie Reuse«, antwortete ich, doch half ihr der Hinweis nicht viel weiter. Auch der Direktor hatte den Anschluß verloren.

»Was soll das sein?« wagte meine Lehrerin einen Vorstoß.

In diesem Augenblick begriff ich, sie hatte keine Ahnung, sie konnte meine Frage, ob sie katholisch sei oder auf der Seite des spanischen Königs stünde, überhaupt nicht verstehen.

»Was meinst du damit?« bohrte Dr. Schlegel nach.

Mutter zupfte mich am Jackensaum. »Nun sag's ihnen schon, Junge.«

»Der Name der Geusen wurde hochgerühmt in allen Provinzen, man nannte sie die Stützen der Religion und Freiheit«, zitierte ich in der Manier der alten Männer, die jeden Sonntagmorgen im Fernsehen auftraten, in der Sendereihe *Das Professorenkollegium tagt*.

All mein Wissen auf die Anwesenden zu kippen bedeutete Genuß und Triumph. Ich kannte kein Erbarmen, niemand wagte, mich zu unterbrechen. Ich berichtete von Philipp, dem hinterlistigen Kardinal, dem Geusenpfennig, Kirchenplünderungen, Calvinisten, Bettelmönchen und Lutheranern. Wahrscheinlich machte meine Rede keinen Sinn, doch machte sie Eindruck. Das apotheotische Finale bildete mein Lieblingszitat, das ich so laut rief, daß es, wie man mir versicherte, noch auf dem Schulhof gehört wurde, wo meine Mitschüler Hopse spielten und Münzen warfen.

»Nichts ist natürlicher als der Übergang bürgerlicher Freiheit in Gewissensfreiheit.«

Schiller postulierte eine Moralität in der Geschichte. Siehe die Jenaer Antrittsvorlesung: *Und welcher unter Ihnen, bei dem sich ein heller Geist mit einem empfindlichen Herzen gattet, könnte dieser hohen Verpflichtung eingedenk sein, ohne daß sich ein stiller Wunsch in ihm regte, an das kommende Geschlecht die Schuld zu entrichten, die er dem vergangenen nicht mehr abtragen kann?* Im atomaren Zeitalter hat der Begriff der Ewigkeit seine Autorität eingebüßt. Die bürgerliche Gesellschaft besitzt kein Erlösungspotential, erstrebt keinen Zustand. Seit dem Untergang des Kommunismus, den zu Fall zu bringen zumindest ein Ziel war, verwaltet sie nur noch ihre Deformation. Gerontologie. (*Des Unglücks süße Milch: Philosophie.*)

Alles löschen, jede Zeile streichen, noch einmal ganz von vorn anfangen. Mit dem Buch, mit T., mit der akademischen Laufbahn? Mit dem Leben? Scherzkeks. Schneller, als du denkst, gerätst du ins alte Gleis. (Verdammtes *Eisenbahnerdeutsch*!) Vor dem leeren Monitor sitzend – *tabula rasa digitalae* – begann ich wieder mit dem Urschrei von Marbach, am 10. November 1759. Nach ein paar Seiten ertappte ich mich dabei, Sätze aus dem Gedächtnis abzuschreiben (die wirklich so schlecht nicht waren), hatte dabei das gleiche peinliche Gefühl, das mich kürzlich befiel, als ich bemerkte, Freunden von T. eine Anekdote zum zweiten Mal zu erzählen, die, was noch demütigender war, meine Schilderung kommentarlos hinnahmen und jungfräuliches Interesse heuchelten. (Rücksicht auf das Alter!) *Ist jemand vierzig, fünfzig Jahre alt geworden und hat sich immer noch keinen Namen gemacht,* sagte Konfuzius, *dann braucht man vor ihm keine Scheu zu haben.*

Die Blödheit nahm zu. Ich spürte es an jedem Ort, in jedem Augenblick. Die Feinde wurden blöder, aber nicht harmloser. Schlimmer, daß auch die Freunde nicht nur weniger wurden, sondern blöder. Am schlimmsten aber – und auf blöde Art auch beruhigend –, daß ich spürte, wie ich selbst blöder wurde, also zumindest noch immer Zeitgenosse war und zu meinesgleichen paßte. Die Verblödung war wie ein großes Loch, in das sich alles drängte. Niemand wollte am Ende mit seinem bißchen Grips als letzter Depp übrigbleiben.

Trost bei Heine: *Wie vernünftige Menschen oft sehr dumm sind, so sind die Dummen manchmal sehr gescheut.*

Zu meinen Kollegen aus der Germanistischen Fakultät hielt ich keine Verbindung. Einzige Ausnahme war J., der mir angeboten hatte, ich könnte jederzeit seine Wohnung nutzen, er wäre nur am Wochenende dort, auch nicht an jedem, weil er sein Auto verkauft hätte, Bahn fahren zu teuer wäre und ihn überhaupt das ewige Hinundherpendeln nerve. Die befristete Gastdozentur in Oldenburg war nicht gerade sein Traumposten, aber nach zwei Jahren Arbeitslosigkeit eine Chance, die er nicht ausschlagen konnte. Er war der einzige Kommilitone, der im Fach ausgeharrt hatte und mir nach meinem Ausscheiden aus dem Institut freundschaftlich verbunden geblieben war. Dennoch hatten wir uns zunächst aus den Augen verloren. Erst die virusartige Ausbreitung des Internets, Ende der neunziger Jahre, erneuerte den Kontakt, als J. begann, aus Mexiko, wohin ihn der *Akademische Austauschdienst* als unterrichtenden Entwicklungshelfer gesandt hatte, mehr oder weniger melancholische E-Mails zu schicken. Vielleicht bereute er später den Entschluß, die Stelle in Chiapas aufgegeben zu haben, denn nach der Rückkehr bekam er nur schwer wieder einen Fuß auf den heimatlichen Boden. Er war Experte für ostdeutsche Literatur, ein Gebiet, auf dem, nach den Bedingungen der Besatzungsmacht, wie J. verbittert formulierte, nur ideologisch unbedenkliche Kader aus dem Westteil des Landes in Einsatz kommen sollten. Trafen wir uns in der *Laterne*, erklärte der Freund mit einem Seufzer über dem Bierglas, ich hätte seinerzeit das einzig Richtige getan und abgeheuert, er sei jetzt eben eine der letzten Ratten, die den Kahn verließen, um festzustellen, alle Rettungsboote wären besetzt.

Ich versuchte ihn zu beruhigen, indem ich zugab, zwar als avantgardistischer Nager den Sprung in die Freiberuflichkeit gewagt zu haben, aber dafür nur länger im Wasser rudern würde, ohne Aussicht auf einen Platz im Boot oder gar Land in Sicht.

Wir ergingen uns in philosophischen Betrachtungen, einer Generation anzugehören, die nie richtig erwachsen würde, der Osten hätte uns noch zum Nachwuchskader gerechnet, als wir schon dreißig waren, der Westen schickte uns erneut in eine Lage jenseits aller Sicherheit, wir stünden ewig am Anfang, Eleven, Umschüler, Bittsteller.

»Kinder mit Falten um die Augen und grauen Schläfen.«

»Oder Halbglatze«, ergänzte J.

»Andererseits hat dieser Zustand auch Vorteile«, gab ich zu bedenken, »wer nicht Teil des Systems ist, ist schwerer zu korrumpieren, kann also unabhängig forschen.«

»Und seine Ergebnisse für sich behalten«, schlußfolgerte J. »Glaubst du, irgendwer nimmt deine Analysen wahr? Du bist ein Externer, eine Witzfigur. Als akademischer Alien kannst du einen Luftsprung machen, wenn irgendein parasitärer Kollege deine Schriften aufschnappt, liest, um- und abschreibt, deine Gedanken als eigene verkauft, in die Welt setzt. Nicht mal beschweren darfst du dich, weil du das Ethos vor dir her trägst, um der Sache willen zu forschen, nicht um die eigene Karriere zu befördern, Prost, Bruder Assisi.«

Wirklich erbaulich waren unsere Zusammenkünfte selten. Die *Laterne* war eine winzige Bierbar, unweit der Schönhauser Allee, ein Refugium für abgewickelte und verkannte Genies, wo der Alkohol billig war und man mit Gewißheit jemanden traf, an dessen Schicksal man sich aufrichten konnte. Das Publikum war bizarr, Maler, die nicht mehr malten, weil sie ihr Atelier hatten räumen müssen, Schauspieler, die von Gelegenheitsjobs lebten, ehemalige Stasileute, die mit ehemaligen Bürgerrechtlern an einem Tisch saßen und einander versicherten, alles wäre anders gemeint, ein Irrtum gewesen, Diplomaten, die Strafrente erhielten, Liedermacher, die keine Lieder mehr machten, Puppenspieler mit Alimentenklagen, Schriftsteller (oder solche, die sich dafür hielten), die seit Jahren kein Buch mehr in die Hand genommen hatten (nicht einmal fremde), Frauen, die wußten, daß man sie einladen würde, auch wenn sie nicht mit den Kavalieren nach Hause gehen wollten, Ausländer, die gehört hatten, dieses Lokal sei etwas ganz Besonderes, das man bei seinem Berlin-Besuch unbedingt gesehen haben mußte, obwohl es in keinem Reiseführer erwähnt wurde. Alle vier Wochen, wenn mich mein Selbstmitleid zu überwältigen drohte, ging ich in die *Laterne*, um mich davon zu überzeugen, daß Larmoyanz das letzte war, das mich umbringen sollte.

Bei der Schlüsselübergabe hatte der Politikwissenschaftler gebeten, alle in den Schränken vorrätigen Lebensmittel zu verbrauchen oder wegzuwerfen. Ich war der Aufforderung nicht nachgekommen. Im Kühlschrank entdeckte ich eine halbvolle Wodkaflasche mit Idealtemperatur, daneben eine vereiste Fischdose, deren Verfallsdatum um drei Monate überschritten war. Galten geeiste Sprotten in Finnland oder Schweden als kulinarische Spezialität? Ich kostete ein Stück und spucke es angewidert in die Geschirrspüle. Im heißen Öl der Bratpfanne begannen die Fischlein zu glitzern und munter zu springen, schmeckten aber gebraten nicht besser als kalt. Der Abfalleimer war randvoll. Wenn ich noch in der Lage war, Essen wegzuwerfen, konnte das Gefühl in meiner Magengegend nicht Hunger genannt werden. Waren die

Sprotten verrotten? Von Fischvergiftungen hörte man ja die schrecklichsten Geschichten.

Im Falle meines plötzlichen Ablebens müßte K. mein Buch postum vollenden. Auch kein leichtes Schicksal. Schon daher verdiente meine Lektorin als erste zu erfahren, daß ich den Abgabetermin unmöglich einhalten würde. Sie hatte mich im Verlag gegen alle Skeptiker verteidigt, deren Zahl in den letzten Jahren größer geworden war. Ich könnte sie bitten, mir die letzte Textfassung (die man dem Showmaster geschickt hatte) als E-Mail-Anhang zu senden, mit der Begründung, ein Virus habe meinen Computer befallen und alle Daten blockiert. Selbst wenn sie, unwahrscheinlich genug, meine Post nicht gespeichert hatte, würde sie einen Ausdruck besitzen, da sie, als Lektorin der alten Schule, sich weigerte, Manuskripte auf dem Bildschirm zu lesen. Das digitale Autodafé, das mich in der Abenddämmerung ergötzt hatte, kam mir jetzt wie eine hysterische Selbstinszenierung vor, mit dem Wissen vollbracht, daß die Zerstörung nicht endgültig, daß selbst der Verlust der Notizen zu ersetzen sein würde, standen doch die meisten als handschriftliche Aufzeichnungen in meiner Kladde.

Im Küchenschrank lagerten einzigartige Schätze: eine graue Tafel Schokolade, Kekse, die nach Seife rochen, Gewürze, Puddingpulver und ein Dutzend polnischer Tütensuppen. Ich glaubte nicht, daß Tütensuppen verderben können. Der Inhalt war nur Granulat, anorganische Chemie. Mehl, Gries, Haferflocken, Erbsen. Daraus konnte ein couragierter Freizeitkoch mit etwas Glück und Geschick ein nahrhaftes und ungewöhnliches Gericht herstellen. Vorsichtig, wie ich bin, entschied ich mich für *Zupa pomidorowa*. Die Tomatensuppe schmeckte wie gepfefferter Tapetenleim.

Mein Vermieter bekam wenig Post, eigentlich nur Amtsschreiben, Briefe von Banken, Versandhäusern oder der Universität, die ihm das Freisemester gewährte. Trotzdem war sein Briefkasten jeden Tag gefüllt. In dieser Gegend tobte um jeden Konsumenten ein erbitterter Häuserkampf. Die Menge der Werbesendungen verhielt sich offenbar indirekt proportional zur Einkommenshöhe der Einwohner. In den umliegenden Straßen gab es Trödler, Gebrauchtwarenläden, einen Shop für Armeebekleidung, zwei Apotheken, einen Drogeriemarkt, zwei, drei Kneipen, einen Bäcker und den Gemüsehändler an der Ecke. Die Kundschaft war das, was man *sozial schwach* nennt, ein verlogener Begriff, der suggeriert, wohlhabende Leute würden sich durch *soziale Stärke* auszeichnen. Als Reklameverteiler arbeiteten meist Ausländer, ich hörte es am Akzent der Stimmen, die über das Haustelefon um Einlaß baten. Obwohl mich die Papierverschwendung verbitterte, drückte ich den Türöffner. Was sollten sie machen? Sie mußten ihren Dreck irgendwo loswerden, sonst wurden sie nicht bezahlt. Bald konnte ich die Stimmen unterscheiden. Im Hausflur befand sich eine Recycelbox, dort landete der meiste Kram, ungelesen, nur einige Speisekarten von Restaurants mit Lieferservice hatte ich in die Wohnung gebracht und zur übrigen Post des Politikwissenschaftlers in den Glasschrank gelegt.

Welchem Chinesen sollte ich den Vorzug geben, dem *Goldenen Drachen* oder dem *Jade Haus*? Ich wählte den ersten, er lag näher, würde also schneller liefern. Eine hohe Frauenstimme meldete sich am Telefon. War sie der Drache des Hauses?

»Suppe Nummer 8 und Hühnerfleisch, süßsauer, Nummer 43.«

»Eine *Vietelstunde*«, sagte die Asiatin.

Kurz darauf klingelte es an der Tür. Der Mann vom *Drachen*? War er geflogen? Nach meiner Vorstellung war der Bote ohne Zweifel männlich. Man schickt keine Frauen in die Wohnungen hungriger Männer. Und wenn es jemand anderes war? Ein Freund des Studenten? Eine Geliebte?

Vielleicht T.? Oder U., der Kupferstecher, der mir die angekündigte Reise nicht abkaufte und mich abholen kam, damit ich die Vernissage nicht verpaßte. Betätigte ich den Türöffner, verriet ich dem auf der Straße Stehenden – wer immer es war – meine Anwesenheit. Ließ ich aber den Lieferanten warten, bis die 15-Minuten-Frist verstrichen war, würde er einen bösen Scherz vermuten und mit meinem Essen abdrehen. Sicher nicht zum ersten Mal in seiner Botenlaufbahn. Ich drückte den Knopf am Türtelefon. Was für eine Art Spiel spielte ich hier eigentlich? Illegaler Kommunist oder versteckter Jude? Falls es T. sein sollte, würde ich die ewig Hungrige mit der Aussicht auf chinesisches Essen einige Augenblicke beruhigen können. Hielt sich meine Geliebte (die sich womöglich nicht mehr so definierte) noch in Berlin auf? Was sollte sie gehindert haben, den Spartarif des Billigfliegers anzunehmen und für ein paar Tage nach Stockholm zu fliegen? (Oder nach Helsinki?) Jedenfalls an den Ort, an dem ihr Schulkamerad, mein Vermieter, sein Erasmus-Stipendium verpraßte? (Stolze 90 Euro im Monat.)

T.s spontanes Reisevorhaben hatte den letzten Streit verursacht. Präziser gesagt, weniger ihre Absicht als meine kindische Reaktion, die skeptische Frage, ob die Expedition in den Norden notwendig sei und was für Gründe ich dahinter anzunehmen hätte. Mein Einwand provozierte T. zu der Grundsatzerklärung, sie fühle sich kontrolliert, meine Eifersucht sei pathologisch, ich wüßte, daß zwischen ihr und F. nichts weiter sei als Freundschaft, wenn ich ihr nicht traute, könne ich ja mitkommen und mich vor Ort überzeugen. Ihr Vorschlag wäre formal, rief ich, sie wüßte, daß ich keine Zeit für Urlaub hätte und mein Buch beenden müßte. Sie hielt dagegen, ich würde sowieso nur verreisen, setzte man mir eine geladene Pistole auf die Brust. Das Wortgefecht ging hin und her. Wir verhakelten uns in Schuldvorwürfen. Wenn ich ihr so auf die Nerven fiele, meinte ich, könne ich ja gleich meine Sachen packen und ausziehen. Sie antwortete, es sähe ganz so aus, als ob ich dafür einen Vorwand suchte, falls ich die Nase voll hätte, sollte ich nicht zögern, sie würde meine Flucht nicht aufhalten, im Davonlaufen wäre ich ja geübt.

Wie die meisten unserer Debatten kam mir dieser Zwist, retrospektiv betrachtet, überflüssig und absurd vor. Gewiß war T. zu meinem Vermieter gereist, schon um mir ihre Unabhängigkeit zu beweisen. Die Schritte, die sich der Wohnungstür näherten, waren nicht leichtfüßig genug, um von ihr stammen zu können.

Ein Chinese kam die Treppe herauf. In der linken Hand trug er eine Plastiktüte mit einer Aluminiumbox. Das Essen mußte frisch sein, zumindest frisch aufgewärmt.

»Sechs neunzig«, sagte der Mann.

»Acht«, antworte ich. Er zählte mir das Wechselgeld in die Hand. Im Schein der Flurlampe sah ich seine Finger, die Haut des Zeigefingers braun von Nikotin, Schwielen am Daumen, abgebrochene Nägel. Ich blickte ihm ins Gesicht. Der Bote fing meinen Blick auf und grinste, als hätte ich zu Huhn und Suppe ein Lächeln bestellt.

Am Küchenfenster stehend, sah ich den Mann in den Hof treten, er lief um die Mülltonnen herum und entschwand für ein paar Sekunden meinem Gesichtsfeld. Dann tauchte er wieder auf, ein Fahrrad schiebend, das Kettenschloß wie eine Schärpe vor der Brust. Erneut hatte ich das Gefühl, den Mann zu kennen. Sahen nicht alle Asiaten für europäische Augen gleich aus? Und mein Gesichtsgedächtnis war eine Katastrophe, hatte ich nicht bereits jetzt vergessen, wie der Bote aussah. Verlangte die Polizei eine Personenbeschreibung, ich wüßte nur unklare Angaben über seine Kleidung zu machen, Jacke, Jeans (oder Kordhosen?), Hemd (oder Pullover?), ein Bart auf der Oberlippe und am Kinn, ein dünner Bart, dünner als der von Ho Chi Minh, auch kürzer.

Die Größe? Kleiner als ich, aber von kräftigerer Statur. Das einzige Indiz, das ich mir eingeprägt hatte, waren seine Finger, weil sie mich an Vaters Hände erinnerten. So weit war es gekommen, dachte ich, ein x-beliebiger Lieferant wurde zu einem Tagesereignis. Eremiten aller Länder, vereinigt euch. Die Suppe duftete nach Zitronengras.

Wollte ich noch rechtzeitig zur Ausstellungseröffnung des Kupferstechers erscheinen, mußte ich mich umziehen. Ich verneigte mich vor meiner Achselhöhle. Vor drei Tagen hatte ich mich zuletzt gewaschen. Wer nicht arbeitet, soll auch nicht duschen. Bürger, spart Trinkwasser! Ein frisches Hemd war eine verlockende Idee, doch lag im Kleiderschrank kein einziges sauberes T-Shirt. Alles stank. Etwas, das wir uns nicht vorstellen können: die Gerüche des 18. Jahrhunderts. Ich sollte die Nase in die Bücher stecken. Keine Zeit für Vernissagen. Sowieso war mir das Herumgestehe verhaßt. Nie gab es Stühle. U. allein könnte ich ertragen, er war ein begabter, geistreicher Mann, aber einen Haufen Kunstkenner mit Weingläsern und Ansichten? Man würde Fragen stellen, auf die ich keine Antworten wußte. Was ist mit deiner Freundin? Was macht das Buch? Wohin ging die Reise? Weshalb war sie so kurz? Woher kommt der Schweißgeruch? Aus dem Spiegel glotzte mir ein unrasierter, vergreister Mann in die Augen. Ein Asozialer, eine Randexistenz. Unbegreiflich, wie sich eine Grazie wie T. in so ein Gesicht verlieben konnte. Gewiß einer geheimen seelsorgerischen Neigung geschuldet. Das jugendlichste Detail an diesem Kopf waren noch immer die vollen braunen Haare, alles, was unterhalb der faltenreichen Stirn lag, schien verbraucht und verriet das Herstellungsjahr: 1960. Haut, Lippen, Zähne, sogar die Augen wirkten grau, die Haare nicht. Deutsche Eisenbahnerlocken! Ich hatte Vaters Haar geerbt, zum Leidwesen meiner Schwestern, die mich beneideten, da sie, wie Mutter, mit dünnen brünetten Strähnen gestraft waren.

Schönheit hat ihren Preis, eine Bauernregel, die ich früh verinnerlichte. Bis zum sechsten Lebensjahr mußte ich täglich als Kunde in den schwesterlichen Frisiersalon. Liane und Petra zwangen mich in den Babystuhl, der mir inzwischen viel zu klein war, um stundenlang meine Locken zu kämmen, zu scheiteln, zu waschen und zu fönen. Gewiß hätten sie irgendwann auch zur Schere gegriffen, doch fürchteten sie Mutters Zorn, die ebenfalls in meine Haarpracht vernarrt war, zudem waren sie klug genug, ihr Lieblingsspielzeug nicht kaputtzumachen. Als leidenschaftliche Friseusen scheuten sie vor keinem Experiment zurück. Unvergeßlich der Tag, als sie die Eipackung testeten. Eigelb, so wurde mir erklärt, stärke den Wuchs und die Festigkeit des Haares. Sie holten aus dem Kühlschrank ein Ei und schlugen es über meinem Kopf auf. Das kalte Dotter klatschte auf meine Schädeldecke. Zeitgleich vernahm ich den spitzen Aufschrei von Petra, in den Liane wenig später einstimmte. Das faule, überlagerte Kühlhausei stank widerlich und lief mir bereits über die Stirn. Der Lärm lockte Monika an, die mich rettete, indem sie ein Handtuch über meinen Kopf warf und den Eistrom auffing, bevor er mir in die Augen fließen konnte.

Doch führte nicht dieser Zwischenfall, sondern Vaters Verklemmtheit zur Schließung des *Salons Lustig*. Die Mädchen würden mich am Ende noch zu einem *warmen Bruder* machen, erklärte er, eine Sorge, die ich nicht verstand, weil ich die Sitzungen mit nacktem Oberkörper und nassen Haaren vor allem deswegen fürchtete, weil ich stundenlang stillsitzen mußte und erbärmlich fror. Vater beendete das, wie er es nannte, weibische Treiben und brachte mich, wenige Tage vor meiner Einschulung, zu einem richtigen Friseur, der mir einen Messerformschnitt verpaßte (meine Schwestern bezeichneten die Frisur verächtlich als Toppschnitt) und offenbarte, was mir bislang verborgen geblieben war, nämlich daß ich nicht nur Vaters Haare, sondern auch seine Segelohren geerbt hatte. Als ich mir, Jahre später, die Haare wieder bis auf die Schultern wachsen ließ (sehr zum Verdruß von Paul Lustig, der enttäuscht war, daß sich sein Sohn als *Gammler* entpuppte), kümmerten sich meine Schwestern nicht mehr um meinen Kopf, sondern um die Haare anderer und älterer Jungen.

Acht Uhr und zehn Minuten. In der Galerie in Moabit stand man jetzt mit Weingläsern in den Händen zwischen den skurrilen Stichen meines Freundes. Ich bereute, nicht hingegangen zu sein, und holte den Wodka aus dem Eisfach. Die Flasche hatte eine verführerische Temperatur.

3. GOETHE 44 (24. MÄRZ 2004)

Der Kopfschmerz, mit dem ich erwachte, mußte eine Strafe sein, nur daß ich nicht wußte, wofür? Hämmernder Druck unter der Stirn. So schlecht war es mir lange nicht mehr gegangen. Irgendwo in den Untiefen meines Gehirns gab es noch eine illegale Zelle, die arbeitete, und diese Zelle buchstabierte das Losungswort: Aspirin. Anstatt nach Moabit zu fahren, um bei ein paar Gläsern Wein Konversation zu betreiben, hatte ich mich meiner Einsamkeit und hochprozentigem Alkohol hingegeben. Ich agierte wie ein Schwachsinniger. Nüchtern betrachtet. (Wobei man nach dem Verzehr einer fast vollen Flasche Wodka nur in sehr übertragenem Sinn von Nüchternheit sprechen konnte.) O Schmerz. Ich preßte das Gesicht ins Kissen. Vor meinen Augen tanzten schwarze Punkte. Keine Halluzinationen. Der Kissenbezug war eine Batikarbeit mit Blutflecken. Das Bettzeug roch nach Rasierwasser. Obwohl es im Zimmer nicht kalt war, fühlte ich kühlen Wind um die Ohren. Gänsehaut. Ein ungutes Gefühl kroch den Rücken hoch. Eine dunkle Ahnung sagte mir, etwas in der vergangenen Nacht war ganz und gar nicht nach Plan verlaufen. Der Kopf dröhnte mit jedem

Pulsschlag. Beide Handflächen drückten gegen die Schläfen. Statt der Haare ertasteten meine Finger blanke, nackte Kopfhaut. Der Schreck ließ mich aus dem Bett springen und ins Badezimmer rennen. Auf den Fliesen, im Waschbecken, in der Toilette, überall lagen braune Haare, meine Haare. Eine surreale Szenerie à la Buñuel. Der Blick in den Spiegel komplettierte das Grauen. Es war kein böser Traum. Ich hatte mir im Rausch den Schädel rasiert. Ein mutiger Versuch. Radikal. Die Sache an der Wurzel packen. Warum? Das Motiv, wenn es eins gegeben hatte, mußte sich mit dem Schnaps verflüchtigt haben. Trieb mich das schlechte Gewissen, wollte ich mich bestrafen? Selbstkasteiung? Weswegen? Dafür, daß ich das Buch nicht beendete? Daß ich T. nicht hatte halten können? Daß ich meine Schwestern belog? Oder wollte ich nur verhindern, daß ich der Schwäche nachgab und in die Zivilisation zurückkehrte? Die Frontalansicht war noch zu ertragen, eine biedere, ziemlich saubere Halbglatze. Als ich aber mit Hilfe des Handspiegels meinen Hinterkopf betrachtete, blieb mir für einen Moment die Luft weg. Meine hintere Schädelpartie schien mir nie besonders attraktiv, es gab da eine Abflachung, die mich glauben machte, ich stamme in direkter Linie von Neandertalern ab, doch hätte ich, trotz dieser Zweifel, niemals erwartet, daß ich so häßlich sein konnte. Wo gestern weicher, brauner Pelz gewachsen war, lag heute eine gedemütigte Schädelsteppe, das wüste Testfeld eines sadistischen Friseurgehilfen, Abschürfungen, Schnitte in den Senken hinter den Ohren, kahle, blutunterlaufene Stellen neben dürftigem Bewuchs. Ernst Lustig, Dreiviertel-Skinhead mit Dreitagebart und Hochschulabschluß. Ich sah aus wie eine wandelnde Investruine. Jeder Autonome würde bei meinem Anblick in Tränen des Mitleids ausbrechen.

Als überzeugter Naßrasierer – auch auf diesem Gebiet ein Anachronist – kannte ich alle Tricks der Coiffeure, legte mir ein feuchtheißes Handtuch auf den Schädel, um die verbliebenen Haare weich werden zu lassen, sprühte Rasierschaum in die hohle Hand, massierte ihn auf das Haupt voll Blut und Wunden und versuchte, vom Halswirbel aufwärts, die widerspenstigen Rudimente von der Kopfhaut zu entfernen. Die Doppelklinge war stumpf und völlig mit Haaren verstopft. Doch lagen, woran ich in der nächtlichen Aktion nicht gedacht hatte, in meiner Reisetasche neue, scharfe Rasierklingen, eine ganze Packung, zehn Stück, ich hätte damit eine Hundertschaft ungarischer Haiducken glattmachen können. Und ich war nur ein Halb-Albino, dem ein wenig der Nacken gesäubert werden mußte.

Plötzlich befand ich mich auf dem Boden der Duschkabine, im Schneidersitz, nackt, so wie ich auf die Welt gekommen war und sie verlassen würde, allein mit meinem weißen Affenschwanz, und schabte mir alle Haare vom Leib, derer ich habhaft werden konnte, die Achselhaare, den Flaum auf den Armen, den kaum mehr vorhandenen Regenwald auf der Brust, die verlorenen Blüten auf den Schulterblättern (seltsamerweise wuchsen auf der linken Schulter immer mehr als auf der rechten), die Stoppeln auf den Oberschenkeln, den Schienbeinen, das Schamhaar. (Man vergleiche Saul Bellow, *Der Regenkönig*, Kapitel 3.) Ein Mann ist, je älter er wird, an den entferntesten Stellen behaart, an den Zehen, am Ellenbogen, sogar in den Kniekehlen, am Arsch sowieso – eine schöne Stelle –, am Arsch sowieso. Haare am Sack, in den Ohren – die zählebigen, unzähmbaren –, die Nasenhaare. Ich schabte und kratze an mir herum, so wie ich als Kind den Puddingtopf ausgekratzt hatte, bis alles sauber war. Als krönenden Abschluß klatschte ich mir Rasierschaum über die Augen und entfernte mit kühnen Strichen die Augenbrauen. (Die einzigen Haare, die ich jetzt noch besaß, waren die Darmhaare und meine Wimpern.) Ich kam mir vor wie ein Delphin, allerdings wie einer, der nicht recht bei Trost ist.

Adjektive, die meine Flucht beschreiben (alphabetisch geordnet): absichtsvoll, albern, bizarr, blasiert, charakterlos, dämlich, dekorativ, delatorisch, dubios, egoistisch, egozentrisch, grotesk, haltlos, hilflos, hirnrissig, infantil, kleingeistig, lächerlich, misanthropisch, panisch, peinlich, prätentiös, provinziell, selbstherrlich, sentimental, unangemessen, unanständig, unmännlich, unnötig, unüberlegt, verstiegen, wirklichkeitsfremd, zynisch.

Die Totalrasur war (wie meine Robinsonade, wie die Erfindung des Kalenders, wie die *SSS*, wie mein Verhalten zu T. etc.) eine Albernheit, die weder zu meinem Alter, meiner Bildung, meinem akademischen Grad oder Charakter paßte. (*Ich führe eine elende Existenz, elend durch den inneren Zustand meines Wesens.* Schiller an Körner, 7. Januar 1788)

Das Zimmer befand sich in einem Zustand, der zu meinem Kopf paßte, es herrschte ein vollkommenes Tohuwabohu – ein Ausdruck, den meine Mutter gern benutzte, wenn sie vor dem Zubettgehen noch einmal das Kinderzimmer betrat. Das biblische Idiom beschreibt eine paradoxe Situation treffend, weil es, wörtlich übersetzt, *wüst* und *leer* bedeutet, aber ein riesiges Durcheinander meint. Neben der leeren Schnapsflasche und den Überresten des chinesischen Essens lagen Dutzende Karten meiner *SSS*, viele mit roten Flecken, durch den intimen Kontakt mit Sauer-Scharf-Sauce hervorgerufen. Der Mißbrauch beschämte mich mehr als mein neues Erscheinungsbild (die Glatze fiel kaum ins Gewicht, irritierend wirkte der Verlust der Augenbrauen, mein Gesicht sah aus wie ausradiert). Ich säuberte die Pappen von festgeklebten Reiskörnern und sortierte sie wieder in den Karteikasten. Daß ich die *SSS* fortsetzen würde, bezweifelte ich, die Marotte hatte wohl, wie manches, ihre beste Zeit überlebt.

Von den zwölf E-Mails in der Postbox schienen drei lesenswert, der Großteil bestand, wie so oft, aus Viagra-Werbung. Beleidigende Offerten. Lange hatte ich dahinter gezielte Provokation gewittert, bis T. erwähnte, auch ihr würden täglich von irgendeinem Jack aus Ohio oder Stewart aus Nebraska Potenzpillen angeboten. Der Bericht bewies, die Kampagne richtete sich an die Allgemeinheit, nicht nur an Männer über Vierzig. Als Vierundzwanzigjährige zählte meine Freundin kaum zur Zielgruppe der Produzenten. Vielleicht wäre im Netz durchgesickert, meinte T., mit wem sie seit fast zwei Jahren verkehre, bei einem Verhältnis wie dem unsrigen – sie betonte das Wort *Verhältnis* – könne man durchaus Bedarf annehmen, für ein Mittel zum guten Zweck. Mitunter drückte sich meine Geliebte ausgesprochen literarisch aus. Eine der drei vom Spam-Verdacht freien E-Mails war von ihr. Schrieb sie aus Stockholm, um sich zu versöhnen? Glaubte sie mir berichten zu müssen, daß die schwedischen Männer blond, kräftig und gebildet waren und brennend interessiert an russischer Kultur und Lebensart? Oder hatte sie, zurückkehrend, meine Bücher und Hemden noch in der Wohnung vorgefunden und verkündete jetzt ein Ultimatum, daß sie sich, falls ich den Kram nicht binnen vierundzwanzig Stunden abholte, gezwungen sähe, alles auf die Straße zu schmeißen? Ich löschte die E-Mail, ohne sie gelesen zu haben, kam mir dabei sehr konsequent vor und bereute den Schritt im Augenblick der Ausführung.

Die zweite Nachricht kam von Liane. Kurz, knapp, militärisch. Wohin immer ich verschwunden sei, ich solle mich sofort bei ihr melden. Sie versäumte nicht anzudeuten, daß ihr meine plötzliche Abreise spanisch vorkäme, und mutmaßte dahinter eine weitere Spinnerei ihres exzentrischen Bruders, für den es höchste Zeit wäre, erwachsen zu werden. Wie sie betonte, auch in politischer Hinsicht. Wer wie ich unregelmäßig zur Wahl ging, galt für sie als potentieller

Mäzen der Nazis. (Mich fröstelte bei dem Gedanken, meiner Lieblingsschwester mit Glatze entgegentreten zu müssen.) Nach der üblichen Standpauke wurde sie sachlich und forderte, ich solle ihr die 500 Euro überweisen. Ihr Wettgewinn gehöre Kubas Kindern. (Sie würde mir sogar eine Spendenquittung ausstellen, die ich von der Steuer absetzen könnte.)

Stöhnend öffnete ich die nächste Datei im Posteingang. U., der Kupferstecher, hatte erst vor einigen Wochen seine lang gepflegte Abneigung gegen die digitale Welt aufgegeben und sich einen gebrauchten Rechner und ein Fax-Modem gekauft. Seitdem verschickte er jeden vierten Tag philosophisch angehauchte Kurzmitteilungen. Seine Botschaft, gestern Nachmittag verfaßt, richtete sich an einen Mann, der zu diesem Zeitpunkt noch in der Lage gewesen wäre, sich die Haare zu raufen. Der Graphiker behauptete, er wüßte aus sicherer Quelle, die er nicht aufdecken könnte, daß ich zu seiner Ausstellung am Abend nicht erscheinen würde. (*Quod erat demonstrandum.*) Der sonst eher materialistisch angehauchte Grübler mit dem mittelalterlichen Handwerk erging sich weiter in Spekulationen, indem er mir einzureden suchte, er hätte bei unserem Telefonat bemerkt, daß ich in keiner Lage steckte, die das Wort Gleichgewicht treffend beschriebe. »Hast du Probleme? Laß es raus, Junge, ab Mitte Vierzig steigt das Herzinfarktrisiko.« Angeblich sei in meiner Stimme ein falscher Ton angeklungen, den er als Sensualist, eine Eigenschaft, auf die er sich scheinbar etwas einbildete, um so deutlicher vernommen habe, als ich mich bemühte, ihn unter penetranter Fröhlichkeit und Aufgeräumtheit zu verstecken. Der Text endete mit einer Paraphrase auf die Brüder Grimm, die mir nicht ganz klar wurde. »Du hast Kreide gefressen, mein Freund. Ich fürchte, Du bist in den Brunnen gefallen? Komme morgen vorbei (sobald wieder nüchtern) U.«

Das Schreiben, ausführlich und ungewöhnlich klar (unter

Verzicht aller sprachspielerischen Ornamente), wirkte in seinem intimen Tonfall (trotz der bemühten Grundironie) provokant. Die von U. geäußerte Sorge beschämte mich. Anderen Menschen meinen Privatschmerz aufzuhalsen war mir unangenehm. Ich fürchtete sogleich eine Eingrenzung meiner Freiheit und Unabhängigkeit. Man mochte über den *Alten* denken, was man wollte, niemand konnte ihm unterstellen, er hätte seine Freunde über Gebühr mit den alltäglichen Lebensqualen belästigt.

Die Post ein zweites Mal überfliegend, fand ich das Schreiben des Graphikers noch dubioser. Wie kam er dazu, sich in die Brust zu werfen, er habe gewußt, ich würde die Vernissage versäumen? Hatte ich ihm nicht klar und deutlich eine Absage erteilt, da ich auf Reisen zu gehen beabsichtigte? Was veranlaßte ihn, etwas als Leistung zu proklamieren, das offensichtlich keine war. Was bezweckte die Erwähnung des angeblichen Informanten? Wer sollte von meinem Versteckspiel wissen, da es mir selbst erst seit kurzem bewußt war? Bluffte der Kupferstecher? Oder wußte er tatsächlich mehr? Gab es etwa eine Verbindung zu Liane? Hatte ihm T. von unserer Trennung erzählt? (Trafen sich die beiden? Wenn ja, wo, warum, zum wievielten Mal? Weshalb erfuhr ich erst jetzt davon?) Obwohl Aufschneiderei nicht zu U. paßte, machte er deutlich, daß er um meine Lüge wußte und davon ausging, ich hätte die Stadt nicht verlassen. Daher auch die Aufforderung, ich solle ihn morgen besuchen, ein Einfall, den er sich aus dem Kopf schlagen konnte, aber wie, in aller Welt, kam er auf den Gedanken, ich würde mich, da ich nicht nach Moabit gefahren oder sonstwohin verreist war, betrinken, exzessiver Alkoholgenuß war bei mir eher die Ausnahme, nicht die Regel. Oder sprach er – »Komme morgen vorbei« – bei Tilgung des Subjekts in dem Kurzsatz von sich selbst und drohte mir einen Besuch an, sobald er den eigenen postexhibitionistischen Umtrunk verdaut hatte? Nach dieser Lesart – und sie schien mir, je länger ich darüber nachdachte, die wahrscheinlichere – mußte ich damit rechnen, daß mein Freund und Kupferstecher am Morgen mit frischen Brötchen und Restalkohol vor meiner Tür stand.

Ich befand mich in einer Lage, die Meister Friedrich gern mit dem schönen Wort *Extremität* bedachte und die in der Politik unter dem Etikett Handlungsbedarf verkauft wurde, der Wahl zwischen zwei Möglichkeiten, die einem beide nicht gefielen. Entweder kehrte ich sofort und bedingungslos in mein altes Leben zurück, damit beginnend, daß ich die im Hof verschollene SIM-Karte suchte, Kurzmitteilungen verschickte, Gespräche führte, E-Mails schrieb, Freunden und Verwandten mein tagelanges Schweigen erklärte und versuchte, mich wieder so normal zu benehmen, wie man es von mir gewohnt war, das heißt mürrisch, krankhaft eifersüchtig, albern, über weite Strecken geistig abwesend oder, wie es Petra mit einem genervten Augenaufschlag bezeichnete, in höheren Sphären schwebend. Oder, als Alternative, ich verblieb in meinem Bunker, auf der Flucht, verweigerte weiter jegliche Kommunikation, ging nicht ans Telefon, ließ die SIM-Karte SIM-Karte sein, öffnete niemandem die Wohnungstür (mit Ausnahme des chinesischen Drachen-Boten) und versuchte mein Buch zu beenden bzw. anzufangen, denn nach dem erfolgreichen Abschluß der Löscharbeiten gab es ja keine Zeile mehr, an die ich hätte anknüpfen können.

Gegen erste Variante sprach was? Eine allgemeine Bewegungsunlust, inklusive der konkreten, die Chipkarte suchen zu gehen (es regnete in Strömen und ich hatte, infolge meiner Kreuzbandruptur, noch immer Schwierigkeiten beim Bücken), meine neofaschistische Frisur, die ich der Öffentlichkeit weder erklären noch zumuten wollte, meine grundsätzliche Abneigung gegen Entschuldigungen (eine Schwäche, die ich mit meiner Geliebten teilte und die unser Zusammenleben nicht unbedingt vereinfachte), die mich lähmende Aussicht auf eine unvermeidliche Familienfeier am Sonnabend. Gegen die zweite, den Status quo verlängernde Lösung sprach nur eine Kleinigkeit: der vollständige und absolute Widerwille, an jenem, meinem, ultimativen (überhaupt nicht mehr existierenden) Scheißbuch weiterzuarbeiten.

Doch kam ich an dieser Hürde, ob ich mich so oder so entschied, nicht vorbei, es sei denn, ich zahlte meinen Vorschuß zurück. Aber wie? Auf meinem Konto lagen noch 1500 Euro, zog man die Summe ab, die Liane einklagte, um sie Castros Pionieren zu schenken. Wegen der Übernahmebedingungen für die neue Arbeitslosenregelung brauchte ich mir also keine Sorgen zu machen: Ohne Rücklagen, Lebensversicherung und Immobilienbesitz galt ich als staatlich anerkannter Sozialfall. (Die einzigen Wertpapiere, die ich je besaß, hatte ich vor zwanzig Jahren verloren, als mich bei einer Harzreise zwei Heine-Spezialisten zu einer Runde Monopoly überredeten.) Kurz, Kapital, um aus der Sache herauszukommen, war weder vorhanden noch in Aussicht, folglich war die weiseste Entscheidung, in meinen vier Wänden auszuharren, wieder in eine Art schöpferisches Wachkoma zu versinken und alle weiteren Entwicklungen abzuwarten.

Um in der Wohnung bleiben zu können, mußte ich (zumindest offiziell) schleunigst verreisen. Nicht allein, weil ich meine Abfahrt U. und Liane telefonisch angekündigt hatte, vor allem, um zu verhindern, daß sie (oder irgend jemand sonst) mir auf die Pelle rückten. Den versprochenen Anruf vom Flughafen hatte ich versäumt. Das Gespräch mit der Lieblingsschwester lag gut fünfundzwanzig Stunden zurück. Eher unwahrscheinlich, daß sie mich noch immer im Transitraum vermutete. Die Fluglotsen hatten nicht gestreikt, von Nebelbänken mit Sichtweiten unter dreißig Metern konnte nicht die Rede sein. Ich versuchte mich zu erinnern, was ich über meine angebliche Abreise ausgeplaudert hatte. Flugplatz, dringende Angelegenheit, nicht vor Sonnabend zurück. Den Transitraum ins Spiel gebracht zu haben war leichtsinnig gewesen. Falls Liane den Ausdruck nicht als *lapsus linguae* durchgehen ließ, mußte sie glauben, ich machte eine Auslandsreise. Würde sie mir die Geschichte abkaufen? Wohin flog ich? Und seit wann flog ich überhaupt? Sogar Leute, die mich nur flüchtig kannten, wußten, daß ich Vaters Phobie teilte: seine sprichwörtliche Aversion gegen Luftreisen. (Im Gegensatz zu ihm hatte ich es geschafft, mir diese, bei Männern meines Alters und einer vergleichbaren Sozialisation selten anzutreffende, Jungfernschaft zu bewahren.) Lianes Sprachstörung, als ich den Flugplatz erwähnte, kam nicht von ungefähr. Das Geständnis, ich sei Skinhead geworden oder homosexuell oder beides gleichzeitig, hätte sie weniger überrascht als die Ankündigung einer bevorstehenden aviatischen Eskapade. Immerhin existierte zwischen uns eine Vereinbarung, ein Papier, ein Vertrag.

Zwanzig Jahre hatte ich den Verlockungen der Touristikindustrie mannhaft widerstanden, nie war ich nach Bulgarien geflogen, alle *Bruderländer* hatte ich (gelegentlich mit meinen Schwestern) per Auto, mit dem Zug oder zu Fuß bereist, nach der *Wende* boykottierte ich (zusammen mit Vater) alle familiären Kanarenexpeditionen, um jetzt, plötzlich, mir nichts, dir nichts, allein in ein Flugzeug zu steigen und einfach davonzubrausen? Da mußte man schon reichlich blöd oder naiv sein, um das zu schlucken. Liane war weder das eine noch das andere, dafür clever, mit allen Wassern gewaschen, auf die Illegalität vorbereitet, sie überschaute meine finanzielle Lage, wußte, daß ich nicht einfach, Hals über Kopf, meine Grundsätze (die sie meist nicht teilte) umwarf, kannte meine Arbeitssituation und, vor allem, meine Neurosen. Mir würde eine verdammt gute Geschichte einfallen müssen, um sie einzuwickeln, etwas, das überzeugend und wasserdicht war und ihre emotionalen Schwachpunkte empfindlich berührte, ansonsten provozierte die Idee der fiktiven Reise den gegenteiligen Effekt und würde sie nicht abhalten, sondern nur ermuntern, innerhalb der nächsten Stunden hier aufzutauchen, um nach dem Rechten zu sehen. Als Sozialistin war sie skeptisch gegen alle Selbstkorrekturen des Systems.

Die Psychiatrie kennt das Krankheitsbild der *Ideenflucht*, einer akuten Störung des Gedankenganges, bei der die Patienten von einer Abschweifung in die nächste fallen, vom Hundertsten ins Tausendste geraten und jedweder Zielvorstellung entbehren. Bezeichnenderweise hat die Manie eine literarische Seite. Die Assoziationen erfolgen vielfach nach dem Klang, es kommt zu Reimen, Alliterationen, wobei, immer wieder und vermehrt, äußere Eindrücke in den Rededrang eingeflochten werden. (Beschreibungen, die durchaus auf meine Person zutrafen. Bei nächster Gelegenheit sollte ich meinen Freund Z. fragen, was er von der Selbstdiagnose hielt.)

Laut Dr. Ph. Jolly (*Kurzer Leitfaden der Psychiatrie für Studierende und Ärzte*, Bonn 1914, ein Buch, das zufällig im Regal des Studenten stand) komme es bei leichten Fällen der *Ideenflucht* zu keiner wesentlichen Einbuße der Urteilsfähigkeit, allerdings trete eine *gewisse Kritiklosigkeit und mangelnde Einsicht in den eigenen Zustand* zutage, Symptome, die meine Geliebte wiederholt bei mir festgestellt hatte. Ein Hauptmerkmal sei die *krankhaft gehobene Stimmung, von der einfachen Lustigkeit* (sic!), *Übermütigkeit, bis zur hochgradigen Ausgelassenheit.* Die Kranken faßten selbst traurige Nachrichten von der heiteren Seite auf, machten Witze und Späße, sängen laut, lachten viel. Häufig, schreibt Dr. Jolly, seien sie *sehr erotisch*.

Wo befand ich mich jetzt, wo konnte ich mich befinden, vor allem, wohin war ich unterwegs? Länder, die mit der Bahn oder dem Auto erreichbar waren, fielen von vornherein aus.

Liane würde nie glauben, daß ich 500 Euro aufs Spiel und mich in ein Flugzeug setzte, um nach Warschau oder Wien zu düsen. Nur ein Reiseziel, das weit weg und exotisch war, kam in Frage. Eine ordentliche Verrücktheit traute man mir noch am ehesten zu. Immerhin hatte sich meine Sippe auch damit abgefunden, daß es mich im Urlaub nicht an die Ostsee oder ins Erzgebirge zog, wie normale Menschen, sondern in Orte wie Senftenberg, Wurzen oder Dessau, um dort durch Straßen zu flanieren, in denen niemand wohnte, den ich kannte. Je entfernter mein Fluchtziel war, um so schwerer würde es den Hinterbliebenen fallen, mir eventuell zu folgen. (Man sollte immer mit dem Schlimmsten rechnen.)

In der Regalwand neben der Tür verstaubte ein fußballgroßer blauer Globus. Ich nahm ihn in die Hand und ließ die Erde kreisen. Gab es keinen Ort, an den zu reisen ich wünschte? Erschreckend. Australien, Neuseeland, Japan? Keine Emotion. Kenia? Südafrika? Keine Ahnung, wie ich mein plötzliches Fernweh nach dem Kap der Guten Hoffnung erklären sollte. Lateinamerika? Kuba? Palmen, Strände, Che Guevara. Warum nicht? Ausgeschlossen. Liane konnte dort ganze Kindergartenkolonien rekrutieren, um sie mir, als Ersatz für Petras Enkelkinder, auf den Hals zu hetzen. Der Globus drehte sich auf dem Schreibtisch, neben der Aluminiumbox mit dem Hühnerfleisch Nummer 43. Da ich noch nicht gefrühstückt hatte, pickte ich mutig ein paar Klumpen aus der Assiette des Asiaten. Reis stopft ja, wie man in Trinkerkreisen weiß. Ich drückte das Holzstäbchen gegen die rotierende Plastikkugel und wartete, bis die Erde zum Stillstand kam. Reise-Roulette. Der Globus trudelte aus. Mein Land *Fantasia* lag mitten im Chinesischen Meer. Ein paar Meilen vor der vietnamesischen Küste. Was sollte auch herauskommen, wenn man die Entscheidung einem Eßstäbchen überließ? Ein, zwei, drei, viele Vietnams.

Eine innere Stimme stimulierte mich, Deutschland so schnell wie möglich zu verlassen. Ich versetzte mich auf den Flughafen Charles de Gaulle – der einzige Airport, den ich dem Namen nach kannte –, um von dort eine E-Mail an Freunde und Verwandte zu versenden. Aus Paris würde man mich nicht so schnell zurückbeordern können, Frankreich war nicht Frankfurt, es war anerkanntermaßen Ausland, Urlaub, Exil. Sollte ich erwähnen, wie mir der Jungfernflug gefallen hatte? Ein paar Details konnten in keiner noch so kurzen Mitteilung schaden und würden das Fundament meiner Glaubwürdigkeit untermauern. Das Essen an Bord, schrieb ich, hätte entsetzlich geschmeckt. (In allen Reiseberichten, die ich gelesen hatte, wurde als wiederkehrender Refrain der geringe Platz für die Füße und die Versorgungslage beklagt.) Doch packte mich Unsicherheit, ob auf Kurzstrecken warme Speisen serviert werden, und ich entschloß mich, die farbenfrohe Schilderung einer versalzenen, trockenen Poulardenbrust zu streichen. Dafür sollte die Adressaten die Botschaft überraschen, es sei seit vielen Jahren mein geheimer Wunsch gewesen, Vietnam zu besuchen. (Wie hätte ich den Traum öffentlich machen können, ohne lächerlich zu wirken, war er doch mit meiner Abneigung gegen Lufttransporte unvereinbar?)

Meine ersten Schritte plante ich zunächst in den Norden des Landes zu lenken. Es schien mir logisch, die Reiseroute nach Vietnam über die Hauptstadt der alten Kolonialmacht laufen zu lassen. Die Idee des Zwischenstopps in Paris paßte zum Täterprofil, der sich das noch unbekannte Leiden einteilte. Erst ein innereuropäischer Kurzflug, dann der lange Ritt über Indien. Doch wurde mir beim Verfassen der 6-Zeilen-E-Mail klar, auf wie unsicherem Gebiet ich mich bewegte. Überall lauerten Gefahren und Fallen. Einerseits mußte ich die Legende durch Einzelheiten ausschmücken und plausibel machen, andererseits waren gerade die Konkreta die Stellen, an denen meine Geschichte nachprüfbar und im Falle eines Fehlers durchschaubar werden konnte. Flogen überhaupt Maschinen von Paris nach Hanoi, wenn ja, starteten sie am Abend oder am Morgen, um welche Tageszeit landete man? Oder flog man nach Saigon oder Ho-Chi-Minh-Stadt? Und, hieß die Stadt noch so, oder hatte man sie umbenannt?

Kaum hatte ich auf *Senden* geklickt und die frohe Botschaft verschickt, klingelte es an der Tür. *Kurz nach neun, wer kann das seun?* (Eine verlorengegangen geglaubte Zeile Wolfram von Eschenbachs.) Die Tür zwischen Zimmer und Flur stand offen, ein glücklicher Umstand, der mir gestattete, ohne Klinkgeräusch zum Eingang zu schleichen. Dummerweise hatte ich vergessen, das Licht in Bad und Korridor zu löschen, was die Frage aufwarf, ob der unzeitige Besucher die Beleuchtung sehen könnte. Im Wandspiegel neben der Garderobe lauerte mir ein fremder Mann auf, mein unbekannter Bruder, Vaters Wunschkind, der dem Schnaps verfallene Lokführer, der auf die schiefe Bahn geraten war, eine Visage zum Fürchten. Ich blickte durch das Beobachtungsloch (das vor Verbrechern, Hausierern und Scheinheiligen mit Sammelbüchsen schützt und aus Gründen, die im Dunkel der Vergangenheit liegen, Spion genannt wurde) und sah meinen Freund U. im Treppenhaus stehen. Ob der Kupferstecher schon den versprochenen Grad von Nüchternheit erreicht hatte, war aus dem stoischen Gesichtsausdruck, den er zur Schau trug, nicht abzulesen, er hatte zumindest noch Haare, sie waren naß und klebten ihm an der Stirn. Seine rechte Hand drückte ausdauernd den Klingelknopf. An seiner linken baumelte eine Tüte, gefüllt mit frischen Backwaren. Oder spielten mir meine überreizten Sinne einen Streich, und es handelte sich um eine Fata Morgana? Für einen Augenblick der Schwäche erwog ich, ihn hereinzubitten, einzuweihen, zu meinem Komplizen zu machen. War heute Freitag? Nein. Vielleicht hatte er auch an

Kaffee, Margarine und Marmelade gedacht? Ich lehnte am Türholz, ohne mich zu bewegen.

U. abzuweisen, ihn nicht zu meinem Begleiter *Mittwoch* ernannt zu haben war ein fataler Fehler, er wäre der perfekte Verbindungsmann gewesen, mein heißer Draht zur Außenwelt. Seinen Spott über meine neue Frisur (konnte man bei einer Totalenthaarung noch von Frisur sprechen?) hätte ich geduldig ertragen, gewisse Extravaganzen verdienten kein Verständnis, verpfiffen hätte mich der Graphiker nie. Zudem war es in Anbetracht meiner Versorgungslage sträflicher Leichtsinn, einen Mann mit einem vollen Brotbeutel ungeplündert ziehen zu lassen. Als es erneut klingelte, stürzte ich, jede Vorsichtsmaßnahme außer acht lassend, zur Tür und öffnete sie schwungvoll, um den zurückkehrenden Freund zu begrüßen. Er war es nicht. Auf dem Fußabtreter (*Tritt herein, bring Glück hinein*) bewegte sich, von einem Bein aufs andere tretend, als litt er unter Blasenschwäche, ein Postbote in gelbblauer Regenkleidung und streckte mir, unentwegt weiter hampelnd, glücklich grinsend, ein armlanges Paket und eine Art elektronische Keule entgegen.

»Ich fürchtete schon, hier wäre auch niemand.«

Ich starrte ihn an, ohne ein Wort zu sagen.

»Könnten Sie diese Sendung in Empfang nehmen, für Wagner, eine Treppe höher?«

Er lächelte so aufdringlich, daß ich den Blick abwandte und die Tüte bemerkte, die am Türknauf hing.

»Brötchen«, sagte der Mann.

Mein martialisches Äußeres schien auf ihn nicht den geringsten Eindruck zu machen.

»Verstehen Sie mich?«

Ich nickte.

»Gut«, sagte der Bote. »Dieses Paket ist für Wagner, dritter Stock, da ist aber niemand. Ich würde es gern bei Ihnen lassen.«

Seine überdeutliche und verzögerte Artikulation ließ

darauf schließen, daß er einen Ausländer oder Gehörgeschädigten vor sich stehen glaubte. Ich zeigte keine Reaktion.

»Geht das?«

Jetzt schrie er fast. Statt meine Ablehnung abzuwarten, drückte er mir einen Stift in die Hand, der kein richtiger Stift war. Er nickte aufmunternd und tippte auf das Display seiner Keule, wo ich den Empfang bestätigen sollte. Sein Gesichtsausdruck sagte: Es tut nicht weh. Ich signierte in Kurrentschrift, mit lockerer Hand: *Friedrich Schiller*. Der Bote würdigte mein Autogramm keines Blickes. Ich hätte auch *Adolf Hitler* schreiben können, was meinem Erscheinungsbild mehr entsprochen hätte.

Im Fernseher lief eine Quiz-Sendung. Stumm. Damit U., falls er noch einmal vorbeikam, keine verdächtigen Geräusche in der Wohnung hörte. Ich wollte die Entscheidung, ob ich öffnete oder nicht, mir überlassen, keinem äußeren Druck. Dieses verdammte Unabhängigkeitsbestreben, die polnischen Gene, die meine Mutter in die Lustig-Familie eingeschmuggelt hatte. Ich wartete, daß jemand an der Tür klingelte, hoffte, jemand würde anrufen. Nichts geschah. Anscheinend hatte die Rundmail, meine Abreise betreffend, ihren Zweck erfüllt, alle Welt wähnte mich in der weiten Welt. Meine samariterhaften Schwestern kapitulierten, und meine Lektorin schwieg beleidigt, weil ich sie bei den Verhandlungen mit dem Showmaster im Stich ließ. Ihr hatte ich (wie T.) die Vietnamreise verheimlicht, mir war nicht eingefallen, wie ich sie, die glaubte, ich würde am Buch arbeiten wie Hennecke am Gegenplan, davon hätte überzeugen können, daß ich dringend Urlaub in Südostasien brauchte. Im Fernseher saßen fünf junge Mädchen mit Miniröcken und Oberteilen, die den Bauchnabel frei ließen. Sie schienen nicht älter als sechzehn zu sein. Dann klärte mich eine Schrifteinblendung auf, daß es sich um Tina, Sarah, Beatrix, Suher und Beate handelte, Vertreterinnen der Klasse 6a der Helmholtz-Gesamtschule Reckling-hausen, die eingeladen waren, um mit Gleichaltrigen zu diskutieren, ob Oralsex in der Hofpause die Lernleistung fördere und daher gestattet werden sollte, ja oder nein. Wie oft mußten diese Frauen sitzengeblieben sein, wenn sie noch immer in die 6. Klasse gingen? Hatte mich die Akzeleration überholt, ohne mich einzuholen? Beatrix redete. Auf welche Seite sie sich schlug, konnte ich nicht hören. So wie sie mit den Lippen arbeitete, hielt ich sie eher für eine Fürsprecherin. (Ich dachte an Rike, fragte mich, ob sie sich solche Sendungen ansah, und fand es beschämend, wie wenig ich von meinem eigenen Kind wußte.) Auf dem Sportkanal lief Golf. Tiger Woods stapfte über kalifornischen Rasen, ein Mann, von dem der Sportreporter sagte, er habe mehr für die Gleichberechtigung der Schwarzen in Amerika getan als Martin Luther King und Malcolm X. zusammen. Er schlug seinen Ball zu kurz. Ich schaltete weiter. Videoclip, Volksmusik, Joghurtwerbung. Augenblicklich meldete sich mein leerer Magen. Mercks' Riesenpizza kam mir in den Sinn. Könnte ich sie jetzt runterwürgen? Nie und nimmer. Nicht die gallengrüne Spinatmasse. An meinem Türknauf hingen frische Brötchen (wenn sie noch dort hingen), ich hatte nicht gewagt, die Tüte zu entfernen, noch immer damit rechnend, daß U. einen zweiten Besuchsversuch unternahm.

Nachdem ich die Tür geöffnet hatte, äugte ich erst in den Flur, dann in die Tüte. Zwei Sesambrötchen, zwei Knüppel, zwei Schusterjungen und zwei Altberliner Schrippen, eine Auswahl, die den Kupferstecher als gewieften Bäckerkunden auswies. *Wer vieles bringt, wird manchem etwas bringen.* Ich inhalierte den Brotduft, der aus der Tüte stieg, bis das Schlagen einer Tür meinen Betäubungsversuch unterbrach. Hinter dem Türholz verborgen, starrte ich durch mein Beobachtungsloch. Früher war mir egal gewesen, wer in diesem Haus wohnte. Jetzt agierte ich wie ein Gefangener, der

Klopfzeichen aussandte, um zu erfahren, wer die Zelle nebenan oder über ihm belegte.

Die Person war weiblich, Ende Zwanzig oder Anfang Dreißig, kurzhaarig, spitznasig. Sie erinnerte mich an eine Maus, ein Vergleich, der mich nur kurz belustigte, aber tiefere Wahrheit in sich barg, als ich ahnen konnte, da die Frau sich anschickte, vor meiner Wohnungstür zu verweilen, sich bückte, ich sah ihren Hinterkopf, Rücken und Hintern, glaubte, sie würde klingeln, doch versuchte ihre Hand nicht, den Klingelknopf zu berühren, statt dessen verrichtete sie etwas, das ich, von ihrem Körper abgedeckt, nicht erkennen konnte, bis sie sich wieder aufrichtete und in den Spion grinste, als könne sie mich – was unmöglich ist – durch das Loch sehen. Sie biß energisch in ein Sesambrötchen und verschwand mit einem munteren Hüpfer treppab in Richtung Erdgeschoß.

Ich war das, was man in volkstümlichen Büchern mit dem Ausdruck *baff* zu kennzeichnen pflegt. Sekunden verstrichen, bis ich mich von der Stelle rühren konnte, um ins Zimmer zu laufen, zum Fenster – von einem Beobachtungsposten zum nächsten –, um zu verfolgen, wie die Verbrecherin das Haus verließ. Niemand war zu sehen. Neben den Motorrollern hatte sich eine großflächige Pfütze gebildet. Meine SIM-Karte war, wenn sie dort unten lag, inzwischen eine Schwimm-Karte geworden. Es klingelte. Mit dem Gefühl, ein geschlagener Mann zu sein, ging ich zur Tür. Der Hausflur war leer, still, keine Schritte. Am Türknauf hing U.s Tüte, schlaff und ohne Inhalt. Statt der Brötchen fand ich einen Zettel, auf dem zwei Worte standen, gut leserlich: *Danke, Arschloch.*

Mein Glaube an die Menschheit, der nie sehr groß war (und seinen Zenit vermutlich in meinem zehnten Lebensjahr überschritt), war niemals geringer als in diesem Augenblick. Ich hätte den, der mir die Erniedrigung antat, tatsächlich umgebracht, wäre er mir in die Hände gekommen. (Ein Geständnis, das bestimmt unklug ist, doch glaube ich, daß sich jeder Mensch, und sei es auch nur für eine Sekunde, einen spekulativen Augenblick, einmal in seinem Leben die Frage stellt, ob er in der Lage wäre, einen anderen Menschen zu töten. Das scheint erschreckend, doch hielte ich es, unter uns gesagt, für moralisch bedenklicher, wäre es nicht so.) Groteskerweise verdächtigte ich die Mausgesichtige keinen Augenblick. Der Gedanke, daß sie sich, statt das Haus zu verlassen, auf leisen Sohlen die Treppe hochgeschlichen haben könnte, um die restlichen sieben Brötchen zu entwenden, mich klingelnd zu foppen und sich in die Sicherheit ihrer Wohnung zurückzuziehen, kam mir nicht. Kleptomanie traute ich ihr zu, aber nicht die viersilbige Danksagung, die mich mehr als der Verlust der Backwaren schmerzte. Ihr Gesicht schien mir zu solcher Fiesheit unfähig. Ich habe einfach eine zu hohe Meinung vom weiblichen Geschlecht.

In der einen Hand den Zettel, in der anderen die ausgeraubte Tüte, verharrte ich grüblerisch in der Zimmermitte. Nicht nur, daß man mich beleidigte, nicht nur, daß ich nichts zu essen hatte, zu alledem würde U., sollte er nochmals auftauchen, den Brotbeutel vermissen und annehmen, ich wäre zu Hause. Im Fernsehen hatten die fünf Sechstklässler ihre Aussprache beendet. Nie würde ich erfahren, für welche Option Tina, Sarah, Beatrix, Suher und Beate stimmten. Jetzt lief eine Talkshow, offensichtlich eine Wiederholungssendung. Der Moderator war ein gelackter Affe mit Designerbrille. Er saß hinter einer Art Tresen vor einem Glas Wasser und knautschte an seinen Händen herum. Das war schon ekelhaft genug. Viel schlimmer war sein Gast: D., der Mann, der mir gerade noch gefehlt hatte, der Entertainer, geföhnt und solargebräunt, im sandfarbenen Leinenanzug, das weinrote Seidenhemd weit genug geöffnet, um der Welt die Goldkette und das wallende Brusthaar zu zeigen. (Alle Zweifel, ob es richtig war, mich zu epilieren, waren augenblicklich wie weggeblasen.) Was er sagte, verstand ich nicht, mir reichte, wie er es sagte. D. grinste. Sein Lächeln war sein Markenzeichen, Deutschlands *Mister Feel Good*. Dieses elende Erfolgsschwein, dachte ich, ist schon wieder im Fernsehen, und dir, Ernst Lustig, vierundvierzig, arbeitslos, hungrig, verkatert, haut man in die Eier und klaut man die Brötchen.

Der Kupferstecher gab sich musikalisch und zitierte in seiner E-Mail einen Schlager aus den Anfangsjahren der *Republik*. *Was willst du denn in Rio, was willst du in São Paulo, was willst du am Sambesi und auf Trinidad?* Er nahm den Rhythmus auf und fragte seinerseits, was ich in Asien suche? Seit wann gäbe es in Vietnam Schillerstraßen?

Er spielte auf mein ältestes Hobby an (Schelme sollten es nicht mit dem ältesten Gewerbe verwechseln), die *SSS*, einen Tick, der den *Lustigen Kalender* weit in den Schatten stellte. Seit mehr als dreißig Jahren ging ich dieser Manie nach. Erschreckend. Mein Steckenpferd – die deutschen Kleinbürger schmuggelten so entsetzlich abgeschmackte Begriffe in unsere Muttersprache ein – hatte ich erst in den letzten Jahren den besten Freunden entdeckt (vielleicht zuerst in der Absicht, an ihren Reaktionen zu ermessen, ob sie den Rang, meine besten Freunde zu sein, wirklich verdienen), alle Jahre zuvor lebte ich meine Leidenschaft ohne Zeugen aus. Nie hatte ich jemandem von der Beschäftigung erzählt, die mich am tiefsten erfüllte. Es war mir peinlich, obwohl ausgerechnet die älteste meiner Passionen nicht die geringste sexuelle Färbung besaß. Ich war ein Sammler, doch nicht dies machte mich zum Sonderling, sondern die Tatsache, daß ich etwas sammelte, was sonst niemand sammelt. Ich war davon überzeugt, obwohl man auf diesem Gebiet nie sicher sein konnte. Vielleicht gab es da draußen, auf dieser verrückten Welt, einen anderen armen Irren, der auf den gleichen Spleen verfallen war. Sammelten die Leute nicht die absurdesten Dinge, Kronkorken, Zigarrenbinden, Nahverkehrstickets, Kondommarken, Hotelkugelschreiber, Seifenstücke, Käse, Kämme, Schnürsenkel.

Ich kannte einen Mann, Auslandskorrespondent, der auf internationales Toilettenpapier versessen war. Er hatte fast 2000 Rollen angehäuft, aus allen Weltteilen, als der Jeep, mit dem er unterwegs war, in irgendeiner Ecke von Rest-Jugoslawien auf eine Mine fuhr. Seine unvergleichliche Sammlung ging in den Müll. Auch ich sammle etwas, das niemand brauchen und verwerten kann, wenn ich sterbe. Etwas, das weiterzusammeln mir unmöglich würde, ginge ich ins Exil oder Gefängnis – man kann die begehrten Objekte nicht per Katalog bestellen, bei Ebay ersteigern oder auf Tauschbörsen ergattern. Auch diese Besonderheit macht die Einzigartigkeit meiner Kollektion aus. Ich sollte es nicht so spannend machen? Gut, ich packe aus: Das Kürzel SSS steht für *Schillerstraßensammlung*, weil ich Schillerstraßen sammle. Insgesamt besitze ich 2216 Stück, in insgesamt 1976 Städten und Dörfern.

Es gibt ein klares Regelwerk: Anders als bei Monopoly, diesem obszönen Spiel der Philosophen des Besitzstandsdenkens, wo man, um die Schillerstraße zu erwerben, nur 5200 Mark an die Bank zahlen muß, bzw. 2000 Euro, kann man eine Straße im Rahmen der SSS nicht kaufen, sondern nur erlaufen. Es herrscht das Grundgesetz des Flaneurs. Alle Straßen, die Teile der SSS sind, habe ich durchquert, bei Regen, Schnee, in drückender Hitze, selten in Gesellschaft, immer mit dem Notizbuch. Darin habe ich Datum und Uhrzeit vermerkt, die Witterungsbedingungen erwähnt, die Länge und Breite der Straße geschätzt, ihre Eigenart beschrieben, Häuser, Baumbestand, Läden, öffentliche Einrichtungen, Gewerbe, Trottoir, besondere Vorkommnisse. Selten habe ich Menschen getroffen, Einwohner, nie Kontakt gesucht. Ich bin ein anonymer Sammler, jemand, der eines Nachmittags auftaucht, die Straße durchläuft, als suche er jemanden, sich einige Aufzeichnungen macht und wieder verschwindet. In einem anderen, nächsten Leben werde ich mich vielleicht auf Goethestraßen spezialisieren. Nicht, daß ich keine Goethestraßen kennen würde, im Gegenteil, für jemanden, der Schillerstraßen sammelt, ist es absolut unmöglich, keine Goethestraßen zu kennen, beide Dichterfürsten wurden auch im Stadtbild selten voneinander getrennt, ob zur Gründerzeit, in der Weimarer Republik, bei den Nazis, den Kommunisten oder den Wirtschaftswunderdemokraten, bei fast allen Neugründungen, Stadterweiterungen wurde, wenn irgendwo eine Schillerstraße geplant war, in unmittelbarer Nähe eine andere nach Johann Wolfgang benannt und umgekehrt. Bei meinen Forschungen spazierte ich durch Hunderte Goethestraßen, habe mich oft geärgert, wenn sie spannender, großartiger, lebendiger waren als meine Straßen, sie aber stets links (oder rechts) liegengelassen, nicht registriert, gesammelt. Ein Sammler muß Konsequenz zeigen, sonst verdirbt er seine Kollektion. Ich gebe zu, daß ich, wenn ich auf einer meiner Expeditionen, sagen wir einmal in Senftenberg, wo es zwei Schillerstraßen gibt, falls man die im Stadtteil Sedlitz-Ost dazurechnet, eine Frau getroffen hätte, die in einer dieser Straßen wohnte, eventuell Schwäche gezeigt haben würde und mich verliebt hätte. Weniger in die Frau an sich (was kein Kantscher Terminus ist), vielmehr in die Frau aus der Schillerstraße. Die Sammelleidenschaft ist eine gefährliche Sucht, unkontrollierbar, von außen nicht nachvollziehbar. Für einen Außenstehenden haben alle Sammler etwas von Irrsinnigen. Oder, wie Tristram Shandy so trefflich erkannte: *Wenn sich ein Mensch einer herrschenden Leidenschaft überläßt oder, mit anderen Worten, wenn sein Steckenpferd hartmäulig wird – so ade, kalte Vernunft und liebe Klugheit!*

Zwölf Uhr mittags. Das Geräusch der Wanduhr ging mir auf die Nerven, ich versteckte mich hinter der Jalousie und starrte durch die Lamellen. Selten konnte man Menschen in den anderen Wohnungen erkennen. Nur wenn sie ganz dicht ans Fenster traten.

»Man kann dich nicht sehen, hatte T. gesagt, als ich aus dem Bett aufgestanden und nackt in die Küche gegangen war, um Tee zu kochen, während meine Geliebte zu MTV schaltete und mir zurief, die Sängerin, deren Videoclip lief, habe Krebs gehabt. Ihr Lied gefiel mir trotzdem nicht besser.

»Warum sollte man mich nicht sehen können?« fragte ich.

»Weil es draußen viel heller ist. Hast du jemals in so ein Fenster hineinsehen können, bei Tageslicht?«

»Ich hab es noch nicht probiert«, log ich.

»Lüg nicht«, sagte sie.

Es klopfte an der Tür. Energisch. Im Zeitalter der Klingel ein Privileg der Polizei. Wieder drückte ich das Auge gegen das Spähloch. Im Flur stand die Mausgesichtige. Sie wedelte mit einer blauen Postkarte. Ich dachte nicht daran zu öffnen. Hunger und Stolz verboten es mir.

»Machen Sie schon auf«, rief die Frau mit einer kräftigen Altstimme, die nicht recht zu ihrer Statur paßte, »ich weiß, daß Sie da sind.«

Woher denn? dachte ich und rief, hinter der Tür stehend: »Woher denn?«

»Eben hing hier noch ein Beutel mit Brötchen. Jetzt ist er weg. Da dachte ich, Sie sind vielleicht aufgestanden.«

»Ja«, sagte ich, »das mache ich jeden Tag.«

»Ich will nur mein Paket abholen«, brummte die Maus.

»Moment.«

Ich lief ins Zimmer, schnappte mir die Postsendung, blieb ein paar Sekunden auf der Couch sitzen, etwa so lange, wie ein Mann von Mitte Vierzig braucht, um sich in eine Hose zu zwängen und ein Hemd überzuwerfen. Dann schlenderte ich zur Tür und öffnete.

»Frau Wagner?«

»Mein Mann heißt Wagner«, antwortete sie, »das heißt, wir sind nicht verheiratet, ich heiße Anstand. Und Sie?«

Sie beugte sich in Richtung Klingelbrett, um meinen Namen zu lesen, der nicht mein Name war.

»Mein Name ist Lustig«, sagte ich.

»Wie meiner«, gab sie zurück. Es klang nicht nach Ironie. Für einen Augenblick überlegte ich, sie zu fragen, wie mein Sesambrötchen geschmeckt hatte, ich verschluckte die Bemerkung und reichte ihr stumm das Paket.

»Wenn Sie mal nicht da sind, nehm ich auch was für Sie an«, sagte Frau Anstand und wandte sich zur Treppe.

Was bedeutete dieses Satzgebilde? Sie war schon auf den ersten Stufen, als ich das Gewicht ihrer Worte erfaßte.

»Fräulein«, rief ich (eine Anrede, die nicht vermuten ließ, daß ich schon einmal eine Sendung auf MTV gesehen hatte), »das ist nicht nötig, daß Sie etwas annehmen, wenn ich nicht da bin, ich bin nämlich selten da, und dann würden Sie eventuell auf dem Angenommenen sitzenbleiben, wenn also etwas abgegeben werden sollte und Sie nicht sicher sind, daß ich da bin, was meist der Fall sein dürfte, sollten Sie besser annehmen, ich sei wirklich nicht da und nichts annehmen.«

Sie schien nicht alles verstanden zu haben, nickte aber und sagte: »Trotzdem danke.«

Ein seltsamer Name: Anstand. Auch kein leichtes Schicksal, so einen Packen pietistische Tugend in die Wiege gelegt zu bekommen, da blieb einem nur die Wahl, Hure und Heilige zu werden. Dennoch war die Frau – wie mir schien – weder das eine noch das andere geworden, sie war kokett und dreist. In jedem Fall eine starke Persönlichkeit.

In meine Oberschulklasse ging ein Mitschüler, den ein auffälliger Name zu meinem Leidensgenossen machte: Bernd Nievoll. Er gehörte bis zur Jugendweihe zu den besten Schülern, erst in der Pubertät begann er den Forderungen zum Opfer zu fallen, die durch seinen Namen an ihn gestellt wurden. Es verging keine Feier, wo Nievoll nicht Hänseleien ausgesetzt war, wieviel Alkohol er denn nun wirklich vertragen würde. Bernd, eigentlich von stiller, zurückhaltender Natur, sah sich genötigt nachzuweisen, daß er mehr schlucken konnte als ein Pferd. Er trank Wodka aus der Flasche, kippte sich Korn ins Bier und schaffte mit fünfzehn seine erste Alkoholvergiftung. Mit zweiundzwanzig kam er zum Entzug in eine Klinik. Ihn rettete, wie es so oft geschieht, eine Frau. Sie hieß Sand, mein ehemaliger Schulkamerad heiratete sie, nahm ihren Namen an, wurde Bernd Sand, in dieser Ehe trocken und Vorsitzender eines Vereins Anonymer Alkoholiker.

Nomen est omen. Seit vielen Jahren lebe ich in der Überzeugung, daß der Mensch von seinem Namen geprägt wird. Mich verdammte der meine zu lebenslanger Dialektik, zwanghaftem Hinundherdenken, Abwägen, Bipolarität, Unentschiedenheit. T. hätte wissen müssen, daß ein Mann mit dem Zentaurennamen Ernst Lustig sich nicht vom Fleck weg heiraten ließ. Wenn meinen Vater bei seiner Namenswahl die Absicht geleitet hatte, aus mir einen Mann mit Witz zu machen (weil er möglicherweise an seiner eigenen Trockenheit litt wie an einer Schuppenflechte, mit der man leben lernen muß), so war ihm dieser Versuch gründlich mißglückt. Anfänglich wertete ich das Gelächter als Angriff auf meinen Körper, nicht auf meinen Namen. Wie jedes Kind glaubte ich, er gehöre ganz natürlich zu mir, wie die Haut, die Augenfarbe, das Haar, wie der Leberfleck auf dem Hintern. Irgend etwas an meiner Person mußte, so schlußfolgerte ich, den anderen Kindern höchst merkwürdig und belustigend vorkommen, wenn sie mir begegneten. Ich suchte im Spiegel nach versteckten Entstellungen, fragte Liane, ob an mir irgend etwas sei, das nur ein Fremder erkennen konnte. Mit der Schule begann die Qual. Das

Lachen, das ich, ohne zu wissen, warum, erregte, kränkte mich und trieb mich in tiefe Verzweiflung. Eines verheulten Nachmittags setzte sich Frau Wunderlich, die Horterzieherin, im Ruheraum an meine Pritsche, streichelte meinen Hinterkopf – was ich haßte, denn es war das Vorrecht meiner Mutter – und sprach mit der Stimme des Wolfs, der bei den sieben Geißlein anklopft, das sei sehr unartig von Udo und Michael gewesen, mich auszulachen, ich solle mir nichts draus machen, sie fände meinen Namen schön, es sei tausendmal besser, Ernst Lustig zu heißen, als Lehmann, Müller oder Schulze, obwohl es auch Leute geben müsse, die Meyer heißen.

Der Gedanke, keinen schönen Namen zu haben, war mir nie gekommen. Konnten Dinge, die, so wie sie waren, sein *mußten*, auf Bezeichnungen wie schön oder häßlich Anspruch erheben? Der Apfel hieß nun mal Apfel. War das schön oder nur eine Tatsache? Der verhängnisvolle deutsche Tiefsinn, der mich Literaturhistoriker werden ließ, zeigte mir im halbdunklen Schlafsaal des Schulhorts zum ersten Mal sein Janusgesicht. Die Erzieherin hatte mich trösten wollen und machte mich panisch. Plötzlich war klar: Etwas stimmte mit meinem Namen nicht, und, zweitens, daß ich so hieß, war nicht zwingend. Diese Erkenntnis, weniger schmerzhaft, war furchterregend. Hieße ich anders, wäre ich ein anderer Mensch? Meine Eltern würden mich anders rufen, anders ausschimpfen, liebkosen. Wären sie dann noch meine Eltern, so wie ich sie liebte? Und wenn ich nicht hatte Ernst heißen müssen, waren nicht auch die Namen meiner Schwestern nur Zufall? Könnte Monika also Petra, Petra Liane sein und diese Erika? Und wo bliebe am Ende die? Was war mit Onkel Werner, seiner Frau Gisela, meinen Cousins, würde Vater, wenn er nicht Paul Lustig geworden wäre, Helene Kapuczinsky je angesprochen, zum Tanz ausgeführt, geheiratet haben, wenn sie zum Beispiel Inge gewesen wäre, und, hätte er nicht, wessen Kind wäre ich dann?

Wo gab es einen Halt in dieser Verwirrung, auf wessen Wort konnte man sich verlassen?

Trost bei Jochmann: *Man ist schon längst darin einig, daß oft der Name das Beste an der Sache ist – und der Name selbst auf das Schicksal derer Einfluß hat, die ihn tragen. Unter den alten Kriminalisten galt es als Gewohnheitsrecht, diejenigen am ersten unter mehreren andern foltern zu lassen, die den gemeinsten, schlechtesten Vornamen trugen.*

Die Geschichte vom Stasi-Offizier Lenz hatte ich T. an unserem ersten gemeinsamen Abend erzählt. Wer weiß, ob sie mich sonst bei diesem Treffen, ob sie mich je geküßt haben würde, ob wir zusammengekommen wären, ob ich bei ihr hätte einziehen können (und in der vergangenen Woche ausziehen), wenn ich sie nicht mit der Anekdote überrumpelt und trickreich in die Geheimnisse meines Lebens eingeweiht hätte? Vertrauen schafft Nähe, Anteilnahme proviziert Trost, und was könnte geheimnisvoller sein als der Besuch eines Geheimdienstmannes, noch dazu für eine Frau, Jahrgang 1980, für die Begriffe wie *Stasi*, *Genossenschaftsbauer*, *LPG* und *KGB* so historisch klingen mußten wie für mich *Reichsbulle* oder *Gauleiter*? So gesehen, hätte ich eigentlich Grund, dem Genossen Lenz (oder seinem Ministerium) dankbar zu sein, zumindest für die zwei Jahre, die ich mit T. zusammenleben durfte. Daß die Existenz seiner *Firma* meine universitäre Karriere verhinderte, steht auf einem anderen Blatt und ist in hohem Maße selbstverschuldet. Ich habe den Mann, der, ohne es zu wissen, zum Paten meiner letzten Liebesbeziehung wurde – eine Formulierung mit fatalistischem Kern –, noch einmal getroffen, als T. und ich bereits das waren, was man in meiner Jugend ein Paar nannte.

Da ich nach der Trennung das Auto meiner Ex-Frau überlassen hatte, die es dringender als ich benötigte, unter anderem, um Rike zu ihren Großeltern mütterlicherseits nach Thüringen zu bringen, beschloß ich, vor anderthalb Jahren, in einer kurz währenden finanziellen Glückssträhne, mir einen preiswerten japanischen Gebrauchtwagen zuzulegen. Im Internet stieß ich auf das Angebot eines Händlers in Reinickendorf. Die Gegend mutete bieder an, so daß ich annahm, der rote Nissan würde ein Garagenwagen und in gepflegtem Zustand sein. Der Verkäufer, der mich zur Vorführung empfing, war niemand anderes als Genosse Lenz. Obwohl seit unserer Begegnung mehr als zwanzig Jahre vergangen waren und Gesichtsgedächtnis nicht zu meinen mnemonischen Begabungen gehört, erkannte ich ihn sofort. (Ich war nicht einmal besonders überrascht, irgendwo mußte das Heer der Mitarbeiter ja abgeblieben sein, sie konnten ja nicht alle Selbstmord begangen haben. Wie sagte meine weise Mutter immer: In einem geordneten Haushalt spült sich alles wieder hoch.) Er stellte sich als Herr Winter vor, ein, wie ich fand, passender Name für einen Mann, dessen konspiratives Pseudonym einst mit dem Frühling kokettierte. Ich wartete ab, ob er die Initiative ergriff, an unser Zusammentreffen in anderen Zusammenhängen zu erinnern, doch hüllte er sich in unnahbares Schweigen, auch als ich meinen Namen nannte, den man ja wirklich nicht leicht vergessen kann. Entweder litt er an Amnesie und hatte diesen Teil seiner Vergangenheit vollkommen ausgeblendet, oder es war ihm gelungen, aus seinem früheren Beruf die Fähigkeit, sich zu verstellen, in die neue Zukunft zu retten. Obwohl ich sicher wußte, ein und denselben Mann vor mir zu haben, schien mir zwischen der Szene im Juni 1979 im Prenzlauer Berg und dieser hier im Reinickendorfer Autosalon keine Verbindungsfläche zu existieren. Nur ich war gleich geblieben. Oder war das nur eine weitere Selbsttäuschung? Der Stasimann Lenz war zu einem exzellenten, eifrigen, erfolgreichen Gebrauchtwagenhändler Winter mutiert. Trotzdem kaufte ich ihm den roten Nissan nicht ab.

Die geringe Motorleistung dürfte kaum der wahre Grund gewesen sein, der Wagen, den ich mir wenige Tage später anschaffte, kostete, bei gleicher PS-Zahl, 200 Euro mehr. Als ich mich von Lenz-Winter verabschiedete, warf ich einen Blick auf den Zeigefinger seiner rechten, ausgestreckten Hand. Er musterte mich mißtrauisch, war jedoch klug genug, keine weiteren Fragen zu stellen.

Ich erinnerte mich der Collage eines Engländers, David Tremlett. *Postcard Work.* Eine Sammlung touristischer Postkarten, aus Indien, Afghanistan, Malaysia, alle an den gleichen Adressaten gerichtet: Robert Antony Situation, Horse Shoe Yard, Brook Street, London W. I. Die Mitteilungen waren kurz und inhaltsschwer. »So beautiful here, David«, »Fish & Chips«, »Getting hot«, »Dry«, »Having a rest«, »Getting tired«, »Still here«, »Lovely weather«, »Problems«. So oder so ähnlich sollte ich meine Berichte aus Südostasien verfassen, dann wäre die Gefahr, Falschmeldungen zu verbreiten und der Lüge überführt zu werden, gering. »Feuchtwarm« wäre keine schlechte Information, oder »Viel Reis«.

Doch anders als Mister Tremlett war ich kein Künstler, sondern ein Mann in Bedrängnis. Vietnam sei ganz anders, als ich es mir vorgestellt habe, schrieb ich und versuchte alle Zweifel an meiner Prosa zu zerstreuen, indem ich die Erwartung aussprach, meine Schwestern und Freunde würden diesen Eindruck teilen, wenn sie erst meine Berichte gelesen hätten. (Ich hatte Zeit, die E-Mail auszufeilen, absenden konnte ich den Text sowieso erst in drei Stunden, wenn ich das Ziel erreicht haben würde, das ich jetzt schon beschrieb.) Den Flughafen von Hanoi als eine öde Betonpiste zu schildern, an dessen Rändern Palmen wuchsen, war kein Wagnis. Die Bäume gehörten in die Region, und ohne Beton war eine Landebahn schwer vorstellbar. Über die Witterung wollte ich mich nicht verbreiten, da ich nicht wußte, ob dort jetzt Sommer oder Winter, ob es eher trocken oder verregnet war. Ich erfand ein französisches Pärchen, das ich während des Fluges kennengelernt hatte, Jeanne und Claude, die an den Golf von Tongking fuhren (der Atlas des Studenten leistete mir hervorragende Dienste), um zu schnorcheln. Die Spärlichkeit meiner Informationen begründete ich mit Kommunikationsproblemen, die Taucher sprachen kaum englisch, ich konnte in der Sprache der Grande Nation bedauerlicherweise nur stammeln. Ein Taxi brachte mich in der Morgendämmerung zum Hotel. Die Stadt ließ ich an mir vorüberrauschen, ohne sie zu beschreiben, und konzentrierte mich um so mehr auf meinen Chauffeur, einen jungen Burschen, den ich zwei Brillen tragen ließ, eine auf der Nase, dazu eine Sonnenbrille auf der Stirn. Ansonsten war er ein Allerweltstaxifahrer, der in einem wunderbaren Kauderwelsch auf mich einsprach, einer Art Küchenesperanto, das ich Touristisch nannte, ein Amalgam aus internationalen Floskeln. Dem Rat der reiseerprobten Franzosen folgend, hatte ich mit ihm einen festen Tarif ausgemacht, er sollte mich für 10 Dollar zu einer Unterkunft bringen, in der das Zimmer nicht mehr als 20 Dollar kostete. So gelangte ich ins Hotel *Goldener Drache* im Zentrum Hanois und bezog (für 30 Dollar) einen düsteren Raum, dessen einziges Fenster auf einen Lichtschacht wies, aus dem Küchengeräusche drangen. Die Einrichtung nannte ich luxuriös (im Kontrast zu meinem Appartement in der Straßmannstraße war sie es), ich registrierte nicht nur Dusche und WC, sondern auch eine Klimaanlage und einen Fernseher (Made in China), dazu einen bombastischen Bambustisch (im europäischen Stil), einen barocken Sessel, unter der Decke einen Ventilator (der mich an *Apocalypse Now* erinnerte). Im Foyer standen zwei Computer älteren Baujahrs, aber intakt, an denen die Gäste (natürlich alles Ausländer, vor allem Europäer, ein paar Australier und Amis, auch Russen, die ja jetzt überall auftauchten) ihre

E-Mails abrufen konnten. Am Schluß des Briefes schrieb ich, ich wüßte noch nicht, wie lange ich in der Hauptstadt bliebe und ob es im Land überhaupt so etwas wie Internet-Cafés geben würde. Natürlich sei ich vom langen Flug und der Zeitverschiebung erschöpft, daher müsse dieser erste Reisebericht knapp ausfallen, und ich verabschiedete mich mit einem Sprachwitz (den man von mir erwartete), ich würde jetzt erst mal aus dem Netz herausgehen und dafür unter mein Netz steigen. (Das Moskitonetz, das über meinem Bett hing.)

Meine Urlaubspost besaß eine Reihe hübscher Einfälle, die Erfindung des Taucherpaars war nicht schlecht, obwohl ich nicht wußte, ob eigentlich, wer an die Küste wollte, über Hanoi fliegen würde. (Im Atlas hatte ich entdeckt, daß sich die Hauptstadt knapp hundert Kilometer westlich des Ozeans befand, während Haiphong, eine Hafenstadt, an den Golf von Tongking grenzte, nicht, wie ich zunächst geglaubt hatte, an das Chinesische Meer.) Diese Fakten würde keiner meiner Freunde und Verwandten anzweifeln, es sei denn, sie zweifelten an der Geschichte überhaupt. Bestimmt gab es einen Weg, zu prüfen, wo eine E-Mail aufgegeben worden war. Ein Computerexperte würde erkennen, daß meine vietnamesische Post in Berlin abgeschickt wurde. Allerdings gab es unter meinen Adressaten keine Spezialisten. (Blieben meine Freunde nicht zuletzt deswegen meine Freunde, weil sie wie ich bekennende Anachronisten waren? Buchhändler, Seelenklempner, Kupferstecher, Jazzmusiker, Ethnologen, Dramaturgen. T. titulierte sie liebevoll-verächtlich meine *scheintote Dinosaurierherde*.) Wen ich in den Verteiler meiner Rundbriefe aufnahm, mußte gut überlegt werden, es sollte ein feiner, erlesener, naiver bis dummer Kreis sein.

U., ein Neuling in der digitalen Welt, Monika war zu sehr von ihrer Praxis und Heil-Kosten-Plänen abgelenkt, Liane, mißtrauisch, aber gutmütig, war technisch unbegabt, Petra, desinteressiert und mit ihrem Jubiläum beschäftigt, Rike, meine Tochter, tief in der Pubertät steckend, stand mit mir, ihrem Vater, dem *sugar daddy*, auf Kriegsfuß. Zwar hatte sie es nie eingestanden, doch war ich sicher, daß der Grund für die zwischen uns herrschende Verstimmung darin lag, daß ich mir eine Freundin gesucht hatte, die, wie ihre Oma mütterlicherseits meinte, *gut und gerne ihre ältere Schwester* sein konnte. Das war für eine Heranwachsende tatsächlich nicht einfach zu verdauen.

T. durfte den Brief nicht erhalten. Zwar hätte es mich gereizt, sie zu reizen, doch fürchtete ich ihre Logik. Sie kannte mich gut und sich mit Computern besser aus als ich und neigte zu spitzfindiger Skepsis, wenn es darum ging, mein Verhalten einzuschätzen. Allein die Nachricht meiner Flugreise hätte sie alarmiert. Immerhin hatte ich mich der Idee, mit ihr gemeinsam Mütterchen Rußland zu besuchen, so lange widersetzt, bis T. in die umständliche, lange und zudem teure Zugfahrt einwilligte. Jetzt, ein knappes Jahr später, flog ich nach Südostasien? Ohne Zwang und allein? Meine Geliebte würde entweder denken, ich hätte diese Unternehmung erfunden oder ich reiste nicht allein. »Du änderst deine Gewohnheiten nur vorübergehend«, war ihre Grundthese, »nur solange du geil bist.«

Glücklicherweise hatten alle Postempfänger etwas mit mir gemeinsam, sie waren niemals in Asien gewesen. Angesichts dieses Defizits fand ich meinen Reisebericht recht lebendig. Stolz machte mich die Assoziation mit dem Coppola-Film. Auch das Moskitonetz fügte sich atmosphärisch gut ein. Ich hatte Hoffnung, daß es mir in Vietnam gefallen könnte.

Entkam man, wenn man Richtung Osten flog, tatsächlich der Nacht? Unsinn. In Moskau war es längst dunkel. (Wie oft hatte ich meine Geliebte davon abhalten müssen, um Mitternacht ihre Familie anzurufen.) Wie spät war es jetzt in

Hanoi? Es gab einen sicheren, wenn auch beschwerlichen Weg, dies in Erfahrung zu bringen. Ich brauchte nur zu Ulbrichts Spielwiese, zum Alexanderplatz, zu fahren und einmal, wie ein Provinzler oder Verliebter im Jahr 1969, um die *Weltzeituhr* zu schlendern. Dort konnte der Bürger der *Republik* jederzeit ablesen, wie spät es in den Städten war, in die er nie reisen durfte. Rio, Chicago, Montevideo, Neu Delhi. Die Hauptstadt Vietnams, des Landes, das sich zum Zeitpunkt der Einweihung des internationalistischen Chronometers anschickte, die Supermacht USA in die Knie zu zwingen (David besiegt Goliath), hatten die Genossen Gestalter bestimmt nicht vergessen. Doch – wie so oft im Leben – der einfache Weg war mir verwehrt. Ich lebte jetzt in Freiheit. Ich durfte überallhin, nur nicht zum Alexanderplatz. Ich mußte selbst rechnen. Sechs Stunden dazuzählen, sagte der Atlas. Es war acht Uhr abends. Der Tagesschausprecher machte Atemübungen. Microsoft unter EU-Attacke, Benzinpreise stiegen, Erdölleitung im Südirak explodiert, Temperaturen konstant. Gesetzt, ich wäre um zehn Uhr morgens in Paris gestartet, befände ich mich schon zehn Stunden in der Luft (im angeregten Gespräch mit Jeanne und Claude, den Marseiller Schnorchlern), jenseits von Kandahar. Wenn man von einem zwölfstündigen Flug ausging, würde ich um zweiundzwanzig Uhr (Berliner Zeit) in Hanoi landen und zwei Stunden später im Hotel ankommen, gegen Mitternacht, Ortszeit sechs Uhr morgens, Grund genug, um erschöpft ins Bett zu fallen. Aber noch mußte ich zwei Stunden fliegen. So eine Luftreise konnte einem tatsächlich ganz schön lang werden. Immerhin bekam man regelmäßig etwas zu essen. Anders hier auf Erden. Ich hatte Hunger.

Es war der Bursche von gestern abend (oder vorgestern, ich verlor allmählich die Orientierung), er trug die gleiche braune Windjacke (die ich mir jetzt einprägte, Gedächtnistraining!) und das gleiche starre Lächeln, mit dem er mich verlassen hatte (ob er es vor dem Einschlafen ablegte oder schon, sobald er mir den Rücken zuwandte?). Der Drachen-Bote war auf einem langen Marsch gewesen, hatte eine halbe Stunde gebraucht. Suppe Nummer 7 und Nummer 42. Bestellt, ohne zu wissen, was mich erwarten würde.

»Sechs neunzig.«

Der Mann streckte mir die Tüte hin. Wohl der Einheitspreis, dachte ich und hatte schon meine Einheitsantwort »Acht« (einmal großzügig, immer großzügig) auf den Lippen, als mir, in die Tasche fassend, meine Rede und mein Grinsen verging. Der Zehn-Euro-Schein, mit dem ich gestern bezahlt hatte, war mein letzter gewesen. Ich besaß nur noch Münzen. Ein klägliches, klimperndes Häuflein Unglück. Nach einer kurzen Hochrechnung zwei, maximal drei Euro.

»Ich hab nicht genug Geld«, gestand ich.

Trotz der Peinlichkeit der Situation fühlte ich innere Erheiterung. Ich war wieder der sechsjährige Ernst Lustig, der beim Bäcker Kuchenreste kaufen wollte, für ein gefundenes Fünf-Pfennig-Stück, das aus unbegreiflichen Gründen *Sechser* hieß.

»Was haben Sie?« fragte der Chinese (der in die Rolle der Bäckersfrau schlüpfte).

Ich zählte ihm meine numismatische Ernte in die hohle Hand.

»4 Euro und 12 Cent.«

»Das ist alles?«

Ich nickte betreten.

»Gar nichts mehr da?«

Der Mann, nachdenklich geworden, zupfte sich seinen kleinen Kinnbart.

»Völlig blank.«

»Schade.«

»Ich hab eine EC-Karte.«

»Glaub ich«, sagte der Chinese, »leider ich bin kein Automat.«

Es war ein guter Witz. Trotzdem konnten wir beide nicht lachen.

»Wie wär's, wenn Sie die Suppe wieder mitnehmen und ich behalte nur die Nummer 42?«

Der Bote schüttelte den Kopf.

»Nicht gut. Ich bessere Idee, Sie bringen Rest, was fehlt, morgen in den Laden.«

»Wohin?« fragte ich, obwohl der Vorschlag, das Haus zu verlassen, völlig unakzeptabel war.

»Der Obstladen an Ecke, wo ich arbeite.«

»Kenn ich«, sagte ich »es steht immer eine nette Chinesin an der Kasse.«

»Meine Frau«, erklärte der Mann stolz.

»Gratuliere.«

Nach dieser privaten Annäherung entstand eine Kunstpause. Der Drachen-Kurier wartete auf eine Entscheidung. Man konnte spüren, wie das Essen in der Tüte kalt wurde.

»Das klappt nicht«, sagte ich und setzte eine Leidensmiene auf, die man aus den Bildern alter Meister kennt, »ich bin krank und darf die Wohnung nicht verlassen. Warum kommen Sie nicht morgen abend um die gleiche Zeit und bringen mir, sagen wir, Suppe Nummer 5 und die 41? Ich bezahle dann alles zusammen.«

»Wie wollen Sie Geld haben, wenn Sie in Haus bleiben?«

Die Antwort gefiel mir. Der Mann war, obwohl ein einfacher Fahrradbote, nicht auf den Kopf gefallen.

»Meine Schwester besucht mich.«

Der Chinese blickte skeptisch. Er schien Ausreden mit Verwandten in der Hauptrolle, die auftreten sollten, um offene Rechnungen zu bezahlen, schon häufiger gehört und nicht wieder vergessen zu haben.

»Morgen um acht?«

Ich nickte, er nickte. Dann steckte er die Münzen ein und ging zur Treppe. Diesmal lächelte er nicht.

Das Essen hatte, obwohl delikat, einen faden Beigeschmack, ich wußte nicht, wie ich es am nächsten Tag bezahlen sollte. Der Bote gewährte mir nur aus Hilflosigkeit Kredit. Ich hatte zum Lügner nicht mehr Talent als zum Biographen. (Der Verfall der einen Begabung bedingte den Niedergang der anderen. Ursache und Wirkung, Ying und Yang.) Wenn der Chinese glaubte, ich hätte die Schwester erfunden, irrte er gewaltig, wenn ich überhaupt etwas besaß, dann Schwestern, drei Stück, ursprünglich sogar ein Quartett. Leider konnte ich weder Liane noch Monika in die Straßmannstraße zitieren. (Petra schon gar nicht.) Sie wähnten mich irgendwo hinter Indien in der Luft. Sollte ich eine Auszeit nehmen, das Experiment unterbrechen? Die Variante gab's sogar beim Volleyball. Die nächste Bank lag einen knappen Kilometer entfernt, am Bersarinplatz, eine Filiale der Sparkasse, die aussah wie mehrfach ausgeraubt und von der Geschäftsführung zur Plünderung freigegeben. Lief ich dorthin, könnte ich in einer halben Stunde zurück sein, unentdeckt, aber liquide. Unmöglich. Die Unternehmung wäre vernichtet. Es verbot sich von selbst, während des Spiels das Reglement zu ändern. (Ein ehernes Grundgesetz, als Schiller-Forscher kannte ich mich mit Spiel und Regel aus.)

Ich suchte im Badezimmer die Jeans, die ich nach der Begegnung mit Merck's Riesenpizza in die Schmutzwäsche verbannt hatte. In dem Minifach über der rechten Hosentasche trug ich (im Alltag durchaus praktisch veranlagt) stets ein Ein-Euro-Stück (für Einkaufswagen im Lebensmittelmarkt oder die Schließfächer in der Staatsbibliothek). Die treue Münze war am Platz. Weitere dreißig Cent lagen auf dem Boden des Wäschekorbs, verstreute Kleinbeträge fanden sich zwischen Büroklammern und Radiergummis in der Erdnußdose auf dem Schreibtisch. Mir fehlte nicht mehr viel, um wenigstens das heutige Abendbrot auslösen zu können. Doch gewährte die Kollekte nur eine kurze Atempause, ich brauchte eine solide Kapitaldecke, um die nächsten Wochen überleben zu können. (Hatte nicht die Firma *Eismann* ihre Dienste angepriesen? Tiefkühlprodukte aller Art, die man gewiß mit Kreditkarte bezahlen konnte. Trieb ich kein Bargeld auf, wäre dies eine letzte lebensrettende Maßnahme. Allerdings eine diätetische Schreckensvision.)

Im Kleiderschrank hingen Sommerjacken, die ich in F.s Wohnung gebracht hatte, um den wackeligen Garderobenständer meiner Freundin zu entlasten. (Eine Aktivität, die T. zu der Einschätzung anregte, es würde aussehen, als zöge ich ganz aus, ob ich nicht gleich auch meine CDs mitnehmen wollte, meine Ski und meine Koffer im Keller und meine Schwimmbrille und meine Teetasse usw.) Folgende Utensilien hatten in den Taschen der Jacketts überwintert: eine angerissene Kaugummipackung, Quittungen, Hustenbonbons, ein Bleistift, ein Zigarrenabschneider, ein roter Kugelschreiber (Wahlwerbegeschenk der Partei, überreicht von der Genossin Liane Lustig), Papiertaschentücher und Fahrscheine (beides mindestens einmal benutzt), Kinokarten, ein abgerissener Knopf, sowie ein Block von sechs Briefmarken mit dem Porträt von Hildegard Knef à 55 Cent. Kein Schein, keine Münze. Allerdings gelten Postwertzeichen quasi als Ersatzwährung. 3 Euro 30. Dafür bekam man schon zwei Drittel der Nummer 43. Ein ermutigender Start. Neben meinen Jacken hingen andere, die mir nicht paßten, sie gehörten meinem Vermieter, der nur einen Teil seiner Garderobe nach Finnland (oder Schweden? oder Norwegen? Island in keinem Fall) exportiert hatte. Es kostete mich einige Überwindung, in seine Manteltaschen zu greifen. Gesetzt, ich fände Geld – was ich noch immer hoffte –, würde ich ihm den Betrag selbstverständlich nach der

Rückkehr aus dem inneren Exil zurückerstatten. (Wann sollte das sein? Bei Fertigstellung des Buches? Also nie?) F. würde nie bemerken, daß der 50-Euro-Schein, den er aus der Brusttasche seines Polohemdes zog, nicht der gleiche war, den er dort vor sechs Monaten hineingesteckt und vergessen hatte. Er würde kaum die Seriennummer notiert haben, er studierte ja nicht Betriebswirtschaft. Er versteckte auch keine Banknoten in Polohemden, er versteckte überhaupt keine Wertsachen, in allen Kleidungsstücken herrschte gähnende Leere, der Politikstudent war (was mich bei seiner Berufswahl nicht verwunderte) eine Persönlichkeit, die ihren Mitmenschen wenig Vertrauen entgegenbrachte, ein ordentlicher, biederer, sparsamer, langweiliger Mensch, er paßte nach Skandinavien. (F. möge mir die sprachlichen Entgleisungen verzeihen, er ist in Wahrheit ein toller Hecht!, ich befand mich, wie sich gleich zeigen wird, in einer emotionalen Ausnahmesituation.) Aus Wut öffnete ich die Schubfächer des IKEA-Schrankteils und weitete meine Fahndung aus. In der obersten Lade lagerten Urkunden, Zeugnisse, der Mietvertrag sowie ein Stapel Kontoauszüge. An den Ein- und Ausgängen war zu ersehen, daß F. genug besaß, um hier und dort einen Schein verschwinden zu lassen. Er lebte genügsam. (Allerdings zeigten die allwöchentlich eingehenden Briefe verschiedener Banken, daß es der junge Mann – in Opposition zu mir – verstand, Finanzen gewinnbringend anzulegen, er würde kaum Geld in Strümpfe stecken.)

Mein Blick fiel auf ein Bündel Briefe, mit einer rosa Schleife umwunden, die klassische Verwahrung für amouröse Korrespondenz. Ich widerstand der Versuchung. (Nicht aus moralischen Bedenken, einzig, weil mich mein Haushaltsdefizit zu Taten anspornte und mir jede Lektüre verbat.) Den Unterboden des Fachs bedeckten Fotoalben. Als ich sie heraushob, fiel eine Fotografie auf den Teppich. Ein typisches Klassenfoto, Gruppenbild mit Pädagoge, aufgenommen im Treppenhaus einer Schule. In der zweiten Reihe, neben dem Studenten, der zum Zeitpunkt der Aufnahme noch Gymnasiast war, stand T., meine Geliebte, in der Pubertät. Bei der Aufnahme mochte sie so alt sein wie Rike heute, ähnelte Sophie Marceau im ersten Teil von *La Boum*, hatte kürzere und dunklere Haare als jetzt, aber den gleichen konzentrierten Gesichtsausdruck, den sie bekam, wenn sie sich die Augenbrauen auszupfte oder mir erklärte, ich sei es nicht wert, daß man sich um mich bemühte. Im Album steckte eine ganze Foto-Serie aus dem Jahr 1996. Damals gingen T. und F. in die elfte Klasse.

Besonders interessant fand ich die Bilder einer Klassenfahrt nach Weimar, denn in jener Zeit hatte ich dort mit meiner Familie im Neubaugebiet Nord, an der Ausfahrtstraße nach Buchenwald, gelebt. Die Wohnung lag günstig, A. und ich hatten es gleich weit zur Arbeit, sie bis zum Ettersberg, ich ins Archiv in der Stadt. (Meine Ex-Frau, habe ich es zu erwähnen versäumt?, arbeitete als Historikerin, Fachgebiet politische Geschichte des 20. Jahrhunderts, zwei Jahre lang an der Umgestaltung der Gedenkstätte im ehemaligen Konzentrationslager Buchenwald.) Ich hätte T. schon damals treffen können, am Frauenplan, vor dem Theater, im Schiller-Haus oder im Szene-Café in der Nähe des Schlosses. Vielleicht waren wir uns begegnet, aneinander vorbeigelaufen, ich hatte sie inmitten der Horde gackernder Teenager nicht beachtet, sie mich nicht registriert, den verbiestert dreinblickenden, über den Markt eilenden Literaturforscher, der ihr so alt vorkommen mußte wie die Männer, mit denen er täglich umging: Goethe und Schiller. Es gab eine Zeit, in der wir unabhängig voneinander existierten, auf sich nicht berührenden Umlaufbahnen. Und vielleicht gab es jetzt, dort draußen, einen Menschen, der sein Leben lebte, den ich nicht kannte, dem ich begegnen, mit dem ich leben würde, jemand, der noch nicht wußte, was das Schicksal an Unbill für ihn bereithielt, Ernst Lustig, Schrecken der

Witwen und Jungfern. Oder ich würde mich, zum wiederholten Male, mit T. versöhnen und mit ihr, wie sie es wünschte, irgendwo leben, nur nicht in Deutschland, Kinder zeugen, glücklich sein und in etwa 9000 Tagen (900 Monate nach dem *Lustigen Kalender*, 300 nach dem *Gregorianischen*) meinen Eltern und Erika in die ewigen Jagdgründe folgen? Das Leben hielt einige Möglichkeiten bereit.

Es ist ein Gemeinplatz, daß man viele Dinge erst zu schätzen beginnt, wenn man sie entbehrt. So ging es mir mit T. So war es mir mit der Universität gegangen. Nach meinem Ausscheiden vermißte ich das Regelmaß, das mir vorher so auf die Nerven gefallen und wie ein Korsett vorgekommen war. Lehrbetrieb, Stundenplan, Pausenordnung, Fakultätsversammlung, Prüfungstermine erschienen mir retrospektiv wie Fixsterne oder Leitplanken, die meinem chaotischen Temperament Grenzen setzten und meine Tage ordneten. Dagegen war die Freiberuflichkeit, in die ich mich gestürzt hatte wie in ein Meer, ein unübersichtliches, balkenloses, gefährliches Terrain, in dem ich, als ein Spielball der Wellen, völlig auf mich selbst gestellt, hilflos ruderte. Mit Hilfe eines Weimarer Schauspielers (mit Regieambition) erarbeitete ich einen Balladenabend, eine Mischung aus Poesie und Reflexion zum Leben und Werk des *Alten*, eine Art Plauderei am Kamin, die ältere Bildungsbürger in der Illusion wiegte, sie gehörten doch nicht zu einer aussterbenden Spezies.

In Weimar und Umgebung lebte keine geringe Anzahl kultivierter Pensionäre und Frührentner (ehemalige Deutschlehrer, abgewickelte Dozenten, Verwaltungsbeamte, Mediziner, sogar Offiziere), die, wie andernorts Gläubige jeden Morgen einen Blick in die Bibel oder den Koran werfen, es sich nicht nehmen ließen, den jungen Tag mit einer Klassikerzeile zu begrüßen. (Scherzhaft pflegte ich damals zu behaupten, die Hälfte meines Publikums sei im geheimen davon überzeugt, über ein paar Ecken mit Goethe oder Schiller verwandt zu sein.) Dieses Auditorium war ebenso treu (wie es ordentliche Kirchgänger meist sind) wie fundamentalistisch. Es besaß klar umrissene, orthodoxe Vorstellungen von seinen Göttern und gestattete keine Reformation. Einmal – im südthüringischen Ilmenau – kam es fast zu einer Erstürmung der Bühne, als ich eine Parodie auf die *Glocke* zum besten gab – ein Gedicht, das doch schon im Original wie eine Persiflage anmutet. (Die Heiterkeitsausbrüche, die es einst in Romantikerkreisen entfachte, waren mir nur zu verständlich.) Nur durch den mutigen Einsatz dreier Studenten der Technischen Hochschule wurde ich vor einer Steinigung (mit Kaffeekännchen und Tassen) bewahrt und durch den Hintereingang aus dem *Intelligenzklub* geschleust.

A., meine damalige Frau, hielt wenig von meinem schauspielerischen Dilettieren und ermunterte mich zur Suche einer ernsthaften, meiner Qualifikation entsprechenden Tätigkeit. (Damals verbitterte mich ihre Skepsis, mittlerweile weiß ich, daß sie recht hatte, als sie die Kleinkunst einen Holzweg nannte.) Oft war ich wochenlang unterwegs, brachte lächerliche Honorare nach Hause, kümmerte mich zu selten um Rike, vernachlässigte meine Gattin, die mir dieses Manko allerdings nicht vorwarf, da sie sich bereits von mir entfernte. (Ein Fakt, von dem ich freilich nichts ahnte.) Als ich eines Nachts von einem Gastspiel in Nordhausen heimkehrte, eröffnete mir A., sie wollte die Trennung, da sie mich a) nicht mehr liebe, b) einen anderen Mann kennengelernt hätte. Ein Schlag aus heiterem Himmel. Ich war geschockt und wollte wissen, ob ich die unter b) erwähnte Person kenne. A. meinte, nein, und selbst wenn, würde sie mir den Namen nicht mitteilen. (Verständlicherweise, denn wie ich später erfuhr, war mein Nebenbuhler – o Kraft der deutschen Eifersucht! – jener Schauspieler, der den Schiller-Abend inszeniert und mich damit wochenlang auf Deutschlandtournee geschickt hatte.) Ich fühlte mich verletzt, gekränkt, vorgeführt, zurückgewiesen. Nach meinem Abschied von der Fakultät, nach meiner dahindümpelnden Karriere als Balladendeklamator war dies nicht unbedingt ein Ereignis, das mir Auftrieb gab. In jener Nacht gestand ich A. – was ich lange nicht mehr getan hatte –, daß ich sie liebte und brauchte, daß ich unsere Tochter liebte und brauchte, daß mich diese, wie ich glaubte, auch brauchte und gelegentlich liebte, ich fiel auf die Knie – nachdem ich eine halbe Flasche Wodka getrunken, mich also dem Problem auf die Art gestellt hatte, wie es die meisten meiner Geschlechtsgenossen auch getan hätten –, ich schluchzte und lallte und mobilisierte all das Pathos, das ich in meinen Rezitationsabenden tunlichst zu vermeiden suchte. Die wortreiche Rührseligkeit bewegte A. wenig, sie blieb hart und ließ mich auf dem Balkon schlafen.

Am nächsten Tag fuhr ich zu ihrer Arbeitsstelle auf dem Ettersberg und versuchte meine Frau zu überzeugen, alles wäre ein Irrtum, wir gehörten zusammen, ich würde mich um eine Anstellung im Schiller-Haus bemühen oder als Stadtführer arbeiten, immerhin könnte ich ganz gut Englisch und wäre sattelfest in allen Fragen zu Carl August und Genossen. Wir liefen über die ehemalige Lagerstraße in Richtung des Steinbruchs. Es war ein bizarrer Ort für eine Trennung oder Versöhnung. A. erklärte, sie sei von mir enttäuscht, ich wäre nicht mehr der alte – sie meinte damit nicht Schiller, sondern mich in meiner jugendlichen Unbekümmertheit –, meine Einstellung zum Leben hätte sich verändert, ich wäre nur noch gelangweilt, negativ, ohne Anteilnahme und inneres Engagement.

Ich fragte, ob sie sich meiner schäme, weil ich meine Stellung eingebüßt hatte. A. verneinte. An diesem Punkt war sie, wie ich glaube, nicht ganz aufrichtig, meine Entscheidung, die Universität zu verlassen, hatte sie weder verstanden noch gebilligt. (Ungleich verteilte Anerkennung provoziert in jeder Partnerschaft Spannungen. Der Erfolgreichere fühlt sich genötigt, die eigenen Leistungen kleinzureden, um den angeschlagenen Partner nicht noch mehr zu deprimieren. Hingegen glaubt der aus der Bahn Geworfene beständig sein Versagen rechtfertigen zu müssen. Aus diesen Gründen gehen sich Freunde, die Arbeit haben, und solche, die ihren Job einbüßten, nach und nach aus dem Weg.) Wie ich meine Frau überredete, uns noch eine Chance zu geben, weiß ich nicht mehr. Vielleicht überzeugte sie am Ende die Behauptung, daß ein sechsjähriges Kind Mutter und Vater bräuchte? Dabei hätte A. klüger gehandelt, mir in Buchenwald den Laufpaß zu geben. Es wäre gerechter gewesen, zumindest für sie. Keine acht Jahre später verließ ich, ohne wirklichen Grund, Hals über Kopf die gemeinsame Wohnung. (Allerdings meine ich, daß sie als Historikerin gewußt haben sollte, daß die Geschichte jähe Wendungen und abrupte Umschwünge nicht ausschließt.)

Ein Bild von T. (Arm in Arm mit einer Freundin, vor der Dichtergruft) entnahm ich dem Album und klemmte es an die Glasscheibe der Vitrine, neben meine anderen Fotografien (Moskauer Rolltreppe, T. mit Katze, als Karaoke-Sängerin, mit Bürste als Mikrophon, halbnackt im Bahnhofshotel von Jaroslawl). Als mein Blick über diese sehr private Galerie schweifte, blieben meine Augen an einem Objekt hängen, das sie schon einige Male gestreift, jedoch nie bewußt wahrgenommen hatten. Zwischen der HiFi-Anlage und der Duftkerze stand – ein Sparschwein aus Keramik. Über Erinnerungen und Mutmaßungen war mir der eigentliche Anlaß meiner Suche abhanden gekommen. Jetzt sprang er mir wieder ins Auge. *Ich habe satt das ewige Wie und Wenn; / Es fehlt an Geld: nun gut, so schaff es denn!* Ich schüttelte das Schwein. Es klimperte derart, daß mir ganz warm und leicht ums Herz wurde. Was sollte ich dem Besitzer sagen? Es wäre mir heruntergefallen, ganz einfach, beim Staubwischen, so etwas kam vor. Ich ließ die Töpferware fallen. Das Schwein war zäher als erwartet, es wollte nicht sterben. Erst als ich aus dem Werkzeugfach im Flur einen Hammer holte, ging es zu Bruch. F. hatte das Tier einige Jahre gefüttert, es aber auf strenge Diät gesetzt, als die neue europäische Währung eingeführt wurde. Im Schweinebauch befand sich kein einziger Euro, allerdings – und dies war Trost, Hoffnung, möglicherweise Rettung – eine in Origamitechnik säuberlich gefaltete 50-Dollar-Note, von der ich annahm, daß sie echt war.

Kurz vor Mitternacht verschickte ich die Hanoier E-Mail und entwarf beim Einschlafen einen Novellenzyklus, der folgende Titel umfassen sollte: »Hanoier Neujahr«, »Köpenicker Nickerchen«, »Der Tokioter Idiot« und »Rostocker Ocker«. An der Konzeption von »Das Warschauer Schauermärchen« feilend, überfiel mich, wie schon seit Tagen nicht mehr, bleierner Schlaf.

Sterne, meiner Träume Nahrung. / Venus, Orion, Merkur, / Irre lichtgeschwinde Paarung / Von galaktischer Struktur.

4. Goethe 44 (25. März 2004)

In jener Nacht hatte ich einen Traum. Ich befand mich in einem Gartenrestaurant, gemeinsam mit Freunden, die mir beim Erwachen nicht mehr deutlich waren. Mutter war anwesend, doch keine meiner Schwestern, dafür Karol Wojtyła, der polnische Papst. Er war fit, noch nicht von Krankheit gezeichnet. Ich fragte ihn, was er zu trinken wünsche. Zwischen uns herrschte höfliche Zurückhaltung, keine Unfreundlichkeit. Scheinbar hatten wir die weltanschaulichen Differenzen stillschweigend akzeptiert. Der Pontifex wollte eine Faßbrause. Mir schien dieses Ansinnen verständlich. Als die Kellnerin mit den Getränken und der Rechnung erschien und der Papst sich bemühte, aus den Geheimfächern seiner Tunika (von der ich nicht sicher weiß, ob es eine Tunika war) ein Portemonnaie hervorzuzaubern (obwohl er doch gar kein Privatvermögen besaß), winkte ich großzügig ab und gab an, ihn einladen zu wollen. Ich spürte in meiner Hosentasche einen grünen Geldschein. (Keine Ahnung, wie ich die Farbe spüren konnte, aber ich spürte sie deutlich.) Als ich das Papiergeld entfaltet und der Serviererin übergeben hatte, bemerkte ich, es handelte sich um einen Ost-Zwanzig-Mark-Schein, wie sie seit Anfang der siebziger Jahre im Umlauf waren, mit dem Gesicht Goethes auf der einen Seite. (Schiller wurde zu dieser Zeit vom Zehn-Mark-Schein verbannt und durch Clara Zetkin ersetzt, in Finanzdingen war er einfach keine vertrauenstiftende Autorität.) Es durchzuckte mich: Ich habe den Papst eingeladen und habe nur Spielgeld in der Tasche. Doch die Kellnerin, die sich auch nicht über die Anwesenheit des göttlichen Stellvertreters erstaunt zeigte, akzeptierte die Währung lächelnd. Der Papst dankte höflich und verschwand aus dem Traum. Allein gelassen – Mutter spielte nach ihrem Eingangsauftritt keine weitere Rolle –, lief ich von unserem Wohnhaus die Eberswalder Straße in Richtung Stadion, am koscheren Fleischer vorüber, dessen Fliesen blau und weiß strahlten, doch, wie immer, wenn der Laden geöffnet hatte, war er menschenleer. Es hingen drei Würste im Schaufenster, über den hebräischen Schriftzeichen. Vor dem Altstoffwarenladen flatterte eine blaugelbe Fahne im Wind, so lang, daß sie den Boden berührte. An dieser Ecke wehte selbst dann eine leichte Briese, wenn in der ganzen Stadt absolute Windstille herrschte. (Der Traum beschrieb meinen Schulweg von der Schönhauser Allee in die Schwedter Straße.) Am Eingang des Reviers (das erst Jahre später dort einziehen sollte, als es den *Polizeistaat* nicht mehr gab) grüßte mich ein Polizist nach Vorschrift, indem er die

Hacken zusammenschlug. Sein ältliches Gesicht erinnerte schemenhaft an Dr. Schlegel, den Direktor meiner Schule, doch waren ihm Züge von Friedrich Schlegel beigemischt. Ich erreichte das Postgebäude und näherte mich der Mauer. Auf der Aussichtsplattform auf der Westseite wartete eine ganze Schulklasse, wie für ein Gruppenbild aufgestellt. Die Jugendlichen winkten, selbstbewußt, altväterlich, in der Manier des Papstes. Es wirkte ein wenig lächerlich, wie eine Karikatur, eine alberne Imitation, doch hatten alle ernste und, wie ich fand, sorgenvolle Mienen. Wie stets passierte ich die Ecke, ohne den Blick zu den Voyeuren auf der anderen Seite der Grenze zu richten. Als ich schon durch die Schwedter Straße lief (und meine Schule sah), wunderte ich mich, wie ich die Winkenden so genau hatte beobachten können, ohne zu ihnen gesehen zu haben. Mit dieser Frage erwachte ich.

Ich würde zu häufig von meiner Schulzeit träumen, hatte Z. gemeint, mein Freund, der Nervenarzt. Meist erwachte ich schweißgebadet. Mein Verhältnis zu Frau M. und meinen Mitschülern (vor allem den weiblichen) war durch den Zwischenfall im Klosterwald dauerhaft gestört worden.

Hätte Sabine damals die Klappe gehalten und mein Geusen-Schlachtruf wäre nie an das Ohr der Lehrerin gedrungen, würde sich die Leidenschaft für Friedrich vielleicht am Ende des Schuljahrs aufgelöst haben (ein kindliches Strohfeuer unter anderen), ich wäre zurück ins normale Fahrwasser der Vorpubertät geraten, ein mittelmäßiger Schüler geblieben und hätte Vaters Vision erfüllt, ihm in seiner Bahn als Eisenbahner zu folgen. So aber war ich zu einer Manie verurteilt, die mich zunehmend von meiner Familie entfremdete. Ich konnte nicht gestatten, daß sich die Regentin – so der Codename, den ich meiner Lehrerin anheftete – vor versammelter Klasse über mich, Ernst Lustig, lustig machte, nur weil ich, an der Tafel stehend, nicht wußte, wie man 36 durch 3 dividierte. Liane half mir bei den Schularbeiten, verlangte jedoch als Gegenleistung, daß ich jeden zweiten Tag ihre Abwaschpflicht übernahm. Der Preis war hoch, doch zahlte ich ihn, da ich die Wohnung ohnehin kaum noch verließ, wenn man davon absah, daß ich morgens zur Schule und nach dem Unterricht wieder nach Hause ging. Das waren insgesamt zwölf Minuten, sechs hin, sechs zurück. Die Nachmittage verbrachte ich über den Büchern, unterbrach die Lektüre nur für die Nahrungsaufnahme oder um, über die Kreuzung, in die Bibliothek in der Pappelallee zu laufen. (Meine fatale Neigung für Innenräume begann sich zu dieser Zeit auszuprägen.) Innerhalb eines halben Jahres avancierte ich zum Klassenbesten.

Es liegt mir fern, schlecht von meinen Erzeugern zu sprechen – sie können sich gegen die Vorwürfe nicht mehr wehren, und ich habe sie, auf meine Art, sehr geliebt –, doch kann ich nicht umhin, ihnen in Erziehungsfragen eine gewisse Unaufmerksamkeit zu attestieren. Mir fehlt der Vergleich, doch glaube ich, alle Großfamilien neigen zu solcher Laxheit. Sobald die Kinderzahl die Drei übersteigt, bauen die gestreßten Eltern auf Selbstregulierung der Kräfte, natürliche Auslese, das Gesetz der Stärke, die bunte Palette des Sozialdarwinismus.

Monikas Führungsrolle wurde von keinem angezweifelt, sie plante den täglichen Einkauf, hatte freien Zugriff zur Haushaltskasse, einer georgischen Teebüchse im Gewürzregal, neben der ein Oktavheft hing, in dem sorgfältig alle Ausgaben aufgelistet wurden. Als Linkshänderin hatte Monika eine auffällige Schrift, ein Umstand, der verhinderte, daß sie unsere Klassenarbeiten und Aufsätze unterschrieb. Die Lehrer hätten den Betrug bemerkt. Dennoch war es kein Problem, Arbeiten mit schlechten Zensuren signiert zu bekommen. Mindestens zweimal in der Woche wurde bei uns gewaschen. Ich konnte meine Hosen wochenlang tragen, meine Schwestern dagegen litten, so verschieden sie sonst waren, unter einem kollektivem Sauberkeitsfimmel. Glücklicherweise besaßen wir eine Waschmaschine und eine Schleuder, die *Trommel* genannt wurde (wie eine gleichnamige Jugendzeitschrift, die ich wegen ihrer Infantilität zu lesen ablehnte), eine Zentrifuge, die mehr Lärm machte als eine viermotorige Il-18 beim Start, ein Flugzeug, das wir auf dem Rollfeld sahen bei einem Besuch im Aussichtsrestaurant des Zentralflughafens Schönefeld, zu dem Vater sich weigerte mitzukommen. Da unser Badezimmer klein und fensterlos war, wurde die Wäsche auf dem Boden unter dem Dach getrocknet. Das Aufhängen übernahm Mutter selbst, weil die Leine für Monika zu hoch und Erika, als Athletin, von der Hausarbeit befreit war. Der Wäscheboden war mit einigen nackten Glühbirnen nur spärlich erleuchtet. Diese mangelnde Illumination nutzte ich aus, wenn ich Vieren oder Fünfen nach Hause brachte, was in den ersten Schuljahren nicht selten der Fall war. Ich hielt Mutter, die mit Handtüchern, Hemden und Klammern hantierte, Schulheft und Federhalter hin, drängelte und entgegnete, wenn sie mich um Geduld bat, nie hätte sie Zeit für mich, immer käme ich ungelegen, eine Litanei, die sie nur unterbrechen konnte, indem sie das Heft auf meinen gekrümmten Rücken legte und ihren Namen einschrieb. Am Ende des Schuljahrs stand ich vor einer anderen Schwierigkeit. Wie sollte ich den Eltern mein Zeugnis erklären? Verbesserungen in sämtlichen Fächern, nur im Sport rutschte ich, infolge der Bewegungsarmut, die mit meiner intellektuellen Euphorie einherging, auf eine Vier ab. Um nicht unnötig Mißtrauen und peinigende Nachfragen zu erregen, entschloß ich mich zu einer Tat, die, wie ich glaube, in der Geschichte des deutschen Schulwesens einmalig ist, aber belegt, daß ich schon im Unterstufenalter ein wenig aus der Art geschlagen war: Ich korrigierte mein Zeugnis auf das Niveau, das man von mir erwartete, indem ich aus den Einsen in Rechtschreibung und Mathematik Vieren, aus den in

Lesen und Musik Zweien machte. Jedem halbblinden Kontrolleur wären die Retuschen aufgefallen, doch meine Eltern schöpften keinen Verdacht, da das Zeugnis noch immer ihre Erwartungen übertraf, einzig die Note in Sport veranlaßte Vater zu einer Prüfung meiner Oberarmmuskeln und dem Spruch, ich würde künftig im Winter an seiner Stelle die Kohlen aus dem Keller holen. Meine Lehrerin ärgerte das Zeugnis des neuen Klassenbesten zu sehr, als daß sie mehr als einen flüchtigen Blick auf Mutters Unterschrift geworfen hätte. Außerdem, wer hatte je gehört, daß ein Schüler seine Einsen in Vieren verwandelte? Eher ging ein reicher Mann mit einem armen Kamel durch ein Nadelöhr.

Mitunter erschreckte mich die bruchlose Linie meines Lebenslaufes. Als ob es zwischen jenem Nachmittag in der Schulaula, an dem ich das Exemplar der *Grossherzog Wilhelm Ernst Ausgabe* mit dem Bibliotheksstempel im Vorsatz entdeckte und diesem Morgen in der mir fremden Wohnung des nach Skandinavien emigrierten Politikstudenten eine logische Verbindung gab. Daß es so hat kommen müssen. Ich war nie ausgebrochen, hatte mehr als die Hälfte meines Lebens der Ausforschung eines Werkes und Mannes gewidmet, der seit fast 200 Jahren tot war, eines Genies, das zwar noch aufgeführt, aber immer seltener gelesen wurde. Meine Leistungen als Wissenschaftler waren wenig geachtet, die Wahrscheinlichkeit, daß man sich ihrer in einigen Jahren noch erinnern würde, gering. Meine Karriere war, im Gegensatz zu meiner inneren Biographie, geknickt. Ich hatte mich selbst ins Abseits gestellt. Wäre ich den Regeln des akademischen Betriebs gefolgt, hätte ich im Gespräch mit der Kommission die erwarteten Konzessionen gemacht – man konnte Professor P. (dem Leiter der Fakultät) einiges vorwerfen, doch nicht, daß er mir in dieser Sitzung nicht rettende Strohhalme in Balkengröße zugeworfen hätte –, ich säße inzwischen auf einer gut dotierten C4-Professur, statt auf einem Barhocker in einer unaufgeräumten Hinterhofküche. Möglicherweise (oder gewiß?) Märtyrertum am falschen Ort, doch für mich war es die richtige Entscheidung. Weit davon entfernt, mich mit dem *Alten* zu vergleichen, nahm ich mir doch früh seinen Eigensinn, die schwäbische Halsstarrigkeit und seinen Ekel vor Fremdbestimmung zum Vorbild. Er war ein Rebell in Hauspantoffeln, eine zerrissene Existenz, Anarchist, Freigeist, Choleriker auf der einen, Aristokrat, Biedermann und Melancholiker auf der anderen Seite.

Es war gegen zehn, als das Telefon klingelte. Wie ein Posten neben dem Apparat stehend, hörte ich, was K., meine Lektorin, dem Anrufbeantworter erzählte.

»Hör zu, Ernst, ich weiß nicht, weshalb du dich nicht meldest, weder auf meine E-Mail noch auf meinen Brief oder meine Anrufe, was soll ich denn noch tun? Ich denke, du hast dich zurückgezogen und schreibst wie ein Verrückter. Sag, daß ich richtig rate.«

An dieser Stelle konnte ich mich nicht zurückhalten, ich kicherte in die geballte Faust, leise, als könnte K. mich hören.

»Du mußt auch fleißig sein, es gibt nämlich erfreuliche Entwicklungen. *Er* hat es gelesen und, man höre und staune, ist begeistert. Und das ist noch nicht alles. Es gibt noch etwas. Aber das erzähl ich dir lieber persönlich. Gestern traf ich G., unseren Verlagsvertreter für Brandenburg, du weißt schon, der nette, der immer nach Indien fährt, stell dir vor, er wollte mir weismachen, du seiest nach China gereist, er hätte es aus verläßlicher Quelle. Die Gerüchteküche ist phänomenal. Wer denkt sich so was nur aus? Ich habe jedenfalls sehr gelacht ob der Vorstellung. Bitte ruf mich an, bin heute den ganzen Tag im Haus.«

Ich auch, K., sagte ich, ich bleibe auch den ganzen Tag im Haus und rühre keinen Finger.

Ich versuchte Eindruck auf mich zu machen, leider wirkte meine Entschlossenheit steif und angestemmt. Der Anruf mißfiel mir. Aus drei Gründen, erstens, weil meine Lektorin weiterhin annahm, ich sei mit nichts anderem beschäftigt als mit dem, was mich tatsächlich beschäftigen sollte, mein Buch, zweitens, weil *er* ebendieses Buch (oder das, was davon existierte) gelesen hatte und, schlimmer noch, vorgab, darüber *begeistert* zu sein, was alle meine Hoffnungen, die Unternehmung würde seinerseits aufgegeben, über den Haufen warf, und drittens, weil G., der Verlagsvertreter, der nicht, wie K. meinte, regelmäßig nach Indien fuhr, sondern nach Sri Lanka (eine Insel, für die er sich mit ethnologischem Gespür begeisterte, eine Passion, die ich schon deshalb nicht verstehen konnte, weil sie an eine stundenlange Flugreise gebunden war), weil also dieser weltläufige, aufgeschlossene Mensch (der in meinem Freundeskreis den aus der Mode geratenen Berufsstand des Forschungsreisenden vertrat und sich, mit wechselndem Erfolg, für meine Veröffentlichungen stark machte) zu wissen glaubte, ich sei verreist, und zwar nicht nach Chemnitz oder Dresden, sondern nach China, einem Land in Südostasien mit einer Landgrenze zu dem Land, in dem ich mich tatsächlich befand, zumindest nach offiziellen Verlautbarungen, Vietnam, Hauptstadt Hanoi, Hotel *Goldener Drache*, Zimmer 23, unter dem Moskitonetz.

K. ging so schnell an den Apparat, daß ich vermutete, sie hätte mit der Hand auf dem Hörer auf meinen Anruf gewartet.

»Von wo rufst du an, aus Peking?« war ihre erste Frage.

»Lustig«, antwortete ich.

»Ich weiß, wie du heißt«, kam es zurück. (Die Replik beweist, daß selbst ernst zu nehmende, mit Takt begabte Menschen in meiner Gegenwart der Versuchung zu kalauern erliegen.)

»Um der Wahrheit die Ehre zu geben, ich bin in Hanoi, wir sollten uns also kurz fassen, das Gespräch kostet mich ein Vermögen.«

»Halle-Neustadt? Was treibst du denn im Plattenbau?«

»Feldforschung.« Was immer ich damit andeuten wollte, meine Lektorin akzeptierte es als Begründung.

»Er hat das Manuskript gelesen«, sagte sie, »er ist Feuer und Flamme.«

D., der geheime Vollstrecker meines Willens, dachte ich und sah den Showstar vor einem offenen Kamin sitzen, in den er, Seite für Seite, mein Werk warf.

»Er sagt, es sei die beste Schiller-Biographie, die er kennt.«

»Wie viele hat er noch gelesen?«

»Der Mann ist nicht so blöd, wie du denkst.« K. machte eine Pause, als überlegte sie, wie sie die nächste Hiobsbotschaft am besten verpackte. »Manchmal muß man seine Vorurteile vergessen.«

»Ich habe keine *Vorurteile*«, sagte ich »ich halte den Mann bewiesenermaßen für gemeingefährlich. Für staatlich sanktionierte Gehirnwäsche kennt meine persönliche Fatwa nur ein Strafmaß.«

»Ernst, das ist geschmacklos. Ich habe mich ganz gut mit ihm unterhalten. Wieso sollte es dir nicht auch gelingen?«

»Aus welchem Grund sollte ich mit ihm sprechen?«

»Er hat dich eingeladen.«

Insgeheim unterstellte ich K., sie habe klammheimlich die Seite gewechselt (wie Egmont, der von den Geusen abrückte, in der irrigen Hoffnung, seinen Kopf zu retten und beim spanischen König Gnade zu finden). Sie versuchte mich zu beruhigen, die Angelegenheit ohne Hysterie, nüchtern, pragmatisch zu betrachten. Es ginge zuallererst um mein Buch. Ich verpaßte die Gelegenheit, ihr die traurige Wahrheit zu verklickern, daß ich ihren Glauben an mein Werk nicht mehr teilte. Sie war euphorisch. Irgend jemand im *Haus* hatte den Virus verstäubt, die Schiller-Biographie würde mit Hilfe einer Wunderwaffe aus dem Showgeschäft den Verlag aus den roten Zahlen ziehen wie Münchhausen sich selbst aus dem Sumpf. K. redete von Tricks, Taktik, Zweckbündnissen, Mischkalkulation, sie holte Brecht aus der Mottenkiste, es würde sich nur so viel Wahrheit durchsetzen, als wir durchsetzten, sie erinnerte mich an den Literaturbetrieb zu Zeiten der *Republik*, da habe man auch, wenn man Kafka drucken wollte, bei einem verläßlichen, gutwilligen oder eitlen, beschränkten, aber in jedem Fall gesellschaftlich anerkannten Germanisten ein Nachwort bestellt, das nachwies, Gregor Samsa sei stets als treuer Gefolgsmann an der Seite der Arbeiterklasse und ihrer Partei marschiert.

»Ja«, warf ich ein, »nach dem Motto, der Käfer als Vorkämpfer der proletarischen Kulturrevolution.«

»Du bist schlecht gelaunt«, sagte K., »hast du Probleme?«

Die Frage konnte nur sarkastisch gemeint sein. Ich zog es vor zu schweigen.

»Wir müssen Kooperationsbereitschaft zeigen.«

»Du bist ja auf dem besten Wege«, sagte ich kalt. K. antwortete nichts. (Es beweist die menschliche Größe meiner Lektorin, daß sie den ungerechten Angriff schweigend wegsteckte wie Max Schmeling den Tiefschlag, bevor er zum ersten Mal Weltmeister wurde.)

»Der Chef muß glauben, wir hätten alles versucht. Es ist immerhin *sein* Plan. Und er ist auch nur ein Mensch, wenn du verstehst, was ich meine. *Vanitas vanitatum et cetera.* Die Idee mag uns verrückt vorkommen und weltfremd, wenn wir uns ihr nur verweigern, stehen wir am Ende als die Schuldigen da, die das Buch mit ihrer Starrköpfigkeit scheitern ließen. Was das für dich bedeuten würde, brauche ich dir wohl nicht auszumalen?«

»Ich kenne das Szenario«, sagte ich kleinlaut. (Auf einer Informationsveranstaltung der IG Medien hatte uns, Männern und Frauen zwischen 35 und 55, ein bürokratischer

Autist gezeigt, wie die Formulare für die neue Arbeitslosenregelung auszufüllen waren. An diesem Nachmittag erfaßte mich Zukunftsangst.)

»Also, was ist?« hakte meine Lektorin unerbittlich nach.

Der Plan sah vor, die Einladung zu D. (am Sonnabend, dem 6. Goethe, um vierzehn Uhr) anzunehmen, um dem Showstar die Sache auszureden. K., geschult in der Kunst, Bücher durchzusetzen, die nur wenige liebten – deswegen hatte man uns zusammengebracht –, hatte sich Gedanken gemacht, eine Strategie entwickelt. Das wichtigste sei, nicht mit der Tür ins Haus zu fallen, erklärte sie, ich müsse meine Antipathie verbergen, meinen Ekel überwinden, dem Mann schmeicheln, ihm zeigen, wie sehr ich mich geehrt fühlte durch sein Interesse usw., kurz, ich bräuchte nur das genaue Gegenteil von dem zu verkünden, was ich empfand.

Ich fragte K., wie ich mir in achtundvierzig Stunden eine Gabe antrainieren sollte, die mir seit vierundvierzig Jahren abging?

Sie erinnerte mich an meine schauspielerischen Ambitionen, ich solle in einer Rolle denken, mir einen Kollegen zum Vorbild nehmen oder einen meiner Kommilitonen, die es geschafft hatten und als Gastdozenten durch die Welt reisten. Wie auch immer, es müsse gelingen, D. glauben zu machen, ich wünschte nichts sehnsüchtiger als seinen Kommentar – je umfangreicher, desto besser – zum Schiller-Buch, in meinen Augen wäre er für eine solche Aufgabe der ideale, einzig denkbare Kandidat. Erst jetzt, wenn er Vertrauen gefaßt hatte, sollte ich beginnen, ihm die möglichen Konsequenzen seiner Kollaboration vorzuführen, die Veränderungen seines Bildes in der Öffentlichkeit, allerdings auch hier, ohne zu drohen oder Schreckensvisionen zu zeichnen. Mehr im Stile eines Verehrers. Was für einen veredelnden Einfluß – ganz im idealisierenden Geiste des gemeinsam geschätzten Dichters – sein Tun auf seine Fangemeinde ausüben würde, die ihn für seine Läuterung noch mehr bewundern und ihm auf seinem Weg folgen werde, weg vom Fernsehen, hin zum Buch. Der Entertainer sei in der Literatur angekommen, mit seinem Bekenntnis zur Klassik, im Reich der Philosophie. Vom Saulus zum Paulus. Eine Wendung, die sich schon in seinen Memoiren andeutete. D. schmücke sich seit dem Erscheinen seiner Autobiographie auch mit dem Etikett Schriftsteller, erläuterte K., diese Selbsttäuschung sollte ich unterstützen, indem ich seinen Stil lobte, andeutete, wie sehr ich mir für meinen, leider äußerst trockenen, akademischen Text etwas von seiner Leichtigkeit wünschte, den Plauderton, wie man neuerdings sagte, wenn man Geschwätzigkeit meinte. Für solche Art Neid seien alle Autoren empfänglich, besonders jene, welche die Bücher, die ihr Name zierte, nicht selbst geschrieben hatten. Ob ich D.s Erinnerungen *Ein Leben in den Charts* kannte?

Ich verneinte heftig.

Die Lektorin war auch noch nicht dazu gekommen, die Last der Lektüre auf sich zu nehmen, versprach aber, das Versäumte so schnell wie möglich nachzuholen. Man müsse seinen Feind studieren, um zu wissen, wo er verletzbar ist.

»Und was soll das Ganze bringen?« fragte ich K.

»Er wird die Finger von der Sache lassen«, versicherte sie, »sobald er begreift, daß man sich als Vertreter der Unterhaltungsindustrie nicht ungestraft mit den traditionellen Künsten einläßt, und schon gar nicht mit der Kunstwissenschaft.«

Noch glaubte D., das Vorhaben sei nur ein Spiel, ein Werbegag, eine Schlagzeile, wir müßten ihm klarmachen (ohne es ihm direkt zu sagen!), daß er seine Karriere gefährdete, weil er, wenn er sich mit uns einließe (wir, das waren K., Schiller und ich), seine Autorität, sein Image beschädigte. Die Fernsehzuschauer, die Platten- oder besser CD-Käufer, die Zeitungsleser, die seine Lieder kannten und seine Werbespots, seine Affären und Skandale verfolgten, würden sein Engagement nicht nur nicht verstehen und mißbilligen, solche Irritation ließe sich mit einer neuen Plumpheit korrigieren, schlimmer wäre, daß sie mutmaßten, D. habe sich die ganze Zeit nur verstellt, sich als einen der Ihren ausgegeben, um Geld und noch mehr Geld zu scheffeln, während er im Grunde seines Herzens ein Spinner war, ein Bibliophiler und Scharlatan, ein Intellektueller. Man dürfte die Fans verwirren, beleidigen, erniedrigen, enttäuschen, es war legitim, ihnen ins Gesicht zu sagen, daß man sie verachtet, nur belügen dürfte man sie nie, an dem Punkt war der Fan empfindlich. Die Theorie schien mir schlüssig, obwohl ich im Grunde keine Ahnung hatte, wie der typische Fan von D. aussah, ob es den typischen Fan überhaupt gab. Georg Lukács würde bei dieser Fragestellung auch keine große Hilfe sein.

»Überhäufe ihn mit Komplimenten, gratuliere ihm zu seiner neuen Rolle, bis ihm angst und bange wird«, sagte K., »wir müssen ihm Angst machen, Heidenangst, Panik.«

Das gefiel mir.

Man muß ihn auch als Musiker angreifen, weil es doch auch da nicht so ganz richtig ist, und es ist billig, daß er auch bis in seine letzte Vestung hinein verfolgt wird, da er uns auf unserem legitimen Boden den Krieg machte. (Schiller an Goethe, 5. Februar 1796)

Eigentlich machte mich erst sein Buch auf ihn aufmerksam. Zuvor hatte ich ihm (und seinesgleichen) kaum Beachtung geschenkt. Boulevardzeitungen, in denen D. eine feste Größe war, las ich nur in Imbißbuden, ich sah selten fern, wichtige Fußballspiele verfolgte ich bei Freunden oder in einer Kneipe mit Großbildleinwand, seine Songs haßte ich, ohne zu wissen, daß es seine Songs waren. Sender, in denen stumpfsinnige Humtatarhythmen dudelten, waren in meinem Radio nicht gespeichert. Betrat ich ein Restaurant, in dem Musik lief, egal, was für welche, drehte ich auf dem Absatz um, ich brauchte für die Nahrungsaufnahme Ruhe. (Eine Reminiszenz an Vaters Leitsatz *Beim Essen spricht man nicht*, eine Maxime, die sich in einem siebenköpfigen Haushalt mit hohem Frauenanteil nur schwer durchsetzen ließ, wobei das strikte Beschallungs- und Bilderverbot während der Mahlzeiten nie ernstlich in Frage gestellt wurde.) D.s Existenz tangierte meinen Alltag nicht stärker als beispielsweise das Leben der Skorpione, giftiger Spinnentiere, die ich als Teil der Schöpfung akzeptierte, gegen die ich, ohne mich unmittelbar bedroht zu fühlen, trotzdem deutlichen Widerwillen empfand. Glücklicherweise lebten sie auf einem anderen, entfernten Teil des Planeten (oder Robinsons Insel), den ich – infolge der gegen mich selbst verhängten Reisebeschränkungen – nie betreten würde.

Der Entertainer trat erst in mein Leben, als er die Grenze überschritt, sich in mein Gebiet wagte, ein Okkupant im Reich des Schönen, der Barbar in den Buchläden. (Er war der Angreifer, ich habe mich nur verteidigt!) Ich erinnere den Tag genau. Meine Jochmann-Biographie *Ein Leben für das freie Wort. Ein Livländer in Preußen* war soeben ausgeliefert worden, ich zog aus, das Fürchten zu lernen, indem ich prüfte, welche Buchhandlungen ein Exemplar ins Sortiment genommen hatten. (Diese unbezwingbare Neigung zur Statistik.) Von fünfundzwanzig visitierten Geschäften, im Ost- und Westteil der Stadt, bestellten nur zwei mein Buch, einzig in der *Weiberwirtschaft*, wo mein Freund B. arbeitet, schaffte es Jochmann bis ins Schaufenster, zwei Läden von fünfundzwanzig sind, obwohl 8 Prozent, beleidigend wenig, und noch weniger, wenn man bedenkt, daß in allen (außer in der *Weiberwirtschaft*) D.s Autobiographie *Ein Leben in den Charts* stapelweise vorrätig war. In größeren Läden wurde man beim Eintritt durch eine lebensgroße Pappfigur des Showstars begrüßt. Er streckte einem die Hand hin und grinste: Ick bün allhier, grüß dich, dummer

Hase. Ich schlich vorbei, ohne ihn anzusehen. (Wenn ich es tat, dann nur aus den Augenwinkeln, wie in jener Traumsequenz, als ich die West-Berliner Schulklasse auf der Aussichtsplattform ignorierte und doch im Blick behielt.)

Normalerweise fühle ich mich in Buchhandlungen wohl, es sind Orte, die mir das Gefühl geben, ich gehörte noch in diese Welt. D.s Anwesenheit attackierte diese Sicherheit.

K., meine Lektorin, war der erste Mensch, der mir gegenüber wagte, die Lektüre von *Ein Leben in den Charts* in Erwägung zu ziehen, wenn auch nicht aus Leidenschaft, sondern quasi im Dienst der Wissenschaft, als Selbstversuch, um einen Antivirus zu entwickeln. Zuvor waren alle Versuche, einen leibhaftigen D.-Leser aufzuspüren, so erfolglos verlaufen wie die Bemühungen, das Buch leihweise zu erwerben. Niemand in meinem Umkreis besaß es oder wollte den Besitz gestehen, kein Freund, den ich fragte, kannte jemanden oder wollte einen Eigentümer der Autobiographie enttarnen. Wo lebten die hunderttausend Leser, die das Machwerk gekauft hatten? Unter der Erde?

Ich entschied mich für aktive Marktforschung oder, besser gesagt, eine Variante der *Bookwatching* genannten Selbsttherapie. In der Universitätsbuchhandlung stehend, durchblätterte ich eine Studie von Lyotard mit einem verklärten Lächeln, das signalisieren sollte, ich verstünde den Kryptiker, und observierte über den Seitenrand den Tisch, auf dem D.s Bücher ausgebreitet waren. Junge Leute näherten sich der Auslage, öffneten lachend die Ansichtsexemplare, lasen Passagen vor, prusteten los, bekicherten Fotos, um die Bände schließlich, wie ich nicht ohne Befriedigung feststellte, auf die Tischplatte zurückzulegen. Alle tatsächlichen Käufer, die ich beobachtete, waren einsame Kunden, nie löste sich jemand aus einer Gruppe, um mit einem Buch zur Kasse zu gehen. Das Kaufverhalten erinnerte mich an den Erwerb pornografischer Zeitschriften, ein Geschäft, das selten kollektiv absolviert wird. Eine Erkenntnis, die mich hoffen ließ, Scham verweist auf die Verletzung gesellschaftlicher Regeln, deren Autorität man anerkennt, indem man sie übertritt. (War das ein Gedanke von Foucault oder Lyotard?) Als ich drauf und dran war, meine empirischen Erhebungen zur Theorie zu verdichten, stürzte eine Frauenhandballmannschaft in die Buchhandlung und mit großem Hallo auf den Büchertisch. Möglicherweise kamen die Amazonen von einer nachträglichen Frauentagsfeier oder dem Gewinn der Weltmeisterschaft, jedenfalls befanden sich einige in einem Zustand, den man kaum nüchtern nennen konnte, doch änderte ihre reduzierte Zurechnungsfähigkeit nur wenig am Sachverhalt: Innerhalb von fünf Minuten gingen zehn Exemplare von D.s verklärter Vita über den Ladentisch, so daß eine junge Auszubildende weitere Stapel der Autobiographie aus dem Lager holen mußte. Für einen Augenblick war ich versucht, den Sportlerinnen nachzueifern. Was hatte es mit diesem Buch auf sich? Machte es Sinn, fünfzehn Euro zu investieren (also immerhin fast ein Prozent meiner gesamten finanziellen Rücklagen), für etwas, das in meiner Jugend als Schmutz- und Schundliteratur gegeißelt worden wäre? War es kein kulturelles Phänomen und als solches zur Kenntnis zu nehmen? Zugegeben, ich hätte gern erfahren, was in den Memoiren stand. (In der geheimen Hoffnung, alle meine Vorbehalte bestätigt zu finden.) Doch durfte ich es nicht kaufen. Die Vorstellung, mein Feind, der Aggressor – das Verhältnis zu D. nahm in dieser Periode eine Qualität an, die man pathologisch nennen muß –, empfinge über die Tantiemen Geld von mir, ich würde seinen unverschämten Reichtum noch maximieren, den Feldzug gegen mich und mein Wertesystem (inklusive Friedrich Schiller) gewissermaßen selbst finanzieren, war mir unerträglich.

Zwar trat ich an den Tisch, doch bevor ich das Buch auch nur öffnete, provozierte D.s Grinsen auf dem Titelfoto die gleiche Wirkung, die Merck's Riesenpizza auf mich ausgeübt hatte. Statt Appetit zu erregen, verursachte es Ekel. Mir wurde schwarz vor Augen. (Spätere Nachforschungen ergaben, den Schutzumschlag für *Ein Leben in den Charts* entwarf nicht die Düsseldorfer Agentur, sondern eine Firma in München.) Ich taumelte zur Kasse. Daß ich nicht Herr meiner Sinne war, kann man daran ersehen, daß ich nicht nur den Lyotard-Band erwarb, den ich weder verstand noch benötigte, sondern dazu die erste und beste Jochmann-Biographie in deutscher Sprache, *Ein Leben für das freie Wort*, ein Buch, von dem zwanzig Belegexemplare unter meinem Schreibtisch lagen. (Erwähnte ich schon, daß ich seit eini-gen Monaten weitere 300 Stück in einer einsturzgefährdeten Scheune in der Gegend um Teterow, Mecklenburger Schweiz, aufbewahre?)

Weshalb an einem Buch weiterarbeiten, von dem ich nicht wußte, ob es noch mein Buch war? Das Telefonat mit K. lieferte mir genau das Argument, das ich brauchte, um meine Faulheit zu begründen. (Statt Arbeitswut anzustacheln, vergrößerte es meine Lethargie.) Erst wenn sicher war, daß mir von D.s Seite keine Gefahr mehr drohte, würde ich das Manuskript vollenden können. Ich fühlte mich ausgepumpt. Urlaubsreif. Apropos: Vielleicht hatte jemand auf meinen Ferienlagerbrief aus Hanoi reagiert? Mein E-Mail-Konto öffnend, glaubte ich, der Virus, dem angeblich alle Schiller-Dateien zum Opfer gefallen waren, hätte wirklich die Festplatte befallen. Obwohl der Reisebericht nur an fünf Personen geschickt worden war, befanden sich im Posteingang zehn Mitteilungen, die angaben, darauf zu antworten. Einige Absender waren mir bekannt (Monika, Liane, Petra), von anderen hatte ich noch nie gehört. (Wer verbarg sich hinter sübülle@aol.com oder troubadour@gmx.de? Vermutlich besonders clevere Viagra-Händler, die nicht einsehen wollten, daß sie bei mir an der falschen Adresse waren.)

Die Reaktion meiner Schwestern zeigte einheitliche

Überraschung und differenzierte Besorgnis. Petra war empört, daß ich ausgerechnet zu ihrem Geburtstag meine touristischen Gewohnheiten änderte, und konnte sich nicht verkneifen, die Kosten der Expedition zu erwähnen. (»Ganz billig kann das ja wohl nicht sein.«) Monikas größte Furcht war, ob ich mir vor Abflug alle nötigen Schutzimpfungen hatte verabreichen lassen, vor allem Injektionen gegen Malaria und Gelbsucht. (»Die Moskitonetze hängen da nicht nur so rum, wegen der Romantik.«) Lianes Brief war der längste und bereitete mir das größte Kopfzerbrechen. Sie hatte – damit hätte ich rechnen müssen – *guten Freunden* (alte Seilschaften, versteht sich) von meiner Reise berichtet und stellte nun, mit polizeilicher Gründlichkeit, unbequeme Fragen. Weshalb meine Route über Paris ging (»Frankfurt liegt doch viel günstiger!«), wieso ich die Zwischenlandung in Bangkok verschwieg (»Oder gibt es neuerdings Nonstop-Flüge nach Hanoi?«), ob darin der Grund zu suchen sei für die ungewöhnlich kurze Flugzeit? Ihr jedenfalls hätten (unabhängig voneinander) Genossen berichtet, man könne unmöglich in vierundzwanzig Stunden von Europa in die vietnamesische Hauptstadt gelangen. Im Regelfall brauche man dreißig bis vierunddreißig Stunden. Liane entschuldigte sich dafür, einigen Experten meine E-Mail-Adresse gegeben zu haben. Von ihnen könnte ich wichtige Tips erhalten (ich glaubte vielmehr, daß sie mich aushorchen sollten), Leuten, die sich in Hanoi auskannten wie in ihrer Westentasche. (Ein gewisser Herbert wäre acht Jahre lang Kulturattaché – also tatsächlich ein Westenträger – gewesen und fahre, weil er jetzt im Vorruhestand sei, zweimal im Jahr als Reiseleiter nach Vietnam.) Von diesen Spezialisten hatte mein Schwesterchen in Erfahrung gebracht, was ich inzwischen bestimmt auch schon hätte erkennen können: daß an meinem Aufenthaltsort sich an jeder Straßenecke ein Internet-Café befand. Daher erwarte sie mit Ungeduld meinen nächsten Brief. Sie schrieb: »Die nächste farbenfrohe Schilderung aus dem Reich der Mitte«, eine Formulierung, die durchaus ironisch gemeint sein konnte (und auf Unkenntnis beruhte, denn Vietnam war nicht China, ein Umstand, den die Maoisten einige Jahre lang vergeblich zu korrigieren suchten).

Auf die Idee, nach Hanoi zu reisen, waren vor mir einige tausend andere Touristen gekommen. Ihre Spuren hatten sich im Internet verfangen. Frank aus P., Silke und Angie aus S., Mark und Katja aus dem Kanton Schwyz, Frau W. mit ihrem Mann, der sich beim Aufstieg zur Parfüm-Pagode den Fuß verzerrte und im Hotel 1 Dollar 50 für kühlendes Eis berappen mußte, ein Fakt, den Frau W., nach der glücklichen Heimkehr, dem Reisebüro mitteilte, oder Professor T., der Vorträge an der Ingenieurschule in Ho-Chi-Minh-Stadt hielt und sich in der Kaiserstadt Huê eine achtzig Jahre alte Glocke kaufte, für 25 Dollar, die Globetrotter Bert und Inge, die sich den *praktizierten Kommunismus* anders vorgestellt hatten, der Fahrradreisende aus dem Allgäu, der die Nationalstraße Nr.1 bewältigte, oder der Eisenbahnfanatiker, der sich den Traum erfüllte, das Land einmal mit dem Zug von Süd nach Nord zu durchqueren. (Eine Tour, die Vater begeistert hätte.) Ob Willi aus Halle an der Saale, der das Tunnelsystem der Vietcong-Kämpfer in Cu Chi testete, in der Erdhöhle steckenblieb und nur mit Hilfe dreier Männer befreit werden konnte (Herr Choung, der Reiseleiter, sowie John, ein ehemaliger GI aus Oklahoma, und Gregory, sein Sohn), oder Viola aus dem Ruhrgebiet, die zwei Wochen allein das Land durchquerte und über Weihnachten ein paar Tage zum *Beachen* ans Meer fuhr, alle waren eifrige Tagebuchschreiber, fleißige Fotografen, und alle wollten, daß die Welt ihre Erlebnisse zur Kenntnis nahm.

Das Hotel, in dem ich abgestiegen war, hieß auf vietnamesisch HOA BINH. Mats, ein Schwede, den ich am Morgen (genauer gesagt, gegen zwölf Uhr Ortszeit) beim Frühstück traf (das recht dürftig ausfiel, weil die Küche schon das Mittagessen vorbereitete), widersprach mir, als ich diesen Namen mit GOLDENER DRACHEN übersetzte, seiner Meinung nach bedeutet es HELLER MOND. Vielleicht bedeutet es auch etwas völlig anderes, in jedem Fall ist es ein Ende der zwanziger Jahre im französischen Stil erbautes Haus, mit Eleganz und Charme, im Zentrum der Stadt gelegen. Als ich die Ruhe der Unterkunft lobte, lachte mein Tischgenosse höhnisch, er sei ganz meiner Meinung, ihn lasse das Hupen und Motorengedröhn, das von der Hauptverkehrsstraße bis zu ihm in den vierten Stock dringe, keine Nacht vor ein oder zwei Uhr einschlafen, um ihn gegen fünf wieder aufzuwecken. An dem Punkt erweist sich der bei der Ankunft beklagte Umstand, ein Zimmer ohne Ausblick zu haben, als entscheidender Vorteil. Denn wenn auch jeder Reiseführer behauptet, Hanoi sei im Gegensatz zu Ho-Chi-Minh-City eine ruhige, saubere, konservative Oase, so ist doch der erste Eindruck, den die Stadt macht, der von Lärm und Chaos. Schuld daran ist der irrsinnige Verkehr, der jedem Ausländer fassungsloses Staunen abringt. Man kann es sich nicht vorstellen, wenn man nicht hier gewesen ist. Alle Straßen, vor allem die breiten Magistralen, sind mit Tausenden und Abertausenden Fahrrädern, Motorrädern, Mopeds, Motorrollern, Rikschas, Minibussen und wenigen Kleinwagen hoffnungslos verstopft. (Die Luft erinnerte mich an die Ankunft am Weimarer Bahnhof in Wintertagen, Mitte der achtziger Jahre, wo der Qualm der Zweitaktmotoren die Bahnunterführung ausfüllte, die ich nur durchqueren konnte, indem ich mir den Schal um den Mund wickelte und mit angehaltenem Atem weiterlief.) Nach dem spärlichen Frühstück (ich konnte den netten Schweden abwimmeln) verließ ich das Hotel, um gleich vor einem banalen, aber tatsächlichen Problem zu stehen, vor dem ich vor knapp vierzig Jahren zuletzt gestanden hatte: Ich wußte nicht, wie ich die Straße überqueren sollte. Innerhalb weniger Minuten war ich schweißgebadet, und der Grund dafür lag nicht allein an der feuchtwarmen Luft (schätzungsweise 28 Grad Celsius). Die Straße war vierspurig, doch gab es keine Spuren, das heißt, wenn es sie gab, dachte niemand daran, ihnen zu folgen. Ich lief ein Stück in die Richtung, wo ich den Hoan-Kiem-See (See des zurückgebliebenen Schwertes) vermutete, doch erklärte mir der Stadtplan, den ich an der Hotelrezeption gekauft hatte (für 50000 Dong, knapp 4 Dollar), daß ich, wollte ich in die Altstadt gelangen, den Highway überqueren mußte. Eine Ampel oder ein Fußgängerüberweg war weit und breit nicht zu sehen. Während ich noch überlegte, daß kein Mensch das Gewühl aus Zweirädern lebend durcheilen konnte, sah ich Einheimische, die sich ohne Zögern in den Strom der Motorräder warfen und, wie mir schien, unverletzt das andere Ufer erreichten. Da war er, der berühmte, den Mitteleuropäer verwirrende asiatische Fatalismus. Gebeugte Mütterchen, Schulkinder, Frauen mit Säuglingen, Männer mit Krücken nahmen munter ihren Weg, nur ich stand, ein deutscher Systematiker, wie festgewurzelt im Schatten schöner tropischer Bäume und versuchte herauszufinden, nach welchen Regeln dieser Verkehr funktionierte. Zwei Prinzipien glaubte ich zu erkennen, erstens, niemand durfte den anderen berühren, zweitens, der Stärkere hatte stets Vorfahrt. Die Übertragung der Dschungel-Gesetze auf den Asphalt. Noch immer am Straßenrand ausharrend, um eine Erkenntnis reicher, doch keinen Schritt weiter, flüsterte ich inbrünstig die bewährte sozialdemokratische Zauberformel MANN DER ARBEIT, AUFGEWACHT! UND ERKENNE DEINE MACHT! ALLE RÄDER STEHEN STILL, WENN DEIN STARKER ARM ES WILL, als jemand meine geballte Faust faßte und an mir zupfte. Zur Seite blickend, sah ich in das Gesicht eines Mädchens, das mich unter einem der üblichen komischen, konischen Spitzhüte mit schwarzen Augen anstrahlte. Ich lächelte höflich zurück und versuchte (da ich nicht wußte, was sie von mir wollte) meine Hand zu befreien, doch wertete die junge Frau meine Reaktion als Einverständniserklärung und begann mich vorwärts zu ziehen. Eh ich mich versah, stand ich, Hand in Hand mit ihr, mitten auf der Straße, umflutet von Rennfahrern, die auf uns zurasten, um, Sekundenbruchteile vor der Kollision, mit einem Schlenker auszuweichen, das Geknatter war unbeschreiblich, ich überließ mich willenlos meiner Führerin und dem Schicksal (erstaunlich, wie schnell man sein Subjektbewußtsein abgibt) und kam im Trippelschritt wohlbehalten auf die andere Seite. (So wie mir erging es, wie berichtet wurde, einigen Ausländern. Fährmann zu spielen scheint den Einheimischen diebisches Vergnügen zu bereiten.) Ich dankte der Lotsenfrau (einer Lotusblüte!), glücklich und peinlich berührt, denn die Erfahrung, nicht allein über die Straße zu kommen, erinnerte mich an das drohende Rentnerdasein. Ich lief geradeaus, doch der erwartete See tauchte nicht auf. Hatte ich mich in der Richtung geirrt? Hinter der Oper geriet ich in ein besseres Viertel, in dem Botschaften und Behörden der Regierung angesiedelt waren, und stieß zufällig (oder durch höhere Fügung?) auf den Tempel Van Mieu, den mir der Reiseführer als den Literaturtempel und wichtige Sehenswürdigkeit anpries. (Und den ich schon aus beruflichen Gründen nicht meiden konnte.) Die Anlage lag, von einer hohen Mauer abgeschirmt, direkt an der Straße. Für einen Obolus von 12 000 Dong wurde man mit einem schönen, beinah stillen, friedlichen Ort belohnt, in dem Pagoden mit geschwungenen Dächern, Innenhöfe, alter Baumbestand, Teiche mit Seerosen und Stelen zum Verweilen einluden. Aus dem Innern eines Hauses drang Musik. Ein zehnköpfiges Volksmusik-Ensemble (bis auf einen Trommler und den Xylophonspieler allesamt Frauen in traditionellen Gewändern) spielte für eine Handvoll Langnasen (weiße Touristen), die vor ihnen auf zu kleinen Stühlen saßen und versuchten, die ungewohnten Klänge schön zu finden. Erst wollte ich weitergehen, doch als ein sehr zartes junges Mädchen vortrat, um ein Lied zu singen, nahm ich unter den Zuhörern Platz. Der Vortrag war eigenartig, die Modulation ungewohnt, in hoher gepreßter Kopfstimme gesungen. Am Ende des Liedes trat die Solistin auf mich zu und setzte mir ihren Hut auf den Kopf. Ich symbolisierte den erwählten Bräutigam der Ballade. Die Ehrung rührte mich. Allerdings waren die drei anderen Männer, siebzigjährige Holländer mit gewaltigen Bierbäuchen, keine ernst zu nehmende Konkurrenz. Als wir den Raum verließen, erklärten zwei Musikerinnen mit entzückenden englischen Kurzsätzen, der Kulturbeitrag wäre nicht im Eintrittspreis eingeschlossen gewesen. Meinen Versuch, in Landeswährung zu bezahlen, wies man deutlich zurück. Drei Dollar. Marktwirtschaft. Den Kauf einer Musikkassette lehnte ich meinerseits ab. Die letzte und schönste der fünf Pagoden war in Rot und Gold verziert, ein Standbild des Konfuzius erinnerte an die Gründung der ersten Universität des Landes im Jahr 1070. Am Ufer des mittleren Teiches stehend, die Seerosen betrachtend, fielen mir, wie etwas Fernes, das mir einmal sehr vertraut gewesen war, die Schlußzeilen vom SPRUCH DES KONFUZIUS wieder ein: NUR BEHARRUNG FÜHRT ZUM ZIEL, / NUR DIE FÜLLE FÜHRT ZUR KLARHEIT, / UND IM ABGRUND WOHNT DIE WAHRHEIT.

Ob ich den Termin bei D. wahrnehmen würde oder nicht, ich brauchte in jedem Fall ein Hemd und ein paar Socken, mit denen ich mich in der Öffentlichkeit sehen lassen konnte, ohne gerochen zu werden. Der Student hatte mir seinen Vollautomaten erklärt und eine Tüte Waschpulver hinterlassen, das die Stiftung Warentest mit dem Prädikat *Gut* ausgezeichnet hatte, sicher wegen des aromatischen Dufts. Es roch so verlockend, daß ich dem Drang, es zu kosten, nachgegeben und eine Schüssel probiert hätte, wäre im Kühlschrank noch frische Milch vorrätig gewesen. (Offenbar erste halluzinatorische Nebenwirkungen der ungewöhnlich langen Fastenzeit.)

Ich stopfte alle auffindbaren Kleidungsstücke in die Trommel, wählte das 30-Grad-Programm, um die Gefahren der Verfärbung oder des Eingehens so gering wie möglich zu halten, und nahm vor dem Bullauge auf den Kokosmatten Platz. Eine Havarie, zum Beispiel eine überlaufende Waschmaschine, mußte unbedingt vermieden werden. *Walle, walle manche Strecke, daß zum Zwecke Wasser fließe.* Die Einspritzung funktionierte tadellos. Der Automat begann zu rumpeln.

Von meinem Beobachtungsposten auf dem Küchenboden konnte ich ins Zimmer sehen, den Fernseher im Blick. Das Waschprogramm war aufregender als das Fernsehprogramm. Die Socken tanzten im Schaum. Die Boxershorts drängten sich immer wieder ans Schaufenster, offenbar besaß diese Art Unterhose eine Neigung zur Repräsentation. (Man vergleiche meinen unveröffentlichten Essay über die Signalfunktion der Reizwäsche Mitte der neunziger Jahre, *Das Label am Nabel von Mabel.*) Vollendeter Stumpfsinn, eine halbe Stunde ins Innere einer Waschmaschine zu starren. Obwohl man nicht abstreiten konnte, der Anblick hatte etwas Friedliches, beinahe Suggestives. Ein Klimpern in der Trommel ließ mich aufhorchen. Schlug nur ein Hosenknopf gegen Metall, oder hatte ich eine Münze übersehen? Der Gedanke erinnerte mich an meine Schulden. Es war wirklich keine große Sache, die paar Meter zur Sparkasse zu laufen, ein paar Euro abzuheben und mir Brot, Butter und Käse zu kaufen. Alles würde ich in dem Obstladen bekommen, in dem der Chinese zu arbeiten behauptet hatte. Ich fuhr mit der flachen Hand über meine Glatze, die Kopfhaut fühlte sich an, als streichelte man über Sandpapier. Mein verdammter Starrsinn (eine Art *Trotzkismus* ohne

Trotzki) stand mir andauernd im Weg. Wem es an Flexibilität mangelte, der war auf dem Marsch in Richtung Neandertal. Der Motor der Evolution hieß Anpassungsfähigkeit. Wahrscheinlich hatte ich mich nie richtig aus der Kindheit gelöst, weil ich zu früh in die Welt der Erwachsenen flüchtete. Das klang verdammt psychoanalytisch, beinahe dialektisch. Ich hatte mich daran gewöhnt, meinen Lebenslauf als Zickzacklinie zu sehen, als Schlingerbewegung vom Niederen zum Höheren. Unverkennbare Spuren deutschen Idealismus.

Die Maschine startete zum ersten Schleudergang, die Fliehkraft drückte die Wäsche an den Trommelrand, im Zentrum, im Auge des Hurrikans, erschien die blanke Stahlwand, ein Spiegel, in dem mein Gesicht verschwommen schimmerte, das Porträt des Literaturhistorikers als vollständiger und endgültiger Trottel. Ich vergeudete meine Zeit. Nicht erst seit heute, nicht seit Einführung des *Lustigen Kalenders*, sondern seit Jahren. Die Einsicht war alles andere als schmeichelhaft, sie wäre bitter gewesen, hätte ich sie vernommen, als ich fünfundzwanzig Jahre alt war, zum jetzigen Zeitpunkt war sie ein tödliches Fazit, Verdikt, Fatum, ein eiskalter Fakt. Verpaßte Chancen. Kommilitonen, die das Studium mit mir begonnen hatten, beendeten in diesem Augenblick ihre Nachmittagsvorlesung, nickten den Studenten zu, die an ihren Lippen gehangen hatten und brav auf die Bänke pochten, in Anerkennung der professoralen Leistung, andere saßen in Verlagshäusern vor gläsernen Schreibtischen und unterzeichneten mit lockerer Hand Millionenverträge, während sich in der Nähe bildhübsche Praktikantinnen bückten, um Papier im Kopierer nachzufüllen (im Wissen, daß sie auch von hinten einen engagierten Eindruck machten), und ich, der begabter, intelligenter, fleißiger als alle Mitglieder des Studienjahres gewesen war, an dessen künftiger Forscherkarriere niemand zu zweifeln gewagt hatte, saß in der Blüte seiner Jahre, kahlrasiert, in einer fremden Hinterhauswohnung, vor einem Waschautomaten der Firma M., um aus der Lauge seine ungewisse Zukunft zu orakeln. Sie sah trübe aus (sogar während des Spülgangs). Überwältigt von Jammer und Selbstmitleid erfaßte mich eine Laune, die mich für einen Besuch in der *Laterne* empfohlen hätte. Dort fanden rund um die Uhr Sitzungen der Selbsthilfegruppe *AOK* statt, eine Abbreviatur, die für *Anonyme Ostdeutsche Kopfhänger* stand. (Die Bedeutung des dritten Buchstaben war allerdings umstritten. Es existierten mannigfache Interpretationsvarianten.) Offizielle Zusammenkünfte des Vereins mied ich, obwohl auch meine Vita bewies, daß man sich auf den bewährten nationalen Sprichwortschatz längst nicht mehr verlassen konnte. Von wegen, *Ohne Fleiß kein Preis*, *Jeder ist seines Glückes Schmied*, oder, die Parole der Neureichen, die Petra rezitierte, wenn sie das schlechte Gewissen plagte, ein Werbeslogan, mit dem die langweiligste Rockband der *Republik* Scheiße zu Gold veredelte und alle auf der Strecke Gebliebenen verhöhnte: *Was gut ist, setzt sich durch.* Ich war ein Paradebeispiel dafür, daß Geradlinigkeit nicht zwangsläufig zum Ziel führte, sondern oft genug aufs Abstellgleis. (Verhaßtes *Eisenbahnerdeutsch*!)

Andere Jungen bekamen ihre erste Piko-Eisenbahn als Sechsjährige und vertrieben sich längst die Freizeit mit Rennwagen oder, wie Peter, mein Banknachbar, mit einem Brettspiel, das seine Großmutter bei einer West-Reise todesmutig über die Grenze geschmuggelt hatte. Es war mir nicht leichtgefallen, Freude zu heucheln, als ich, von Mutter, Vater und drei Schwestern umringt – Monika schickte ein Telegramm aus Dresden –, die lautstark, aber dissonant das Lied *Wir freuen uns, daß du geboren bist* anstimmten, aufgefordert wurde, die zwölf Lebenslichter auszublasen. Ich lächelte in die familiären Gesichter, obwohl mir nicht nach Lächeln zumute war. Es war sechs Uhr morgens, Vater hatte darauf bestanden, an der *Bescherung*, wie die Gratulation weihnachtlich verklärt genannt wurde, teilzunehmen, er stand mit gepackter Aktentasche in seiner blauen Uniform auf der Schwelle, während ich neben dem Bett von einem Bein aufs andere trat, in einem karierten Schlafanzug, der drei Nummern zu klein war und betonte, was ich mit den Händen zu verbergen suchte: daß zwischen meinen Beinen eine Kerze stand, die den Träumen, aus denen ich gerissen wurde, tapfer nachhing und partout nicht aufwachen wollte. Dem kleinen Chor den Rücken zeigend, preßte ich meinen Unterkörper gegen die Tischplatte und begann das Paket zu öffnen. Die Hoffnung, die Eltern würden meinen einzigen Wunsch erfüllt haben, wurde enttäuscht. Statt der grünen Schiller-Bände der *Bibliothek der Klassiker* verbarg der Karton eine rote Diesellok und fünf Güterwagen der Spurengröße H0, was H Null hieß und nicht mit HO zu verwechseln war, dem Konkurrenzunternehmen des *Konsum*, dessen Abkürzung, wie alle Kinder wußten, bedeutete: *Kauft ohne Nachzudenken schnell unsern Mist*. Ich umarmte Mutter und Vater mit falschem Überschwang und betrachtete über ihre Schultern meine Schwestern. Erika, ausgehfertig, mit Anorak, und die beiden jüngeren, die noch in ihren mit Rüschen besetzten Nachthemden steckten, machten einen angestrengten Eindruck, an dem nicht allein die frühe Stunde schuld sein konnte. Ihre Feierlichkeit stimmte nicht, machte mich stutzig. Jahrelang war der Kauf einer elektrischen Eisenbahn durch zähen weiblichen Widerstand verhindert worden, zuerst durch Mutter, die, wie sich herausstellen sollte, nicht zu Unrecht, fürchtete, das Spielzeug würde am Ende vor allem den beglücken, der die Anschaffung auf das eifrigste betrieb, ihren Mann Paul, der ihr, infolge seiner krankhaften Sucht für das Schienenwesen, ohnehin nur selten unter die Augen kam. Plötzlich, von einem Tag auf den anderen, war die Scheidungsdrohung: »Wenn Du *das* tust, nehme ich meine Töchter (sic!)

und ziehe aus!« vergessen, und die bekehrte Opposition bestaunte die gestrigen Haßobjekte mit Glanz in den Augen.

Ich glaube, daß dieser mir unbegreifliche Gesinnungswandel der weiblichen Majorität unseres Haushaltes eine Reihe der späteren, verhängnisvollen Entscheidungen meinerseits vorbereitete. Meine Halsstarrigkeit, die Unfähigkeit zu Kompromissen, faulen wie vernünftigen, begann in jenen Tagen. Der Trick meines Vaters war denkbar einfach. Er schwächte die Front der Modelleisenbahngegner, indem er, mit ungewöhnlicher Leidenschaft in der Stimme, nachwies, es sei höchste Zeit, mein Interesse auf Dinge zu lenken, die meinem Geschlecht und Alter entsprächen, womit er Weichen, Geräteschuppen und Signale meinte, die, wie die Erfahrung lehrte (zumindest in seinem Fall), ein sicheres Bollwerk (oder bevorzugte er den Ausdruck *Puffer*?) gegen Poesie, verschrobene Bücher und weibisches Sinnieren darstellten. Unternähme man nichts gegen dieses Betragen, würde aus mir, dem Bruder und Sohn, am Ende nichts anderes werden als ein völlig verweichlichter, weltfremder, halbseidener – Paul Lustig suchte nach dem passenden Wort oder war unschlüssig, ob er das ihm vorschwebende in Anwesenheit der jugendlichen Kinder auszusprechen wagen sollte, doch Mutter nahm ihm das Menetekel von der Lippe und vollendete den Satz an seiner Statt – Spinner.

Als ich schüchtern für das Geschenk dankte, meinte Vater, dies wäre noch nicht alles, ich solle mir meinen Bademantel überwerfen und ihm folgen.

Die gesamte Familie begab sich in einer Art schlafwandlerischer Prozession ins Treppenhaus und begann den Aufstieg zum Wäscheboden. Durch die Dachluken fiel graues Dämmerlicht. Mutter schob ein zum Trocknen aufgehängtes Bettlaken zur Seite und enthüllte das eigentliche Geburtstagsgeschenk. Eine vier Quadratmeter große Sperrholzplatte, auf der ein kleines Modelleisenbahnwunder errichtet war. Es gab Bahnhöfe, Tunnel, Hügel, Brücken, ein Viadukt, Signale in Menge, eine Pumpe, einen Wasserturm, Lokschuppen, Drehscheiben, Häuser, Bäume, Wiesen mit Kühen und, natürlich, im Zentrum, ein modernes Stellwerk, von dem aus man die gesamte Strecke überblicken konnte. Sogar den Mädchen standen die Münder offen, vielleicht weniger wegen der Anlage als wegen der Frage, wie wir uns das Ganze überhaupt leisten konnten. Paul Lustig hatte weder Kosten noch Mühe gespart. Jetzt wußte ich, wo er an den vergangenen Wochenenden gewesen war, als er angeblich Überstunden machte. Mein Vater war kein Mann, der sich mit Halbheiten abgab. Wenn sein Sohn eine Eisenbahn bekam, mußte es die schönste Eisenbahn Ost-Berlins sein. Zudem spekulierte er, daß die Platte, sollte sich der Widerstand dagegen neu formieren, um so schwerer wieder aus der Welt zu schaffen sein würde, je eindrucksvoller und kostspieliger sie ausfiel. Er setzte eine Diesellok mit zehn Waggons auf die Gleise, steckte das Kabel des Trafos in die Verteilerdose und schaltete die Anlage an. Der Zug fuhr, Signale blinkten, Weichen klickten, Schranken schlossen sich und gingen wieder auf. Alles war wie echt. Nur einen Bahnhof, bei dem alle Lampen brannten, hatte ich in Wirklichkeit noch nie erlebt. Lokführer Lustig erhöhte die Geschwindigkeit. »Laß doch mal den Jungen«, sagte Mutter.

Alle Freunde, die zur Geburtstagsfeier erschienen, beneideten mich um meine Eisenbahn. Jeden Tag, wenn Vater von der Arbeit kam, spielte ich eine Stunde. Oft gesellte er sich dazu, um mir *technische Details* zu erklären. Geduldig wiederholte er die Regeln der Eisenbahnsignalordnung, die seit 1875 galt, ohne daß ihm meine Zerstreutheit aufgefallen wäre. In seinen Augen war ein Glanz, der mich jedes Spottwort verschlucken ließ. Anfang Dezember fiel der erste Schnee, und Mutter untersagte den Besuch des ungeheizten Dachbodens, nachdem ich mir einen kleinen Reizhusten zugelegt hatte, einen von der Art, wie ihn Schiller in seinen Briefen an Goethe des öfteren erwähnte.

Die poetischsten Begriffe aus Paul Lustigs *Eisenbahnerdeutsch*: Draisine, Wendeschleife, Zwillingslokomotive, Dreizylinderantrieb, Knotenpunkt, Langsamfahrsignal, Durchlaßfähigkeit, Kesselscheitel, Blockabschnitt, Außenbogenkreuzungsweiche, Eckentafel, Wegübergang, Signalflügel, Endscheibe, Faltenbalg, Fernsprechbude, Gleissperrsignal, Rückmeldelampe, Mundpfeife, Zugrangordnung, Wasserkran, Ballastgewicht.

Was geschieht, wenn man sich zurückzieht, immer mehr zurückzieht, landet man schließlich wieder in seiner Mutter Bauch?

Ich saß auf dem Teppich, den Rücken gegen das Sofa gelehnt. Nur meine Kniebeschwerden verhinderten, daß ich der Versuchung, mich ins Krabbelstadium zurückzuentwickeln, nachgab. Gerade als ich mir einreden wollte, das Leben hielte auch unverhofft glückliche Augenblicke bereit, erschien auf dem Fernsehbildschirm D.s Gesicht und zerstörte die Fata Morgana. Er grinste in die Kamera, ich fühlte, er machte sich nicht über die Allgemeinheit, sondern über niemand anderen als mich, Ernst Lustig, lustig. Seine Lippen bewegten sich, doch konnte ich nicht hören, was er sagte. Als ich die Fernbedienung endlich fand, wurde der Entertainer ausgeblendet, statt seiner erschien eine dunkelhäutige Moderatorin in grellrotem Kleid und gratulierte D. mit laszivem Lächeln zum Geburtstag. Sie hielt ein Exemplar seiner Autobiographie in der Hand und sagte mit gespreizter Ironie: »Wer von ihm noch nicht genug hat, sollte dieses Standardwerk nicht verpassen, pünktlich zum fünfzigsten Geburtstag der nationalen Ikone des schlechten Geschmacks erschien *Ein Leben in den Charts* als Taschenbuch, für neun Euro neunundneunzig. Bei uns bekommen Sie es für umsonst, wenn Sie die heutige Zuschauerfrage richtig beantworten. Wie heißt die Hauptdarstellerin, die ab September in der neuen Comedyserie *Schillerstraße* von Sat1 zu sehen sein wird?« Es folgten drei mir unbekannte Frauennamen, die ich infolgedessen sofort wieder vergaß. Der letzte klang wie Rita Haywood oder Süßmuth. Allein, die dürren Fakten, die ich verstanden hatte, genügten mir völlig.

Ich hole die Wäscheleine aus dem Werkzeugfach des Flurschranks. Ein Seemannsknoten am Fensterkreuz. Die Schnur war aus Polyester, rißfest und elastisch. Die Ankündigung hatte den letzten Zweifel beseitigt: Meine Verfolger waren mir dicht auf den Fersen. Eine Verschwörung, ein Komplott. Der Geburtstag des Trivialmusikers wurde zum Kulturereignis, D. avancierte zum Literaturpapst, während die Dummbrote und Blödgesichter, die Humorvernichter und Antikomödianten der Comedy meine Schillerstraße besetzten. (Schon vor 200 Jahren hatte sie Wieland treffend gegeißelt als *Grimassenmacher, Quacksalber, Gaukler, Taschenspieler, Kuppler, Beutelschneider und Klopffechter*.) Konnten sie ihren Schrott nicht *Kiesingerstraße* oder *Hermann-Löns-Weg* nennen oder – dazu waren sie eben zu feige – *Ernst-Jünger-Allee*? Schiller war besser, biederer, bildungsbürgerlich, immer für einen Tiefschlag gut. Schillerstraßen gab es überall, irgendwie war durchgedrungen (das Fernsehen konnte sich überall seine Stoffspitzel leisten), ein ostdeutscher Akademiker verfüge über eine gigantische *SSS*, eine unschätzbare Datenbank, die man anzapfen könnte, geheimes Material, die Auflistung von mehr als 2000 Schillerstraßen in Deutschland, Österreich und der Schweiz. Wer glaubte ernsthaft an Datenschutz, Sicherheit im E-Mail-Verkehr?

Die Wäscheleine spannte sich vom Fenster zum Gitter der Ofenklappe, von dort zur Türklinke und endete, nachdem sie den Raum diagonal geteilt hatte, am Bücherregal in der Ecke. So verzweifelt ich war, ich hängte nicht mich, sondern nur meine Wäsche auf. Die vorwiegend schwarzen Textilien verstärkten den Höhlencharakter des Zimmers. Als ich die letzten Socken über die Leine warf, stand mein Entschluß fest. Ich mußte verhindern, daß die SSS den Häschern in die Hände fiel. Wurde die Schillerstraße in die Verwertungsmaschine gerissen, war sie für mich verloren. Devotionaliensammler würden auftauchen, Hyänen, die sich von den Resten ernährten, die Fernsehteams zurückließen. Betrieb ich mein Hobby weiter, würde alle Welt glauben, ich imitierte das Medium, ein unerträglicher Gedanke. Die Straßen selbst verlören ihre Originalität, verwandelten sich. Über kurz oder lang glichen alle Schillerstraßen der TV-Schillerstraße, die Originale imitierten das Bild. Das Sammeln der Mutationen würde keinen Spaß mehr machen.

1964 hatte Vater unseren ersten Fernseher gekauft. Es war ein riesiger Kasten auf Holzbeinen. In den ersten Jahren war die Zeit, die wir Kinder vor dem Gerät sitzen durften, begrenzt. Es mußte immer eine erwachsene Aufsichtsperson anwesend sein, befugt, die Knöpfe der Sender einzustellen (5 war Osten, 7 Westen). Monikas Autorität, die gerade sechzehn geworden war und der dieses Recht feierlich zugesprochen wurde, wuchs in jener Periode beträchtlich. (Sie konnte in Ausnutzung ihres Privilegs fast alle Hausarbeitspflichten an Erika und Petra delegieren.) Ging ich von der Annahme aus, seit dem Jahr 1964 täglich eine Stunde vor dem Fernseher verbracht zu haben, ergab sich daraus eine Gesamtzeit von 1,666667 Jahren. Bei täglich zwei Stunden (durchschnittliche Spielfilmlänge neunzig Minuten) erhöhte sich die Zeit auf 3,333334, bei vier Stunden auf 6,666668 Jahre. (Und das Ganze ohne Schlaf gerechnet, aber mit Werbeunterbrechung.)

Der Kachelofen qualmte pathetisch wie ein Dampfboot auf dem Mississippi um 1855 (als Mark Twain den Fluß noch als Lotse bereiste). Lag der geringe Zug am Wetter, hatte ich eine Klappe übersehen, oder war der Kamin verstopft? Die Karteikarten brannten schlecht, der Karton war zu dick. Zeitungspapier wäre eine Hilfe, Kohlenanzünder oder zumindest Brennholz. Im Schrank des Studenten hatte ich, bei der Suche nach Bargeld, Holzbügel entdeckt, die ich kurzerhand zerbrach (ich würde sie ersetzen, sobald das Experiment endete). Aus der Küche holte ich zwei hölzerne Kochlöffel, einen Quirl (es gab sowieso keine Suppe, die man damit umrühren konnte) sowie ein angebrochenes Stullenbrett (Brot zum Schneiden fehlte auch). Ich erinnerte mich des Brecht-Gedichts von der Zerstörung des Schiffes Oskawa durch die Mannschaft, wo verzweifelte Matrosen aus Mangel an Kohle das Mobiliar ihres Dampfers verheizten, und begann aus den kostbaren fossilen Brennstoffen im Ofeninneren einen kleinen Scheiterhaufen zu errichten, um den ich die zerrissenen Karteikarten der *SSS* aufschichtete.

Registrierungsnummer 1633, Wurzen: Häuser Ende des 19. Jahrhundert erbaut, meist rekonstruiert, gelber und roter Backstein, mit schönen Sockeln, Vorgärten mit gußeisernen Gittern, mannshoch, rechter Hand (wenn man zum Markt läuft) ein Schulgebäude (Gründerzeit), Parkplatzschild: »Nur für Bedienstete der Pestalozzi-Mittelschule«. Ecke August-Bebel-Straße eine Telefonzelle, Lindenbäume, der Boden vor der Schule mit Asphalt versiegelt, auch der Gehweg, Straßenreinigung Donnerstag 9–11 h, drei Häuser der Straße mit schmalen Balkons (die Privilegierten), Fisch und Feinkost Kühn (Nr. 8), gegenüber Fenster-Ideen, Fa. Günther, Markisen, Jalousien, Lamellen, Faltstores (Nr. 7), Bäckerei, Konditorei, Steh-Café (Nr. 2), Richters Uhren-Service. An der Ecke Germania-Apotheke, Schreibwaren,

Büroartikel, Schulbedarf, H. Schneider (geschlossen wegen Geschäftsaufgabe, im Innern Gerümpel), links daneben King Pizza (italienische Gerichte, indische Gerichte, mexikanische Gerichte, Salate, Dönerkebab, Lieferungen frei Haus), Gesamtlänge: 400 m. (Gesammelt: 3. Juni 1999.)

Registrierungsnummer 1903, Lübeck: Parallel zur Bäkerstraße auf die Antonistraße stoßend (von den anderen Dichtern, Uhland, Lessing, Goethe, abgesondert) 16 Häuser, meist zweistöckig, villenartig, 1887 steht über dem Eingang von Nr. 8, das Eckhaus zur A-Straße blendend weiß, davor ein beeindruckender Fahnenmast, 8 Meter hoch, aus zwei Teilen zusammengesetzt, vor Nr. 3 eine schöne hohe Blautanne, vier aneinander grenzende Häuser müssen sich die Nr. 1 teilen (1, 1a, 1b, 1c), hanseatische Sparsamkeit. Balkone, Stuck, roter Backstein, Vorgärten, Garageneinfahrten, Kleingewerbe (Nr. 10, Dachdeckermeister Bernd Dieter Moll), vor Nr. 1c eine Kinderschaukel am Kirschbaum, Schilder: »Einfahrt freihalten!« (vor fast jedem Haus), Gesamtlänge: 100 m. (Gesammelt: 25. August 2001.)

Registrierungsnummer 2008, Frankfurt an der Oder: Aus der Stadt kommend, rechter Hand der Fürstenwalder Poststraße, die linke Straßenseite bebaut mit Reihenhäusern, 30er Jahre (Doppelhäuser mit spitzer Dachform, am Ende etwas abgeflacht), Kfz-Werkstatt Dieter Strugala (Nr. 20), schwarze und gelbe Mülltonnen, Auffahrten gepflastert, kein Auto auf dem Asphalt, Hecken und Koniferen, an den Briefkästen Aufkleber: »Wachsamer Nachbar«. Auf linker Seite liegt Kasernengelände (ehemals Grenztruppen, jetzt Technisches Hilfswerk), Lagerhallen, Trafohaus, niveaureiches, welliges Terrain. Am Zaun Warnschilder: »Militärischer Bereich! Unbefugtes Betreten verboten, Zuwiderhandlungen werden bestraft«. Grenzt an Mozartstraße, Gesamtlänge: 300 m. (Gesammelt: 1. April 2002.) (Zusatz: August-Bebel-Straße, 20 Meter lange Losung an Mauer:

»Die Sehnsucht nach einem besseren Leben wird es sein, die eure Macht zum Einsturz bringt!« Rotschwarzer Stern.)

Das Autodafé würde von kurzer Dauer sein, das Holz war trocken und brannte wie Zunder. Wollte ich die ganze *SSS* verfeuern, mußte ich mich beeilen und die Flammen ausreichend mit Nachschub versorgen. Für Sentimentalitäten war keine Zeit. Ich warf die Karten in den Ofen, ohne den Text zu beachten. Städtenamen blitzten auf: Dessau, Castorp-Brauxel, Leipzig, Aachen, Erlangen, Holzgerlingen, Jena. Hinter den meisten Orten tauchte das Bild eines Straßenzugs auf, eine Witterung und Jahreszeit. Es war der Reiz der *SSS* gewesen, an Plätze getrieben zu werden, die normalerweise niemand besuchte, der dort nichts zu tun hatte. Oft genug waren die Schillerstraßen enttäuschend banal, ich geriet in Wohngebiete abseits der Hauptstraßen, verpaßte die spärlichen Sehenswürdigkeiten, entdeckte dafür unverhoffte Schätze. Als ich die Nr. 1788 ins Feuer schleuderte, dachte ich, daß ich wohl nie wieder nach Großräschen kommen würde. Ein Nest am Rande der Lausitz, ohne Schillerstraße, allerdings mit einem Schillerplatz. (In Kleinstädten legte ich die Regel großzügig aus.) An solchen Orten fiel die Orientierung schwer, es fehlte Kartenmaterial. Der Sammler war auf die Auskünfte Einheimischer angewiesen. Mißtrauen erregte man dort, wo man nach der Schillerstraße fragte und erfuhr, daß es keine solche gab. So geschehen in Aalen, in der württembergischen Heimat des Dichters. Womöglich hatte sich der *Alte* in einem Brieflein abfällig über das Nest geäußert, woraufhin ihm die Stadtväter die Ehre, einer Straße seinen Namen zu leihen, auf Ewigkeit verweigerten. Anders die Bürger von Großräschen, sie benannten einen Platz nach dem Klassiker, an der Peripherie gelegen, von einem Plattenbauwohngebiet durch ein kleines Waldstück abgetrennt. Kein Platz im traditionellen Sinn, sondern der Innenhof einer ehemaligen

Werkssiedlung, errichtet in den zwanziger Jahren im Stil des Neuen Bauens. Unverhofft und fremdartig tauchte mitten in der Pampa ein Stück Architekturgeschichte auf. Man betrat das Gelände durch ein Tor, das einem Betriebseingang ähnelte, links und rechts erhoben sich zwei zehn Meter hohe, eckige Schlote, vier dreißig Meter lange, lineare Häuserzeilen lagen parallel nebeneinander. Der Raum zwischen den kastenförmigen, zweistöckigen Ziegelbauten (große Fenster, flache Dächer, sachlich, streng) war irgendwann von Kleingärtnern in Beschlag genommen und parzelliert worden. Lauben, Beete, Komposthaufen. Am Rande des Platzes standen Garagen und zerschnitten die Symmetrie der Anlage. Ein Mann, Mitte Fünfzig, musterte mich, als ich mir Aufzeichnungen machte. Er trug einen blauen Anorak, eine Schirmmütze mit Kordel und wischte sich die Hände an einem Öllappen ab. Ich grüßte und fragte, ob er wüßte, wann die Siedlung errichtet wurde?

»Wieso wollen Sie das wissen?« entgegnete er. Sein Ton war scharf und abweisend. Die Häuser gefielen mir, erklärte ich, um ein Lächeln bemüht.

»Gehen Sie zum Ordnungsamt.«

»Ist das so geheim?«

»Ich weiß es«, knurrte der Frührentner, »aber sage nichts.«

»Ich bin Journalist«, behauptete ich.

»Können Sie sich ausweisen? Heutzutage muß man vorsichtig sein.«

Als ich zum Auto ging, folgte er mir und notierte mein Kennzeichen. *Bürger schützt eure Anlagen!* Der Mann war der notorische Blockwarttyp, der mir Angst machte, verstockt, mißtrauisch, ignorant, humorlos. Mit einhundertprozentiger Sicherheit ein Fan von D. Friede seiner Asche.

Die Ofenklappe stand offen. Und der Chinese bekam den Mund nicht zu. In seinem Blick lag Panik. Ich hatte ihn in die Wohnung gezogen, damit der Rauch nicht ins Treppenhaus entwich und pyrophobe Mitmieter veranlaßte, die Feuerwehr zu alarmieren. Der Bote hielt mich offensichtlich für geistesgestört. Versetzte ich mich in seine Lage, konnte ich ihn nur zu gut verstehen. Auf dem Teppich lagen neben den Kartons und Koffern des Studenten (die ich vom Dach des Kachelofens hatte entfernen müssen) Hunderte gelber Karteikarten, im Ofen prasselte ein gemütliches Feuer, obwohl das Thermometer am Mittag bis auf 15 Grad Celsius geklettert war, dichter Qualm vernebelte die Atmosphäre im Zimmer, man konnte von der Tür kaum die Fenster erkennen. Direkter Durchblick war sowieso nicht möglich. Eine Wäscheleine, mit Hosen, Hemden und Socken behängt, zerschnitt den Raum und ließ ihn aussehen wie das Atelier von Christo und Jeanne-Claude, in das Brandstifter eingedrungen waren. In dieser Behausung konnte nur ein Verpackungskünstler oder Irrer wohnen. Der Drachen-Bote hustete und deutete an, in Eile zu sein. Er wollte schnell wieder weg. Mein Wunsch, die Rechnung in Dollar zu begleichen, irritierte ihn wenig, er akzeptierte die Banknote ohne Widerspruch, nachdem er sie fachmännisch gegen das Licht der Schreibtischlampe gehalten hatte. Ob er mir morgen Brot, Butter und Käse mitbringen könnte, ein Kilo Bananen, vier Flaschen Bier sowie die Nummer 40 und Suppe Nummer 2?

»Natürlich.«

Er fragte nach der Uhrzeit.

»Um acht?«

»Einverstanden.«

Ich öffnete alle Fenster, damit der Rauch abziehen konnte. Der Chinese schob sein Fahrrad über den Hof. Ich zweifelte, daß ich den Mann und das Wechselgeld jemals wiedersehen würde.

Orte, in die ich nie fahren wollte. Aalen, Bocholt, Celle, Chemnitz, Flensburg, Freising, Goslar, Konstanz, Nordhorn, Scharbeutz, Stade, Stralsund, Witzenhausen, schillerstraßenfreie Städte. Dafür, daß mir meine Sammelleidenschaft viel Arbeit und Unbill eingebracht hatte, war mir der Abschied von der SSS erstaunlich leichtgefallen. Ich warf Ballast ab. Das Ballongleichnis. Obwohl es nicht meinen Neigungen und in keiner Weise meinen Erfahrungen entsprach, befand ich mich in der Luft, Ernst Lustig, Gondelier im Sinkflug, über dem Krater des Vesuv. Der Abgrund war magnetisch, gefährlich, verlockend. Es gab nur einen Weg, dem drohenden Untergang zu entfliehen: Leichtigkeit gewinnen. Alles was ich besaß, zog mich nach unten.

Ließ ich die letzten Jahre Revue passieren – ein lebendiges Bild, das verdiente, im Sprachgebrauch zu bleiben –, sah ich vor allem Brüche, Verluste, Zerstörung. Die plötzliche Separation von meiner Familie hatte Freunde und Verwandte gleichermaßen überrascht. Liane meinte, sie hätte verstanden, würde sich A. von mir getrennt haben, nach alldem, was ich ihr angetan hatte, aber andersherum? Sie spielte dabei nicht auf erotische Abenteuer und Seitensprünge an (in dieser Frage lebten wir in schöner Ausgewogenheit), sondern auf die sich wiederholenden Turbulenzen, die entstanden, wenn die jährliche Urlaubsplanung beratschlagt wurde. Bestimmte Reiseziele schlossen sich für mich von vornherein aus, weil man sie nur mit dem Flugzeug ansteuern konnte. Die Preise für Insel-Paradiese und Öko-Safaris erleichterten oft den Verzicht. Doch kamen auch Regionen, die auf dem Land- oder Seeweg erreichbar waren, nicht in die engere Wahl, wenn sich mir an diesen Destinationen keine Möglichkeit bot, meine SSS zu vervollständigen. (Es darf an dieser Stelle auf alte Fremdwörterbücher verwiesen werden, die den Terminus *destination* sinnfällig mit Verhängnis und Schicksalsbestimmung übersetzen.) Skandinavien, Polen, Ungarn schieden aus wie Trinidad, Mallorca oder Malaysia. Folglich war es nur logisch, daß wir die meisten Urlaube getrennt verbrachten. A. reiste mit dem Kind und meinen Schwestern in die Zentren des Massentourismus, ich fuhr nach Herne oder Bergisch-Gladbach, Mannheim oder Saarlouis. Später provozierte dieses Ritual einen bizarren Nebeneffekt. In den ersten Tagen nach meinem Auszug aus der familiären Wohnung fiel ich nicht, wie andere Trennungsgeschädigte, in ein schwarzes Loch aus Verzweiflung und Katzenjammer, sondern kam mir im Gegenteil vor wie in einem ins unermeßliche verlängerten Urlaub. Der Schock über meine *Wahnsinnstat* – auf diesen nebulösen und pathetischen Begriff hatte sich der Familienrat geeinigt, um meine Handlungsweise bezeichnen zu können – war um so größer, als A. und ich bislang als *solide Beziehung* galten, als Paar, von dem man annahm, es würde ohne große Aufregung (im guten wie im schlechten) zusammenleben und auf die Goldene Hochzeit zusteuern. (Wenn wir denn je verheiratet gewesen wären.) Standesamtlich war unsere Beziehung illegal. Weder A. noch ich sahen Sinn in einer formalen Urkunde. (Um unsere Geschlechtswerkzeuge zu benutzen, brauchten wir den Vertrag nicht, für den Immanuel Kant die griffige Formel entwarf.) Für mich lehnte ich die Ehe so grundsätzlich ab, wie die Mitgliedschaft in einer politischen Partei oder Loge.

T., die sich meiner Ex-Frau, ohne ihr je begegnet zu sein, in einer befremdlichen Loyalität verbunden fühlte, bezog stets für A. Stellung, wenn es darum ging, mir Verantwortungslosigkeit nachzuweisen. Sie stützte sich dabei auf das skeptizistische Weltbild ihrer Mutter, die meinte, Männer, die ihre Familie einmal verlassen hatten, würden es wieder tun. (Eine Theorie, die sich sicherlich statistisch bestätigen ließe.) Entgegnete ich, der Mensch wäre nach meiner Überzeugung grundsätzlich lernfähig (zumindest auf primitiver Ebene), wurde mir mit der Frage gekontert, warum ich, der vorgab, aus Fehlern klug werden zu können, nicht Konsequenzen zöge und sie, T., heiratete? Der vermeintliche Antrag wäre, fügte meine Geliebte hinzu, rein rhetorisch, ungefährlich, nur ein Test meiner Bereitschaft, sie selbst sei grundsätzlich nicht gewillt, mir ihr Jawort zu geben, wenn sie mir das meine erst abpressen müßte. Falls ich es mir irgendwann überlegen sollte – wahrscheinlich zu spät, wenn ein jüngerer, schönerer, klügerer, entschiedenerer, sie ersparte mir den Ausdruck potenterer, Mann ihr den Hof machte –, müßte ich ihr die Füsse küssen und sie geschlagene zwölf Stunden auf Knien um Vergebung bitten, eine huldigende Maßnahme, mit der schon wegen des Zustands meiner Gelenke nicht zu rechnen sei.

Um T. abzulenken, erzählte ich eine Iffland-Anekdote. Der Schauspieler wurde einst vom Regisseur der Weimarer *Räuber*-Inszenierung aufgefordert, an einer bestimmten Stelle des Stücks niederzuknien, weil der Dichter dies im Text verlangt habe. Iffland verweigerte sich, es kam zum Streit, der erst geschlichtet wurde durch den Kompromiß, die Entscheidung in letzter Instanz dem Autor zu überlassen, der in der Stadt weilte. Der *Alte* ließ sich nicht lumpen und antwortete zügig, es sei ihm nicht eingefallen, durch seine Vorschrift einen denkenden Künstler in seinen Darstellungen binden zu wollen, woraufhin der berühmte Mime in aufrechter Position zu Ende deklamieren durfte.

»Eine hübsche Geschichte«, meinte die Freundin, »aber du bist kein Schauspieler, höchstens ein Komödiant, und ich bin nicht dein *Kranker Uhu*, du wirst auf die Knie müssen, wahrscheinlich ohne Aussicht auf Erfolg.«

T. verstand, mit scherzhaftem Hintersinn zu drohen und den Finger in Wunden zu legen. Je länger unsere Beziehung dauerte – die meisten Freunde hatten uns drei, vier Monate gegeben, höchstens ein halbes Jahr –, stellte sich die Frage nach einer gemeinsamen Zukunft. Wo wollte man leben, wie? Und wovon? (Zwei arbeitslose Germanisten.)

Sollte es mir ähnlich ergehen wie einst Gottfried August Bürger, den sein zwanzig Jahre jüngeres *Schwabenmädchen*, Elise Hahn, bei jeder sich ihr bietenden Gelegenheit zum

Hahnrei gemacht hatte? (*Was heißt und zu welchem Ende studiert man* Literatur-*Geschichte?*) Was würde in fünfzehn Jahren sein, wenn T. Ende Dreißig war und ich auf die Sechzig zuging.

»Haben wir dann noch Sex?« fragte sie besorgt.

»Ich schon«, antwortete ich, doch brachte der Witz nicht den erhofften zerstreuenden Effekt.

»Kriegten die Männer in deiner Familie mit Sechzig noch einen Steifen?«

»Ich könnte Onkel Werner in Düsseldorf anrufen und ihn fragen«, schlug ich vor. »Vater steht ja als Zeuge nicht mehr zur Verfügung. Allerdings dürfte ein Stellwerker, der fünf Kinder zeugte, kaum ein Schlappschwanz gewesen sein.«

T. wollte Kinder, am liebsten drei. Und ich? Fiel ihr nachts um zwei Uhr ein, daß sie etwas vergessen hatte, machte sie mich wach, damit ich ihr das Verhütungsmittel aus dem Badezimmer holte. Erst bat sie schnurrend, zärtlich, brachte diese Methode keinen Erfolg, fuhr sie ihre Krallen aus, wurde spöttisch («Immerhin nehme ich das Zeug wegen dir, obwohl ich es vielleicht gar nicht müßte, bei Männern ab Vierzig sinkt das Risiko, schwanger zu werden, um fünfzig Prozent, wußtest du das?«), bewegte ich mich noch immer nicht aus dem Bett, zog sie die letzte Trumpfkarte und begann meine Zuneigung anzuzweifeln. Nur wenige Männer können gut schlafen, wenn neben ihnen eine Frau weint. Ich gehöre zur schwachen Majorität, die dann lieber aufsteht und ins Badezimmer wankt. Ganz anders verlief die Argumentation, wenn T. im Bett lag und ich, unter der Dusche, zähneputzend oder beim Versuch, gordische Knoten aus der Zahnseide zu lösen, beiläufig fragte, ob sie ihre Pille genommen hätte. Dann wurde ich augenblicks in ein peinliches Verhör verwickelt.

»Willst du keine Kinder?«

»Doch.«

»Wie viele?«

»Was weiß ich? Erst mal eins.«
»Warum nicht zwei?«
»Auch gut.«
»Und wann?«
»Wenn es günstig ist.«
»Wann, hab ich gefragt.«
»Wann willst du denn?«
»Bald.«
»Und du?«
»Na ja, auch bald.«
»Wieso erinnerst du mich dann an die Pille?«
»Wegen deiner Gesundheit, wegen der Regelmäßigkeit.«
»Du lügst, du hast Bindungsangst, du liebst mich nicht, du willst keine Babys, ich verlasse dich, du bist mir sowieso zu alt.«

Frauen sind Metaphysiker.

Trost bei Goethe: *Glücklich ein Mann, der in seinem Alter ein Mädchen findet, das ihn betrügen mag.*

Rike sah ich selten. Die Distanz, die sich zwischen uns aufgebaut hatte, schmerzte mich, aber alle Versuche, sie zu überbrücken, waren hilflos und vergeblich. Anders als ihre Mutter akzeptierte sie meinen Entschluß nicht. Es ist etwas anderes, ob man einen Partner verläßt oder ein Kind. Sooft ich mir die Gründe wiederholte, die meinen Auszug nötig gemacht hatten, ich wurde das Gefühl nicht los, ein Versager zu sein, sobald ich an meine Tochter dachte. Am 11. April würde sie sechzehn Jahre alt werden, es war der 1. Forster, der Sonntag von Ostern, einem mit christlicher Symbolik belasteten Frühlingsfest, das ich eigentlich in Western umzutaufen gedachte, bevor ich mich entschloß, religiöse Toleranz walten zu lassen. Ich mußte Rike anrufen und fragen, was sie sich zum Geburtstag wünschte. Ihren größten Wunsch würde ich nicht erfüllen können.

Vielleicht sollte ich dem Kind etwas aus Vietnam mitbringen?

Ein Gespräch mit der Dame an der Rezeption ergab, daß mein Hotel in der Ly Thuong Kiet Street liegt. (Straßenschilder waren in dieser Stadt nur schwer auszumachen.) Doch fand ich ohne Probleme den Weg in die nahe Altstadt. Ein schachbrettartiges Gassengeflecht. Die Innungen der Handwerker müssen einmal sehr einflußreich gewesen sein, es herrscht preußische Ordnung, jede Gasse beherbergte ein besonderes Gewerbe. Es gab die Bambusleiter-Gasse, die Straße der Gewürze, der Bet-Utensilien, der Hutmacher, die Fischgasse sowie die der Fahrradhändler und Mopedwerkstätten. Dentisten praktizierten wahrscheinlich in der Gasse der Zahnersatzteile, doch machten sie offenbar schlechte Geschäfte, da die meisten Einheimischen beim Lachen blendend weiße Zähne zeigten. Die wenigen zahnlosen Greise, die ich sah, mußten ihre Beißer beim Überqueren der Hauptstraßen verloren haben. Mats, meine schwedische Frühstücksbekanntschaft, hatte an der Bar in der Lobby des Hotels erzählt, die Unfallstatistik steige proportional zur Anzahl der Mopedneuzulassungen, jährlich würde eine Million neuer Krafträder ins Land eingeführt. Die meisten illegal aus China. Mir fiel auf, daß nur Frauen und betagte Männer Fahrräder benutzten (und professionelle Rikschafahrer, die vor Hotels und Sehenswürdigkeiten auf Touristen warteten), sonst schworen die jungen Männer auf Motorkraft. Das Leben auf den Straßen findet am Boden statt, dort wird verkauft, gefeilscht, gehockt. Eine alte Frau handelte mit Notizbüchern, handgebunden, mit Reispapier. Ich erfragte den Preis. Sie antwortete auf vietnamesisch. Als ich die Achseln zuckte, griff sie meine Hand und schrieb mir ihr Angebot auf die Handfläche. 5000 Dong, ich zahlte, ohne zu handeln. Die Alte schien seltsamerweise enttäuscht. In der Gasse, die wohl die Gasse der Amphibien und Reptilien hieß, wurden Frösche, Schlangen und allerlei kriechendes Getier vertrieben. Ein Mann kauerte neben einem Eisenring, an dessen Außenseite dreißig große grüne Frösche mit den Hinterbeinen festgebunden waren. Alle Gefangenen versuchten von dem Gewicht, das sie festhielt, zu fliehen. Ab und zu schaffte es ein Frosch, den Ring ein Stückchen zu bewegen, doch wurde seine Arbeit durch einen anderen Sträfling an der entgegengesetzten Ringseite wenig später korrigiert. Ich stand lange vor diesem Schauspiel und bedauerte, keinen Fotoapparat mitgenommen zu haben. Der Froschring schien mir ein Sinnbild des modernen Lebens. (Walter Benjamin hätte es sicherlich gemocht, es korrespondierte mit seiner Metapher des Kaleidoskops.) Als mich der Alte fragte, ob ich seine springende, strampelnde Ware kaufen wollte, um sie zu essen, mußte ich mich verabschieden. An jeder Ecke dieser Stadt bekommt man Lebensmittel angeboten, auch die Einheimischen sind ständig am Knabbern, Verkosten und Schmatzen. Ich bestellte in einer schmutzigen Garküche eine Hühnersuppe (Pho Ga) für einen halben Dollar, saß auf einem Kinderstuhl aus Plastik, der auf zwei Bohlen stand, die einen offenen Kabelschacht oder ein Stück Wasserleitung überbrückten. Die Suppe war phantastisch. Ein paar Meter entfernt verlief eine vierspurige Straße, die nur auf einer Seite befahren wurde, weil man die andere Spur aufriß. (Baustellen, wohin man blickt.) Frauen mit Spitzhüten und Spitzhacken. Baulärm war kaum zu spüren. Dafür das Geknatter der Mopeds und Gehupe der Fahrer. Solange man saß und tafelte, ließen einen die umtriebigen Chauffeure in Ruhe (die Vietnamesen achten als Feinschmecker die Zeremonie des Essens), stand man jedoch vom Tisch auf und vermittelte nur sekundenlang einen unsicheren Eindruck, hielt zum Beispiel einen Stadtplan in der Hand, umkreiste einen sofort ein Schwarm Mofas, und man vernahm im vielstimmigen Chor die Frage: Wanna cheap ride, Sir?

Dabei blieben die jungen Kerle freundlich, auch wenn man nur den Kopf schüttelte oder sie mit einem No abspeiste. Ich hatte nicht vor, mich auf einen solchen Feuerstuhl zu setzen, nicht wegen der damit verbundenen Umweltverschmutzung, einfach aus Todesangst. Statt dessen erklärte ich einem Fahrradrikschafahrer, zu wem ich wollte: Ho Chi Minh. Er nickte. In Sorge, er könnte das Ziel mißverstanden haben und würde mich, statt zum Mausoleum, nach Ho-Chi-Minh-Stadt bugsieren, ehemals Saigon, 1 200 Kilometer südlich, schloß ich die Augen, neigte den Kopf und legte ihn auf meine gefalteten Hände. Die Mimoplastik gefiel dem Mann. Er lachte und zog mich auf den Schleudersitz vor seinem Lenker. (Die Einheimischen haben offensichtlich viel Spaß an ihren ausländischen Gästen.) Ich ließ mich nicht nötigen, hatte ich doch inzwischen Lehrgeld gezahlt und wußte, Preise waren unbedingt zu vereinbaren, bevor man auch nur den kleinsten Teil einer Dienstleistung in Anspruch genommen hatte, vergaß man dieses Gesetz, konnte der Händler oder Fahrer den Tarif bestimmen. Der Cyclopedist verlangte 20 000 Dong. Da ich Landessitten achte, lachte ich meinerseits und begann mit dem Feilschen, indem ich entschieden den Kopf schüttelte. (Sein Preis konnte in der Tat nur als Spielangebot durchgehen.) 5 000, sagte ich knallhart. Der Mann blickte mich an, als hätte ich seine Mutter beleidigt. Am Ende einigten wir uns auf 10 000 und hatten beide das Gefühl, ein Geschäft gemacht zu haben. Los geht's, sagte der Pilot. (Viele Taxifahrer sprechen ein paar Brocken Englisch oder Deutsch.) Das Mausoleum lag am Rand eines weitläufigen, für Militärparaden geeigneten Platzes. Die Anlage erinnerte an den Roten Platz in Moskau, auch wenn das Totenhaus aus grauem Gestein und in Quaderform errichtet war. Auf den Tribünen wehten Flaggen, rote Fahnen mit gelbem Stern. Der Rikschafahrer brachte mich bis zu einem Sammelpunkt, wo die Besucher von Polizisten zu Gruppen zusammengestellt wurden. Alles verlief nach strengem Reglement. Ich bildete mit einer Holländerin eine Zweiergruppe. Vor dem Eintritt in die Gruft hatten alle ihre Taschen, Handys und Kameras abzuliefern. Eine Order, die mich nicht betraf. Der wachhabende Offizier bezweifelte meine Auskunft und bestand darauf, mich abzutasten. Einen Touristen ohne Fotoapparat schien er noch nie erlebt zu haben. Ein roter Teppich markierte den Weg. Damit man sich nicht verirrte, war alle zwei Meter ein schweigsamer Gardesoldat postiert, der einem im Notfall die Richtung wies. Die Temperatur sank. (Angeblich genoß Onkel Ho die beste Klimaanlage des Landes, permanent 16 Grad.) Man bewegte sich langsam, bei drückender Stille – ein enormer Kontrast zur Außenwelt –, ins Innere des Gebäudes. Ich dachte an Lenin, an den Wal, an meine Mutter, daran, was die Holländerin wohl sagen würde, wenn ich ihre Hand ergriff. Ich ließ es auf einen Versuch ankommen, sie ließ es geschehen, sah mich nicht einmal an, jede Ruhestörung und unangemessene Körperbewegung war verboten. Das Licht war gedämpft, weich und feierlich. Ho lag wie Schneewittchen in einem gläsernen Sarg und schien wie sie auf einen Prinzen zu warten, um geküßt und erweckt zu werden. Im Graben, der den Katafalk umgab, patrouillierten Soldaten, die aussahen, als wollten sie genau das verhindern. Nach einer Minute war der Rundgang beendet. Am Ausgang des Mausoleums ließ ich die Holländerin wieder los und erfuhr, daß sie Antje hieß, einunddreißig Jahre alt war, unverheiratet, Apothekerin in Groningen, zur Zeit mit ihrer Schwester Grit auf Weltreise. (Diese Grit lag jedoch mit Erbrechen und Durchfall im Hotel. Die Niederländer sind ein wirklich offenherziges Volk und haben in den letzten vierhundert Jahren jeglichen spanischen Einfluß abgestreift.) Da ich Antje schon einmal so nahegekommen war, begleitete ich sie in den angrenzenden Ho-Chi-Minh-Gedächtnispark. Der Eintritt kostete 5000 Dong, egal, ob für

Einheimische oder Ausländer. Im ehemaligen französischen Gouverneurspalast konnte man zwei Autos Ho Chi Minhs besichtigen, seine Wohnräume und den Schreibtisch. Ich fragte mich, ob der nachdenkliche Mann diesen Kult begrüßt haben würde. Antje erzählte, sein Leichnam reise jedes Jahr einmal nach Rußland, um neu konserviert und aufgefrischt zu werden. Die Außenluft war schwül, wie heiße Watte, ich schlug vor, irgendwo etwas Kaltes zu trinken, denn ich hätte auch eine Auffrischung nötig, aber die Holländerin meinte, sie müsse ihrer Apothekerinnenpflicht genügen und nach ihrer Schwester sehen. Also ließ ich mich für weitere 10 000 Dong von meinem Rikschafahrer (der auf mich gewartet hatte) ins Hotel fahren. Ich spürte Erschöpfung, das Klima und der Jetlag machten mir ganz schön zu schaffen. Nach drei Stunden Schlaf verschaffte ich mir einen Eindruck über das vietnamesische Fernsehprogramm. Es gefiel mir besser als das deutsche. Ein Sender zeigte Frauenvolleyball, ein zweiter einen indischen Märchenfilm mit Schlangenbeschwörern, bunt geschmückten Elefanten und Frauen mit Punkten auf der Stirn.

Auf dem Sportkanal ließ eine junge Frau die Hüllen fallen. Sie wiegte sich auf einem Fußballfeld in den Hüften, eine tanzende Torfrau in Reizwäsche. In einiger Entfernung kickten Jünglinge lustlos mit Bällen. Die Blondine hielt sich am Pfosten fest und schob den BH von der Brust. Die Ballspieler mimten, ohne ein Auge zum Tor zu richten, interesselose Verteidiger. Jetzt schaukelte sie im Netz und schickte einen wollüstigen Kußmund in Richtung Südkurve. Um ihren Hals hing ein Kettchen mit Kreuz. Kam sie aus Polen oder der Ukraine? Ihre Fingernägel waren künstlich verlängert. Obwohl ich seit einer Woche ohne Sex lebte, spürte ich keinerlei Erregung. Selbst dafür fehlte mir die Motivation. Irgendwann ließ es nach. Alles. Nur wenige Katastrophen ereigneten sich ohne Vorankündigung. Meist sind wir nur zu oberflächlich und abgelenkt, die Warnzeichen zu erkennen. Die Vorstellung, mein Schwanz könnte nicht mehr hart werden, ängstigte mich in der Tat mehr als alles andere. Dabei gab es keine physischen Störungen, die solche Befürchtungen begründeten. Während bei einigen meiner Freunde – manche hatten den gleichgültigen Mut, dies einzugestehen – die Begierde zurückging, schrumpfte und abklang, schien sie bei mir zu wachsen. Trotz meines Alters. Oder gerade darum? Ich habe gehört, daß Pflanzen, bevor sie eingehen, ein letztes Mal besonders stark blühen. Vielleicht gab es so ein Sich-Aufbäumen, so ein Sich-nicht-abfinden-Wollen beim Homo sapiens auch, beim Mann vor allem und am meisten von allen Männern bei mir? Gelegentlich verwunderte mich, wie sehr ich den Klischees entsprach, die in den frühen feministischen Kampfschriften die Einleitungen füllten. War ich nicht die klassische, leibhaftige Bestätigung des patriarchalischen Feindbildes? Selbstmitleidig, egozentrisch, orgasmusfixiert und diskursgestört. Wenn so ein Mann die Erektionsfähigkeit verlor, blieb in der Tat nicht viel übrig.

Die Blondine zog den Slip aus. Diesen Teil der Entkleidung verfolgte ich mit sportlichem Interesse. Bekam sie das winzige weiße Textil über den gespreizten Fuß, ohne das Gleichgewicht zu verlieren? Bewahrte sie die bemüht anmutige Verspieltheit? Hatte sie Kleists Aufsatz über das Marionettentheater gelesen? Der Tanga fiel auf den Rasen. Lag im Gras. Ein weißer Halbmond auf grünem Grund. Gotteslästerung. Schon zerfetzte die kleine Sportlerin das politisch inkorrekte Bild und hängte ihre Unterwäsche in die Netzmaschen. Das machte sie gut. Der Regisseur des Clips konnte zufrieden sein. Im Bauchnabel trug sie ein Piercing. Ihre Scham war rasiert, ein Haarstreifen, ein senkrechter Dali-Bart, markierte das Zentrum. Ich dachte an den Tod meines Vaters.

»Den dritten Infarkt dieser Stärke überleben nur wenige«, hatte der behandelnde Arzt gesagt. Ich war zur Post gegangen, um Telegramme zu verschicken, und anschließend in die Klinik zurückgekehrt. Vater hatte sich einen ungünstigen Zeitpunkt zum Sterben ausgesucht, die Sommerferien. Seine Frau und drei seiner Kinder machten Urlaub im Ausland. Er lag allein in einem Zwei-Mann-Zimmer. Bemüht, kein Geräusch zu machen, zog ich einen Stuhl an das Metallbett. Unnötige Vorsicht, er hörte nichts mehr. Sein Atem ging schwer, ab und zu löste sich ein röchelndes Geräusch aus seiner Kehle, er war ohne Bewußtsein, der Mund geöffnet, das Kinn hing. Manchmal hatte ich ihn in ähnlicher Haltung auf der Couch gefunden, wenn er vor dem Fernseher einschlief, während des Spielfilms, vor sich auf dem Tisch eine Flasche Bier. In der Frühschichtwoche stand er um halb fünf auf. An solchen Abenden – wenn Mutter bei einer Nachbarin war oder auf einer Elternversammlung – machte ich meine ersten Erfahrungen mit Alkohol. Am besten schmeckte der Schaum. Paul Lustig hat es nie erfahren, ich putzte mir immer gleich die Zähne.

Ob die Krankenschwestern den Patienten die Hände in weiser Voraussicht so dekorativ auf dem Tuch ausrichteten, um später weniger Arbeit zu haben, wenn es galt, den Leichnam in eine feierliche Positur zu rücken? Vater hatte lange Fingernägel. Ich streichelte seine Hände, seinen Kopf. Als Kind hatte ich es getan, wenn wir auf dem Teppich kämpften und er seinen Körper auf mich wälzte, plump und schwer wie ein Seelöwe, mich unter sich begrub, ohne mir weh zu tun, um dann, von meiner Faust geschlagen, nach hinten zu kippen, auf den Rücken zu fallen, ächzend k. o. zu gehen, ein Fleischberg, dem ich durch das zerzauste Haar fuhr, verlangend, er solle sofort noch einmal versuchen, mich zu besiegen.

Die Tür wurde geöffnet. Ich putzte mir die Nase. Eine Krankenschwester machte sich an den Apparaten neben dem Bett zu schaffen. Auf dem Monitor blinkte die Herzfrequenz. Die Schwester richtete seinen Oberkörper auf, um das Kopfkissen aufzuschütteln. Ihr Blick forderte mich auf, ihn zu halten. Klare blaue Augen. Ich umklammerte Vaters Schultern. Sein Körper, dünner als früher, war warm, doch ohne jeden Geruch. Nachdem die Schwester die Beutel mit den Infusionslösungen gewechselt hatte, verließ sie wortlos den Raum. Ich wußte nicht, was die Ärzte in den Unterarm meines Vaters einleiteten. Schmerzstillende Mittel? Hatte er Schmerzen? Wir hatten nie viel geredet, Vater und ich, früher nicht und in den letzten Jahren noch weniger. Lag es daran, daß wir uns nichts zu sagen hatten, oder an unseren Charakteren? (T. behauptet, ich sei verschwiegen wie ein Partisan und verschlossen wie eine Auster. Sicherlich hat sie recht.) Ich räusperte mich.

»Vater«, sagte ich, »ich bin hier, Mutter und die Mädchen sind noch in Ungarn und auf den Kanaren. Sie wollten dich mitnehmen. Aber du hast dich geweigert.«

Was sollte ich noch sagen? Vielleicht war jetzt die letzte Gelegenheit. Der Arzt hatte salomonisch geantwortet, es könne Stunden dauern oder ein paar Tage. Keine Wochen.

»Du wirst mir fehlen, Vati.«

Ich hatte ihn ewig nicht mehr Vati genannt. Das Wort wies mich unwiderlegbar als Ost-Kind aus, Mutti und Vati, das waren die biederen Seiten der *Republik*.

Im Schwesternzimmer fand ich die Kleine mit den blauen Augen im Gespräch mit einer älteren, kurzhaarigen Kollegin. Ich fragte nach einer Nagelschere. Die Blauäugige aß einen Pfirsich, legte den Kern auf einen Teller, wusch sich Mund und Hände, trocknete sich die Finger und öffnete ein Schubfach.

Wieder im Zimmer, begann ich Vaters Fingernägel zu schneiden. Er hatte sie stets kurz getragen, seiner Auffassung nach waren Männer mit langen Nägeln entweder schwul oder zu faul zum Arbeiten. In mancher Hinsicht blieb er ein richtiger Prolet. Mir schien, als röchelte er leiser, wenn ich seine Hände berührte. Die Nägel waren hart, die

Schere stumpf. Die Nagelstücke landeten auf der Bettdecke. Unter dem Fensterbrett stand ein Abfalleimer. Ich saß auf dem Bett, in der hohlen Hand die abgeschnittenen Fingernägel meines Vaters, unfähig, sie in den Müll zu werfen. Es war vollkommen idiotisch. Ich nahm ein Papiertaschentuch, wickelte die Fingernagelsplitter hinein, steckte den Zellstoff gefaltet in die Hosentasche. Wahrscheinlich würde ich das Ganze demnächst wegwerfen. Mutter hatte meine ausgefallenen Milchzähne jahrelang in einer Streichholzschachtel aufbewahrt und mir geschenkt, als ich achtzehn war.

Wie spät es wohl war? Ich schaltete den Fernseher ein, der unter der Decke hing. Auf keinem Sender war die Uhrzeit zu erkennen. Auf dem Sportkanal lief ein Spiel aus der italienischen ersten Liga. Lazio Rom führte gegen Genua. Zwei zu null. Zuschauer warfen Flaschen und Klopapier auf den Rasen. Vaters Augen waren geschlossen. Das Spiel ließ ihn gleichgültig. Die schönsten Dribblings und Fallrückziehertore konnten den Fußballfanatiker Paul Lustig, den Aktivisten der ersten Stunde, den verdienten Eisenbahner des Volkes, nicht mehr aus dem Koma zurückholen.

In der Werbepause muß ich eingeschlafen sein. Als ich erwachte, strippte im Fernseher eine vollbusige Federballspielerin auf einem Badmintonfeld. Sie klemmte sich den Schläger zwischen die Schenkel. Ich sah ihr zu, während ich Vaters Hand hielt.

Am Morgen, kurz nach fünf, war er tot. Ich habe seine Fingernägel in die Schachtel zu meinen Milchzähnen gelegt. Mutter und meinen Schwestern habe ich davon nie erzählt, auch meiner Frau nicht oder meiner Tochter, sogar T., der ich am meisten erzählte, verschwieg ich diesen Teil der Geschichte.

5. GOETHE 44 (26. MÄRZ 2004)

Das schöne an einer Glatze war, daß man sich die Fettfinger daran abwischen konnte, wenn man mit den Händen aß, ohne sich die Haare schmutzig zu machen. Man sollte dies Geständnis nicht als weiteren Beweis des Verfalls meiner Umgangsformen werten – obwohl sich gerade bei allein lebenden Männern mittleren Alters der Prozeß der Degeneration in galoppierender Geschwindigkeit vollzieht –, es gab eine Handvoll Gründe, die mir diese Methode der Nahrungsaufnahme nahelegten. Erstens waren die Eßstäbchen in der letzten Nacht dem Fegefeuer zum Opfer gefallen, als es galt, die letzten zweihundert SSS-Karten in den Äther zu schicken, zweitens lehne ich es grundsätzlich ab, asiatisches Essen mit Metallbesteck zu vertilgen (vermutlich vertragen sich die Eisen-Ionen nicht mit den fernöstlichen Gewürzen), drittens war Nummer 40 Hühnerbrust, doppelt gebacken, also Geflügel, ergo nach deutschen Anstands- und Benimmregeln mit bloßer Hand zu verzehren, viertens hatte ich als urzeitlicher Höhlenbewohner Anrecht auf archaisches Verhalten, und fünftens lohnte das bißchen Reis, das mir zum Frühstück geblieben war, nicht, einen Löffel oder eine Gabel abzuwaschen (sauberes Besteck war längst nicht mehr vorhanden, mit den Lebensmitteln ging das Geschirrspülmittel zur Neige, der Politikstudent hatte das Zusammenfallen beider Defizite scheinbar exakt kalkuliert). Ein neuer Tag war angebrochen. Die getrocknete Wäsche roch nach Lagerfeuer. Besser als Schweißgeruch. Falls ich der Einladung folgen sollte, würde ich das schwarze Hemd anziehen, schwarze Hosen, schwarze Schuhe. Zorro, der Rächer der Erniedrigten und Beleidigten (ehemals verfolgt unter dem Terminus Literaturwissenschaftler).

Die Erinnerung an meinen Beruf trieb mich an den Computer. Ich öffnete eine neue Datei. Der blinkende Cursor schien zu rufen: Gib's mir, Darling, laß mich tanzen, hit me,

Baby. Aber warum? Sollte es mir nicht gelingen, D. von seinem Vorhaben abzubringen, würde ich mein Buchprojekt zurückziehen, bei Petra und meiner Ex-Frau ein Darlehen erbitten und den Vorschuß zurückzahlen, um als Deutschlehrer nach Usbekistan zu gehen, eine Stelle in Buchara, die mir der *Austauschdienst* angeboten, ich jedoch abgelehnt hatte, da ich jeden Morgen mit dem Hubschrauber zum Unterricht gebracht werden sollte. Gesetzt jedoch, ich würde mein Ziel erreichen und den Entertainer, mit Hilfe des diabolischen Plans meiner Lektorin, bewegen, die Finger von meinem Manuskript zu lassen, hielte mein Verlagsleiter Wort, indem er es ohne Kommentar druckte? Er schien von seinem Vorhaben, mich mit D. zu verkuppeln, euphorisiert, er feierte das Unternehmen als *post-postmodernes Marketingkonzept*. Ehe er die Idee fallenließ, würde er einen anderen Werbeträger suchen, eine Kopie der Kopie, einen Ersatzmann, der womöglich noch furchtbarer wäre als D. Wer sollte das sein? Der Musikproduzent war die Inkarnation des Schrecklichen. Wenn ich den Termin bei ihm wahrnahm, dann nicht, weil ich in den Canossagang Hoffnungen setzte, mich reizten nur das Spiel und die Verlockung, die Wohnung des Politikstudenten für ein paar Stunden verlassen zu dürfen.

Sollte D. ein Spieler sein, könnte das Aufeinandertreffen spannend werden, wahrscheinlich aber war er nur ein gewiefter Profitjäger. Beide Charaktere – sah man sie als solche an – verband eine Reihe innerer Gemeinsamkeiten, sie entstammten einer Familie. Der Spieler war das erwachsene Kind, das sich standhaft der Wirklichkeit verweigerte, der Geschäftsmann der vom Markt unter Vertrag genommene Hasardeur. Der eine spielte aus Selbstzweck und genoß – behaftet mit dem Stigma der Lächerlichkeit, das Infantilität bedingt – das Selbstbild, Künstler zu sein, der andere nutzte Technik, Geschick, Talent einzig, um Gewinn zu erzielen, und stilisierte sich als Lebenskünstler. Zwischen Spielern und Spekulanten herrschte, wie zwischen Orthodoxen und Renegaten, das Gesetz der Verachtung. Jeder erblickte im anderen seine Schattenseite, die unentwickelte andere Lebensmöglichkeit, und mußte ihn folgerichtig hassen. Wie hatte es K. so treffend formuliert: Es ist nötig, seinen Feind zu kennen, damit man ihn vernichten kann. (Die Sentenz klang tschekistisch, konnte aber ebensogut aus Machiavellis *Fürst* oder den von Schopenhauer übertragenen *Handorakeln* Pater Gracians stammen.)

Mich ergriff ein Verdacht. Sollte hinter D.s Interesse an meinem Manuskript mehr stehen als ein Werbegag? Glaubte der Erfolgreiche, sich die Unschuld, die er im Kampf gegen mich (und meinesgleichen) verloren hatte, zurückholen zu können, indem er mich (und mein Vorhaben) unterstützte? Perfider Gedanke. Wer nicht wußte, wohin mit seinem Geld, den verlangte es am Ende nach einer Moral, damit er seinen Reichtum in Seelenruhe genießen konnte. Der Gaukler wollte sich von seinen Sünden freikaufen, und Schiller, dafür hatte er, clever und fuchsschlau, wie er war, eine feine Witterung, war für solchen Ablaßhandel das ideale Objekt.

Hatte ich den Komiker unterschätzt? Wenn K., deren Menschenkenntnis ich vertraute, in ihm keinen Kretin sah, hatte das etwas zu bedeuten. Diente ihm das dummdreiste Grinsen nur als perfekte Maske? Wäre er nur ein schlichter Idiot, wie könnte er meinem Haß eine derart schillernde (sic!) Projektionsfläche bieten? Unmengen anderer Schwachköpfe ließen mich völlig kalt. Dabei erregten meinen Ekel – der allerdings körperlich spürbar war – weniger seine Kompositionen, Shows und Interviews, die ich im Grunde kaum kannte, als vielmehr die Schamlosigkeit seiner Vermarktungsstrategie. Würde D. an seine Produkte geglaubt haben, hätte ich ihn tolerieren können. Er aber verscherbelte Dreck, den er für solchen hielt. Ein zynischer Schrotthändler, bewundert und zum Idol erhoben, als lebender Beweis dafür, daß man nichts in der Birne haben muß, um erfolgreich zu sein. Die Leute liebten ihn, weil er ihnen etwas aufschwatzte, was sie nicht brauchten. Seine Kunden kauften weniger ein Produkt als das als Bonus mitgelieferte Gefühl, sie könnten das gleiche wie er erreichen. Der Produzent war – ohne daß er den Status für sich reklamierte – ein Globalisierungsideologe auf provinzieller Bühne. Braungebrannt und durchtrainiert, imitierte er den Typus Kolonialherr: weißer Mann, der den Eingeborenen billige Murmeln andreht, um an Edelmetall zu gelangen.

Längst ging es nicht mehr um die Herstellung und den Vertrieb von Gegenständen mit Gebrauchswert, Haltbarkeit und Schönheit. Der Ware-Geld-Kreislauf mußte verkürzt werden. Die Dinge durften nur so lange funktionieren, bis der fliehende Verkäufer um die nächste Ecke gebogen war. Man löste den Sollbruchverbrecher vom Pranger, um ihn zum Mitglied im Rotary Club zu berufen. Während Politiker, Theologen, Ethiker, Lehrer, Lyriker, Fußballschiedsrichter und andere Modenarren des Überbaus die allgemeine Blöße noch mit den halbseidenen Mäntelchen höherer Werte zu bedecken suchten, ging D. daran, die Wahrheit gelassen auszusprechen: Der König ist nackt. *Es herrscht der Erde Gott, das Geld*, wie Schiller im Gedicht *An die Freunde* singen ließ. Und zwar als absoluter Monarch, als Weltherrscher, inthronisiert, geadelt und bejubelt von der parlamentarischen Demokratie. Majestät Mammon. Dekret Nummer 1: *It's money that matters*.

Der Entertainer ernannte sich selbst zum Guru aller Lottospieler. Gott war der Jackpot. Dabei gaben die meisten Kirchgänger ihre Scheine Woche für Woche nicht in der Hoffnung ab, tatsächlich das große Los zu ziehen. Die Chancen gingen gegen Null. Man spielte nicht, um zu gewinnen, sondern um den Glauben nicht zu verlieren, das Leben könnte sich noch einmal grundlegend ändern. Diese Illusion pflegten die Tipper bis in den Tod. (Tatsächlich änderte sich erst mit dem Ausgang, dem Exitus, Grundlegendes. Im Prinzip war das Sterben also der Hauptgewinn, die Superzahl, auf die das ganze Leben hinzielte.)

D. dagegen war kein Phantom, er *verkörperte* die Möglichkeit einer Wende im Diesseits, das Prinzip Hoffnung für soziale Randgruppen. Der Komiker war, wenn der blasphemische Gedanke gestattet ist, die Fleischwerdung des Geldgottes und schauspielerisch begabt genug, um diese Art Heiland überzeugend zu markieren. »Ihr seid wie ich, und ich habe es geschafft«, rief er seinen pauperisierten Jüngern zu, »habt Mut, kauft mich, denn ich brauche euch, obwohl mir euer Schicksal am Arsch vorbeigeht.« Diese Botschaft war nicht unbedingt die fröhlichste seit der Bergpredigt, doch entsprach sie der Lage, und, was entscheidender ist, sie ergriff die Massen mit der ganzen Wucht der materiellen Gewalt.

Was nützte es dem Maschinenschlosser aus Großräschen, Mitte Fünfzig, im Vorruhestand, wenn er sich Albert Einstein zum Idol wählte, ein Genie, das in Formeln sprach, oder Johann Christoph Friedrich Schiller, der im Alter von fünfundvierzig Jahren starb, der Frührentner würde nie an diese Geistesriesen heranlangen. An ihnen konnte er nur verzweifeln. D. war ein anderes Kaliber, Erfolgsmensch in Augenhöhe, ein bißchen geschmacklos, ein bißchen frivol, Weiberheld, schneller Autofahrer, immer gut gelaunt, nie kompliziert. Welcher Fernsehzuschauer ahnte schon, daß hinter dem grinsenden Sonnyboy ein eiskalter Rechner steckte, der sich über die Schafsköpfigkeit seiner Bewunderer ins Fäustchen lachte.

Für den heutigen Tag plante ich einen Ausflug ans Meer, zur Halong Bay. Die Hauptstadt war einfach ein zu heißes Pflaster, überall wimmelten Beobachter. Liane schien meine Briefe aus Hanoi an den Parteivorstand weitergeleitet zu haben, der seinerseits die Basis zu einer regen und kritischen

Aussprache aufforderte. Der Forschungsauftrag lautete: Nenne und beschreibe den kürzesten Weg vom Hoa-Binh-Hotel zum Literaturtempel. Herbert, der Kulturattaché a. D. (troubadour@gmx.de), bemühte sich in einer sechsseitigen Analyse um den Nachweis, ich sei eine *völlig unmögliche Strecke* gelaufen oder müsse blind sein, die Altstadt nicht wahrgenommen zu haben. Der Mann war ebenso kenntnisreich wie rechthaberisch, eine Kopplung, die mir gefährlich werden konnte. Er listete gleich eine Reihe von *Ungereimtheiten* auf – wie er es nannte –, die aufzuklären er mich *dringend* aufforderte. Sein Tonfall ließ keine Widerrede zu, wahrscheinlich hatte er in seiner aktiven Dienstzeit nicht nur kulturelle Missionen betreut. Er lebte noch immer in dem Gefühl, ein Kommando zu führen. Ich beschloß, alle Fragen und Kritiken zu ignorieren, indem ich vorgab, zwar E-Mails verschicken, jedoch keine empfangen zu können. (Dabei konnte ich mich auf einen Streit mit einer Internetfirma berufen, deren Mitarbeiter mir über einen gewissen Zeitraum die Hälfte meiner Post unterschlagen hatten.) Angriff ist immer die beste Verteidigung. Ich verfaßte einen empört klingenden Brief an meine Lieblingsschwester, in dem ich drohte, sie laufe Gefahr, ihren Favoritenstatus zu verlieren. Bekäme ich nicht umgehend Nachricht, sähe ich mich gezwungen, die Korrespondenz einzustellen und ihr die Reportage über den anstehenden Trip zur Küste zu verweigern.

Die Bucht von Halong, Unesco-Kulturerbe, war zwei Autostunden von Hanoi entfernt. Kreidefelsen im Meer. Ich kannte circa zwanzig Fotos und Schilderungen von Sonnenuntergängen. So eine Attraktion würde man mir gerade noch zutrauen. Während ich rücklings auf der Auslegware lag und Luftfahrrad fuhr, um die Oberschenkelmuskulatur zu kräftigen, skizzierte ich die bevorstehende Expedition. Sollte ich die bei Onkel Ho geknüpfte Beziehung zur Holländerin ausbauen? Eine Reisebekanntschaft eröffnete seit Tacitus jedem Journalisten unschätzbare Freiräume. Man verringert die Gefahr, im Labyrinth der Ethnologie verlorenzugehen, und ist, wann immer einem zu Land und Leuten nichts mehr einfällt, befugt, auf das Exerzierfeld menschlicher Allgemeinplätze auszuweichen.

Fünfzig Sit-ups brachten mich aus der Puste. Erhöhter Puls, ich war schlecht in Form. Ich mußte mich vorsehen, meine Kräfte einteilen, die Herzen der Lustigs hatten von der Stiftung Organtest nur das Prädikat *Ausreichend* erhalten.

Die abendlichen Spaziergänge durch die Gassen der Altstadt von Hanoi, notierte ich in mein Reisetagebuch, seien voller Poesie, aber nichts für mein lädiertes Knie. Ich bräuchte dringend etwas Erholung. Antje, die Frau aus Groningen, die ich am Abend besuchte – wir tranken ein paar Gläser vietnamesischen Rotwein –, fragte, ob ich sie und ihre Schwester (der es wieder besser ging) begleiten wollte, in ihrem Minibus sei noch ein Platz frei. Treffpunkt wäre um sieben Uhr morgens vor ihrem Hotel.

Oft gingen körperliche und geistige Verwahrlosung Hand in Hand. (*Wann wir schreiten Seit an Seit / Und die alten Lieder singen.*) Ich fühlte mich nutzlos und schlaff. Die Woche in der Wohnung kam mir vor wie ein Monat. Man sollte alle potentiellen Straftäter, also jeden Menschen, im Vorschulalter prophylaktisch ein paar Tage lang einsperren, das würde manchen davor bewahren, vom Pfad der Tugend abzuweichen. Schlimmer als das peinigende Gefühl, Lebenszeit zu verlieren, war die öde Langeweile. Der *Alte* hatte das *Philosophische Gespräch aus dem Geisterseher* bis zu einer visionären Frage getrieben, indem der diskutierende Prinz sich erkundigte, wie die Zukunft des Arbeiters aussähe, wenn *nichts mehr für ihn zu arbeiten sein* würde, was mit dem Menschen geschehe, *wenn er nicht mehr zu brauchen wäre*? Der Erzähler ließ mit einer Phrase antworten, die gut in den Mund eines modernen Wahlkämpfers paßte: *Man wird ihn immer brauchen.* Darauf replizierte der Prinz mit feinem Lakonismus: *Auch immer als ein denkendes Wesen?* Die Frage stand im Raum, visionär und bedrängend. Die Debatte war ausgereizt. Bis zum unmoralischen Scheidepunkt, wo menschliche Handlung den Menschen überflüssig machte. Eine Conclusio, die an den ethischen Grundsätzen des Dichters rüttelte, der folgerichtig, ohne die streitbare Äußerung zu tilgen, den Dialog (und die Erzählung oder den fragmentarischen Roman) abbrach, indem er einen gesichts- und namenlosen Besucher auftreten ließ. Schiller hatte ein heißes Eisen berührt und zuckte erschrocken zurück. Der Text, 1789 bei Göschen veröffentlicht, war eine Beschreibung vorrevolutionärer Lage. Rebellion oder Resignation, Aufhebung der Entfremdung oder Einrichtung in den prosaischen Verhältnissen? Heute, zweihundert Jahre danach, waren keine Einzelwesen, sondern Massen von Individuen als *denkende Wesen* nicht mehr gefragt, sie spielten nur noch als Konsumenten eine Statistenrolle, nur so lange, als Staatswesen existierten, die jene *fleißigen Sklaven* (inklusive der erwerbslosen) mit einer Grundsicherung versahen, die von den sich dezimierenden Gewinnern abgeschöpft werden konnte. So lief die Maschine. Nach dem Kollaps der Sozialbürokratie hatten es sich die Ideologen (dieser angeblich ideologiefreien Zeit) zu ihrer ersten Aufgabe gemacht, der Welt den historischen Augenblick als *ultima ratio* und letzte Zuckung der Geschichte zu verklickern. (Der Oberclown, Francis Fukuyama, war ein zum Philosophen gemauserter ausgedienter Mitarbeiter des US State Departement mit Hang zum Propheten.) Die Strategen der neuen Heilslehre wußten (wie alle ihre Vorgänger) um die tönernen Füße, auf denen ihr Ideengebäude stand. Der Einsturz war kalkuliert. Eh das Kartenhaus zusammenbrach, würden die Sänger der *Ode an die Freiheit* (Schiller, verballhornt vom guten alten Bernstein, Leonard, nicht

Eduard, dem Eisenbahnersohn, für den die Bewegung alles und das Ziel nichts war) an seiner Vermarktung genug verdient haben, um von den Zinsen zu leben und sich zur Ruhe zu setzen. Hauptsache, der Aktienmarkt blieb stabil. Die Politiker waren längst mit ihrem Kleinen Latinum am Ende. Mit der Ware Wahrheit waren keine Wahlen zu gewinnen. (O stolzer deutscher Stabreim, steh mir bei!) Was sollten sie den Stimmberechtigten erzählen? Daß die Erwerbslosenrate nie mehr sinken würde – und wenn, dann nur, weil die Bevölkerungszahl insgesamt abnahm –, daß hingegen der Verfall der Realeinkommen und Renten garantiert einträte – irgendwie müßte der Wirtschaftsstandort ja gerettet werden –, daß jeder Bürger auf seine private Vorsorge, doch niemand auf die Stabilität der Grundstückspreise setzen sollte, daß sich, ganz nebenbei, das Klima drastisch verändern, die Versicherungsgesellschaften ihre Garantieleistungen einschränken, das Fernsehprogramm einfältiger und teurer, die Fußballnationalmannschaft jedoch teurer und erfolgloser werden würden? Daß die Wahrscheinlichkeit, es könnte in den nächsten hundert Jahren ein Medikament gegen Krebs erfunden werden, geringer anzusetzen war als die eines Atomkriegs, daß auch friedliche Kleinstädte wie Stralsund und Witzenhausen damit rechnen konnten, bei Terroranschlägen nicht zu kurz zu kommen (und nicht etwa, weil man in ihren Stadtplänen noch immer vergeblich nach einer Schillerstraße suchte). Welcher Politiker trat gern mit Hiobsbotschaften und Kassandrarufen vor die versammelte Presse? Die Aussichten waren entsetzlich, gut, okay, einverstanden. Wer sagte, daß sie irgend jemand hören wollte.

Aus dem Blickwinkel der Staatsräson waren Glücksritter wie D. unentbehrlich, die Innenministerkonferenz hätte Leute wie ihn erfinden müssen. Doch war solche Initiative überflüssig. Das System schuf, sehr zum Ärger meiner Schwester Liane und ihrer Genossen, im Verlauf seiner Erosion Abwehrstoffe, Antiviren, Stabilisatoren. D. war so ein

Parasit, der den Verfall begleitete und gleichzeitig bremste, ein schwarzes Loch, das Energie schluckte, positive und negative, Zuneigung und Aversion, die nicht mehr für andere Aktivitäten einsetzbar war. Sein Einfluß auf die Jugend war verheerend. Nicht, daß er ihren Geschmack verdorben hätte, da war nicht mehr viel zu zerstören. Ästhetisch befand sich der Produzent längst hinter dem Mond, auf der Verliererseite. Die meisten Teenager ließ sein Popschrott gleichgültig. Dennoch schaffte er es, zum Vorbild aufzusteigen, unabhängig von seiner Profession, egal, ob man ihn mochte oder verachtete. Ich erinnerte mich eines Abends, als ich, einen Aufsatz meiner Tochter in den Händen, dem Kind vorhielt, es müsse endlich anfangen, ernsthaft zu lernen (Rike ging damals in die sechste Klasse), müsse sich bilden, um später bessere Möglichkeiten zu haben, der Arbeitsmarkt (ich benutzte tatsächlich das abgedroschene Wort) sei ein Kampfplatz (für den privaten Frieden!), eine Arena, nur die Besten, Intelligentesten, Gewitztesten (ich sagte nicht Rücksichtslosesten, dachte es aber) hätten eine Chance, kurz, ich spulte den gesamten Katalog des Entsetzens ab, versuchte durch Katharsis im jugendlichen Gehirn geistige Reserven und Tatendrang zu mobilisieren, eine zehnminütige sauertöpfische Strafpredigt, die ich nur hielt, um mir später, wenn nichts mehr zu ändern sein würde, sagen zu können, ich hätte nichts unversucht gelassen. Meine Ansprache ließ ich mit dem frommen Wunsch ausklingen, sie möge wenigstens mehr lesen, wenn sie schon nicht lernen, lernen und nochmals lernen wolle, was ihr eigentlich anstünde. Letzteres sei Leitspruch eines Mannes gewesen, den man in der heutigen Schule nur noch in Verbindung mit revolutionärem Terror erwähnte, eine Reduktion, die nichts an der Tatsache ändere, daß ihm gelegentlich ein kluger Gedanke unterlaufen sei. Als ich erschöpft ins Schweigen fiel, sah mir meine Kleine in die Augen und erklärte: »Aber Papa, du machst den ganzen Tag nichts anderes als lesen und weißt fast alles, was im Lexikon steht« (sie meinte ihr Kinder-Lexikon, nicht den zwanzigbändigen Brockhaus), »und obwohl du so klug bist, hast du keine Arbeit.«

»Ja und? Was willst du mir damit sagen?«

Ich bemühte mich um eine ruhige Stimme, ihre Bemerkung – die ja unzweifelhaft wahr war – hatte mich zutiefst verletzt. (Denn zu wissen, daß man versagt hat, ist das eine, und diese Erkenntnis aus einem anderen Mund zu hören, ist etwas anderes.)

»Nichts«, antwortete mein Kind mit berückender Aufrichtigkeit, »bloß sind die Leute, die du haßt, andauernd im Fernsehen, verdienen sich, wie du immer sagst, dumm und dämlich und fahren schnelle Autos, obwohl sie ausgesprochen schlechte Schüler waren und als Kinder nicht gelesen haben.«

Ehrlich gesagt, fiel mir keine Entgegnung ein. Übrigens hat A. den Vornamen unserer Tochter nie favorisiert, sie wollte sie Lene nennen oder Maja. Ich habe mich damals durchgesetzt. Daß sich meine Frau dazu überreden ließ, rechne ich ihr noch heute hoch an. Unsere Tochter heißt wie meine zweitälteste Schwester, Erika. Wir nannten sie aber immer nur Rike.

Obwohl zwei Jahre jünger als Monika, war Erika seltener als diese zu Hause und wirkte erwachsener. Sie ging auf die Sportschule, stand am Morgen mit den Eltern auf und kam meist erst gegen Abend vom Training. Nur sie, kein anderes Familienmitglied, hatte im Armdrücken gegen Vater eine Chance. Ich reichte damals mit dem Kinn gerade bis zur Tischplatte. Beide saßen sich gegenüber, an der Ecke des Küchentischs, die Ellenbogen auf die Wachstuchdecke gestützt, Gesicht an Gesicht, daß sich die Nasenspitzen fast berührten, Vater im Turnhemd, mit Trainingshose, Erika in ihrem Kugelstoßertrikot mit dem Emblem des SC Dynamo auf der Brust. Am Herd stehend, gab Mutter das

Startzeichen. Die Oberarmmuskeln spannten sich, die Kontrahenten hielten dem Druck stand, warteten ab, ohne zu versuchen, die Hand des Gegners umzudrücken. Sie lächelten, um sich, dem anderen und dem Publikum zu zeigen, daß es ein Kinderspiel war. Es war ein stummes Kräftemessen und erinnerte mich an die Ringkämpfe in russischen Märchenfilmen. Irgendwann verlor einer – selten der Sieger – die Geduld und begann die Attacke, Erikas pausbäckiges Gesicht lief rot an, die Adern traten aus der Stirn, Vaters Lippen zitterten vor Anstrengung. Sie schenkten sich nichts, und wir, die Zuschauer, achteten peinlich genau auf die Einhaltung der Regeln. Wer mit den Schenkeln am Tischbein Halt suchte oder gar den Oberkörper als Druckmittel einsetzte, wurde ermahnt und, im Wiederholungsfall, vom Schiedsgericht disqualifiziert. Natürlich gab es regelmäßig Streit, Vaters Aktionen wurden von uns Kindern besonders kritisch kommentiert, da wir alle wollten, daß Erika einmal – und sei es nur durch ein technisches K. o. – gewann, aber durch Worte war das Familienoberhaupt nicht zu bezwingen. Er schmetterte alle verbalen Angriffe ab, unterstellte den Unparteiischen Befangenheit und forderte von Mutter, als neutraler Macht, ein schlichtendes Urteil, welches sie bereitwillig gab, erklärend, der Wettkampf ende unentschieden, der neue Familienmeister im Armdrücken sei daher der alte, Paul Lustig, verdienter Reichsbahner des Volkes.

Er wurde an einem Wintertag entthront. Ich kam von der Eisbahn und erfuhr, noch in der Wohnungstür stehend, Erika und Vater würden seit 15 Minuten kämpfen, ohne daß einer der Kontrahenten einen Vorteil hatte erringen können. Ich stellte mich zu den Zuschauern, ohne den Anorak abzulegen, die Pudelmütze in der Hand, über die Schulter die Schlittschuhe gehängt. (Immer wenn ich später im Radio vom *Gleichgewicht des Schreckens* reden hörte, erinnerte ich mich jener Szene in der Küche.) Erika hatte die Taktik geändert, sie setzte auf Ausdauer statt auf schnelle Überrumpelung. Vater entschloß sich, als er spürte, wie die Kräfte schwanden, eine Entscheidung zu erzwingen. Er glaubte die Tochter einen Moment unaufmerksam und befahl seinem Gehirn, alle Restenergie in den Bizeps zu lenken. Der Angriff kam plötzlich, hart, entschieden – und prallte ab. Der Arm der Kugelstoßerin bewegte sich um keinen Millimeter. Er war wie aus Beton. Erikas Antwort erfolgte prompt. Sie blickte Paul Lustig frech ins Gesicht und begann zu drükken. Zwar hielt er bis zu einem Winkel von 45 Grad dagegen, dann brach der Widerstand, und sein Handrücken landete schlaff auf dem karierten Tischtuch. Ich hätte am liebsten gejubelt, doch seltsamerweise klatschte niemand Beifall. Es herrschte Stille. Nur der Wecker auf dem Kühlschrank tickte monoton. Erika hielt die Hand des Vaters noch immer fest, als wollte sie erst das Urteil des Schiedsrichters abwarten.

»Gratuliere«, sagte Vater, »wir haben einen neuen Champion, aber ich bestehe auf einer Revanche.«

Wenige Tage später, als mich Mutter in den Keller schickte, um Vater zum Mittagessen zu holen, traf ich ihn, der vor einer guten halben Stunde mit Eimern hinuntergestiegen war, mit Eisengewichten in den Händen an. Neben dem Regal mit den Einweckgläsern stehend, zeigte er auf die beiden Hanteln. Ob ich sie haben wollte, zum Krafttraining? Nein, sagte ich, das wäre nichts für mich. Er solle sie besser Erika schenken. Vater nickte resigniert und begann die Eimer mit Briketts zu füllen.

Ich war stolz, eine so starke Schwester zu haben. Äußerlich machte sie nicht viel her, war keine Schönheit, hatte eine schreckliche Figur, meine Freunde lästerten über sie, nannten sie *Pferd*, *dicke Kuh*, obwohl sie nicht fett war, nur muskulös. Waren wir im Sommer im Schwimmbad Oberspree, wo Ausflugsdampfer dicht an den Badenden vorbeifuhren und schöne Wellen machten, ließ mich Erika in ihre Handflächen steigen und schleuderte mich über ihren Kopf hinweg in den Fluß. Niemand flog höher hinaus als ich, auch nicht die Kinder, die einen kräftigen Vater oder großen Bruder hatten.

Zu dem vereinbarten Rückkampf im Armdrücken ist es meines Wissens nicht gekommen. Erika wurde zwar nie, wie Mutter gehofft hatte, Olympiasiegerin, den Familientitel aber behielt sie auf Lebenszeit.

Hätte der Sportarzt Erikas Herzklappenfehler früher erkannt, wäre ich niemals in diese Wohnung geflohen, dachte ich, in die Fenster des Seitenflügels starrend, vielleicht würde ich, wie ich es vorhatte, tatsächlich Meteorologe geworden sein, Gynäkologe oder Artillerie-Offizier, später Gebrauchtwagenhändler? A. wäre mir nie begegnet, Rike würde älter sein oder jünger, ein anderes Gesicht, einen anderen Namen tragen, eventuell Geige spielen, statt Bauchtanz zu trainieren, Mutter wäre noch am Leben, vielleicht sogar Vater, ich würde mich nie in T. verliebt haben, hätte Erika Lustig die Goldmedaille von Montreal gewonnen und nicht die Bulgarin Iwanka Christowa mit einer Weite von 21,16 im dritten Versuch.

Nach der Beerdigung waren die Eltern zu sehr mit sich selbst beschäftigt, um die Veränderung wahrzunehmen, die mit ihrem Sohn vor sich ging. Es fiel ihnen nicht auf, daß ich mich wieder in mein Zimmer zurückzog. Mutter, die sich im Betrieb beurlauben ließ, bis sie erkannte, daß Isolation die falscheste Methode war, um über den Verlust hinwegzukommen, war glücklich, möglichst viele ihrer Kinder in der Nähe zu wissen. Wer mich beobachtete, mußte denken, mich ginge das ganze Trauerspiel nichts an. Ich habe nicht geweint, sprach wenig, schloß die Tür hinter mir, drehte meine Musikanlage auf, aus den 25-Watt-Boxen dröhnte Jimi Hendrix' Gitarre. Vater trat ein, lief zum Verstärker, stellte den Ton auf Zimmerlautstärke. Er sah an mir vorbei, ging wieder hinaus. Die Stimmung war gespenstisch, trotz der Sommerhitze wirkte die Wohnung kalt. Petra und Liane blieben am Wochenende auf den Datschen ihrer Freundinnen oder trafen sich mit Verehrern aus oberen Klassen. Kamen Schulfreunde, mich abzuholen, erklärte ich, keine Zeit zu haben. Ich half Mutter, das Mädchenzimmer aufzuräumen. Erikas Urkunden und Spartakiademedaillen, die an der Wand über ihrem Bett hingen, packten wir in einen Weinkarton zu den verstoßenen Kuscheltieren.

Jahre später, als ich die Wohnung auflöste, entdeckte ich die Pappkiste mit ihren Sachen auf dem Hängeboden. Der Umzug war notwendig, die Hundert-Quadratmeter-Wohnung zu groß geworden für eine einsame Frau von einem Meter vierzig. Die *spröde Helena* brauchte Hilfe. Krankheit und Bestrahlungen hatten sie geschwächt. Ihre letzten zwei Jahre sollte sie im Gästezimmer in Petras Haus verleben. Die Schwester hat, das muß ich gestehen, obwohl sie eine Krämerseele ist und eine Nervensäge sein kann, großartig für Mutter gesorgt. Über meine eigene Leistung wage ich das nicht zu sagen. Da mein Verhältnis zu meiner neureichen Schwester schon damals nicht das engste war, besuchte ich Mutter nur selten. Ich pendelte zwischen Berlin und Weimar, steckte bis zum Hals in den Vorbereitungen für meine Habilitationsschrift (an der ich dann auch fast erstickte) und trat, um zum Lebensunterhalt meiner Familie beizutragen, in Schulen und Klubs als Rezitator auf. Die Haushaltsauflösung war eine zusätzliche Belastung. Niemand wollte die Möbel übernehmen, Küchenschrank, Liegestuhl, Doppelstockbett, alles kam auf den Sperrmüll. Ich war jedem dankbar, der irgend etwas aus der Wohnung schleppte, Bettwäsche, Geschirr, Vaters Anzüge, die mir weder paßten noch gefielen. Am Ende stand ich ganz allein in der leeren Wohnung. An der Tapete waren noch die Bleistiftstriche zu erkennen, die anzeigten, wieviel Zentimeter welches Kind gewachsen war. Ich habe nicht die geringste Ahnung, wo Erikas Nachlaß abgeblieben ist.

Oft habe ich mir die Frage gestellt, wie mein Leben verlaufen wäre, hätte sich die *Republik* nicht sang- und klanglos aus der Weltgeschichte verabschiedet. Anders als Liane sah ich die Vergangenheit ohne sentimentale Verklärung. (Sie würde diese Einschätzung nicht teilen, ihre kritische Position herausstreichen, man hätte aus den Fehlern gelernt, Stalin sei der Totengräber des Sozialismus usw. Das war graue Theorie, eine eklektische Mixtur aus politischer Ökonomie und guten Absichten. In der Praxis – nach Lenin bekanntlich das eigentliche Kriterium der Wahrheit – füllten sich ihre Augen mit Tränen, sobald im Fernsehen ein paar Takte der *Eisler-Hymne* erklangen, in Erinnerung an die übermenschlichen Leistungen ostdeutscher Schwimmerinnen, oder wenn Hammer, Zirkel, Ehrenkranz eingeblendet wurden, die Insignien des Arbeiter-und-Bauern-Staates.) Ich bin weit davon entfernt, mich nachträglich zum Gegner des *Regimes* stilisieren zu wollen, nur weil ich nicht Parteimitglied gewesen bin oder es gewagt habe, dem Genossen Lenz die Tür zu weisen. Ich handelte instinktiv, aus Bequemlichkeit, nicht aus Vernunftgründen. Stabilisierte ich nicht, im Gegenteil, das System durch meine Indifferenz stärker als meine Lieblingsschwester, die, mit dem Vorsatz, die offizielle Staatspolitik zu unterstützen, zur Verschärfung der Widersprüche beitrug und, wider Willen, die fortschreitende Erosion beförderte? (Mein Freund H., ein Regisseur und Dramaturg, fand dafür Anfang der achtziger Jahre eine schlagende These: Die radikalsten Antikommunisten sind die Kommunisten selbst, sie werden am Ende die Diktatur tatsächlich abschaffen, allerdings auf andere Art und Weise als in *Staat und Revolution* beschrieben.) Und genau so kam es dann ja auch.

Wäre die Implosion nicht erfolgt, säße ich noch immer in meiner Studierstube, hemdsärmelig, grau, weltfremd, in Manuskripten vergraben, berauscht vom Narkotikum historischer Siegesgewißheit. Ich fühlte mich auserwählt, am

Ende einer folgenreichen Kette: Ich, Ernst L., Doktorand, Sohn eines Ost-Berliner Eisenbahners, war gewissermaßen das letzte Aufgebot der Aufklärung, ein später Reim auf einen verworfenen Vers aus der *Ode an die Freude*. Der Staat, in dem ich lebte, war mir gleichgültig, doch bot er mir in seiner halbfeudalen Enge ideale Forschungsbedingungen, vergleichbar jenen, die der *Alte* so schätzte. *In diesem Sinne ist Weimar das Paradies. Jeder kann nach seiner Weise privatisieren, ohne damit aufzufallen.* Damals war mir nicht klar, was ich heute weiß: Die *Republik* war die einzig gültige Verlängerung des Weimarer Hofstaats, das letzte Refugium der Klassik. Mit dem Fall der Mauer stürzten auch Goethe und Schiller vom Sockel und traten ins dunkel.

Diese Theorie war nach der *Wende* nicht populär. Niemand wollte sie hören. Weder Links noch Rechts. Bislang hatte noch jeder deutsche Folgestaat die Säulenheiligen des Musentempels beerbt, unter Tamtam und Beteuerungen, sie würden endlich den Kreis ihrer Bestimmung betreten. Obwohl zu arrogant, mich profaner Tagespolitik zu widmen, war ich nicht blind genug gewesen, um nicht zu sehen, daß die in der *Republik* propagierten Anstrengungen, ein neues Menschenbild zu schaffen, längst gescheitert waren. Ich spürte die Veränderung kommen, ich habe sie nicht begrüßt. Man konnte mich dafür anklagen, meine Renitenz gegen jene Kräfte, die der reaktionären *Republik* die Variante der demokratischen *Reaktion* entgegenhielten, war fraglos ein Anachronismus, doch bewiesen die Ereignisse der folgenden Jahre, daß meine Skepsis begründet, meine Furcht visionär gewesen war.

Ich erinnere mich gut des Tages, als ich meinen Berliner Freund S. – heute ein erfolgreicher Publizist und beliebter Talkshowgast – in Weimar traf. Er kam aus der Apotheke in der Nähe des Marktes, ich lief den Weg vom Archiv zur Bushaltestelle. Ein Montagabend im November. Naßkalter Nebel lag über der Stadt, der Smog, der aus den

Schornsteinen fuhr, klammerte sich seit Tagen in den Gassen fest. Ich hatte S. seit zwei Jahren nicht gesehen und erkannte ihn kaum, müde, wie ich war, hatte ich mich doch im Dämmergrau des Morgens über die Bücher gebeugt und sie erst verlassen, als mich Frau Dr. R. an die Schließzeit der Einrichtung gemahnte. Er hielt mich am Ärmel fest.

»Ernst«, sagte er, »wohin gehst du?«

Trotz meiner Schlappheit und der unfreundlichen Witterung wunderte mich zweierlei, der näselnde Tonfall des Schriftstellers und die Direktheit seiner Frage. Ich hatte zehn Stunden im Jahr 1797 gelebt und war nicht geneigt, mich widerstandslos in die Schnoddrigkeit des Herbstes 1989 ziehen zu lassen.

»Schön, dich zu treffen«, gab ich zurück, »was macht deine Frau, sind die Kinder gesund, woran arbeitest du?«

Er nieste und holte umständlich eine Packung Papiertaschentücher aus der Seitentasche seiner Wattejacke, in der er aussah wie Ossip Mandelstam im Gulag in Wladiwostok. Ich registrierte, daß mein Freund *Tempo*-Taschentücher benutzte, keine in der *Republik* hergestellte *Kriepa*-Ware. Unbegreiflicher Luxus. Es war so, als ob man sich mit Westgeld die Nase putzte. S. ging nicht auf meine Erkundigungen ein, wollte jedoch wissen, ob wir uns bei der Demo sehen würden.

»Bei was?« fragte ich nach.

Mein Gegenüber, auf eine befremdliche Weise unaufmerksam, überhörte die Bemerkung, zündete sich eine Zigarette an und meinte, er würde am Abend bei den evangelischen Studenten eine Lesung durchführen, aus einem Manuskript, das der Buchverlag *Der Morgen* lektoriert, aber natürlich nicht gedruckt hätte, ein brisanter Text, ob ich nicht vorbeikommen wolle, um acht?

»Meine Tochter hat Bronchitis«, sagte ich und ergänzte, »außerdem muß ich bis morgen vierzig Seiten Kant exzerpieren.«

Er legte mir die Hand auf die Schulter, blickte mich an wie einen Schwerkranken, dem nicht mehr zu helfen war, nickte wortlos und ging. Als ich ihn das nächste Mal sah, drei Wochen später, im Fernsehen, bei einer Diskussionsrunde mit kleinlauten Vertretern der Regierung, trug er eine Lederjacke und rauchte Pfeife.

Die *Republik* war, wie sie war, eine alberne, kleingeistige, hinterwäldlerische, brutale, von Dummköpfen (gutwilligen und gemeinen) regierte, langweilige, biedere, hermetische, von fleißigen Werktätigen getragene, von arbeitsscheuen Elementen ausgenutzte, provinzielle Kommune. Sie besaß all die Fehler, die man ihr später nachwies, doch verfügte sie über ein Merkmal, das ebenso Errungenschaft wie Grund ihres Scheiterns war: Sie begrenzte das Diktat der Finanzen. Die Herrschaft des Gottes Geld war in der atheistischen *Republik* eingeschränkt, die Gegenreformation setzte erst mit der Unterwanderung durch die Westmark wieder ein und führte dann folgerichtig zur deutschen Einheit. (Es ging den Ostdeutschen wie dem Helden im Märchen vom goldenen Taler, sie ahnten nicht, was mit ihnen geschehen würde, als sie die Münzen, das richtige Geld, anfaßten.)

Um halb zehn war der Chinese noch immer nicht erschienen. Schade, der Mann hatte, wie ich mir einbildete, ein ehrliches Gesicht. Beim Lieferservice des *Goldenen Drachen* ging niemand ans Telefon. Bestimmt war die Belegschaft mit meinem 50-Dollar-Schein durchgebrannt. Das ganze Theater, das ich hier aufführte, war die Inszenierung eines Narziß, eine Schnapsidee. Ich durchlebte einen heftigen Stimmungswechsel, erst Wut (auf den Boten, mich, die ganze Welt), dann Hysterie (die in einem kurzen, bitteren Lachanfall gipfelte), schließlich Weltschmerz, der sich in eine Welle von Selbstmitleid auflöste. Der Effekt dieses Wechselbads war nicht erfrischend, sondern Erschöpfung und

Müßiggang. Auf dem Teppich sitzend, wußte ich, daß mich einzig die augenblickliche Schwäche hinderte, zur Tür und aus der Wohnung zu gehen. Das Experiment war abgeschlossen. Es brachte keine Ergebnisse, die man stolz hätte vorweisen können, es hatte nichts bewiesen, aber nebenbei eine Handvoll Bauernregeln bestätigt, z. B. *Narren wachsen unbegossen* oder *Wer gar zu viel bedenkt, wird wenig leisten.*

Meine Flucht hatte nicht erst vor einer Woche begonnen, das wußte niemand besser als ich. (Und sie würde auch nicht zu Ende gehen, indem ich die Türschwelle überschritt.) Von allen Menschen, denen ich versuchte meine Beweggründe zu erklären, hatte mich scheinbar nur T. verstanden, was um so erstaunlicher war, als sie viel jünger war als die anderen. Die meisten sahen in meiner Verweigerung nicht mehr als Prinzipienreiterei, einige wenige werden geglaubt haben, ich hätte meine Gründe, vielleicht wäre da ja doch mehr gelaufen mit dem Genossen Lenz, vielleicht hätte ich Angst, daß irgendwann einmal Akten auftauchten und die ganze Wahrheit ans Licht brächten. (Die *ganze Wahrheit*, eine Wortkombination, die mich entzückt, ein echter Diamant deutscher Kleinbürgermoral.) Monika und Petra, selbst Liane, die mich wegen meiner *Konsequenz* bewunderte, redeten auf mich ein, den Kompromiß einzugehen und meine Stelle zu sichern. Mutter und Vater fehlte für meine Handlungsweise völliges Verständnis. Es sei doch nichts dabei, solche Interviews würden jetzt überall durchgeführt. Paul Lustig erklärte, der Staat oder – er korrigierte sich – die Leute hätten das Recht zu wissen, wer sie aushorchte. Wer Dreck am Stecken habe, müsse dafür geradestehen. Dummerweise würden jetzt viele, die aus genannten Gründen in den Betrieben Kündigungen bekamen oder aus Furcht vor Enttarnung von selbst gingen, auf den Zug aufspringen und versuchen, bei der Reichsbahn unterzukriechen.

»Ernst war doch gar nicht dabei«, rief meine Mutter, »er macht es nur aus Trotz.«

Letztere Einschätzung war nicht ganz falsch. Als im Herbst 1991 an alle Mitarbeiter der Fakultät die Forderung erging, Fragebögen zur Person auszufüllen, folgte ich mehr einer instinktiven Aversion als konzeptioneller Überlegung, indem ich mich weigerte, Fragen zu meiner Mitgliedschaft in politischen Organisationen sowie zu einer eventuellen Tätigkeit innerhalb der Strukturen des ehemaligen Ministeriums für Staatssicherheit zu beantworten. Ich ließ die entsprechenden Spalten leer und gab das Schriftstück im Sekretariat ab, ohne mir über die Folgen Gedanken zu machen. Zwei Wochen später bestellte man mich zu Professor W., einem Altphilologen und Fachmann für Mittelhochdeutsch, der noch zwei Jahre bis zur Emeritierung abzusitzen hatte, einer der wenigen Lehrstuhlinhaber, der seine Professur über die Wende hatte retten können. Er war ein anerkannter Spezialist, hatte sich nie korrumpiert, war allerdings auch nie besonders gefährdet gewesen, weil von den Autoren, die ihn beschäftigten (Walther von der Vogelweide, Hugo von Trimberg, Thomasin von Zirclaere), *repu-blikfeindliche* Neuerscheinungen kaum zu erwarten waren. Der grauhaarige Mann lächelte hinter seinem Schreibtisch, wies auf den Fragebogen, der vor ihm lag, und sagte bedächtig: »Verehrter Dr. Lustig, ich glaube, Sie haben diese Rubriken nur übersehen, daher lasse ich Sie jetzt mit diesem Papier ein paar Minuten allein.«

Er wollte keine Konfrontation und erhob sich, um das Zimmer zu verlassen. Ich sagte, er befände sich im Irrtum, ich hätte die entsprechenden Auskünfte willentlich verweigert.

»Aber wieso?« fragte er, »Sie waren doch meines Wissens nicht in der Partei?«

»Das ist richtig, Herr Professor.«

»Das heißt, Sie waren ...?« setzte er an, ohne die Frage zu

vollenden. Man konnte sehen, wie sehr es ihm gegen den Strich ging, dieses unappetitliche Interview durchführen zu müssen, viel lieber wäre er zu Heinrich von Morungen zurückgekehrt.

»Haben Sie die eine Frage nicht beantworten wollen, weil Sie die andere nicht beantworten konnten?« erkundigte er sich listig.

»Wenn ich richtig verstehe, würden Sie gern wissen, ob ich ein *IM* oder Spitzel war?« sagte ich. »Die Antwort ist nein.«

»Ich glaube Ihnen«, räumte der Philologe ein, wobei ihm die Beteuerung nicht sehr überzeugend gelang. »Nur, weshalb sind Sie, wenn dem so ist, nicht bereit, die albernen Explanationen zu liefern?«

»Die Freiheit des Menschen liegt nicht darin, daß er tun kann, was er will, sondern darin, daß er nicht tun muß, was er nicht will.«

»Ein schöner Leitsatz, aber hilft uns Rousseau im Kern der Sache weiter?«

»Es mag Ihnen eigensinnig vorkommen«, sagte ich und rückte meinen Stuhl näher an seinen Tisch, so als wollte ich ihm ein Geheimnis anvertrauen, »doch seitdem der eine Staat versuchte, mir Informationen abzupressen, die ihn nichts angingen, habe ich geschworen, daß niemand, weder Person noch Institution, also auch keine Universität, Akademie oder sonstige Behörde, von mir das Recht erhält, dies zu verlangen, es sei denn, es gibt berechtigte Anschuldigungen gegen mich. Gibt es die?«

»Nicht, daß ich wüßte.«

Er schien zu überlegen, wie er weiter verfahren sollte.

»D'accord«, sagte er schließlich, »wenn dies Ihre Meinung ist, werde ich sie den verantwortlichen Gremien so übermitteln, doch glaube ich nicht, daß unser Gespräch das letzte gewesen sein wird, das man mit Ihnen in dieser Angelegenheit führt. Die Universitätsleitung ist in diesen Punkten, wie

Sie vielleicht mitbekommen haben, derzeit einigermaßen empfindlich.«

Es war ein weises Wort, gelassen ausgesprochen.

Gerade als ich mir die Schuhe band und daran dachte, daß dies ein Augenblick war, an dem einem normalerweise die Schnürsenkel reißen – eine Prophezeiung, die sich achtzehn Stunden später erfüllen sollte –, hörte ich Schritte im Treppenhaus. Der Drachen-Bote zeigte mir ein strahlendes Lächeln, aber ich lächelte nicht zurück.

»Ich heute leider spät«, sagte der Mann, der meine Laune erkannt hatte. »Brot und Käse mußte ich aus Laden holen.«

Faule Ausrede, kein Mensch brauchte zwei Stunden, um eine Packung Schnittkäse (Leerdamer ohne Löcher) und drei Bananen einzupacken. Ich zog den Chinesen in die Wohnung. Der Duft Zitronengras legte sich wie ein milder Schleier auf meine verbitterte Seele und versöhnte mich mit den Schicksalsschlägen dieses Tages. Die Aussicht, in wenigen Augenblicken eines der sechs Biere – der Bote hatte in weiser Voraussicht die Bestellung nach oben korrigiert – austrinken zu können, während ich über die Nummern 40 und 2 herfiel, verdrängte allen Ressentiments. Obwohl mir meine Gier peinlich war, öffnete ich die Aluminiumbox und kostete das Hühnergericht, indem ich mit den Fingern in den Reis griff. Dabei nickte ich dem Asiaten, den meine Tischsitten überraschten, anerkennend zu.

»Ich großen Hunger«, erklärte ich kauend und so knapp, daß Friedrich Schlegel, der frühe Fragmenttheoretiker, helle Freude an mir gehabt hätte, »ich den ganzen Tag gewartet, jetzt glücklich.«

Um meiner Begeisterung größeren Ausdruck zu verleihen, nahm ich zwei Bierflaschen, und hebelte mit dem Flaschenkopf der einen den Kronkorken der anderen vom Hals. Der Verschluß schwirrte wie ein Geschoß durchs

Zimmer und landete hinter dem Fernseher. Der Mann vom *Drachen* schüttelte höflich den Kopf, als ich ihm die Flasche anbot. (Es wäre gelogen, wenn ich behauptete, daß mich seine Ablehnung enttäuschte.) Ich prostete ihm zu und nahm einen tiefen Schluck. (Trinkend heftete ich meine Augen auf das Anti-Alkohol-Plakat aus der Sowjetzeit. *Nje pitj*, stand da in kyrillischen Lettern. *A ja budu*, entgegnete mein internationales Sprachzentrum und ließ mich die Flasche in einem Zug leeren.)

»Donnerwetter«, sagte der Bote anerkennend, ein Ausdruck, der ihn als Freund der deutschen Umgangssprache auswies.

Er legte einen Zettel auf den Schreibtisch. Eine handschriftliche Auflistung seiner Lieferung: Käse: 0, 79 Euro, Bananen: 1, 20 Euro, Bier: 3, 30 Euro, Brot: 1 Euro, Suppe Nummer 2: 1, 80 Euro, Essen Nummer 40: 4, 80 Euro, plus die unbezahlte Rechnung vom Mittwoch: 6, 90 Euro, plus die unbezahlte Rechnung vom Donnerstag: 6, 90 Euro. Machte 26, 69 Euro minus 4, 12 Euro (die Anzahlung vom Mittwoch) gleich 22, 57 Euro. Da beim derzeitigen Wechselkurs 50 US-Dollar genau 38, 67 Euro wert seien, hätte ich ein Guthaben von 16 Euro 10.

»Die Frau hat alles gerechnet, dadurch Verspätung.«

Er legte einen Zehn-Euro-Schein und eine Handvoll Münzen auf den Tisch. Beeindruckender Service. Der Mann war ein Multitalent, Gastronom, Lebensmittellieferant, Bote und Devisenhändler. Sollte ich ihm das Geld überlassen und gleich eine neue Bestellung abgeben? Die Erinnerung an meine dünne Kapitaldecke hielt mich zurück. Etwas Abwechslung in meinem Speiseplan konnte nicht schaden. Ich beschloß, in den nächsten Tagen auf asiatische Küche zu verzichten.

»Ich rufe wieder an«, sagte ich wie zum Trost und begleitete den Drachen-Mann zur Tür.

Ich stellte die Bierflasche aufs Fensterbrett und beobachtete, in der linken Hand die Assiette, in der Rechten die Gabel haltend, wie der Chinese den dunklen Hof überquerte und hinter den Mülltonnen verschwand. Das Fenster war angelehnt, der Geruch der verbrannten SSS hielt sich hartnäckig in der Wohnung, die Außentemperaturen waren frühlingshaft mild. Der Drachen-Bote hatte nicht den schnellsten Tag, er brauchte lange, um sein Schloß vom Zaungitter zu befreien. Ein Poltern ertönte, ein metallisches Geräusch. War sein Fahrrad umgestürzt? Dann vernahm ich Stimmen. Weit und breit war kein Mensch zu sehen. Männer redeten miteinander. Ein Dialog, in dem Erregung mitschwang. Die Sprecher mußten – da der Hof menschenleer war – jenseits der Ziegelmauer stehen, welche die Mülltonnen umgab und hinter der mein Lieferant vor einer Minute verschwunden war. Ich öffnete den Fensterflügel, als – durch das Geräusch aufgeschreckt? – an der Mauerecke ein Kopf auftauchte, gesichtslos, der Asiat war es aber nicht, auch sein Fahrrad war nirgends zu sehen. Ich nahm mein Bier und lief zur Tür, ins Treppenhaus. Später fragte ich mich, was ich mit der Flasche vorhatte? Sollte sie mir als Waffe dienen? Wollte ich mir Mut antrinken? Oder hoffte ich meinem Eingreifen einen harmlosen, zivilen, volkstümlichen Charakter zu verleihen, indem ich in der Rolle *Bürger mit Pils* auftrat?

Kaum hatte ich die Müllecke erreicht, als mich jemand am Kragen packte und gegen die Mauer warf. Der Angriff traf mich unvorbereitet. Das Zersplittern der Flasche in meiner Hand nahm ich kaum wahr. Obwohl ich den Chinesen in Schwierigkeiten vermutet hatte, rechnete ich mit keinem Überfall. Die Drehbewegung schleuderte meine Brille von der Nase. (Ein Umstand, von dem ich nie erfahren werde, ob er für den weiteren Verlauf des Geschehens von Vor- oder Nachteil war.) Mit Brille hätte ich kaum eine bessere Figur abgegeben, doch ohne Sehhilfe war ich augenblicklich auf bloße Selbstverteidigung beschränkt. Instinktiv krallte ich die Finger in die Oberarme des Mannes, der mich attackierte. Für einen gedankenlangen Moment bedauerte ich, vor dreißig Jahren, im Kohlenkeller, Vaters Trainingsgewichte abgewiesen zu haben. Mein Gegner trug eine aalglatte Nylonjacke, die Gefahr, ihn zu verlieren, war groß. Solange ich ihn festhielt, war es ihm unmöglich, mich mit den Fäusten zu traktieren. Als Ersatzhandlung versuchte er sein Glück mit Tritten. Seine Füße steckten in schweren Schuhen, ob es Springerstiefel waren, kann ich nicht mit Gewißheit sagen. Er stank nach Bier. Oder roch ich meinen eigenen Atem, reflektiert von seiner Brust? Trotz der Unbeholfenheit, mit der ich agierte, achtete ich darauf, daß sein Fuß oder sein Knie nicht meine Weichteile oder die OP-Narbe trafen. Ich umarmte meinen Feind voller Verzweiflung. Es fehlte nur, daß ich ihm, wie Münchhausen beim Kampf mit dem Wolf, den Arm in den Rachen steckte. Keine Ahnung, was ihn mehr verwirrte, die aufgezwungene männliche Nähe oder mein Gebrüll? Er trug eine modische Kurzhaarfrisur, die meiner glich, ich schrie ihm wie ein wahnsinniger Unteroffizier in den Gehörgang. »Hilfe!«

Ich mußte die Angst nicht spielen, das Entsetzen hatte mich sicher im Griff. Mir glückte ein schrecklicher Schrei, der mich selbst erschütterte und den Kerl, an dem ich wie eine Klette hing, in verständliche Panik versetzte, er riß sich los, stieß mich weg und stürzte in Richtung Vorderhaus davon.

»Los«, brüllte er, »abhauen!«

Jetzt erst begriff ich, daß wir mit einer Bande kämpften. Als ich einen Schritt zum Zaun machte, prallte ich gegen einen zweiten Kerl, noch größer als der erste. Seine Faust hätte mein rechtes Auge getroffen, wäre ich nicht gestolpert und aus dem Gleichgewicht geraten. Der Schlag traf mein Jochbein. Kaum rappelte ich mich aus den Forsythienbüschen, als sich der Schatten eines dritten Angreifers aus dem Spalt löste, der zwischen Mauer und Zaun gerade genug Platz bot, um ein Fahrrad abzustellen. Ich erwartete, daß uns jemand zu Hilfe käme. Der Tumult mußte beträchtlichen Lärm gemacht haben. Nichts geschah, niemand rührte sich. Im Parterre sang Genosse Gunter Gabriel das kampferprobte Arbeiterlied von einem, der auszog, einen Dreißig-Tonner-Diesel zu fahren, zwischen den Fenstern der oberen Stockwerke bildeten amerikanische Serien surreale Dialoge.

Ich betastete meine Schläfe, wo der Unbekannte gepunktet hatte. Der Schmerz war pochend heiß. Aus der Ecke des Chinesen kamen gepreßte Laute, die keinem glücklichen Menschen gehörten. Sosehr ich mich bemühte, das Ganze als eine Szene bei Chandler zu lesen, es wollte nicht gelingen. Das Blut, das mir das Gesicht verschmierte, war mein eigenes.

»Hallo«, rief ich mit unsicherer Stimme ins Dunkel, »sind Sie verletzt?«

Der Bote antwortete in seiner Landessprache. Bevor ich etwas für ihn tun konnte, mußte ich meine Brille finden. Natürlich war es leichtsinnig, nicht weiter um Beistand zu rufen, der Mann hinter der Mauer hätte lebensgefährlich verletzt sein können. Zu meiner Verteidigung sei angemerkt, daß ich unter Schock stand und nicht im Vollbesitz meiner geistigen Kräfte war. Auf allen vieren aus dem Gebüsch robbend – zum Stehen fehlte mir die Kraft, zum Entengang war ich infolge der Kreuzbandoperation nicht fähig –, ertasteten meine Finger am Boden ein Metallteil, das ich – indem ich es dicht vor die Augen führte – als Schlagring identifizierte. Ich steckte die Waffe in die Jackentasche.

Am Fuß der Mauer lag meine Brille, ein Bügel war verbogen, doch Gestell und Gläser waren intakt. Als ich sie aufsetzte, spürte ich die Schwellung der rechten Gesichtshälfte, meine Hand blutete. Der Chinese stöhnte. Er lag unter dem Fahrrad begraben.

»Mein Gott«, rief ich, »was ist mit Ihnen, sagen Sie was!«
»Ich bin gut«, hörte ich seine zweideutige Antwort. Es klang wie eine leere Behauptung. Ich versuchte das Rad aus der Nische zu ziehen, ohne dem Verletzten weiteren Schaden zuzufügen. Der Rahmen wog schwer, ich war in schlechter Kondition, die Dunkelheit und die Enge zwischen Zaun und Wand machten das Ganze nicht einfacher. Endlich gelang mir die Bergung. Ich warf das Fahrrad in die gepeinigten Forsythien und beugte mich über den Mann. Er kam, mit dem Rücken gegen das Zaungitter gelehnt, zum Sitzen.

»Alles in Ordnung«, sagte er, »kein Problem.«

Sobald er seine Position veränderte, begann er leise zu klagen. Sein Gesicht schien unverletzt, doch hielt er die linke Schulter oder den Oberarm umklammert. Unsere Gesichter trennten Zentimeter. Ich roch seinen Nikotinatem, obwohl er die Zähne zusammenbiß. Der Schmerz mußte beträchtlich sein, der Chinese sah nicht wie ein Mann aus, der gern vor Fremden Schwäche zeigte.

»Ich rufe einen Rettungswagen und Polizei.«

Bevor ich aufstehen konnte, hielt er mich mit seiner gesunden Hand zurück.

»Keine Polizei.«

»Okay«, sagte ich »aber ein Arzt wird geholt, Sie brauchen Hilfe, vielleicht ist der Arm ausgekugelt.«

»Etwas trinken, dann geht es besser.«

»Können Sie laufen?« fragte ich und war im Augenblick, als mir der Satz über die Lippen kam, nicht sicher, ob es mir selbst gelingen würde.

Der Chinese trank, auf dem Teppich sitzend, das dritte Glas Wasser. Da alle Schnapsreserven aufgebraucht waren, öffnete ich mir eine weitere Flasche Bier. Es war nicht einfach gewesen, dem Fahrradboten die braune Jacke auszuziehen, um seine Schulter zu untersuchen. Keine offene Verletzung. Allerdings konnte er den Arm nicht bewegen. Schlaff wie ein Puppenarm, als wären alle Muskeln durchtrennt, hing er ihm an der Seite. Da mein Gast auf keine Frage antwortete, ging ich ins Badezimmer, um den eigenen Körper zu kontrollieren. Die Augenbraue war unversehrt. Glück im Unglück. Der Schläger hatte sich mit seiner Kampfkunst an der härtesten Stelle meines Schädels versucht. Hoffentlich brach er sich die Fingerknochen. Die Blessur würde anschwellen und ein eindrucksvolles Hämatom bilden. Mein Gesicht sah zum Fürchten aus, Stoppeln auf dem Kopf, Barthaare am Kinn, die Haut gerötet, verschwitzt, von Buschwerk zerkratzt, mit Erde beschmiert, die Blutspuren stammten von den Schnitten im Handballen. Nach der Säuberung der Wundränder mit Toilettenpapier wickelte ich ein Baumwolltaschentuch um die Finger. Dann wusch ich mir mit der linken Hand das Gesicht. Katzenwäsche nannte Mutter diese Technik.

Der Asiat saß noch immer wie ein trauriger Buddha vor dem Sofa. Im Fernseher sprach Herr Wickert. Stummgeschaltet. Es war also mindestens halb elf. Dem Drachen-Boten schien es bei mir zu gefallen. Dafür, daß ich ihn hatte überreden müssen, die Wohnung erneut zu betreten, benahm er sich äußerst zutraulich. Man hätte glauben können, er sei zu einem Videoabend erschienen und warte auf den Filmstart. Er wirkte grüblerisch. Schmiedete er Rachepläne? Die Frage, ob er die Männer erkannt habe oder beschreiben könne, hatte er wie alle anderen Erkundigungen überhört. Ich trug die Bierflaschen in die Küche, öffnete den Kühlschrank und entnahm ihm seinen einzigen Inhalt, ein dickwandiges Glas, in dem eine verkrustete Lache Senf verkümmerte. Das eiskalte Gefäß war Balsam für meine Beule.

»Nicht anrufen«, sagte der Asiat, der in dem Kühlmittel, das ich gegen die Schläfe preßte, ein Telefon zu sehen glaubte.

Ich präsentierte ihm das Senfglas und erklärte, wir hätten gar keine andere Wahl, als einen Rettungswagen zu rufen, er sei ernsthaft verletzt und nicht gehfähig.

»Ich kann«, behauptete der Bote und versuchte aufzustehen. Obwohl er sich mit der gesunden Hand auf der Couch abstützte, mißlang der Versuch, der Schmerz ließ ihn auf den Boden zurücksinken.

»Na also.«

Mein kleiner Triumph sprach nicht unbedingt für Feingefühl.

»Geben Sie mir eine Zigarette.«

»Ich rauche nicht.«

»In Tasche.«

Er wies mit dem Kinn zu seiner Jacke, die auf dem Teppich lag. In der Brusttasche steckte ein Handy, in der Seitentasche fand ich eine Packung *Lucky Strike* und ein Feuerzeug.

»Können Sie Auto fahren?« fragte der Drachen-Mann, während er den Rauch tief inhalierte.

»Selbstverständlich, warum?«

Er angelte nach der Textilie, die ich aufs Sofa geworfen hatte. Als er sie endlich erreichte – ich dachte nicht daran, ihm zu helfen, solange er meine Fragen ignorierte –, betastete er mit der rechten Hand und sorgenvoller Miene die Nähte. Ich beobachtete ihn, ohne aus seiner Suche schlau zu werden. Plötzlich hob er den Kopf, grinste und übergab mir die Jacke.

»Sie nehmen Schere oder spitzes Messer.«

Er sprach in Rätseln. Ich warf die Windjacke über den angewinkelten rechten Arm und knetete mit der freien Hand den Stoff. (Zusammen verfügten wir faktisch über ein Paar funktionstüchtiger Hände.) Eifrig nickend, ermunterte mich der Chinese weiterzuforschen. Schließlich fühlte ich im Rückenteil der Jacke eine auffällige Verdickung.

Auf dem Tisch lagen neben dem Obstmesser 2000 Euro. Alles Fünfziger-Scheine, offenbar keine Blüten. Kein schlechtes Polster, dachte ich, für ein so schäbiges Stück Kleidung.

(Immerhin entsprach die Summe etwa meinem Bankguthaben.) Der Drachen-Mann war mir eine Erklärung schuldig. Erst der Überfall, verbunden mit der Weigerung, die Polizei zu rufen, nun ein Haufen Geld, eingenäht im Jackenbund, man mußte nicht über Kriminalliteratur promoviert haben, um zu bemerken, daß an dieser Geschichte etwas faul war. Der Chinese schwieg beharrlich. Auf dem Fensterbrett stand mein Reisgericht, noch lauwarm, doch war mir der Hunger vergangen. Ich nuckelte gelangweilt an der Bierflasche und griff zur Fernbedienung, um dem Gast anzudeuten, daß mich weder sein Vermögen noch sein Geheimnis interessierten. CNN zeigte kämpfende Marine-Infanteristen mit Nachtsichtgeräten, Kabel 1 einen endlosen Kuß im Regen, RTL eine Prügelei in einer Bar. Ein Mann flog durch die Schwingtür und landete im Staub einer Westernstadt. Die Szene verfolgte ich mit innerer Anteilnahme. Jeder Schlag fand sein Echo in meiner Schläfe.

»Fahren wir ins Krankenhaus? Ich zahle fünfzig Euro.«
»Ein Notarzt ist billiger. Und bringt Sie gleich in die richtige Klinik.«
»Keine Krankenversicherung.«
Ein einleuchtendes Argument. (Daß es eine Lüge war, konnte ich zu dem Zeitpunkt nicht wissen.)
»Fahren Sie?«
»Das da«, ich zeigte mit spitzem Finger auf den Geldberg, »reicht für eine Taxifahrt nach Peking.«
»Einhundert Euro.«
»Was wollten die Kerle von Ihnen?«
»Sind Sie Polizei?«
Ich rollte die Banknoten zu einem Bündel und stopfte das Geld in seine Jackentasche. Für mich war das Gespräch beendet. Ich hatte keine Lust, mich bestechen oder veralbern zu lassen.
»Sie wollten mein Fahrrad.«
»Fahrraddiebe?«

»Genau«, sagte der Chinese.

»Kennen Sie den Film?«

Sein leerer Blick bewies, daß er keine Ahnung hatte, wovon ich sprach. Ausgleichende Gerechtigkeit. Für einen Augenblick reizte mich der Gedanke, in die Videothek an der Ecke zu gehen und zu fragen, ob de Sicas Meisterwerk des Neorealismus im Regal stand. Wenn ja, würde ich den Film so lange laufen lassen, bis der Asiat mit der ganzen Geschichte herausrückte. Ohne meine Unterstützung kam er nie aus der Wohnung.

»Das Rad liegt unten in den Büschen.«

»Zum Glück Sie sind gekommen.«

»Niemand klaut so einen Klapperkasten.«

Mir schien der Augenblick passend, ihm den Schlagring zu zeigen. Die Geste geriet ein wenig theatralisch, tat aber Wirkung, obwohl das Ding, aus der Nähe betrachtet, eher aussah wie ein Kinderspielzeug, hergestellt im Reich der Mitte. Der Drachen-Bote starrte mich offenen Mundes an (eine feine Rauchfahne zog in Richtung seiner Nasenspitze), als fürchtete er, ich könnte mit dem Stahlring über ihn herfallen, um ihm doch noch seine Barschaft abzuknöpfen.

»Bewaffneter Raubüberfall ist keine Kleinigkeit«, sagte ich mit dem Pathos eines TV-Staatsanwalts (der in den Nachmittagsstunden für Recht und Ordnung stritt). »Hoffentlich haben Sie gute Gründe, die Schweine zu decken.«

»Ich habe Schmerzen«, sagte der Mann leise.

Er blieb auf der Treppe sitzen, bis ich das Fahrrad am Drahtzaun angekettet hatte. Überflüssige Mühe, man konnte höchstens noch Rahmen und Sattel gebrauchen. Am Vorderrad fehlten alle Speichen, die Felgen waren zu Achten verbogen. Was immer die Angreifer von dem Chinesen gewollt hatten, sein Fahrrad war es nicht gewesen. Der Bote legte mir den gesunden Arm um die Schulter und ließ sich stützen. Wir humpelten wie ein altersschwaches Ehepaar durch den Hausflur, er wegen seiner Verletzung, ich, weil mein Knie der akuten Belastung nicht gewachsen war. Im Vorderhaus passierten wir die Galerie der Briefkästen. Die Postbox des Politikstudenten war bis zum Rand gefüllt. Werbeprospekte steckten im Schlitz. Wollen Sie eine Definition für Glück? Schlicht und einfach: Eine Parklücke direkt vor dem Haus. Am Donnerstag, dem 18. März oder 7. Baudelaire, hatte ich mein Auto vor dem Eingang abgestellt. Vor einer Ewigkeit. In einem anderen Leben.

Im Wartebereich der Rettungsstelle war ein einziger Stuhl unbesetzt. Erst als ich dem Drachen-Boten einen Klaps auf den Bizeps androhte, war er bereit, seine Lektion in asiatischer Höflichkeit abzubrechen und den Platz zu okkupieren. Die erste milde Freitagnacht des Jahres hatte die kühnsten Apokalyptiker des Stadtbezirks zu Leichtsinn und Wagemut provoziert. Eine vom Zufall zusammengewürfelte Schicksalsgemeinschaft, gebrochene Knochen, verbrannte Finger, Löcher im Kopf, Abschürfungen, Platzwunden, blaue Augen (auch wenn sie braun waren), Quetschungen, Stauchungen, Verrenkungen, Prellungen, Nasenbeinbrüche, Muskelfaserrisse, mannigfaltige Symptome, gekoppelt mit fadenscheinigen Erklärungen. Die Mehrheit war männlich, nur zwei mittelalterliche Blondinen komplettierten die Heldenrunde, eine trug den Arm in einer provisorischen Schlinge, die andere drückte sich ein blutiges Stück Zellstoff ans Ohr, während am anderen, gesunden Ohrläppchen ein schwerer Silberohrring baumelte. Ich fürchtete, eine rohe Gewalt würde das oppositionelle Schmuckstück gepflückt haben. Nachdem ich den Chinesen auf den Stuhl genötigt hatte, wandte ich mich zum Gehen – er zog tatsächlich zwei Scheine aus dem Geldbündel, um mich für den Transport zu belohnen –, als ein junger Mann auftauchte, der aussah wie ein Pfleger, durch ein Namensschild am Kittel jedoch als Assistenzarzt ausgewiesen wurde, und sich ohne Vorwarnung, statt um den Asiaten, um mich bemühte, indem er mir – trotz meines Protestes, ich wäre kein Patient, sondern nur Begleiter – das Tuch abnahm, das den Blutfluß der Schnittwunde stillte, und wie ein Wahrsager meine Handfläche zu studieren begann.

»Ihre Versicherungskarte.«

»Das ist nichts weiter«, wiegelte ich ab. »Ich bin seinetwegen hier.«

Der Arzt warf einen Blick auf den Drachen-Mann, schien von ihm aber nicht weiter beeindruckt. Offenbar gehörte es zu seinen Aufgaben, alle Neueingänge einer Vorprüfung zu unterziehen, um sicher zu sein, daß niemand im Wartesaal verblutete, der eventuell noch zu retten gewesen wäre. Der Chinese verharrte schüchtern auf seinem Stuhl. Der Kittelträger hatte sich auf mich eingeschossen.

»Ist Ihr Impfstatus in Ordnung? Wann war die letzte Tetanus-Inokulation? Wenn Sie es nicht wissen, würde ich an Ihrer Stelle kein Risiko eingehen.«

»Der Mann hat Schmerzen«, drängte ich und reichte – da ich gegenüber Medizinern zu einer gewissen, mir peinlichen, doch nicht zu unterdrückenden, Unterwürfigkeit neige – dem Doktor, wie verlangt, meine Krankenkassenkarte.

»Das hätten Sie sich früher überlegen sollen.«

Der Vorwurf, ich würde irgendwie für das Leiden meines Schützlings verantwortlich sein, wollte sich mir nicht erschließen, doch blieb keine Zeit, darüber nachzusinnen, da sich der Arzt anschickte, übergangslos aus dem Vorgespräch in die Untersuchung zu wechseln.

»Spricht er deutsch?«

»Ja«, flüsterte der Bote, zu leise, als daß man ihn hätte verstehen können. Im Klinikflur herrschte eine Geräuschkulisse, die der einer Silvesterparty kurz nach zwölf in nichts nachstand.

»Wie ist es passiert?«

»Er ist gestürzt.«

»Und Sie sind wohl auch gestürzt?«

Seine überhebliche Art mißfiel mir, doch hatte ich den festen Vorsatz gefaßt, mich nicht aus der Reserve locken zu lassen.

»Ich wurde geschlagen.«

»Von ihm?«

»Wir sind befreundet.«

»Ach so?«

Der Assistenzarzt verschwand mit meiner Chipkarte. Vor der Tür zum Behandlungszimmer drehte er sich auf dem Absatz um und rief, als wäre ihm ein besonders witziger Einfall gekommen, quer durch den Wartesaal: »Wo kommt der Freund eigentlich her?«

»Vietnam«, antwortete ihm der Chinese mit der Stimme eines Mannes.

Es war nicht sein wirklicher Name, doch will ich ihn Nguyen nennen, (um Georg Lukács' Theorie des Typischen zu befolgen), sein Vorname war Minh, er zeigte ihn mir auf seiner Krankenkassenkarte. Das sei der wichtigere Name, erklärte der Bote, er bedeute Wind. (Anläßlich der Vorstellung erfuhr ich nicht nur, daß wir bei der gleichen Kasse versichert waren, sondern auch, daß er mich angelogen hatte und durchaus mit dem Rettungswagen hätte fahren können. Dafür zeigte er sich spendabel und zahlte aus seinem Geldbündel für uns beide die fällige Praxisgebühr von zehn Euro.) Unsicher, ob ich ihn an den Tagen zuvor als Chinesen angesprochen hatte – die Bezeichnung war derart mit seinem Gesicht verschmolzen, daß es mir schwerfiel, sie zu vermeiden –, entschuldigte ich mich für den Irrtum. Minh nahm es gelassen. Seine 99 Jahre alte Urgroßmutter mütterlicherseits, sagte er, sei tatsächlich in Südchina geboren, in der Provinz Guangzhou, lebe jetzt aber in My Duc, einer Kleinstadt südwestlich der Hauptstadt, wo auch er aufgewachsen war.

»Liegt zwei Autostunden von Hanoi«, bemerkte ich weltmännisch.

»Das hängt ab, wieviel Verkehr ist.« Der Fahrradbote schenkte mir ein breites Grinsen. »Du kennst meine Heimat?«

»Nicht wirklich«, wich ich aus, »ein Freund war dort, er hat die Parfüm-Pagode besucht.«

»Wann war Reise?«

»Vor ein, zwei Monaten.«

»Zum Tet-Fest«, behauptete Minh, »viele Deutsche gehen im Februar nach Vietnam. Hat er gegessen?«

»Wer?«

»Der Freund.«

»Er war zwei Wochen dort«, sagte ich, »da wird er wohl auch was gegessen haben.«

»Meine Familie hat Restaurant in My Duc, viel kleiner als *Drachen*, aber viel besser, Fischgerichte, köstlich, Vietnamesen sind Weltmeisterköche, weißt du? Essen bei uns ist wichtiger als Trinken, du mußt mich besuchen, ich koche, lade dich ein, hast du Lust, Sonntag?«

Eine Krankenschwester im grünen Kittel betrat den Wartebereich, klein, drall, rotblonde Haare, weiße Haut mit vielen Sommersprossen.

»Wer von den Herrschaften ist Dr. Lustig?«

Ich hob den Arm wie ein braver Schüler. Die Schwester musterte mich. Ihre Haltung war deutlich, sie würde mir keinen Heiratsantrag machen.

»Sie sind Doktor?«

Sie legte entschieden zuviel Betonung auf das Personalpronomen. Wer wollte ihr das Vorurteil verübeln? So wie ich aussah – kahlköpfig, unrasiert, mit blühendem Veilchen, schmutzigen Hosen und blutbeflecktem T-Shirt –, ging ich nicht mal als verkanntes Genie durch.

»Was für ein Doktor sind Sie denn?«

Die Gespräche ebbten ab. Stille machte sich breit. Sie

hatte ihre Kompetenz überschritten. Mich in aller Öffentlichkeit zu brüskieren stand ihr nicht zu. Offensichtlich nahm man es auf dieser Station mit der Privatsphäre der Gestrandeten nicht allzu genau.

»Gynäkologe«, sagte ich, indem ich ihren Blick fixierte, »sind in Ihrer Klinik noch Stellen frei?«

Die Antwort war ein Wirkungstreffer. Statt patzig zu werden, offenbarte die Schwester plötzlich ihre karitative Seite.

»Ihre Schläfe sieht nicht gut aus«, hörte ich sie sagen, »ich bring Ihnen was gegen die Schwellung, zum Kühlen.«

»Wenn du Arzt«, meinte der Vietnamese mit der chinesischen Urgroßmutter, »warum hast du mich nicht untersucht?«

»Ich bin ebensowenig Frauenarzt, wie du eine Frau bist, sondern Doktor der Literaturwissenschaft.«

»Arzt für kranke Literatur?«

Ich nickte. Eigentlich war es eine durchaus treffende Definition meiner Beschäftigung.

Adjektive, die meine Verweigerung, den universitären Fragebogen vollständig auszufüllen, beschreiben (alphabetisch geordnet): affektiert, anarchistisch, antiklassisch (romantisch), arrogant, bequem, bockbeinig, demokratisch, deutsch, ernst, esoterisch, evitabel, extravagant, fade, fingiert, futil, inkohärent, kindisch, lustig, manisch, masochistisch, mutig, romantisch (antiklassisch), selbstsüchtig, starrsinnig, stur, unbequem, unlogisch, unpraktisch, unverantwortlich, verschroben, zwanghaft.

Es gab nicht wenige Stimmen, die behaupteten, ich würde mein Spiel mit der Fakultätsleitung nur so konsequent betrieben haben, um einen Vorwand für die Freiberuflichkeit geboten zu kriegen. Das ist nicht wahr. Ich mochte den Alltag an der Uni, ich unterrichtete gern, trotz gewisser

Pflichten, die mir sauer schmeckten. Es kehrten mit der Wende akademische Rituale zurück, die mich befremdeten, besonders bizarr schien die heimliche Anbetung der Rangordnung bei gleichzeitigem Absingen antiautoritärer Hymnen. Durch die Praxis der *Republik* an Schizophrenie gewöhnt, lernte ich mit der neuen Situation umzugehen wie zuvor mit den Unterwerfungsspielen des Doktrinärmarxismus. Wenige glaubten, daß ich die Sache durchziehe. Im Grunde fiel mir niemand ein, der mich in meiner Entscheidung bestärkte, das höchste der Gefühle war schweigende Tolerierung. Es gab an der Fakultät drei Fälle, die *problematisch* waren, alle drei männlich. Zwei Lehrkräfte, bei denen man sicher war, daß sie *dabei* gewesen waren, hatten sich der Überprüfung entzogen, indem sie schon 1990 die Universität verließen. Der neue Leiter der Fakultät, Professor P., der aus Marburg nach Berlin gewechselt war, ein Altlinker, der über Andersch, Weiß und Fried geforscht hatte (ohne ein zynisches Verhältnis zu seinem Gegenstand zu entwickeln, was eher eine Ausnahme war), bat mich zweimal zu einem persönlichen Gespräch, einmal kurz nach der Abgabe der Fragebögen und dem erfolglosen Versuch des Altphilologen W., mich zur Aussage zu überreden, das zweite erfolgte 1992, als über die Weiterverlängerung der Verträge zu entscheiden war. Ich wußte, meine Posse trat in eine entscheidende Phase. Ich war bei den Studenten beliebt, ich konnte auf mehr Aufsätze und Veröffentlichungen verweisen als viele gleichaltrige Dozenten, ich bezweifelte, daß man mir wegen der verweigerten Angaben kündigen würde. Das einzige, was passieren könnte, wäre, daß man mir wieder nur einen befristeten Einjahresvertrag anbot oder selbst darauf verzichtete, was allerdings einem Rausschmiß gleichkam. P. empfing mich in der Bibliothek des *Winckelmann-Instituts* (sozusagen auf exterritorialem Gebiet, außerhalb der Fakultät), erst lobte er meine jüngst publizierte Darstellung zu Carl Gustav Jochmann (aus der später *Ein Leben für das freie Wort* werden sollte), äußerte sich wohlwollend über meine Vorlesungspraxis und die Resonanz in den Matrikeln, bis er auf sein Anliegen zu sprechen kam. Zwar hinge ihm, wie er betonte, die Angelegenheit zum Halse heraus, doch gehöre es nun einmal zu seinem Aufgabenbereich, solche Fragen zu klären. Es gebe, wie ich wüßte, im Zusammenhang mit den Fragebögen einen gewissen Klärungsbedarf. Zwei Mitarbeiter hätten die Fragen vollständig beantwortet, freilich mit Angaben, die es der Leitung schwer machte, für sie eine weitere akademische Zukunft an der Fakultät zu sehen. Menschlich sei dies bedauerlich, aber leider unabwendbar. Der Wettbewerb zwischen den Hochschulen verschärfe sich, die Ministerien würden genau beobachten, mit welcher Sorgfalt man die Einstellungskriterien erfüllte. Für Beamte gälten nun einmal besondere Maßstäbe.

»Wir brauchen gute, hochqualifizierte Kräfte, aber wir brauchen auch die richtigen.«

Als er anfügte, er würde mich gern halten, doch müßte ich, damit ihm dies gelänge, mehr Kooperationsbereitschaft zeigen, wußte ich, die Lage war ernster, als ich erwartet hatte. Dummerweise war die Geschichte zu weit gediehen, um sie mit einem Rückzieher korrigieren zu können. Ich hatte mit hehren Motiven gepokert (*Sir, geben Sie Gedankenfreiheit!*), wo es mir nur um einen launigen Einfall ging. Da fast alle Kollegen widerspruchslos in die Überprüfung einwilligten, hatte ich mich entschlossen, den Spielverderber zu spielen. (Zugegeben, eine nicht uneitle Reaktion.) Erging es mir wie dem kleinen Cosimo in Italo Calvinos Roman *Der Baron in den Bäumen*? Aus Trotz gegen Vater und Mutter (und ein verordnetes Schneckenessen) floh er auf einen Baum, wurde heruntergefohlen und, als er sich dem Kommando verweigerte, mit der Bemerkung provoziert, irgendwann würde er ja heruntersteigen müssen, eine überhebliche Prognose, die den Jungen spontan den Entschluß fassen ließ, genau dies nicht zu tun und ewig auf den Bäumen zu bleiben, sein Leben lang. Was er dann auch tat. Man durfte den Zeitpunkt des Herabsteigens nicht verpassen. Der Professor riß mich aus meinen vergleichenden Überlegungen.

»Nicht, daß ich Ihre Prinzipien nicht schätzte«, sagte P., »nur hilft mir der Rückzug auf die Gewissensfreiheit, gestützt durch Rousseau und Kant, bei den Leuten, denen ich Rede und Antwort stehen muß, nicht viel weiter. Eine Überprüfung ist zulässig, das Stasiunterlagengesetz gültiges Bundesgesetz. Nach Max Weber stehen wir als Wissenschaftler im Dienst sittlicher Mächte, in der Pflicht, Klarheit und Verantwortungsgefühl zu schaffen. Die Evaluierungskommission verlangt Fakten, welche, Dr. Lustig, wissen Sie.«

»Was soll ich tun?« fragte ich, »kündigen?«

»Vielleicht sprechen Sie einmal mit ihrem Freund S.«, sagte P. mit konspirativer Vertraulichkeit. »Wie Ihnen vielleicht zu Ohren gekommen ist, schreibt er zwar keine Romane mehr – unter uns gesagt, ein Verlust, den die Nationalliteratur kaum registrieren dürfte –, dafür in Zusammenarbeit mit der Auflösungsbehörde eine Dokumentation über die Verstrickungen und Aushorchungen an ostdeutschen Hochschulen. Als Forscher war ihm gestattet, alle Akten einzusehen, auch die Ihre, und er hat, wie er mir versicherte, Erstaunliches gefunden, nämlich nichts.«

6. GOETHE 44 (27. MÄRZ 2004)

Da ich Alkohol getrunken hatte – die Schwester muß meine Bierfahne gerochen haben –, ließ man mich geschlagene zwei Stunden warten, eine Erziehungsmaßnahme, die sich *Ausnüchtern* nannte und neben mir noch andere Kandidaten betraf, bis ich um halb drei die Spritze verabreicht bekam. Der Assistenzarzt reinigte die Schnittwunde, erklärte die Verletzung für eine Bagatelle, die nicht genäht werden müßte, und fügte warnend an, ich solle in Zukunft besser auf meine Hände aufpassen, ich bräuchte ja gesunde Finger für meinen Job. Dabei zwinkerte er mir verschwörerisch zu.

Im Warteraum war von Minh nichts zu sehen. Die Blondine mit dem verletzten Ohr – angeblich war sie beim Fensterputzen in der Gardine hängengeblieben und hatte sich, vom Stuhl steigend, den Silberklunker mit dem Ohrläppchen ausgerissen – erklärte, mein Freund, der *Fidschi*, sei zum Röntgen bestellt worden, würde aber wiederkommen. Der Warteraum hatte sich geleert. In der fensterlosen Ecke, wo eine Topfpflanze ihr Dasein fristete, schlief ein Mann. Entweder war er volltrunken, oder man hatte ihn vergessen. Ein Polizist begleitete einen jungen Burschen mit Strickmütze. An seinen Hosenbeinen konnte man erkennen, mit welchen Farben er nachts am liebsten die weißen Wände der Hauptstadt besprühte: Orange und Neongrün. Er zog es vor zu stehen, obwohl es ausreichend freie Stühle gab. Der Stoff seiner Hose hing in Gesäßhöhe in Fetzen herab. Irgend etwas hatte den Sprayer aufgehalten, Stacheldraht oder ein Schäferhund?

Mein leerer Magen machte sich knurrend bemerkbar. Höchste Zeit, nach Hause zu fahren. In der Straßmannstraße erwartete mich eine kalte Nummer 40 und eine Suppe Nummer 2. Andererseits war die Vorstellung, in die leere Wohnung und innere Emigration zurückzukehren, wenig verlockend. Da die Isolation einmal aufgegeben, das Refugium verlassen worden war, bestand kein zwingender Grund, das Spiel fortzusetzen. Ich war acht Tage lang nicht aus der Wohnung gegangen (wenn man die zwanzigminütige Suche nach der SIM-Karte als Notfall betrachtete und ausklammerte). Einen Eintrag ins Guinness-Buch der Rekorde konnte ich trotzdem nicht erhoffen, jeder Grippekranke hielt länger durch. Falls der Selbstversuch je einen Sinn besaß, hatte er ihn längst verloren. Meine Flucht glich immer mehr dem Projekt *Staatssozialismus*. Während das

Experiment noch lief – und sich selbst feierte –, kam den Subjekten das Motiv abhanden, mit denen es einst gestartet worden war. (Eine Einschätzung, die Genossin Liane als opportunistisch-revisionistisch gegeißelt haben würde.)

Minh hatte keinen Oberarmbruch, sondern eine schwere Torsion des linken Schultergelenks. Der diensthabende Arzt bat mich ins Behandlungszimmer, weil er hoffte, ich könnte den Vietnamesen überreden, sich eine Art Stützverband anlegen zu lassen. Der Mediziner war ein älterer Mann mit Halbglatze. Er hielt einen Kurzvortrag und wandte sich dabei in erster Linie an mich, weil ihn der Drachen-Bote keines Blickes würdigte.

»Die Schulter ist eine komplizierte Konstruktion. Das wissen die wenigsten Menschen. Das Gelenk bietet enorme Bewegungsvielfalt, ist aber nur zu knapp einem Drittel mit dem Skelett verbunden. Hauptstabilisatoren bilden Muskel, Bänder, Gewebemasse und Sehnen. Sie, Herr Nguyen, haben – wie, wollen Sie mir nicht sagen, das ist Ihre freie Entscheidung – eine Krafteinwirkung im Oberarmbereich erfahren, einen Stoß, Schlag oder Sturz, der Bluterguß zeugt davon. Ich nehme an, diese Reizung erfolgte so plötzlich, daß der Körper den Stoß nicht durch Muskelanspannung abfangen konnte, dadurch kam es im Gelenk zu einer Bänderdehnung, einer akuten Verletzung des Bindegewebes, wir sprechen von einer Ruptur der Rotatorenmanschette, die hier auf den Ultraschallbildern gut zu erkennen ist. Ein vollständiger Bänderriß ist, soweit ich sehen kann, nicht zu diagnostizieren. Doch sollten Sie morgen noch einen Facharzt aufsuchen. Haben Sie Fragen?«

»Ich will Spritze«, sagte Minh, »muß zur Arbeit.«

»Vergessen Sie's«, sagte der Doktor lässig, »der Arm braucht Ruhe, mindestens zwei Wochen, ich verschreibe Ihnen ein Schmerzmittel, kein Problem, allerdings haben die Tabletten keinerlei Einfluß auf die Muskelfunktion. Sie sehen doch selbst, es ist null Spannung in Ihrem Arm. Benötigen Sie eine Krankschreibung?«

Der Vietnamese blickte finster. Der Arzt nahm die Brille ab und rieb sich die Augen. Er war erschöpft und sehnte sich nach seinem Bett.

»Tut mir leid«, sagte er. »Könnte ich zaubern, wäre ich längst in Las Vegas.«

Ich versuchte, dem Drachen-Boten die Ankündigung des Arztes zu übersetzen. Minh hatte keine Ahnung, was auf ihn zukam, der Begriff Rehabilitation sagte ihm nichts. (Ich hatte bei dem Wort immer an die späten fünfziger Jahre denken müssen, an die Anträge *der zur Zeit des Personenkults zu Unrecht Beschuldigten*, wie man in der *Republik* Stalins Opfer offiziell nannte. Wenn man sie nannte.) Der Vietnamese schüttelte den Kopf. Sport? Brauche er nicht, er hätte in seinem Laden genug Bewegung. Er ahnte nicht, was er verpaßte, eine Erfahrung, die sein Leben verändern würde. Nach der Knieoperation ging ich mehrere Wochen in ein Gesundheitszentrum zum Training.

Dem Kreuzbandriß war eine peinigende, peinliche Episode vorangegangen. Anläßlich des Internationalen Frauentags (der in Rußland noch immer als Feiertag ernst genommen wird) hatte ich T. versprochen, mit ihr *mal richtig auszugehen*, sie bestimmte, ihr Wahlrecht mißbrauchend, eine Tanzveranstaltung in einem Klub, in dem sich, wie sie mir versicherte, auch ältere Semester vergnügten. (Wobei sie keineswegs Kommilitonen ihrer Fakultät oder überhaupt Studenten meinte.) Das ausgesuchte Etablissement war eine Schickimickidiskothek am Potsdamer Platz, dem künstlichen Herz der Stadt. Ich fühlte mich unwohl in meinem zu eng sitzenden grauen Anzug, der mir als Kostüm gedient hatte, als ich landauf, landab als Vortragskünstler und Schiller-Propagandist unterwegs gewesen war, der Stoff roch nach Bühnenluft und Angstschweiß. Sobald ich ins

Jackett hineinschlüpfte, fielen mir die neunundzwanzig Strophen des Langgedichts *Kastraten und Männer* wieder ein, dessen erster Vierzeiler prophetisch lautet: *Ich bin ein Mann! – Wer ist es mehr?/ Wer's sagen kann, der springe / Frei unter Gottes Sonn einher/ Und hüpfe hoch und singe!* Knapp zwei Stunden später sollte ich meiner Männlichkeit nicht mehr so sicher sein, denn ich konnte nicht springen oder hüpfen, und nach Gesang war weder mir noch meiner Partnerin zumute. Bei meinem zweiten Auftritt auf der Tanzfläche hatte ich, im Bemühen, meine hölzerne Schrittechnik durch Exzentrik zu überspielen, mit Knien und Hüften gewackelt, als sei ich der auferstandene Geist von Elvis, mit dem Effekt, daß ich – wie ich T. später einzureden versuchte – auf der Schweißspur eines nachbarlichen Turniergockels ausrutschte und in einen unfreiwilligen Spagat aufs Parkett fiel. (*Stolpern fördert*, meinte Geheimrat Goethe, der nur selten tanzte, eine Lebensweisheit, der ich nur bedingt zustimmen kann.) Ein stechender Schmerz im rechten Knie und ein stechender Blick aus den blaugrauen Augen meiner Geliebten waren das Resultat meiner dionysischen Performance. Ein Taxi brachte uns nach Hause. T. bewies die Größe ihrer russischen Seele, als sie mir den verdorbenen Abend verzieh und eiskalte Umschläge brachte, um die Schwellung zu lindern. Vier Wochen später kam ich unters Messer, kurz darauf zur Krankengymnastik. (Meine Habilitation hatte ich jahrelang verhindern können, doch gelang es mir nicht, mich vor der Rehabilitation zu drücken.) Obwohl weiträumig und hell, machte die Praxis auf mich den Eindruck einer modernen Folterkammer. (Vielleicht war ja die Assoziation mit den Repressalien nicht ganz unrealistisch?) Der Therapeut, der mich durchknetete und meine geschwächten Muskeln mit Reizstrom zur Kontraktion brachte, duzte mich. Es herrschte ein zwanghaft vertraulicher Ton, alle Patienten waren Sportsfreunde und Leidensgenossen. Ungefragt wurde man vom Kollektiv der Wiedereingliederungswilligen absorbiert. Sofort schlug mein nonkonformistisches Warnsystem Alarm, ich insistierte auf der distanzierten, bürgerlichen Form.

»Würden Sie mir bitte die Krücke reichen?«
»Es heißt Gehhilfe, hat dir das noch keiner gesagt?«

»Wo kann ich dich absetzen?«
Minh verweigerte wieder jede Kommunikation, seit wir die Rettungsstelle verlassen hatten. Er hielt den verletzten Arm in der Schlinge und drückte mit der freien Hand Telefonnummern auf seinem Handy, sichtlich bemüht, nachtschlafende Menschen – die Dämmerung ließ sich noch nicht blicken – an seinem Unglück teilhaben zu lassen. Doch schien in diesem unzeitigen Augenblick niemand bereit zu sein, den hilflosen Drachen-Mann anzuhören. Er hatte nur einen einzigen Freund, den verhinderten Schiller-Forscher Ernst Lustig, der ihm die Beifahrertür aufschloß und den guten Rat nicht verhehlte, Minh solle erst mal frühstücken und sich ausschlafen, danach sehe die Welt ganz anders aus. Der Vietnamese antwortete mit belegter Stimme, er würde mich bis in die Straßmannstraße begleiten, um sein Fahrrad zu bergen. Die Fürsorge, die er dem Schrotthaufen angedeihen ließ, schien mir übertrieben, offensichtlich hing er mit einer besonderen emotionalen Bindung an dem Drahtesel, das Rad war ein Hochzeitsgeschenk, eine Siegertrophäe, oder, was der Wahrheit bestimmt näher kam, Nguyen hatte im Sattel etwas eingenäht, ein paar tausend Euro, Dollar, Dong oder einen Packen Telekom-Aktien.

»Rechts wäre schlimmer gewesen«, tröstete ich ihn. »Da könntest du nicht mal schreiben.«
»Ich bin Linkshänder«, entgegnete der Vietnamese.
So groß seine Verärgerung war, nie kam ein Fluch über seine Lippen. Er ließ das Kettenschloß fallen, erhob sich schwankend aus der Hocke und reichte mir sein Schlüsselbund. Es war seine Art, mich zu bitten. Wir waren in den

letzten fünf Stunden zu einem eingespielten Team geworden. Ich entsicherte das Fahrradschloß.

Was hatte der Drachen-Bote vor? Selbst wenn er – was in seinem Zustand unmöglich schien – einhändig radfahren konnte, so doch niemals mit diesem Vehikel. Die Felgen klemmten in der Gabel, man konnte das Wrack nicht mal schiebend bewegen. Minh nahm den Rahmen über die rechte Schulter.

»Danke«, sagte er und betrat den Hausflur des Vorderhauses.

Ich folgte ihm, um bei der Gelegenheit den Briefkasten zu leeren. Schon die schwere Eingangstür wurde für ihn ein unüberwindbares Hindernis. Er ließ das Fahrrad auf die Fliesen fallen. Das scheppernde Geräusch wirkte auf mich wie eine kalte Dusche.

»Wo willst du hin mit dem Ding?«

»Bringe es zum Auto.«

Die Antwort verwirrte mich. Ich hatte vor dem Videoladen in der Ebertystraße geparkt, die Lücke vor dem Haus war bei unserer Rückkehr, wie erwartet, besetzt gewesen. Ein Umstand, der mir Sorge machte. U., der Kupferstecher, hatte den Wagen bei seinem Besuch sicherlich bemerkt – er besaß ein Auge für Details – und würde sich fragen, wohin das Auto verschwunden war, dessen Besitzer vorgab, nicht im Lande zu sein? Doch weshalb sollte der Graphiker, wenn er dies annahm, noch einmal zu mir kommen? Außerdem hätte ich mein Kraftfahrzeug verborgen können, zum Beispiel an einen freundlichen Mitmieter, Fräulein Anstand, die dafür als Gegenleistung meine Topfpflanzen pflegte, die ich nicht besaß. Und überhaupt, selbst wenn der Freund zweifelte, was spielte das jetzt, da ich beschlossen hatte, die Flucht abzubrechen, noch für eine Rolle? Aber stand der Beschluß definitiv fest? Konnte ich Vietnam schon nach vier Tagen wieder verlassen?

Minh hielt mit dem linken Fuß die Tür auf und versuchte,

indem er eine einbeinige Standwaage vollführte, sich des Fahrrads zu bemächtigen. Weshalb wähnte er das Ungetüm an der Videothek sicherer aufbewahrt als in diesem Hinterhof? Ich hielt die Tür auf. Der Mann war offensichtlich an der Grenze seiner Belastbarkeit angekommen, er lief zur Danziger Straße.

»Falsche Richtung«, sagte ich.

»Lieferwagen steht vor dem Laden«, rief der Vietnamese über seine kranke Schulter in mein verdutztes Gesicht.

Ein Mercedes-Transporter, weiß, zerbeult, mit Doppeltür am Heck. Der Bote hatte mich mit meinem Wagen fahren lassen, obwohl vierzig Meter entfernt sein eigenes Auto stand. Das war dreist, fand ich. Auf dem zerkratzten Boden im Laderaum lag – soweit im Schein der Deckenbeleuchtung zu erkennen – nichts als ein paar leere Obstkisten. Ich legte das Fahrrad an die Trennwand zur Fahrerkabine und verfluchte meine Hilfsbereitschaft. Beim Hineinheben hatte die Kette meine Jacke berührt und eine ölige Schmierspur hinterlassen. Minh gab mir einen Lappen, damit ich mir die Hände abwischen konnte. Das Tuch verströmte einen widerlichen säuerlichen Geruch. Der Vietnamese rauchte und streckte mir die Hand hin.

»Mach's gut.«

»Du auch.«

Er warf die Zigarette fort, stieg auf das Trittblech an der Fahrertür und schwang sich hinter das Lenkrad.

»Du willst doch nicht etwa losfahren?«

»Ich muß.«

»Erwischen dich die Bullen, bist du deine Papiere los.«

»Ist nicht weit. Straßen leer. Sonnabendmorgen.«

»Wie du meinst.«

Ich schlug die Tür ins Schloß und lief zum Hauseingang zurück. Schließlich war ich nicht sein Kindermädchen. Doch konnte ich mir nicht verkneifen, ihn beim Start zu beobachten. Die Autos standen dicht gedrängt. Der Anfang ging gut, die Vorderräder des Transporters waren gerade ausgerichtet, Minh brauchte nur den ersten Gang einzulegen und die Kupplung kommen zu lassen. Allerdings vergaß er, die Scheinwerfer einzuschalten. Sollte er ohne Licht losfahren, würde er bald gestoppt zu werden. Auf solche Gelegenheiten warteten die gelangweilten Besatzungen der Streifenwagen nur. Ein letztes Mal wollte ich ihm helfen, schwor ich mir, dann mußte er ohne mich auskommen. Man konnte die internationale Solidarität auch übertreiben. Der Lieferwagen stand zur Hälfte auf der Fahrbahn. Der Bote beugte sich mit verkniffenen Gesichtszügen über das Lenkrad. Der Mercedes war mindestens zwanzig Jahre alt und besaß keine Servolenkung. Ich deutete auf die Lampen. Ein Scheinwerfer sprang an. Irgendwie klappte in dieser Nacht nichts so, wie es sollte.

Ich postierte mich vor die linke Kühlerseite und stand im Dunkeln. Mein wagemutiger Freund ignorierte die Warnung und betätigte statt dessen den Blinkgeber, um nach rechts aus der Parklücke zu tuckern. Glücklicherweise kam der Dieselmotor nur langsam in Schwung. Sonst hätte er einem Volkswagen den Kotflügel eingedrückt. Ich riß die Arme hoch. Der Drachen-Mann trat auf die Bremse.

»Da hat nicht viel gefehlt«, sagte ich, »los, steig aus.«

Ohne Widerspruch wechselte er auf den Beifahrersitz. Das Lenkrad war im Stand kaum zu drehen. Der Motor blubberte. Ich suchte den Rückspiegel, es gab keinen. Im Seitenspiegel tauchte die Karosse des silbergrauen VWs auf. Als ich den Transporter in die Parkposition manövriert hatte, zündete sich der Vietnamese eine neue Zigarette an.

»Du rauchst entschieden zuviel.«

»An Ampel rechts.«

Ich antwortete mit einem resignierten Seufzer, steckte den Sicherheitsgurt in den Verschluß und trat auf die Kupplung. An Schlaf war sowieso nicht mehr zu denken. Im

Laderaum klapperte das Fahrrad, als wir über das Kopfsteinpflaster rollten.

Die Danziger Straße würde für mich immer die Dimitroffstraße bleiben, nicht aus Gründen des Widerstands, die Liane begrüßt hätte, sondern kraft der Gewohnheit. Ich hatte hier zuviel Kindheit verbracht. (Mitunter erinnerte ich mich meiner Großmutter väterlicherseits, Margarete Lustig, geborene Greiner, die sich ähnlich schwertat, Begriffe des für sie neuen Systems zu erlernen. Oft mußte ich sie ermahnen, wenn sie Freundinnen meiner Schwestern nach Versammlungen des *BdM* fragte, worauf diese herumdrucksten nicht wissend, was die Oma von ihnen wollte, meine Freunde – die wenigen, die ich hatte – vergraulte sie durch bohrende Nachfragen, ob ihre Brüder studierten oder noch immer bei der *Wehrmacht* dienten. Der Name *Nationale Volksarmee* ging ihr einfach nicht in den Kopf.) Die Ampelschaltung war schikanös, wir mußten an jeder Kreuzung bei Rot stoppen. Nur ein paar Taxis waren unterwegs. Minh hatte noch nicht verraten, wohin die Reise gehen sollte. Ecke Schönhauser suchten meine Augen, wie immer, den elterlichen Balkon im vierten Stock. Die Fenster der alten Wohnung lagen im Dunkel. Ich glaubte die Räume unbewohnt. Einzig in der Sparkassenfiliale brannte Licht. Vor Konnopkes Imbißbude schlief ein Betrunkener, den Kopf auf einen Stehtisch gebettet. Ein Blick zur U-Bahn-Uhr. Zwanzig Minuten nach vier.

»Wir sind spät dran.«

Der Drachen-Bote mochte mit dieser Äußerung recht haben oder nicht, ich konnte ihm nicht beipflichten, da ich in den Terminplan nicht eingeweiht war. Da uns kein Auto folgte, blieb ich an der Kreuzung stehen und blickte fragend zu meinem Beifahrer. Wohin nun? Immerhin eröffnete uns diese windige Ecke sechs verschiedene Direktionen. Pappelallee, Schönhauser Nord, Eberswalder, Kastanienallee,

Schönhauser Süd oder, mit einem kühnen, wenn auch illegalen, Wendemanöver, zurück in den Friedrichshain.
»Kennst du Weg zum Flugplatz?« fragte Minh.
»Wohin willst du verduften?«
Während ich noch lachte, wurde mir bewußt, daß ich den Mann, dem ich zur Flucht verhalf, überhaupt nicht kannte. Angeblich war er verheiratet, warum hatte er während der letzten Stunden nicht ein einziges Mal mit seiner Frau telefoniert? (Das hätte sogar ich gemacht, dem es, wenn man T. glauben wollte, an Familiensinn vollständig mangelte.) Weshalb trug ein Fahrradbote zweitausend Euro bei sich? Warum wurde er überfallen? Hätte er eine saubere Weste, wäre er zur Polizei gegangen. Stammte sein Kapital aus kriminellen Geschäften? Hatte er noch mehr Geld bei sich? Arbeitete er nur zur Tarnung als Kurier und war im Hauptberuf Pate der Zigarettenmafia? (Als wollte er die These stützen, steckte er sich eine neue Zigarette zwischen die Lippen.)

In der *Laterne* brannte Licht (sah ich im Vorbeifahren). Manchmal schloß die Bar erst um sechs Uhr früh, es hing davon ab, wer am Tresen stand und zapfte. Ich war lange nicht mehr dort gewesen. Das Publikum hatte sich verändert. Immer mehr Touristen, immer weniger Aborigines. Die letzten Stammkunden spielten für anthropologisch interessierte Gäste das Melodram *Ostdeutsche Entwurzelung*. Billiges, groteskes Theater. Der Laden war schon immer gut für Schmierenkomödien. Ich erinnerte mich meiner Unterredung mit S., der die Bierbar als Treffpunkt vorgeschlagen hatte, weil ihm – ich fragte mich, durch wen? – zugetragen worden war, ich würde dort regelmäßig verkehren. Wir verabredeten uns für einen Spätnachmittag im Frühjahr, es muß 1993 gewesen sein, im Jahr meines Abschieds von der Universität. Warum ich dem Ratschlag meines Professors folgte, weiß ich nicht mehr, vielleicht interessierte mich die Dokumentation, die S. schrieb (er erhielt dafür ein zweijähriges Stipendium, munkelte man), vielleicht zog ich in Erwägung, die leidigen Fragebögen doch noch auszufüllen und den Weg des geringsten Widerstands zu wählen.

Die *Laterne* war zum Zeitpunkt unserer Verabredung noch leer und nahezu rauchfrei, ich rückte von S. ab, der Literat benutzte ein aufdringliches (und sicherlich teures) Rasierwasser, das ich gerochen hatte, als er bei der Begrüßung eine vertrauliche Umarmung anstrebte, die ich nicht erwiderte. Ob er mich auch so stürmisch empfangen hätte, dachte ich, wenn bei seiner Recherche ein anderes Ergebnis zutage befördert worden wäre? S. bestellte einen trocknen Rotwein. Ich verschwieg, daß dies eine Fehlentscheidung sein würde, den Traubensaft, der in der *Laterne* als Rioja ausgeschenkt wurde, war von Lothar, dem Besitzer, aus Restbeständen eines *republikanischen* Ministeriums erworben worden, er schmeckte wie ungarisches *Stierblut*. Süddeutsche und französische Revolutionstouristen tranken ihn mit einer Mischung aus Ekel und Begeisterung. Ich verspürte wenig Lust, den Abend mit S. zu verbringen, und fragte, als er sich in Plaudereien ergehen wollte, ohne Umschweife, ob seine Archivstudien etwas ergeben hätten, das ich wissen sollte. Natürlich mußte er sich zunächst ein wenig winden und beteuern, es wäre ihm unmöglich, irgendwelche personenbezogenen Daten weiterzugeben.

»Auch gut«, sagte ich und bohrte nicht weiter.

Meine Gleichgültigkeit kränkte seine Eitelkeit, Ignoranz war das letzte, was ein Forscher ertrug. Nach dem zweiten Glas *Stierblut* erzählte er, zwar gäbe es zu meiner Person einen Akteneintrag, doch gehe daraus nur hervor, daß man mich Ende der siebziger Jahre als Informant habe werben wollen, allerdings seien diese Versuche eingestellt worden, weil sich die Quelle, also ich, als nicht zuverlässig und unkooperativ herausgestellt hätte.

»Das ist ein Persilschein«, sagte S., sein Glas erhebend, »von dem andere nur träumen.«

»Kann man den verkaufen?« fragte ich grinsend. »Ich bin grad knapp bei Kasse.«

Dann nahm ich den Fotoapparat eines Japaners, der mich gebeten hatte, ihn und seine drei Reisegefährten vor einer in der Ecke aufgehängten schwarzrotgoldnen Fahne mit Hammer, Zirkel, Ehrenkranz zu fotografieren.

Bedeutungsvarianten des dritten Buchstaben in der Abkürzung *AOK*, Selbsthilfegruppe *Anonyme Ostdeutsche Kopfhänger* der Bierbar *Laterne* (alphabetisch geordnet): Kalmäuser, Kameraden, Kanaillen, Karaokesänger, Karnickel, Kastraten, Kasuisten, Katastrophentheoretiker, Käuze, Kellner, Kinder, Klabautermänner, Klassenkämpfer, Kleinkünstler, Kleptomanen, Kneipenschläfer, Koffeinkonsumenten, Kolchosbauern, Kollegen, Komiker, Kompensatoren, Komplizen, Konformisten, Konservative, Köpfe, Körper, Kosaken, Koteletts, Kreaturen, Kremltreue, Kreuzkriecher, Kritiker, Kröten, Kulturschaffende, Kümmeltürken, Kupferstecher, Kurpfuscher, Kyniker.

Abhängigkeit, das mußte man dem *Alten* zugestehen, hatte er vermieden. In jeder Beziehung. Vielleicht war er Karoline von Lengefeld genau aus dem Grunde entflohen, weil er spürte, daß sie ihn, im Gegensatz zu ihrer Schwester, dominieren, stärker binden, besetzen könnte, als ihm lieb war? Dann doch lieber die etwas dröge Charlotte, die zwar im Haus die Hosen anhatte, ihn aber sonst in Frieden sein Werk schaffen ließ und zudem eine praktische Natur war. Eigenschaften, die Schiller, der *Kranke Uhu* und Hypochonder, der stets einen Quacksalber zur Hand haben mußte, mehr zu schätzen wußte als Wollust, dieses Bedürfnis, das die Krone der Schöpfung mit dem Wurm teilte.

Richtung Stadtautobahn. Immer dem Zeichen mit dem Flugzeug folgend. Bornholmer Brücke. Seestraße. Rechter Hand der Park, der im Paralipomenon der *SSS* verzeichnet war. Zufahrt zur *Einkaufsoase*, die den Namen des Dichters verwurstete: *Schillerparkcenter*. Hektischer Verkehr. Minh blickte nervös auf die Uhr, dirigierte mich durch enge Nebenstraßen. Ich fühlte mich hinter dem Steuer unsicher. Der Transporter war länger und breiter als mein japanischer Kleinwagen, der zweite Gang bereitete mir Schwierigkeiten, die Schnittwunde pochte unter dem Verband, der Spiegel war schlecht eingestellt, mich plagten Hunger, Durst, brennende Augen, Druck in der Schläfe. Der Rauch, den der suchtkranke Bote permanent produzierte, reizte meine Schleimhäute. Zu allem Unglück setzte kräftiger Regen ein, mit dem die Scheibenwischerblätter – Originalteile der Erstzulassung von 1980 – nur schwer fertig wurden. Wir bogen nach rechts ab. Die Zufahrt zum Großmarkt war verstopft.

»Stell Motor aus«, sagte Minh, »ich mach dich wach, wenn's weitergeht.«

Die Vorstellung, in Tiefschlaf zu fallen und nur Minuten später wieder geweckt zu werden, war mir unerträglich. So weit ich sehen konnte, standen vor uns, auf der abschüssigen Straße, zwanzig bis dreißig Autos, fast alles Transporter, einige mittelgroße LKWs. Auf der Gegenspur verließen Fernlaster mit Aufhängern das Marktgelände in Richtung Stadt. Sie fuhren dem Lichtstreifen am Horizont entgegen. Es dämmerte. Vom Kanal ertönte das Hupsignal eines Schleppkahns. Der Fahrer des hinter uns stehenden Lieferwagens umkreiste sein Fahrzeug und kniete sich, neben der Beifahrertür, auf den schmalen Bürgersteigstreifen.

»Hat er eine Reifenpanne?« Ich beobachtete den Mann im Seitenspiegel.

»Vielleicht beten?« sagte der Vietnamese gelangweilt, »ist Türke.«

Ich glaubte, eine Spur von Abneigung in seiner Stimme zu entdecken, vielleicht zeigte auch bei Minh die Erschöpfung erste Wirkung. Im Schrittempo schoben wir uns vorwärts. Ich ließ den Wagen rollen und bremste mit der Handbremse. Nach einer halben Stunde erreichten wir das Tor. Der Schlagbaum war offen. Ein Wachmann im Pförtnerhaus las Zeitung.

Soviel hatte ich verstanden. Minh kam jeden Morgen (oder jeden zweiten Tag?) auf den Markt, um einzukaufen. »Wenn Ware nicht frisch, bleiben Kunden weg, gehen woanders.« Also stand er jeden Tag um drei Uhr auf, bestieg den Transporter (den Mercedes besaß er erst seit vier Wochen) und fuhr zur Beusselstraße, verbrachte dabei eine Stunde im Stau, dreißig bis vierzig Minuten bei der Ankunft, etwas weniger bei der Ausfahrt. Der Einkauf selbst dauerte maximal eine Stunde. Gegen sechs Uhr war er im Laden zurück, dann begann er die Ware auszuladen, auszupreisen, den Papierkram zu ordnen. Alles müsse seine Richtigkeit haben, die Steuerprüfer hätten ihn schon zweimal unter die Lupe genommen. Um sieben Uhr kam seine Frau, die Kinder frühstückten allein, ein Mädchen und ein Junge, sechs und elf Jahre alt. Zusammen mit N., seiner Frau, die er hier, in Deutschland, kennengelernt hatte, baute er die Auslagen auf dem Bürgersteig auf. Bis Mittag blieben sie gemeinsam im Geschäft, dann ging er für zwei Stunden nach Hause (sie hatten eine Wohnung im gleichen Haus, im ersten Stock, was praktisch war), um sich auszuruhen, Schlaf nachzuholen. Am Nachmittag arbeitete Minh wieder bis zur Schließung im Laden. Um acht Uhr leerten sie die Auslagen auf der Straße, bauten die Gestelle ab (man konnte sie nicht stehenlassen, sie würden geklaut werden) und trugen verderbliche Waren in die Kühltruhe im Getränkelager. Gegen neun konnten sie das Geschäft abschließen. Minh warf die Tageseinnahmen in den Nachttresor der Sparkasse am Bersarinplatz, seine Frau brachte die Kinder ins Bett und kochte. Essen aus dem *Drachen* holte er selten. Zu teuer und zu chinesisch. Das Restaurant gehörte einem entfernten Verwandten. (»Irgendwie alle Vietnamesen sind große Verwandte.«) Dort arbeitete er nur für ein Trinkgeld. Wurde eine Lieferung verlangt, rief der *Drachen-Chef* an. Minh griff sich sein Fahrrad, übernahm am Tresen die Bestellung und strampelte los. In der Woche verdiene er dreißig bis vierzig Euro extra, unversteuert, verriet der Vietnamese, aber das müsse unter uns bleiben, außerdem wäre es ja Sport und gesund. »Also du siehst, wie dringend ich Fahrrad brauche.«

Minh war seit einer Viertelstunde verschwunden. Er wollte keine Begleitung. Ich hatte mich nicht aufgedrängt. Hinter dem mit Plexiglas verkleideten Tor der Lagerhalle herrschte emsiges Treiben. Öffnete sich der Rolladen, um einen mit Waren beladenen Gabelstapler herauszulassen, sah ich, im Schein der Neonleuchten, die unter der Decke hingen, einen etwa fünf Meter breiten Korridor, der schwarz von Menschen war. Männer mit dunkler Kleidung. Keine einzige Frau. Der Flur durchschnitt eine Front vergitterter Stellagen oder Käfige, in denen Großhändler ihre Produkte anboten. Kisten, Kartons, Säcke. Den Betonboden bedeckten Papierfetzen, Sperrholzbretter und verdorbenes Obst. Ein Bursche mit Kittel und Gummihandschuhen warf Müll auf einen Elektrokarren. Er fuhr mit hohem Tempo aus dem Tor Nr. 5, vor dem der Transporter parkte, um durch das Tor Nr. 4, zwanzig Meter weiter links, in die Markthalle zurückzukehren. Für einen Augenblick hatte ich das Gefühl, verwandelt, in ein fremdes Leben verschlagen worden zu sein. Das mußte ich träumen, das konnte nicht ich, das mußte ein anderer Mann sein, der hier im Fahrerhaus eines Obst- und Gemüsetransporters herumlungerte, die Füße angewinkelt gegen das Armaturenbrett stellte, das Kinn in die Hand, den Ellenbogen aufs Lenkrad mit dem Mercedesstern stützte, ein kahlköpfiger, unrasierter Mann, der aussah, als mache er diesen Job täglich, und nur darauf zu warten schien, daß sich Tor Nr. 5 öffnete. Die Männer, die vor dem Personaleingang standen und Kaffee aus Pappbechern tranken (wobei ich mich fragte, ob sie die Getränke mitgebracht oder irgendwo gekauft hatten), würden keine Schwierigkeiten haben, ihren Beruf zu erklären. Ich hatte herumgedruckst, als der Vietnamese wissen wollte, was ich als Literaturwissenschaftler eigentlich machte. Auch wenn ich nicht über die müßigen letzten Tage sprach, sondern vorgab, fleißig Quellen zu studieren und wie ein Weltmeister an der Biographie zu schreiben, hatte ich das Gefühl, vollkommen absurde Tätigkeiten aufzulisten. Mein Freund reagierte, wie ich fand, zu Recht ungläubig.

»Und damit Geld verdienen?«

Wer Schiller war, wußte er nicht, gab jedoch an, eine U-Bahnstation zu kennen, die nach ihm benannt worden sei (er meinte den Bahnhof *Schillingstraße*, eine Verwechslung, die ich nicht korrigierte, um nicht besserwisserisch zu wirken), doch drängte er mich, ihm zu verraten, wieviel Honorar ich für das Buch bekommen würde.

»Achttausend Euro schulde ich dem Verlag, wenn ich das Manuskript nicht termingerecht abliefere.«

»Wieso sollst du nicht schaffen?«

»Weil ich blöd genug bin, Leuten wie dir beizustehen, die sich von Idioten verprügeln lassen, ohne sie anzuzeigen, weil ich meine Nächte in Krankenhäusern vertrödle und auf Gemüsegroßmärkten, anstatt auszuschlafen und mich pünktlich an den Schreibtisch zu setzen.«

(Eine Erklärung, die von den eigentlichen Gründen geschickt ablenkte und jede Verantwortung und Schuld von mir wegdelegierte.)

»Oh, ich werde helfen«, kündigte Minh mit strahlendem Lächeln an. »Werde zurückzahlen Hilfe.«

»Schreiben wir zusammen? Wann kommst du? In deiner Mittagspause? Heute nachmittag? Ich kann deine Vorschläge kaum erwarten.«

»Tuan, mein Sohn, kann schreiben zehn Finger. Mit Computer. Du erzählst, und er tippt.«

»Kinderarbeit ist verboten. Hat dich die Ausländerbehörde darüber nicht aufgeklärt?«

»Er wird lernen viel, wenn es stimmt, daß du ein Doktor.«

»Seine Mutter wird begeistert sein.«

»Frauen müssen nicht wissen immer alles«, erklärte der Drachen-Bote mit taoistischer Weisheit. »Fällt mir ein, wenn Frau fragt, wegen Arm, nichts sagen von Kampf im Hof. Sagen, gestürzt mit Fahrrad, oder, noch besser, nicht sagen gar nichts, Frau fragt nur einmal.«

Das *Walkürenmotiv* unterbrach meine Gedanken. Der Gemüsehändler hatte Handy und Zigaretten auf dem Beifahrersitz liegengelassen. Wie war er ohne diese Dinge lebensfähig? Ein Vietnamese, der sich mit Wagnerschen Akkorden ans Telefon rufen ließ, welch Symbol der Globalisierung. Vielleicht war es Minh selbst, der mich bitten wollte, ihm die Zigaretten hinterherzutragen? Er hatte mich in den letzten Stunden als willenlosen Philanthropen kennengelernt und wußte, ich würde ihm auch diesen Dienst nicht verweigern. Doch obsiegten meine Abneigung gegen Wagner und die Besinnung auf die Rudimente von Selbstachtung. Ich ließ das Handy klingeln, kontrollierte statt dessen die Steuerbanderole der angerissenen Packung *Strikes*. Falls der Drachen-Bote etwas mit der Mafia zu schaffen hatte, war er vorsichtig genug, keine heiße Ware zu verbrennen.

Seine Frau würde sich Sorgen machen, wo er die Nacht verbracht hatte. Um mich, Ernst Lustig, sorgte sich kein Mensch. Niemand vermißte mich. Ich könnte aus dem Auto steigen und in den nahe gelegenen Spreearm springen, in den nächsten Wochen würde niemand mein Verschwinden bemerken. Der Vietnamese würde sich wundern, ärgern und schlußfolgern, ich hätte die Nase voll gehabt und das Weite gesucht. K. glaubte, ich sei in Halle-Neustadt unter die Räder gekommen. Meine Schwestern vermuteten mich in Südostasien. T. hatte mich scheinbar abgeschrieben. Meine Tochter hielt mich für einen Versager. Obwohl ich selbst dafür gesorgt hatte, daß mich die Welt vergaß, fand ich nicht, daß ich solche Zurückweisung verdiente. Eine heiße Welle des Selbstmitleids überfiel mich. Ein deutliches Zeichen der Übermüdung. Hoffentlich tauchte Minh mit dem Obst auf, bevor der Anfall seine Klimax erreichte. Ich spürte, daß ich mich ablenken, über irgend etwas nachdenken sollte, zum Beispiel über ein ungelöstes mathematisches Problem, aber ich kannte keins, Gauß war mir mit der neuen Theorie der Primzahlen zuvorgekommen. Ich könnte versuchen, die Hauptstädte der afrikanischen Staaten im Gedächtnis aufzurufen oder die schillerstraßenfreien Kreisstädte Niedersachsens alphabetisch zu ordnen. All das würde als Bollwerk gegen die Melancholie nicht taugen. Es gab nur ein Anti-Mittel, ich mußte irgend jemanden sprechen, um ihm, wie man vor einhundert Jahren gesagt hätte, mein Herz auszuschütten. Hier, auf der Parkfläche des Berliner Großmarktes, überfiel mich die Verzweiflung, die Diogenes von Sinope, den Stammvater aller philosophisch angehauchten Eremiten, ergriffen hatte, als er am hellerlichten Tag mit seiner Laterne über den Marktplatz von Athen taumelte, in der selbst auferlegten Mission, einen Menschen zu suchen. Ich besaß keine Laterne, nur ein fremdes Handy, in dem Nummern gespeichert waren, die mir nichts sagten und denen ich nichts sagen wollte. Früher, im Zeitalter der Notizbücher und Telefonzellen, kannte ich schätzungsweise fünfzig bis sechzig Telefonnummern auswendig. Die der elterlichen Wohnung habe ich noch immer im Kopf, obwohl der Anschluß seit fast zwanzig Jahren nicht mehr existiert. Dann wußte ich noch die Nummer der Leihfristverlängerung der Staatsbibliothek, seit einigen Tagen die des China-Restaurants *Goldener Drache*, noch immer den Festnetzanschluß, unter dem meine Ex-Frau und Rike zu erreichen waren, sowie die Mobilfunknummer von T. Eine kümmerliche Bilanz. Alle Telefonnummern waren durch Geheimzahlen verdrängt worden, Paßwörter, Sicherheitscodes, die man andauernd verwechselte. Welcher Teufel hatte mich geritten, die SIM-Karte über Bord zu werfen? Da hätte ich gleich Teile meines Kopfes der Hirnforschung für Grundlagenexperimente überschreiben können. Die Visitenkarte meines Psychiaters sollte ich zukünftig zwischen die Kreditkarten klemmen. (In meinem Alter und meiner Lage braucht man, wenn man nicht konfessionell abgesichert ist, jederzeit die Möglichkeit therapeutischer Notversorgung.)

Vielleicht hatte Z. Nachtdienst und langweilte sich? Oder er litt – immerhin war er nur zwei Jahre jünger – an einer ähnlichen Sinnkrise? In jedem Fall müßte er mich anhören, allein aus Eidesgründen. Und würde nicht nach meiner Reise fragen, weil er nicht ahnte, daß ich in Hanoi war. Auch T. hatte von meiner Expedition keine Kenntnis. Der Gedanke, sie zu sprechen, war verlockend. Fünf Uhr morgens war kein schlechter Zeitpunkt, um eine abgekühlte Leidenschaft aufzuwärmen. Ich würde sie im Schlaf überraschen, eingehüllt in die warmen, weichen Paravents des Traumes – egal, wer darin die Hauptrolle spielte –, und die notorische Langschläferin mit meinem Anruf überrumpeln, so daß ich hoffen konnte, ihre stärksten Waffen, weibliche Logik und Prinzipienfestigkeit, für einen Moment auszuschalten. Hatte ich sie erst einmal so weit, ein, zwei Minuten mit mir zu sprechen (oder mich nur anzuhören, ohne gleich aufzulegen oder zu protestieren), würde sie – sobald der erste Schock überwunden war – nur bei Gefahr, sich lächerlich zu machen, in die geplante Ablehnung zurückfallen können, mit der sie mir begegnet wäre, hätte ich sie im Vollbesitz ihrer geistigen Kräfte angetroffen. (Lächerlichkeit war für T. ein Synonym von Erniedrigung.) Ich hörte ein Freizeichen. Gleich würde sich ihre Mailbox melden, und ich würde stottern, weil ich nicht wußte, was ich der

Maschine mitzuteilen beabsichtigte. Daß ich am Leben war? Sehnsucht hatte? Daß ich vor ihr, im übertragenen Sinne, auf die Knie fiele? – wo doch meine OP-Narbe die klassische Proskynese verbot – oder daß ich zum Frühstück vorbeikommen würde, mit frischen Brötchen? (Ihre Schwachpunkte waren mir so vertraut wie ihre Stärken.) Sie meldete sich mit einem sanften »Aljo«, rechnete also mit dem Anruf eines Muttersprachlers aus den bereits erwachten Weiten Rußlands, eine Reaktion, die mich daran erinnerte, daß T. auch im Halbschlaf intellektuell nicht zu unterschätzen war. Ich war am Zug. Mir fiel nur eine Platitüde ein.

»Ich bin's, ich wollte wissen, wie es dir geht.«

Normalerweise hätte T. solche Eröffnung mit einer spöttischen Replik bestraft, indem sie entgegnete, mich würde weniger ihr Befinden interessieren als die Sorge, ob sie zu Hause schlafe und, wenn ja, ob allein? Doch reagierte sie auf eine andere, mich frappierende Art.

»Du bist in Vietnam?« rief sie mit der wachen, hellen Stimme eines Leninpioniers.

»Die Verbindung ist schlecht.«

Ein Satz, der sich empfiehlt, wenn man Bedenkzeit für eine passende Antwort braucht. Ich brauchte sie, ich war wie vor den Kopf gestoßen. (Was ich ja auch tatsächlich war.)

»Ich habe dich nicht verstanden«, stotterte ich.

T. wiederholte ihre Frage. Jetzt war nicht der richtige Augenblick, darüber nachzudenken, aus welcher trüben Quelle sie die Information gefischt hatte. Es blieb nur zu entscheiden, ob ich die Renaissance unserer Beziehung mit einer Lüge oder mit Aufrichtigkeit einläuten sollte. Und für diese, nicht einfache, Entscheidung blieben mir Bruchteile von Sekunden. Im Zweifelsfall sollte man immer der Wahrheit den Vorzug geben, denn *Ehrlich währt am längsten* und *Lügen haben kurze Beine*, und wie sagte der Meister so treffend: *Was hat der Mensch dem Menschen Größeres zu geben als Wahrheit?*

»Ja«, sagte ich, »ich bin in Hanoi.«

»Eigentlich sollte ich dir den Kopf abreißen«, schimpfte T., »weil du mich nicht mitgenommen hast, zur Strafe komme ich vielleicht nach.«

»Was hast du gesagt?«

Für einen Kavalier, der mit der Absicht zu Werke ging, einer ins Stocken geratenen Liebesgeschichte ein neues Kapitel anzufügen, drechselte ich beängstigend hölzerne Sätze. Doch hoffte ich an diesem Punkt wirklich, T. falsch verstanden zu haben. Eine Reiseankündigung aus ihrem Mund war keine leere Drohung. Meine polyglotte Gefährtin litt an chronischem Fernweh. Oft genug hatte sie gewarnt, meine Verweigerung zu fliegen würde der Zukunft unserer Beziehung im Wege stehen. Sie sehe gar nicht ein, meinte sie, warum sie in Europa versauern solle, nur damit ich meine Spleens ausleben könne.

»Wie spät ist es jetzt dort?«

Ich rechnete. Wie viele Stunden Zeitverschiebung? Sechs.

»Halb zwölf«, log ich. (Wobei die Angabe nicht eigentlich eine Lüge genannt werden kann, stimmte sie doch mit der Ortszeit von Hanoi exakt überein.)

»Mir bleiben drei Wochen Semesterferien«, plauderte meine Freundin munter. »Die Frage ist, wie schnell ich einen günstigen Flug kriege und ein Visum.«

»Ein Visum für was?«

»Für die Einreise. Wie bist du reingekommen? Illegal, über Berge und Dschungel?«

»Ach so, nein, natürlich mit dem Flugzeug.«

Obwohl mich eine Panikattacke erfaßte, versuchte ich den gleichgültigen Weltbürger herauszukehren. Der Gedanke, als Asienreisender einen Stempel im Paß zu benötigen, war mir nie gekommen. (Kein Tagebuchschreiber im Internet hatte diese Nebensächlichkeit einer Erwähnung wert befunden.)

»Die Erteilung eines Visums dauert mindestens zwei Wochen«, behauptete ich forsch.

»Quatsch«, antwortete T., »wenn man zur Botschaft geht, kriegt man es sofort, kostet nur eine Extragebühr.«

»Man braucht Impfungen gegen Tropenkrankheiten«, sagte ich und warf einen Fachbegriff in die Debatte, den mir der Assistenzarzt der Rettungsstelle beigebracht hatte, »zum Beispiel die Hepatitis-A-Inokulation.«

»Die hab ich schon.«

Als bekennende Hypochonderin fürchtete T., jede neue ansteckende Krankheit würde sofort über sie und niemand anderen herfallen.

»Auch sind neue Fälle von SARS aufgetreten und diese komische Vogelgrippe.«

Alle Schreckensvisionen prallten an der Mauer ihres touristischen Enthusiasmus ab. Statt den Mut sinken zu lassen, wie ich insgeheim gehofft hatte, wurde sie provokant.

»Wie gefallen dir die Mädchen da unten?«

Damit gelang ihr eine pikante Formulierung, die Wieland begeistert und eine entsprechend prickelnde Entgegnung verdiente hätte, etwa die, daß mich die eingeborenen Schönen unten und oben gleichermaßen begeisterten (eine Bemerkung, die, hätte ich der Versuchung meines Genius nachgegeben, das zarte Gebilde erneuerten Vertrauens, das sich zwischen der Geliebten und mir aufzubauen begann, im Handumdrehen zerstört haben würde), doch öffnete sich in diesem Moment Tor Nr. 5, und mein Freund, der Gemüsehändler und Handybesitzer Minh, erschien, auf dem Trittblech eines Gabelstaplers fahrend, eine Hand am Rahmen, die andere in der Schlinge haltend, doch aufrecht wie ein Feldherr, der sich, trotz seiner Verletzung, nicht davon abbringen ließ, seine Mannen in die Schlacht zu führen.

»Ich muß Schluß machen«, rief ich in den Hörer, »du fehlst mir, ich rufe dich wieder an.«

»Aber wenn ich ...«, rief T. Aber was sie sagte, hörte ich nicht mehr.

Tatsächlich ein Großeinkauf. Tomaten, Chicorée, Äpfel, Bananen, Paprika, rot, gelb, grün, Orangen, Blumenkohl, Mohrrüben, Brokkoli, Weintrauben, Salat, Mangos, Radieschen, Ananas, Gurken sowie eine Batterie verschiedenster Kräuter in Töpfen, Schnittlauch, Petersilie, Basilikum, kurz, alles, was in einen gut sortierten Gemüseladen gehört, lagerte in Kisten auf der Palette, die der Staplerfahrer neben dem Transporter abstellte.

»Schaffst du?« fragte der Vietnamese mit Blick auf die Kisten. »Ich muß noch mal in Halle.«

»Du wärst mir sowieso keine Hilfe.«

»Anfangen am besten mit schwere Sachen.«

»Verschwinde«, sagte ich.

Er hielt mich offensichtlich für einen Volltrottel. Ich begann mit Äpfeln und Apfelsinen. Die Kisten wogen etwa zwanzig Kilo, und ich bemerkte, daß ich noch immer Schwierigkeiten beim Bücken hatte, vor allem, wenn ich die Ware in den vorderen Teil der Ladefläche zog. Ich schob das Fahrrad auf die Seite, um die Kisten an die Rückwand der Kabine zu stapeln. Eigentlich war genug Platz, es sei denn, Minh brachte noch mehr an. Was fehlte? Hatte er Getränke erwähnt? Kartoffeln konnte ich nicht entdecken, auch keine Zwiebeln. Die Hälfte der Waren befand sich im Wagen. Auf der Palette stand nur noch leichter Kram. Ich hatte mir eine Pause verdient und wischte den Schweiß vom Schädel. Sobald man keine Haare mehr hat, schwitzt man also nicht nur auf der Stirn. So lernt man doch immer etwas dazu. Der Handverband war verdreckt und locker, das Hemd klebte am Rücken. Ich biß in einen Apfel, er schmeckte nicht schlecht, ein kühles Bier und eine Banane wären mir jetzt lieber gewesen. Leider lagerte die Südfrucht Nr. 1, in Folie eingeschweißt, in stabilen Pappkisten. Ich weiß nicht, ob ich es bereits erwähnte, aber ich liebe Bananen, esse jeden Tag mindestens ein Exemplar. (Bevorzugt im halbreifen, etwas grünen Zustand, wenn das Fruchtfleisch im Gaumen und an den Zähnen ein stumpfes

Gefühl hinterläßt.) T. hielt mich deswegen für verhaltensgestört und machte sich über diese Marotte ungehemmt lustig (wo sie doch andere Ticks stillschweigend akzeptierte). Die Gewohnheit, über Bananen im Frühstadium ihrer Entwicklung herzufallen, müsse aus meiner Kindheit rühren, als ich, futternneidisch, meine Schwestern bei der Nahrungssuche auszustechen suchte. Die Vorliebe disqualifiziere mich, ihrer Meinung nach, zum ewigen Ostdeutschen. Ihre arrogante Ironie, erklärte ich, wäre mir gleichgültig und stelle sie nur als verwöhntes Wohlstandskind bloß, das keine Entbehrungen kennengelernt hätte. Natürlich wurde diese Unterstellung vehement zurückgewiesen. Da sie die ersten elf Jahre ihres Lebens in Moskau verbrachte, wüßte sie wohl, was das sei, Mangel. Sie erinnerte sich eines einzigen Mals, da es in ihrer Kindheit Bananen gab, im Pionierferienlager auf der Krim, nur trüge sie dieses Defizit nicht vor sich her wie eine Fahne. Dieses Obst, ging ich zur Verteidigung über, sei für mich kein Nostalgikum oder Ideologieersatz, sondern befriedige, weil reich an Magnesium und Spurenelementen, ein körperliches Bedürfnis, sie, meine Freundin, die schon im jugendlichen Alter über Durchblutungsstörungen klage, werde einmal an mich und meine Vitaminpredigten denken, wenn sie nämlich Krampfadern in den Waden bekäme. Natürlich war T. viel zu sehr Frau, um solche Prognose unwidersprochen hinzunehmen, sie erklärte also, Krampfadern bekämen Frauen in der Regel erst nach erfolgreichen Schwangerschaften, sie sehe also für sich kein unmittelbares Risiko, zumindest, wenn sie mit mir und meiner Banane zusammenbliebe, und gesetzt, sie würde sich, worauf ich mich ruhig gefaßt machen könne, von mir trennen, gedenke sie nicht nur meine Vorhaltungen, sondern überhaupt alles zu vergessen, was an mich erinnerte. Basta.

Sie konnte sehr bissig sein, meine Kleine. Heute dagegen war sie sanft wie ein Täubchen gewesen. Woher wußte sie von meiner Reise? Wen hatte sie getroffen, der sie einweihte? In dieser Stadt blieb wirklich nichts geheim. Sofort wenn ich nach Hause kam, würde ich ihr die Wahrheit sagen oder die halbe Wahrheit, zumindest irgend etwas, das sie davon abhielt, mir in ein Land zu folgen, in dem ich mich nicht befand und das ich nie betreten würde.

Gegen sieben Uhr stellte ich die letzte Apfelstiege auf dem Bürgersteig ab. Minh wollte die Früchte in die Auslagen verteilen. Er bat mich, ein paar Minuten zu warten, damit ich N., seine Frau, kennenlernte, aber ich ließ mich nicht überreden. Ich schob Rückenschmerzen vor, die ich nicht erfinden mußte. Da der Vietnamese keine Sackkarre besaß, hatte ich alle Kisten in den Laden tragen müssen, siebenundzwanzig Schritte hin, siebenundzwanzig zurück, vierundfünfzig für eine Tour, siebzig bis achtzig Gänge mochten es gewesen sein. Wenn ich auf dem Großmarkt für einen Augenblick der Schwäche Anwandlungen von Proletkult verspürt hatte, Sehnsucht nach körperlicher Tätigkeit, so war der Anfall von Misologie jetzt verflogen, der Vernunfthaß, den Kant in der *Metaphysik der Sitten* skizzierte, wurde mit jedem Gramm Obst, das ich transportierte, geringer. Je stärker Hände, Genick und Bizeps schmerzten, je mehr Holzsplitter in meinen Fingern steckten, je heißer mein Knie und je unerträglicher das Dauergrinsen von Minh wurde, um so sicherer war ich, daß ich den richtigen Beruf gewählt hatte, daß ich nicht tauschen wollte, mochte sich Voltaires Candide in seinem Gärtchen hinter dem Haus noch so sehr mit Feldarbeit vergnügt haben, ich bevorzugte Schreibtisch, Reflexion, Kopfarbeit. Mein vietnamesischer Chef fragte zum Abschied, ob ich irgend etwas bräuchte. Er wies mit dem gesunden Arm zu den Regalen des Geschäfts, als wollte er sagen, was mein ist, soll auch dein sein, Kaffee, Milch, Schnaps, Süßigkeiten?

Ich wollte nichts, sagte ich, nur schlafen. Sein Händedruck war hart, ich wußte, wovon.

Er sagte, er würde mir die Hilfe nicht vergessen.

»Schon gut«, antwortete ich.

Als er mich beim Vornamen nannte, fiel mir auf, daß er das »R« tatsächlich wie ein »L« aussprach.

Kaum in der Wohnung des Politikwissenschaftlers angekommen – ich ignorierte den vollen Briefkasten –, machte ich mir Vorwürfe, die Großzügigkeit des Drachen-Boten nicht ausgenutzt zu haben. Nur ein Schwachkopf oder Alkoholiker konnte ein Kaffee-Angebot ausschlagen, wenn sich sein Getränkevorrat auf drei Flaschen Bier beschränkte. Mir blieb keine Wahl, als diesen Tag zünftig, wie ein echter Mann, der auf dem Großmarkt seinen Mann gestanden hatte, zu beginnen, indem ich zum Pils griff. Ich prostete meinem Spiegelbild zu. Es war ein Gaumenkitzel, ein Genuß, ich stöhnte wie ein Komparse aus dem Werbefernsehen und wischte den Schaum aus dem wachsenden Oberlippenbart. Doch hieß es, mit Bedacht und maßvoll zu trinken, denn für ein Telefongespräch mit T. brauchte ich alle geistigen Reserven. Aber war ich denn von allen guten Geistern verlassen, wie hatte ich mich dazu hinreißen lassen, ihr einen Anruf zu versprechen? Im Display ihres Telefons – das ich gut kannte, denn ich hatte ja nicht nur mit T., sondern auch mit ihrem Telefon zwei Jahre zusammengelebt – würde unweigerlich die Nummer erscheinen und meinen Aufenthalt verraten: die Wohnung ihres Schulfreundes F. Was wollte ich dann noch erklären? Die Wahrheit käme wie eine Sturzgeburt ans Licht, die Enttäuschung würde riesig sein, erstens, weil ich sie angelogen hatte, zweitens, weil ich nicht nach Hanoi geflogen war, drittens, weil sie – was sich aus beiden Punkten logisch ergab – mir nicht hinterherzufliegen brauchte.

Das Verhängnis *unzeitiger Wahrheit*, schon Carl Gustav Jochmann wußte davon ein Lied zu singen. *Was tun? sprach Zeus.* Sollte ich mich auf die Suche nach der verlorenen

SIM-Karte machen? (*A la recherche de la carte SIM perdue.*) Eine neue kaufen, die T. nicht identifizieren konnte? Oder ganz auf ein Gespräch verzichten, statt dessen die Schriftform wählen, die den unstrittigen Vorteil besaß, daß man vor Zwischenfragen geschützt war, die unerbittlich nach Widersprüchen in der Argumentation suchten.

Ich setzte mich an den Computer, um mein E-Mail-Konto zu prüfen, bevor ich meiner Geliebten einen Bericht über die katastrophalen hygienischen Bedingungen in Vietnam gab. (Der Botschafter möge mir verzeihen, es war dies eine Notlüge, die sich auf keine persönlichen Erfahrungen stützte.) Inzwischen waren auch die Suppe Nummer 2 und das Hühnergericht Nummer 40 aufgewärmt und zum Verzehr bereit. Herbert, der Kulturattaché a. D. (troubadour@gmx.de), gab seine Besserwisserei nicht auf und unterstellte mir, ich wüßte die Rolle Ho Chi Minhs als nationaler Befreiungsheld nicht zu würdigen, auch sei es unrichtig, die im Mausoleum verwendete Klimaanlage als beste des Landes zu apostrophieren, die im Botschaftsgebäude der *Republik* installierte Kühltechnik wäre mindestens gleichwertig gewesen, und von einer *Gasse der Zahnersatzteile* habe er noch nie gehört, entweder wäre diese in den letzten zwei Monaten entstanden (was bei der Rasanz der wirtschaftlichen Veränderungen in Vietnam nicht auszuschließen sei) oder meiner Einbildungskraft entsprungen. Abschließend erwähnte er noch, ich solle mir einen Besuch der alten Kaiserstadt Huê auf keinen Fall entgehen lassen und mich vor Prostituierten vorsehen. (Wenn es zwischen beiden Ratschlägen einen Zusammenhang gab, so blieb er mir undeutlich.) Liane hatte es trotz Nachtruhe geschafft, innerhalb von zehn Stunden zehn E-Mails zu verschicken. Der von mir beklagte Umstand, daß mich ihre Briefe nicht erreichten, brächte sie zur Verzweiflung. Allerdings hätte sie auch eine gute Nachricht. Einer Bekannten von ihr (Geschichtslehrerin am Gymnasium, die meine Bücher kennen und schätzten würde) habe sie von meinem geplanten Ausflug zur Halong-Bucht erzählt, und zufälligerweise hätte diese Lehrerin Kontakt zu einem Mann (den sie aus ihrer Zeit am Institut kenne, keine Ahnung, von welchem Institut die Rede war), der jedenfalls, und dies sei das entscheidende, stolzer Vater einer Tochter Nina sei, die ihre Famulatur im Viet Duc Hospital absolviere. Sie sei angehende Kinderärztin und befände sich zur Zeit für einige Wochen im Rahmen eines Austauschprogramms im Krankenhaus in Halong City. Die Familie hieße Bengtsch. (Obwohl sie in Wirklichkeit anders heißt.) Der Vater hätte Nina meine Visite angekündigt, und sie freue sich darauf, mich kennenzulernen. (Schade, dachte ich, daß mir Schwesterchen nicht gleich ein Foto von Dr. Nina Bengtsch mitgeschickt hatte, so würde ich nie erfahren, was ich in Halong verpaßte.) »Wahrscheinlich bist du völlig überfordert«, schrieb Liane »so weit weg von zu Hause.« Für einen Augenblick fürchtete ich, meine Lieblingsschwester würde mir auch noch einen Besuch androhen, doch beruhigte ich mich damit, daß ihr Terminkalender solche Spontaneität nicht gestattete. Sie konnte unmöglich Petras Party boykottieren, meine Abwesenheit würde schon als deutlicher Affront der Familien-*Linken* aufgefaßt werden.

Liane erinnerte mich an den versprochenen Anruf und Glückwunsch – ein Versprechen, das ich meines Wissens nie gegeben hatte – und schickte mir, da sie um meine *Schußligkeit* – so wörtlich – wußte, Petras Telefonnummer. Ich solle es so einrichten, daß ich, wenn ich die *Jubilarin* anrief, auch sie, Liane, sprechen könnte, sie würde allerdings, wegen der Teilnahme an einer *Massendemonstration gegen Sozialabbau und die geplante neue Arbeitslosenregelung der Regierung*, nicht vor acht Uhr abends bei den *Parvenus* auftauchen, was für mich, wegen der Zeitdifferenz, bedeute, entweder etwas länger wach zu bleiben, bis zwei Uhr nachts, damit ich die Gäste beim Beginn der Feier abpaßte, oder früher aufzustehen, gegen sechs Uhr morgens, denn bis Mitternacht würde sich die Festivität sicherlich hinziehen. Mir schwindelte der Kopf, als ich die zehn Briefe gelesen hatte, und ich registrierte erfreut, daß die letzte E-Mail von U., dem Kupferstecher, kam und keine weiteren Komplikationen verhieß. Er stellte eine simple Frage, auf die ich allerdings auch keine Antwort wußte. »Ist es richtig, daß Bier auf vietnamesisch Bia heißt?«

Meine Reisepläne wurden vollkommen über den Haufen geworfen. Ich hatte mich den beiden Holländerinnen angeschlossen und bei Du Lac Tours, einem örtlichen Reisebüro, für 36 Dollar eine 3-Tages-Tour zur Halong-Bucht und der Insel Cat Ba gebucht. Treffpunkt war um acht Uhr am Morgen vor dem Brother Hotel, in dem Antje und ihre Schwester abgestiegen waren. (Man muß früh losfahren, denn der Minibus benötigt für die 170 Kilometer lange Strecke mindestens drei Stunden.) Ich war am Abend noch in die Hotelbar gegangen, um ein Bier zu trinken, das war zwar kein besonderes Erlebnis, doch immer noch besser, als sich im Zimmer zu langweilen und eine indische Variante von Vom Winde verweht zu sehen. An mehreren Tischen saßen deutsche Touristen, denen ich mich nicht als Landsmann zu erkennen gab, da ein Engländer nicht reist, um Engländern zu begegnen (wie es in Yoricks Reise des Herzens treffend heißt), so reiste ich nicht, um mit Sachsen oder Niedersachsen über Wetter und Wechselkurse zu räsonieren, hatte aber nichts gegen die Bekanntschaft niederländischer Damen, schwedischer Trinker oder französischer Taucher einzuwenden. Sobald ich heimatliche Idiome hörte, zog ich mich in mein Gehäuse zurück und mobilisierte mein Schulenglisch. Jedenfalls trank ich, obwohl allein, einige Flaschen Bier (der Marke Ha Noi Bia, falls das jemanden interessiert) und fiel gegen Mitternacht ins Bett. Auch im nüchternen Zustand wäre es mir schwergefallen, den elektronischen Radiowecker auf meinem Bambusnachttisch einzustellen. Dreimal glaubte ich, den Apparat korrekt programmiert zu haben, löschte das Licht und drehte mich auf die Seite, als das Radio zu plärren begann. Es war die Art Musik, die ich im Literaturtempel kennengelernt hatte, sie bewegte sich in Frequenzen, die Scheintote ins Leben zurückholen können, nur gelang mir nicht, die Reanimation auf den richtigen Zeitpunkt zu lenken. Mein Handy hatte ich – ein Fehler, vor dem ich jeden Asienreisenden nur warnen kann – in Berlin zurückgelassen, es wäre mir von Nutzen gewesen, nicht zuletzt als Statussymbol. Mit einem Mobiltelefon wird der weiße Tourist zu einer noch eindrucksvolleren Langnase, als er ohnehin ist. Da ich mich auf den Dienst des Radios nicht verlassen wollte und schließlich – die Musik ließ sich nicht mehr abstellen – das Kabel aus der Steckdose zog, bat ich die Frau an der Rezeption, mich um sechs Uhr dreißig telefonisch zu wecken. Wach wurde ich allerdings durch die Staubsaugergeräusche des Zimmermädchens, das mir die Uhrzeit verriet, indem es das Radio wieder verdrahtete. Es war dreiviertel acht, meine Bustour nach Halong startete in einer Viertelstunde. Ich schenkte mir das französische Frühstück (Weißbrot und Marmelade), bezahlte meine Zimmerrechnung und winkte einem Rikschafahrer auf der Ly Thuong Kiet Street. Der Pedalritter, mit dem ich zum Mausoleum gefahren war, hatte offenbar beschlossen, mein persönlicher Chauffeur zu werden, und erwartete mich vor dem Eingang. Zum Brother Hotel, in die Altstadt, und zwar so schnell wie möglich, rief ich, bemüht, mein Ziel deutlich zu artikulieren. (Das englische Wort für Bruder kann, in der landesüblichen Manier ausgesprochen, leicht zum Homonym BROTHEL mutieren, ein Begriff, der gemeinhin eher eine Ansammlung von Schwestern umschreibt, eine spezielle Art Hotelbetrieb, für die ich aus Prinzip, im allgemeinen, und aufgrund der Tageszeit, im besonderen, nicht präpariert war.) Wir reihten uns in den Verkehrsstrom ein, der sich, zäh fließend wie Lava und ebenso heiß, über die Magistrale wälzte. Innerhalb weniger Minuten waren wir eingekeilt. Ich erkannte, daß ich die Transportmöglichkeiten eines Mopeds bislang unterschätzt hatte. Die Varianten waren mannigfaltig. Fünfzig Gänse, eine Kleinfamilie mit Großmutter, ein ausgewachsenes Schwein, eine Pyramide aus Vogelkäfigen, drei Leitern, vier Schulkinder. Das Panoptikum hätte mich erheitert, wären wir vorwärts gekommen, doch rührten wir uns kaum vom Fleck. Obwohl es acht Uhr morgens war, hing die schwülwarme Luft wie in einer Glocke über der Stadt. Keiner der zehntausend Mopedfahrer dachte daran, den Motor abzustellen. Jeder zeigte, daß seine Hupe die lauteste war. Ich versteckte mich hinter meinem Rucksack, in der absurden Hoffnung, Lärm und Abgasen entfliehen zu können. Derweil zündete sich der Fahrer eine Zigarette an, eine Konsequenz, der ich meinen Respekt nicht versagen konnte. Als auf dem Sozius eines Motorrollers neben uns eine junge Frau einen Kreislaufkollaps erlitt und, über die Köpfe der Verkehrsteilnehmer hinweggehoben, an den Straßenrand getragen wurde, wußte ich, daß es höchste Zeit war, aus diesem Höllenkreis, gegen den sich Dantes Phantasien wie Ammenmärchen ausnahmen, auszubrechen. Wo Eingeborene das Handtuch werfen, sollte der Forschungsreisende nie versuchen, den Helden zu spielen. Die aus Erfahrung gewachsene Maxime, die man Alexander von Humboldt in den Mund legt, beschloß ich zu beherzigen, indem ich dem Cyclopedisten die vereinbarten 10000 Dong reichte und mit Krabbelbewegungen der Finger andeutete, auch ich würde vorziehen, mich zu Fuß zum Hotel der Brüderlichkeit durchzuschlagen. Bis dorthin benötigte ich weitere zwanzig Minuten, doch hätte ich mir den Weg sparen können, denn der Minibus war längst abgefahren und steckte irgendwo an der Peripherie im Stau. Da ich keine Lust verspürte, den Rucksack zum Hoa Binh Hotel zurückzutragen und man, eingedenk der Unmöglichkeit, zweimal in den gleichen Fluß zu springen, niemals versuchen sollte, sich in einem Hotel anzumelden, in dem man sich gerade abgemeldet hatte, beschloß ich im Brother Hotel zu bleiben. Ich duschte, zog mich um, frühstückte zwei Bananen und Spiegeleier und fühlte mich wieder wie ein Europäer. Da ich einen freien Tag gewonnen und die Holländerinnen verloren hatte, verließ ich das Hotel, um das Ethnologische Museum aufzusuchen, das mir Mats empfohlen hatte. Kaum stand ich auf der Straße, begrüßte mich ein Motorrollerfahrer mit einem munteren »Hello, Sir«. Es war mein Rikschafahrer, den ich vor einer guten Stunde im Verkehrschaos der Ringstraße verlassen hatte. Ich überlegte, ob er seine Rikscha gegen den chinesischen Roller getauscht oder ob ihm nur meine 10 000 Dong gefehlt hatten, um die Maschine beim Händler auszulösen. Sie sah verdammt neu aus. (Die Episode zeigt, mit welcher Rasanz sich die Ökonomie des Landes entwickelt.) Der Chauffeur, der übrigens Nguyen hieß, mit Vornamen Minh, was soviel wie Wind bedeutet und seinem Temperament durchaus entsprach, präsentierte voller Stolz sein neues Gefährt, so als hätte ich es ihm zu Weihnachten geschenkt. Mit einladenden Gesten versuchte er mich auf den Rücksitz zu locken. Aus seinem Wortschwall destillierte ich drei Begriffe: Parfüm, Pagode und Benzin. Was meinte er? Ich wurde aus seiner Rede nicht schlau, doch zeigte mir seine Pantomime, die Sache wäre dringend und ginge uns drei an: ihn, mich und das Moped. Also tat ich, was ich noch bereuen sollte, und schwang mich auf den Feuerstuhl, in den Schatten des Mannes, der Wind hieß. Minh hatte anscheinend sehr lange auf diese Jungfernfahrt gewartet, er drehte sich zu mir um und zeigte mit aufgerissenen Augen, dies sei etwas ganz anderes als die tröge Rikscharadelei. In seinen Pupillen blitzte der Wahnsinn des Fortschritts. Ich preßte mich an ihn, wie sich Münchhausen an den Wolf geklammert hatte, der ihn in Rußlands Wäldern unbewaffnet überraschte. Minh Nguyen, mein Entführer, mein Retter, mein Mörder. Ich war sicher, mir war der Tod auf einer vietnamesischen Landstraße vorbestimmt. Albert Camus, Rolf Dieter Brinkmann und ich, ein Verkehrsopfer mehr im Sterberegister der Literaturgeschichte. Minh schaffte es, in wenigen Minuten die Hauptstadt zu verlassen. Als ich die Augen öffnete oder, was eher anzunehmen wäre, aus der Ohnmacht erwachte, jagten wir an Reisfeldern vorbei, die ich schon einmal im Auslandsjournal gesehen hatte. Frauen standen bis zu den Waden im Wasser und prüften, ob die kleinen Sprößlinge auch sicher im Schlamm steckten, Büffel kauten wieder und wieder, in Erwartung, daß Touristen vorbeikämen, um sie zu fotografieren. Plötzlich kam eine Shell-Tankstelle in Sicht, und ich muß sagen – auch wenn es zeigt, daß meine antikapitalistische Grundhaltung labil ist –, die Muschel am Horizont wirkte auf mich, wie das rettende Eiland auf den schiffsbrüchigen Robinson gewirkt haben muß. Der Vietnamese war die ganze Zeit auf höchster Drehzahl gefahren und brauchte dringend Sprit. Ich taumelte an die Tanksäule, neben der eine Gruppe junger Mädchen Seidenstickerei betrieb. Die Frauen nutzten meine vorübergehende Schwäche aus, um mir zehn Taschentücher aufzuschwatzen, die so kunstvoll verziert waren, daß ich nie wagen würde, mir damit die Nase zu putzen. Ich tupfte mir Tränen aus den Augenwinkeln. (Hatte sie der Fahrtwind hervorgelockt oder das dankbare Gefühl, einige Minuten länger das Leben genießen zu dürfen?) Solcherart motiviert, ging ich daran, Minh zur Umkehr zu bewegen, aber wie viele seiner vom Konsumfieber infizierten Landsleute zeigte er wenig Neigung, meiner Aufforderung zum asketischen Lebenswandel zu folgen. Er holte den Tankwart, einen Mann um die Fünfzig, der mich durch nahezu akzentfreies Deutsch und die Mitteilung überraschte, er habe in der REPUBLIK eine dreijährige Ausbildung zum Chemieingenieur absolviert und in den Leunawerken WALTER ULBRICHT gearbeitet. Durch ihn erfuhr ich, wohin mich mein rasender Rollerfahrer zu bringen beabsichtigte. Zur Parfüm-Pagode, einem buddhistischen Nationalheiligtum, das jeder Vietnam-Tourist gesehen haben mußte, also auch ich. Normalerweise kostete eine Exkursion von Hanoi aus fünfundzwanzig Dollar, Minh bot mir den Ausflug für umsonst, ich müßte lediglich das Benzin bezahlen, im jetzigen Falle 40000 Dong, also, wie man auf deutsch sagen würde, ein Klacks. Ich bat den Dolmetscher, meinem Fahrer zu erklären, ich wäre mit der Regelung einverstanden, würde nur bitten, daß er sein Tempo um die Hälfte verringere. Der Chemiker übersetzte fünf Minuten, am Ende seiner Ansprache lachten beide Männer wie über einen guten Witz und schlugen mir zweiseitig anerkennend auf die Schultern. Weiter ging die Fahrt, mit unverändert halsbrecherischer Geschwindigkeit. Gegen Mittag erreichten wir den Eingang der Tempelanlage. Minh schickte mich zur Kasse, wo ich für 50000 Dong eine Eintrittskarte kaufte, und hieß mich, gemäß der Sitte, Buddha meine Aufwartung machen, um dann sein Moped zu starten, mit der Erklärung, er erwarte mich in drei Stunden wieder an der Bootsanlegestelle. Um zur Parfüm-Pagode zu gelangen, muß man nämlich eine einstündige Flußfahrt in flachen Kähnen bewältigen, ähnlich denen, die im Spreewald verkehren, wobei die Ruderarbeiten von Frauen geleistet werden. Ich erspare mir die touristischen Details dieses Teils meiner Tour. Bäume und Wasserpflanzen waren beeindruckend, das Wetter trübe, der Aufstieg zur Pagode eine Quälerei für mein Knie, der Ausblick vom Berg, wie ein Lehrer aus Eßlingen, der ihn neben mir genoß, treffend zu seiner Frau sagte: »Einfach unglaublich berückend!« Besser hätte ich es nicht formulieren können. Ich gestehe, es fiel mir schwer, mich auf Kultur, Natur, Wald und Flur konzentrieren zu können, beständig stand mir die drohende Rückfahrt vor Augen. Wenn wir uns erst gegen drei Uhr auf den

Heimweg machten, würden Minh, ich und das Moped unweigerlich in die Dunkelheit geraten, die hier um sechs Uhr abends schlagartig einzutreten pflegt, eine mich lähmende Vorstellung. Doch schien Buddha meine Gebete im Tempel erhört zu haben, denn als wir die Rückfahrt antraten, war der Pilot wie ausgewechselt, eine Eingebung oder ein Sturz hatten ihn zur Vernunft gebracht, er fuhr mit gedrosseltem Gas und Umsicht über die kurven- und schlaglochreiche Piste. Daß uns wenige Kilometer vor der rettenden Hauptstadt ausgerechnet ein Verkehrspolizist mit seinem Motorrad in die Quere kam und von der Straße drückte, konnte nicht Minh zur Last gelegt werden. (Obwohl genau dies geschehen sollte, in welchem Land der Welt erklärt ein Polizist freiwillig eine Schuld?) Wir hatten keine Chance, der Ordnungshüter kam hinter einem am Straßenrand parkenden Minibus hervorgeschossen und stieß gegen unser Hinterrad, wobei er mein rechtes Bein knapp verfehlte. Nur Minhs Geistesgegenwart rettete uns vor dem Unfalltod. Wacker hielt er den Lenker fest, versuchte den schlingernden Roller wieder in die Gewalt zu bekommen, doch kriegten wir die Kurve nicht und gerieten auf die andere Fahrbahn. Das letzte, das ich erinnere, waren die Scheinwerfer der entgegenkommenden Fahrzeugkolonne, dann traf mich ein Schlag gegen die rechte Schläfe. Ob die Blessur durch den Ellenbogen des Chauffeurs oder das Lenkrad des Mopeds verursacht wurde, werde ich nie erfahren, ebensowenig, wie es dem Rikschafahrer (der seine alte Tätigkeit wird wiederaufnehmen müssen, da das Moped einen Totalschaden erlitt) in letzter Sekunde gelang, in das Reisfeld auszuweichen. Das Wasser bremste den Aufprall. Glück im Unglück. Minh erwischte es schlimmer als mich, er stürzte, weil er sich nicht von seiner Neuanschaffung trennen wollte, so unglücklich, daß ihn das Fahrzeug unter sich begrub und seine linke Schulter zerschlug. Er litt große Schmerzen und war nicht ansprechbar. Mir dröhnte der Kopf, meine rechte Hand blutete, ich vernahm die Fragen, die auf uns einprasselten, doch wußte ich keine Antwort. Vor allem störte mich die Feuchtigkeit. Hemd, Reisepaß und Hose waren naß, sogar die zehn brandneuen, unbenutzten Seidentaschentücher trieften. Man trug uns zum Minibus.

Dies war, wie ich nicht ohne Befriedigung feststellte, ein lebensnaher, volkstümlicher, spannungsgeladener und, vor allem, seinen Zweck erfüllender Aufsatz zum Thema: Mein schönstes Ferienerlebnis. Zwar hatte ich den eigentlichen Kulminationspunkt noch nicht erreicht, nämlich die Entscheidung, aufgrund meiner Verletzung – die mir eine Bagatelle schien, sich aber als mittleres Schädeltrauma oder zumindest leichte Gehirnerschütterung entpuppen sollte – meinen Aufenthalt in Vietnam abzubrechen, um mich in die verläßlichen Hände deutscher Schulmediziner zu begeben, doch wollte ich auch nichts überstürzen und meine Glaubwürdigkeit gefährden. Hätte mein Entschluß zur Abreise schon festgestanden, würde ich sie T. am Telefon mitgeteilt haben. Sie könnte, wenn überhaupt, nicht vor Montag losfliegen, da ihr die notwendigen Stempel im Paß fehlten, Liane müßte ich heute nacht, bei der erpreßten telefonischen Gratulation für die fünfzigjährige Petra – von der ich noch nicht wußte, wie ich sie bewerkstellen würde –, andeuten, wie unsinnig und unnötig T.s Vorhaben war, mir nach Hanoi zu folgen, mein Zustand sei stabil, und ich würde, sobald ich eine O. K.-Buchung – den Begriff kannte ich aus Filmen – bekäme, umgehend heimkehren. Außerdem sei es eine sinnlose Ausgabe. Statt Geld zum Fenster hinaus oder einem Konzern wie der *Lufthansa* in den Rachen zu schmeißen, sollte man es besser anlegen. Zum Beispiel, indem man es spendete. Für 500 Euro könne man ja nicht nur Milch, sondern eine halbe Kuhherde kaufen. (Das war natürlich maßlos übertrieben, aber eine einprägsame Metapher.) Vielleicht würde es Liane in einem Gespräch von Frau zu Frau glücken, T. vor übereilten Schritten abzuhalten. (Dann fiel mir ein, daß sich meine Geliebte und meine Lieblingsschwester noch nie getroffen hatten – ein Versäumnis, das mir beide berechtigterweise wiederholt vorhielten – und folglich auch kaum miteinander sprechen würden.)

Seit fast drei Stunden in der Wohnung, hatte ich noch nicht einmal die Schuhe ausgezogen. Diese Vietnam-Reise begann mich auszuzehren. Urlaub konnte man das nicht nennen. Ich brauchte dringend ein paar Stunden Schlaf und zog das Bettgestell aus der Couch. Dabei verhedderte ich mich andauernd in der Christo und Jeanne-Claude gewidmeten Wäscheleineninstallation. Als ich mich bückte, um die Schnürsenkel zu öffnen, spürte ich einen dumpfen Schmerz im unteren Bereich der Wirbelsäule. Vielleicht hatte ich mir beim Sturz vom Moped einen Nerv eingeklemmt oder eine Ruptur zugezogen? Das Schuhband hatte sich verknotet, nervös versuchte ich die Schlinge mit Gewalt zu lösen, obwohl ich wußte, daß man die Sache so nur noch schlimmer machte. Der Senkel riß oberhalb des Knotens, ich fluchte und ließ mich erschöpft auf einen der klobigen, schlecht geleimten IKEA-Stühle des im IKEA-Mutterland weilenden Politikstudenten fallen und brach, um die Katastrophe perfekt zu machen, mit dem Sitzgerät zusammen, in dem Augenblick, als die Wohnungsklingel ertönte. Wer immer vor der Tür stand, er mußte meinen Entsetzensschrei und das Gepolter gehört haben. Meine Hand schmerzte, denn ich hatte versucht, mich auf dem Handballen abzufangen, allerdings war der Rückenschmerz plötzlich verschwunden. Ich zog das T-Shirt über und lief zum Spion. Offizieller Besuch, K., meine Lektorin, stand im Hausflur. Die Ereignisse begannen zu eskalieren. Als ich öffnete, fiel ihr präpariertes Lächeln zusammen wie Hefeteig bei Minusgraden.

»Um Gottes willen, wie siehst du aus?« rief sie ohne jede Diplomatie.

»Halb so wild«, antwortete ich, »ein Kratzer, ich bin gestürzt.«

Dabei hatte K. mein Veilchen noch gar nicht bemerkt und zunächst nur meine Haarlosigkeit bestaunt.

»In Hanoi?«

Während ich sie hereinbat, versuchte ich mich zu erinnern, ob K. nun eigentlich in meine Reise eingeweiht war oder nicht. Hatte ich sie nicht wie T. aus dem Kreis der Vietnam-Kader ausgegrenzt? Wie kam sie auf Hanoi? Ich beschloß, nach dem Grundsatz *Reden ist Silber, Schweigen ist Gold* zu verfahren.

»In Halle?« setzte K. die Befragung fort. Sie war eine gute Lektorin, die sich mit fadenscheinigen Erklärungen nicht abspeisen ließ. Ihre Frage ergab zwar keinen für mich logischen Zusammenhang, doch beschloß ich, den Erzählfaden aufzunehmen.

»Ja, in der Halle, beim Fußball.«

»Du hast Fußball gespielt, mit deinem kaputten Knie? Und wieso in Halle?«

Ich überlegte, warum mir seit Tagen jedes Gespräch zu entgleiten begann, dann fiel mir ein, daß K., die aus Leipzig stammte, der Meinung aufgesessen war, ich sei ins berüchtigte Neubaugebiet der Händelstadt gereist, nach Halle-Neustadt, dem Ha-Neu der *Republik*.

»Als Zuschauer«, sagte ich, »bei einem Hallenfußballturnier, ein paar Hooligans sind durchgedreht, ihnen gefiel meine Nase nicht.«

Ich zeigte auf mein blaues Auge. K. blickte mit mütterlichem Mitleid auf den Bluterguß. Doch nur kurz. Ihr kritischer Apparat meldete Zweifel an. Irgend etwas an dieser Geschichte schien ihr nicht stimmig.

»Du siehst selbst aus wie ein Hooligan.«

»Ich versuche in die Szene einzutauchen für eine Reportage über rechtsradikale Fans«, erzählte ich. »Ich weiß, du wirst sagen, wie kannst du neue Aufträge annehmen, wo der Schiller-Band noch nicht fertig ist, aber der Beitrag ist für ein Hamburger Magazin, sie zahlen gut, und ich bin blank.«

K. hatte (zu Recht) befürchtet, ich könnte den Termin bei D. vergessen haben. Ich stand unter der Dusche und versuchte Ordnung in mein verwirrtes Gehirn zu bringen. Als ich, wenig später, in ein Badetuch gewickelt, ins Zimmer trat, wechselte meine Lektorin dezent in die Küchennische und begann Wasser zu kochen.

»Willst du einen Kaffee?« fragte ich beiläufig.

»Tee wäre mir lieber.«

»Mir auch. Aber ich habe keinen.«

»Dann nehme ich einen Kaffee.«

»Habe ich auch nicht mehr, aber wenn es dir nichts ausmacht, an der Ecke ist ein Chinese, keine zweihundert Meter, eigentlich ein Vietnamese, der hat welchen.«

Meine Lektorin begriff, daß ich sie zum Ankleiden nicht unbedingt als Assistentin benötigte, und ging zur Tür.

Wir nahmen den Weg über die Stadtautobahn Richtung Süden. K. steuerte einen schwarzen Mini. Ich hatte nicht gewußt, daß sie eine Fahrerlaubnis besaß, in meiner Vorstellung existierte sie als überzeugte und puristische Fußgängerin. Dieser 6. Goethe mauserte sich zu einem herrlichen Frühlingstag. Das Licht stach in die Augen, als wir am Kreuz Funkturm die Tribünen der Avus passierten. K. hatte bei Minh ein Pfund Äpfel gekauft und bestand darauf, daß ich einen Boskop kostete, ich würde aussehen, als ob ich Vitamine bräuchte. Also benagte ich seit knapp dreißig Minuten den Griepsch, den ich nicht aus dem Fenster zu werfen, aber auch nicht im Aschenbecher der Lektorin zu versenken wagte. Der Mini war ein von Frauenhand zärtlich gepflegtes Nichtraucherauto, der Aschenbecher würde absolut keimfrei und unbenützt sein, so sauber, daß man daraus grünen Tee trinken konnte.

»Übrigens hat mich gestern deine Schwester angerufen«, sagte K. beiläufig und zog nach einem Überholmanöver auf die rechte Spur zurück.

»Welche?«

»Ich kenne nur eine, die mit den gefärbten roten Haaren.«

»Liane. Was wollte sie?«

»Sie benahm sich etwas seltsam«, erklärte K., »fragte nach der Telefonnummer der Wohnung deiner Freundin.«

»Wofür brauchte sie die?«

»Das hat sie nicht gesagt.«

»Du hast sie ihr doch nicht etwa gegeben«, fragte ich besorgt.

»Durfte ich nicht? Sie ist deine Schwester. Ich wußte ja nicht, daß die Nummer so geheim ist.«

»Schon gut. Hat sie sonst noch was gewollt?«

»Ob ich wüßte, wann du wiederkommst?«

»Wo sollte ich denn ihrer Meinung nach sein?«

»Es klang so«, meinte K. »als wärst du gerade auf Weltreise.«

Ich lachte nervös, öffnete das Seitenfenster und schmiß den Apfelrest in Richtung Grunewald.

»Sie ist in letzter Zeit etwas sonderbar, wahrscheinlich beschäftigt sie sich einfach zuviel mit Politik.«

»Ich hab mir auch gedacht, daß sie sich unnötig Sorgen macht, und ihr gesagt, wir würden uns heute treffen.«

Eigenartigerweise nahm ich die Information mit Fassung auf. Die Straße glänzte. Käfer klatschten gegen die Scheibe und hinterließen als letztes Lebenszeichen einen schmierigen Fleck. Links rasten die schnellen Flitzer vorbei, rechts grüßte das frische Grün der Bäume. Es sah wunderschön aus. Alles erneuerte sich, alles begann von vorn. Also doch? Ich schloß die Augen und atmete tief durch. So oder so ähnlich, dachte ich, muß sich Kleist gefühlt haben, als er zum Wannsee fuhr.

K. parkte den Mini ein paar Meter vor dem Anwesen des Entertainers. Ihr englischer Kleinwagen sah neben den

Autos, die den Straßenrand verzierten, ein wenig albern aus. Hier wohnte richtiges Geld. Wir gingen noch einmal den Schlachtplan durch. Die Lektorin bat mich dringend, meine Gefühle im Zaum zu halten, ich solle höflich sein und meinem Gastgeber nicht offenbaren, was ich von ihm hielt.

»Grobheiten helfen uns nicht weiter, die Schwächeren können nur mit List und Einfallsreichtum siegen.«

Es klang wie eine Zitatmontage aus Brecht und La Fontaine. Meine Lektorin ließ sich nicht abhalten, auf mich zu warten. Sie habe Zeit, da ich mit dem Manuskript noch nicht weitergekommen sei, fehle es ihr an Arbeit. Sie würde eine Stunde die Uferpromenade entlangspazieren und sich dann ins Café am S-Bahnhof Wannsee setzen. Falls etwas schieflaufen würde, sollte ich sie anrufen.

»Hast du dein Handy dabei?«

»Nein.«

»Nimm meins«, sagte K.

Ich ließ mir ihr Telefon geben und wollte aus dem Auto steigen.

»Wie soll ich dich erreichen, wenn du kein Handy hast?«

»Stimmt auch wieder. Na, vielleicht ist D. großzügig und läßt dich mal anrufen. Schreib dir meine Nummer auf.«

Ich notierte mir ihre Handynummer auf dem linken Handrücken.

»Was ist das für eine Marotte?« fragte die Verlagsfrau.

»Asiatisch«, sagte ich. »So kann man wichtige Mitteilungen nie verlieren.«

»Man darf sich nur nicht mehr waschen.«

K. wendete den Wagen und fuhr davon. Ich ging mit weichen Knien zum Tor und drückte die Klingel. Es stand kein Name an der Sprechanlage. Auf den Kopf einer einsamen dorischen Säule, rechts neben der Garageneinfahrt, war eine Videokamera montiert, in die ich ein breites Grinsen schickte. Mit einem Klick sprang die schmiedeeiserne Eingangstür auf. Ich hörte Hundegebell, sah aber kein Tier. (Ein Umstand, den ich begrüßte, denn ich habe seit früher Kindheit Angst vor Hunden. Im Grunde sind die einzigen Haustiere, die ich akzeptiere, Meerschweinchen.)

Mir öffnete ein Mann um die Dreißig, von meiner Statur, nur besser trainiert, der nach kurzem Zögern meine ausgestreckte Hand nahm und um meine Garderobe bat. Ich registrierte einen schlaffen Händedruck – der nicht zu seiner Fitneßstudiofigur paßte – und schüttelte den Kopf, ich zöge vor, meine Jacke zu behalten. Eine innere Stimme hatte mir eingeflüstert, ich dürfe mir auf keinen Fall die Spielregeln diktieren lassen. Die Weigerung, dem Diener – offenbar war er so etwas Ähnliches – meine Kleidung anzuvertrauen, war ein erster, wenn auch etwas lächerlicher Schritt, diese Strategie zu verwirklichen. Der Mann bat mich, ihm zu folgen, D. erwarte mich im Studio. Ich nahm an, ihn vor einem Mischpult anzutreffen, zwischen Lautsprecherboxen, Kompressoren und Reglern, er würde sich in dem Milieu darstellen, das ihn berühmt und reich gemacht hatte. Auch D. suchte die Sicherheit mit dem Rücken zur Wand.

Der Angestellte öffnete eine hohe Doppeltür und wies ins Innere eines hellen, großen Erkerzimmers. Die Fensterfront bot einen herrlichen Blick auf den See. Die Villa stand höchstens vierzig Meter vom Ufer entfernt.

Sein Chef würde sofort kommen, meinte mein Begleiter, ich sei ja ein wenig früher erschienen als vereinbart. Diese Bemerkung machte ihn mir nicht sympathischer.

»Möchten Sie etwas trinken?«

»Ein Wasser, bitte«, sagte ich und ließ mich auf der weißen Ledercouch nieder.

Er verschwand. Vor mir stand ein kleiner, flacher Glastisch, links und rechts davon zwei schalenförmige Ledersessel. Das Zentrum des halbrunden Raumes bildete ein Schreibtisch, der durch eine Glasplatte bestach, die, obwohl sie so lang wie eine Tischtennisplatte war, nur auf zwei dünnen Edelstahlstützen ruhte. Die riesige Arbeitsfläche war spartanisch gefüllt (wie die Teller in einem Feinschmeckerrestaurant): ein PC mit Flachbildmonitor, ein Fotorahmen, von dem ich nur die Rückseite sah, eine Zigarrenkiste und eine Kristallvase mit roten und weißen Tulpen. An den Wänden hingen Graphiken sowie, in Wechselrahmen, Schallplatten und CDs, Trophäen eines Mannes, der ein Leben lang in den Charts gewildert hatte. Zu beiden Seiten der Tür erhoben sich gut gefüllte Bücherregale. Ich konnte nicht umhin festzustellen, daß mich die Einrichtung überraschte. D.s Wohnräume hatte ich mir anders vorgestellt, mehr im Stil seiner Anzüge, klebrig, schrill, übertrieben. Dieses Studio bewies Geschmack, ein Eindruck, der mich verärgerte. Da ich fürchtete einzuschlafen, falls ich länger tatenlos in der weichen Saffianware sitzen bliebe, erhob ich mich und tat, was ich überall und immer tue, sobald ich fremden Wohnraum betrete – es ist gewissermaßen eine Berufspflicht. Ich inspizierte die Bibliothek. Es war – dies festzustellen, genügte ein flüchtiger Blick – keine gewöhnliche Kollektion. Die Buchrücken verrieten das Alter der Bände, sie waren sämtlich vor 1900 gedruckt. Da standen Erstausgaben von Kant, veröffentlicht bei Johann Friedrich Hartknoch in Riga, neben Bänden der *Horen*, die man in Marbach und Weimar nur als Kopien einsehen konnte. Ich griff mir wahllos ein *Schiller-Album der Allgemeinen deutschen National-Lotterie*, erschienen in Dresden 1861, und stieß auf das Gedicht *Der Alte*, verfaßt von einem gewissen Karl Georgi: *Zertritt mir meine Zirkel nicht / Und laß mich, wie ich bin! / Wie jeder Stern sein eignes Licht / Hat Jeder seinen Sinn.*

»Keine Chance, sie sind alle gezählt«, hörte ich jemanden sagen. Es war D., der Gastgeber, und sein Schmalzgesicht erinnerte mich schlagartig an den eigentlichen Zweck meines Besuches.

»Guten Tag, Dr. Lustig, ich freue mich, daß Sie Zeit für mich fanden.«

Sein Handschlag war so hart, und trocken wie der eines rumänischen Eisenbiegers oder vietnamesischen Gemüsehändlers.

Wir begannen mit dem Austausch von Höflichkeiten, ich lobte – wozu ich mich nicht zwingen mußte – den Buchbestand. Er antwortete, sichtlich erfreut, wie stolz er auf die Sammlung sei, er könne mir, wenn ich Interesse hätte, die Adresse geben. Ich wußte nicht, was er meinte, nickte aber verständnisvoll, da ich das Angebot nicht zurückweisen wollte. Frank, der Mann, der mich ins Haus gelassen hatte – der Showstar stellte ihn mir als seinen Privatsekretär oder persönlichen Referenten vor und sprach seinen Namen englisch aus –, legte ihm auf ein Zeichen einen Papierstapel auf den Schreibtisch und verließ den Raum. Der Entertainer bedeckte das Konvolut mit beiden Handflächen, als wollte er es beschwören. Aus Zeitgründen habe er *mein Werk* – wie er sich ausdrückte – noch nicht vollständig gelesen, doch wäre schon die erste Seite ungeheuer dramatisch und hätte ihn von der Gesamtanlage überzeugt.

»Wissen Sie, mir genügt ein Eindruck, das ist die Gabe der Intuition. Wenn ich einen jungen Sänger nur sehe, weiß ich im Grunde, ob seine Stimme etwas taugt oder nicht, er muß gar nicht erst den Mund aufmachen.«

»Sie fanden also, wenn ich Sie recht verstehe, Ihr Schiller-Bild in meiner Darstellung bestätigt?«

Es war kein schöner Satz, und ich konnte es D. nicht verübeln, daß er Schwierigkeiten hatte, ihn sich zu übersetzen. Er blätterte in den Manuskriptseiten, als hoffte er dort auf Interpretationshilfe.

»Machen wir uns doch nichts vor«, sagte er, »Sie wissen und ich weiß, daß ich von Schiller keinen Schimmer habe, er ist mir, unter uns gesagt, scheißegal. Und den Leuten da draußen ebenfalls.«

Er wies zu den Fenstern in seinem Rücken. Menschen konnte ich dort nicht erkennen. Dafür sah ich aus meiner

Couchlage die Kronen zweier alter Kastanien und einen Streifen blauen Himmels, in dem eine strahlende Sonne stand. Das Licht stach mir in die übermüdeten Augen.

»Ich könnte verstehen, wenn Sie an meiner Kompetenz zweifelten. Aber vielleicht prädestiniert mich gerade meine Unkenntnis für den Job. Weil ich die Fragen kenne, die der Mann von der Straße an Ihr Buch stellen wird.«

Der Referent kehrte zurück und wedelte mit einer Visitenkarte. Auf ein Kopfnicken seines Chefs brachte er die Karte zu mir. *Raul van Kruif, Bibliotheksdesigner*, las ich. Eine Anschrift in Frankfurt am Main.

»Er braucht nur einen Finanzierungsrahmen und das gewünschte Profil«, erklärte der Produzent. »Den Rest erledigt er selbständig. Für meine kleine Sammlung hat er kein halbes Jahr benötigt. Van Kruif ist zwar nicht billig, aber er gilt als die Nummer eins seines Fachs. Und am Ende lohnt es sich immer, Qualität zu kaufen.«

»Was macht er?« fragte ich, während ich die Adressenkarte ratlos in den Fingern drehte.

»Er stellt nach Ihren Wünschen eine Bibliothek zusammen, Sie müssen sich um nichts kümmern. Sogar die Formate passen genau in die Regale.«

Hielt er mich zum Narren? Sein Gesicht war im Gegenlicht nicht zu erkennen. Obwohl ich in die Ecke des Ledermöbels rutschte und die Augen mit der flachen Hand abschirmte, war es unmöglich, den blendenden Sonnenstrahlen auszuweichen.

»Fränk«, wandte sich der Showmann an seinen Mitarbeiter, »sei so nett und spende unserem Freund Schatten.«

Ohne Widerrede stellte sich der Referent vor das Fenster und blockierte mit seinem Körper den Lichteinfall.

»Was halten Sie von meiner Idee?«

D. wippte in seinem Sessel mit der gleichen fröhlichen Miene, die er vor ein paar Tagen im Fernsehstudio aufgesetzt hatte. Vielleicht war es ja doch keine Maske und sein

Originalgesicht. Von welcher Idee sprach er? Von de Kruif oder dem Schiller-Buch?

»Ich bin eher skeptisch.«

Die Antwort konnte für beide Sachverhalte gelten.

»Wieso? Sie liefern die Fakten und das Spezialistenkauderwelsch und wir ein paar aktuelle Kommentare. Sie glauben wohl, ich könnte nicht schreiben, weil ich Musiker bin?«

»Das habe ich nicht gesagt«, wich ich aus.

»Ich habe schon ein Buch geschrieben.«

»Davon habe ich gehört.«

»Sie haben es gelesen?«

»Leider nein«, gab ich zu, »ich lese grundsätzlich keine Gegenwartsliteratur.«

»Es ist keine Literatur«, sagte der Entertainer bescheiden, »eher ein Ratgeber zum Erfolg. Ich schenke Ihnen ein Exemplar. Die Taschenbuchausgabe ist seit letzter Woche auf dem Markt.«

Offenbar gehörte die Bescherung zum offiziellen Besuchsprotokoll, denn Frank hatte einem japanischen Schrein, der unter der Galerie goldener Schallplatten stand, ein Buch entnommen, in das sich D. anschickte mit schwerem Füllfederhalter eine Widmung zu setzen.

»Ernst Lustig, das klingt wie ein Künstlername. Sie sollten sich besser vermarkten«, riet er, »warum starten Sie keine Show? Was für ein Datum ist heute?«

Bevor ich antworten konnte, es wäre Sonnabend, der 6. Goethe 44, stellte der Referent fest, wir schrieben Samstag, den 27. März 2004, was, nebenbei bemerkt, sein, D.s, Geburtstag wäre, weshalb er, Frank, bitten würde, das Treffen abzukürzen, es gäbe noch allerhand für die abendliche Feier vorzubereiten.

»Herzlichen Glückwunsch.«

Der Produzent ignorierte meine verspätete Gratulation, erhob sich, warf das Buch lässig auf den niedrigen Glastisch, ging zum Fenster und nahm den als Sonnenschutz fungierenden Sekretär bei den Schultern.

»Sehen Sie«, rief er begeistert, »auf diesen Mitarbeiter kann ich mich hundertprozentig verlassen, er plant meine Termine, assistiert mir bei Interviews und der Arbeit an Songtexten, er führt meine Hunde aus und ist dabei hochgebildet, ebenfalls Doktor, sozusagen ein Kollege von Ihnen. An welcher Universität hast du studiert, Fränk?«

»In München und an der Columbia University«, sagte der Schattenmann, ohne von der Stelle zu rücken. Diesem Duo war ich nicht gewachsen. Es gelang mir nicht, die Richtung des Gesprächs zu bestimmen, meinen Argumenten fehlte es an Wucht.

»Haben Sie keine Angst, Ihre Anhänger könnten glauben, Sie hätten die Seite gewechselt? Daß sie vermuten, ihr Idol wäre ein Klugscheißer geworden.«

D. schien der Gedanke zu amüsieren. Er warf seinem Sekretär einen triumphierenden Blick zu.

»Meine Fans? Sie machen sich Sorgen um meine Fans? Das sollten Sie nicht tun, Dr. Lustig. Meine Anhänger, wie Sie es nennen, fressen mir aus der Hand. Vielleicht sieht es in einem Jahr ganz anders aus, im Moment aber könnte ich ihnen selbst abgebrannte Streichhölzer oder Sand in der Sahara verkaufen.«

»Deutsche Klassik ist schwerer zu verkaufen als Wüstensand«, behauptete ich.

»Für Sie vielleicht«, lachte der Hausherr.

Der Berater näherte sich dem Schreibtisch, flüsterte dem Entertainer etwas ins Ohr und kehrte auf seinen Fensterplatz zurück.

»*Etwas Theoretisches populär zu machen*«, sprach D., als rezitiere er ein Gedicht, »*muß man es absurd darstellen.* Kennen Sie den Spruch?«

»Nein«, sagte ich aufrichtig, »aber er klingt originell.«

D. blickte erwartungsvoll zu Frank.

»Goethe«, verriet der Referent stocksteif und gekränkt, »in den späten *Maximen und Reflexionen*, um 1829.«

Der Musikproduzent und sein Eckermann hatten einen Anruf erhalten, der, wie sie mit gewichtigen Mienen erklärten, keinen Aufschub duldete.
»Vielleicht möchten Sie ein paar Schritte zu den Booten machen?«
Es war nicht direkt ein Rausschmiß, aber doch eine deutliche Geste, als Frank die Fenstertür öffnete und mir Austritt auf die Terrasse gewährte. Roter Marmor. Hätte ich nicht verläßlich gewußt, daß das Lenin-Mausoleum noch an der Kremlmauer stand, würde ich spekuliert haben, daß D. den Abriß finanzierte, um mit den Bruchstücken den Fußboden seiner Veranda zu fliesen. Ich schlenderte, der Empfehlung folgend, über den Rasen zum Seeufer. Rechts der zwanzig Meter langen Bootsanlegestelle schaukelten zwei Segelyachten und ein Ruderkahn in den gekräuselten Wellen, links breitete sich ein dichter Schilfgürtel aus. Das Wasser war klar, der Grund mit Laub bedeckt, ich kniete mich – sofern man die Hebefigur so nennen konnte – auf die Bohlen oder Dielen oder Bretter, die in dem Falle Steg bedeuteten, um die Wassertemperatur zu prüfen. Es schien mir nicht kalt. Als ich in der Jackentasche nach einem Taschentuch suchte, um mich abzutrocknen, ertastete meine Hand einen Gegenstand, den ich verwundert hervorzog. Der Schlagring glänzte in der Sonne.

Mich ohne Kontrolle auf sein Grundstück zu lassen war leichtsinnig von D. Ohne zu wissen, wer ich war, was ich dachte, ob ich ihn vielleicht haßte, ob ich etwas gegen ihn im Schilde führte, einen Anschlag zum Beispiel. Ich schob die Finger in die Löcher der Waffe. So schien man das Schmuckstück zu tragen. Dann steckte ich die geballte Faust in die Tasche.

Käme mein Co-Autor zum See spaziert, könnte ich unser

Gespräch fortführen, mit ihm plaudern, ihn in Sicherheit wiegen, um ihm, wenn er sich abwandte, während er zum anderen Ufer zeigte oder zu dem kleinen Teehäuschen am Rand des Grundstücks, mit aller Gewalt auf die Schläfe zu schlagen. Tyrannenmord? Unsinn. D. war ein demokratisch legitimierter Scharlatan, nicht mehr und nicht weniger, man mochte von ihm halten, was man wollte, seine Geschäfte waren legal. Selbst wenn ich ihn beseitigte – mich ekelte die Sprache, in der ich zu denken begann –, würde ich das Dilemma der geistigen Verwahrlosung nicht aufhalten. Das Ungeheuer hatte viele Köpfe, wie bei den Drachen im Märchen wuchs sofort ein neuer, schrecklicherer, nach, schlug man einen ab. Die Tür zum Studio des Musikproduzenten öffnete sich, und der Mann, über dessen Leben und Sterben ich gerade sinnierte, erschien in Begleitung seines Sekretärs, der zwei Hunde an der Leine führte, wohl jene, die bei meiner Ankunft lautstark angeschlagen hatten. D. winkte, ich konnte nicht zurückwinken, war ich doch damit beschäftigt, den Schlagring von den Fingern zu streifen. Bestimmt würde man erwarten, daß ich Herrchens Lieblinge streichelte. Das Metallteil mußte eine Kindergröße sein, es wollte sich nicht mehr von meiner Intellektuellenhand trennen. Dafür löste in diesem Moment der Referent – in gemeiner Absicht, die ich sofort durchschaute – die Dobermänner von der Leine, worauf die beiden Zuchtmonster begannen, die Uferböschung hinunterzujagen. Ich stand in der Mitte des Bootsstegs, zerrte mit der linken Hand an der lästigen Waffe, sah die Tiere mit hängenden Zungen und spitzen Zähnen sich nähern, überlegte, ob ich den Schlagring nicht doch lieber dort belassen sollte, wo er sich noch befand, auf der rechten Hand, um ihn zu dem Zweck einzusetzen, zu dem er im besten Fall dienen konnte: als Mittel der Selbstverteidigung gegen angreifende Bestien. Gerade als ich mich des lästigen Ringes entledigte und ihn in der Tasche verstaute, erreichte der schnellere der beiden Hunde den Steg. Der Produzent rief ein scharfes Kommando, doch gehorchte nur *Ajax*, während *Hektor*, seinen tierischen Instinkten vertrauend – er witterte Möros in mir, den Schleicher am Hofe des Tyrannen D. –, weiterlief, ohne auf die Stimme seines Herrn zu hören, er hechelte zielstrebig auf mich zu, wie das junge, sich rächen wollende Leben. Ich trat einen Schritt nach hinten, noch einen, einen letzten und dann – als die Vorderpfoten des Köters auf meinen Schultern aufsetzten – ins Leere. Der Fall war kurz, der Aufprall weich, aber eisig kalt. (Woran man erkennt, wie subjektiv die Temperaturempfindung sein kann.) Mutter hatte mich immer gewarnt, im Freibad Müggelsee in die Fluten zu stürzen, ohne vorher die Brust zu befeuchten. *Wer wagt es, Rittersmann oder Knapp, / Zu tauchen in diesen Schlund?* Wie leicht könne man da an Herzschlag sterben. Da ich den Sturz in den zehn Grad Celsius kalten Wannsee überlebte, habe ich Grund zu der Hoffnung, daß ich von dem kardialen Defekt, an dem Erika und mein Vater zugrunde gingen, verschont geblieben bin.

Frank hatte seinen Spaß gehabt, mit dem Effekt, sich einen Haufen zusätzliche Arbeit aufzuhalsen. Im Studio befahl D. – der in dieser Situation, das muß ich anerkennen, die Nerven behielt –, mir sofort ein großes Glas Whisky einzuflößen. Kein Fusel aus dem Discounter. Stärker zitternd, bekam ich den erhofften Nachschlag. Dann wurde Frank zum Ufer geschickt, meine Brille zu bergen. (Glücklicherweise war die Stelle, wo mich der Dobermann vom Steg geschubst hatte, seicht, so daß das Gestell auch den zweiten Sturz innerhalb weniger Stunden ohne ernsthaften Schaden überstand.) Der Entertainer führte mich, wie seinen blinden Bruder, in die Sauna im Kellergeschoß.

»Normalerweise ist *Hektor* zahm wie ein Lamm«, sagte er entschuldigend, reichte mir einen Stapel Badetücher und ließ mich allein.

Ich riß mir die nassen Kleider vom Leib und betrat die Saunakammer. Das Thermometer zeigte 100 Grad, es hätten meinetwegen zehn Skalenstriche mehr sein können. Noch immer flatterig und fröstelnd, besetzte ich die oberste Stufe. Minuten später – auf meiner Stirn zeigten sich erste Schweißtropfen – klopfte es, und das Sekretärsgesicht erschien im Fensterausschnitt der Saunatür. Hier zu sitzen, nackt und aalglatt, war mir peinlich. Ich vermißte meine Körperhaare, als hätten sie mir etwas Schutz verliehen.

»Die Brille liegt auf dem Tisch«, rief Frank »ich bringe gleich ein paar trockene Sachen.«

Kaum war der Referent gegangen, holte ich meine Sehhilfe, um die Umgebung erkunden zu können. Das Bad war im orientalischen Stil gehalten, Spitzbögen, blaue und grüne Fliesen, verziert mit Arabesken, pikante Haremsszenen als Mosaike an den Wänden. Das Tauchbecken hatte die Größe eines halben Tennisplatzes. Von meiner Garderobe und den Schuhen fehlte jede Spur. Frank mußte die Sachen zum Trocknen mitgenommen haben, eine Arbeit, die ihm gewiß noch mehr zuwider war, als lebende Jalousie zu spielen oder mit *Hektor* und *Ajax* Gassi zu gehen und den Dobermännern die Fäkalien nachzutragen.

Am Morgen Hilfsarbeiter auf dem Berliner Großmarkt, jetzt Ehrengast einer Nobelsauna, dazwischen für ein paar Schrecksekunden Versuchstaucher im Wannsee. Das Leben geizte nicht mit Überraschungen. Wurde es, je mehr Geld man verdiente, um so reicher? Ich schwamm einige Bahnen und bildete mir ein, durch die Totalrasur den Reibungswiderstand meiner Körperoberfläche verringert zu haben und viel schneller geworden zu sein. Nach drei Saunagängen, ordentlich aufgeheizt, warf ich mir einen weißen Bademantel über, der im Vorraum hing, schlüpfte in ein Paar plüschiger Pantoffeln und entdeckte, hinter einem Vorhang aus Holz- und Glaskugeln, eine vielversprechende Cocktailbar. Ich fand, daß mir – quasi als Schmerzensgeld – ein weiterer Whisky zustand. Dem Glockenklang der Eiswürfel im Glas lauschend, machte ich es mir auf einer der Bambuspritschen bequem, die unter künstlichen Palmen am Beckenrand standen. Man konnte sagen, was man wollte, das Leben der Millionäre hatte auch schöne Seiten.

»Werden wir jemals reich sein oder zumindest nicht arm?« hatte T. gefragt. Meine ehrliche Antwort schien sie nicht besonders glücklich zu machen.

»Ich würde gern Geld haben«, fuhr sie fort, »nicht viel, nur so viel, daß ich gut leben und meine Familie unterstützen kann.«

»Wer will das nicht?«

»Du«, sagte sie.

»Das stimmt nicht, mir fehlt nur die Begabung zur Akkumulation.«

Meine Geliebte sagte eines der einsilbigen russischen Wörter, von denen sie mir eingeschärft hatte, ich dürfte sie nie benutzen, sollte sie mir nicht einprägen, sie könnten mich, im falschen Augenblick verwendet, das Leben kosten. Wenn sie selbst einen dieser explosiven Ausdrücke in den Mund nahm (noch dazu hier, in einer Umgebung, wo die meisten Anwesenden ihre Muttersprache verstanden, im Zug von Berlin nach Moskau, auf dem Brester Bahnhof), mußte sie an meiner Antwort entschieden wenig Gefallen gefunden haben. Wir standen seit einer Stunde in der Montagehalle und warteten auf das Fahrgestell, das dem russischen Gleissystem entsprach.

»Ich glaube, du magst mich«, sagte ich.

»Wie kommst du darauf? Gerade in diesem Moment zweifle ich daran.«

»Du bleibst bei mir, obwohl ich ein Greis bin, häßlich, ohne Erfolg und nicht reich. Was ist dein Motiv? Entweder bist du masochistisch oder verliebt.«

»Masochistisch«, sagte T., »sich zu opfern ist eine altrussische Frauenrolle, denk an Anna Karenina.«

»Glücklicherweise bewegt sich unser Zug nicht, sonst müßte ich mir um dich Sorgen machen.«

Ich blickte aus dem Fenster. Auf der Plattform rauchten zwei Monteure mit ölschwarzen Händen und roten Stupsnasen. Sie kauerten am Boden, saßen fast auf ihren Hacken und schienen sich vergnügt zu unterhalten. Ihr Atem war weiß wie Nebel. Minus zwanzig Grad.

»Man kann auch ohne viel Geld glücklich sein.«

»Wo hast du den Spruch aufgeschnappt?« fragte T., »in einer Broschüre vom Arbeitsamt?«

Sie saß mit angezogenen Knien in der Ecke, aß trockene Gebäckringe und nippte an ihrem Teeglas.

»Lebenserfahrung.«

»Blödsinn.«

»Du kannst mir ruhig auch mal was glauben«, sagte ich, »immerhin bin ich der Erwachsene in unserer Beziehung.«

»Alter schützt vor Torheit nicht«.

»Aber der Abend ist klüger als der Morgen.«

»Nein«, entgegnete T. »in Rußland sagt man, der Morgen ist weiser als der Abend. Utro wetschera mudreneje.«

Es war ein deutsch-russischer Konflikt an der polnisch-weißrussischen Grenze. Wir einigten uns darauf, daß jeder Recht hatte, und verriegelten die Abteiltür. Die Liegen quietschten beträchtlich, doch solange die Brester Arbeiter mit ihren Eisenhämmern gegen die Räder schlugen, konnte man so viel Lärm machen, wie man wollte.

»Gelegenheit macht Diebe«, sagte ich, »auch ein schönes deutsches Sprichwort.

»Du hast keine Ahnung«, sagte T., »es heißt, Gelegenheit macht Liebe.«

Für einen Augenblick glaubte ich den Besuch bei D. geträumt zu haben. Die Uhr über dem Durchgang zur Bar zeigte auf halb neun. Hatte ich tatsächlich fünf Stunden geschlafen? (Die Nacht auf der Rettungsstelle forderte ihren Tribut.)

Trockene Kleidung war nirgendwo zu sehen. Leere Versprechungen. Auf dem Tresen stand ein Telefon. Vielleicht ein Hausapparat, mit dem der Saunagast die Diener alarmieren konnte, wenn der Champagner ausgetrunken oder zu warm geworden war. Im Hörer fiepte ein Freizeichen. Trotz der Schwitzkuren und ausgiebigen Schwimmübungen war die Handynummer der Lektorin auf meinem Handrücken lesbar geblieben.

»Hallo«, rief ich, »sitzt du noch immer im Café am S-Bahnhof?«

»Seit einer knappen Stunde nicht mehr, ich stecke im Stau auf der Seestraße. Und du? Es hat ja ewig gedauert. Wie ist es gelaufen?«

»Katastrophal, ich bin ins Wasser gefallen.«

»Das Treffen ist ins Wasser gefallen?«

»Einzelheiten später, jetzt nur soviel, D. läßt sich nicht überzeugen, er will auf eine Karriere als Literaturkritiker keinesfalls verzichten. Kannst du mir seine Telefonnummer durchgeben, ich muß ihn um eine Kleinigkeit bitten.«

Keine Ahnung, ob mir K. eine verdrehte Zahlenfolge ansagte, ob ich sie mir falsch oder unvollständig einprägte, denn ich hatte zwar noch genug freie Haut, nur leider keinen Stift, um sie zu notieren, oder ob der Popstar, wie das VIPs häufig tun, seinen Anschluß alle paar Tage änderte, um Belästigungen zu entgehen, jedenfalls meldete sich unter der Nummer, die ich wählte, nur eine Tonbandstimme, die erklärte, es wäre kein Anschluß verfügbar.

Zwei Möglichkeiten standen mir zur Auswahl: Entweder wartete ich so lange, bis sich einer meiner erinnerte oder selbst das Bedürfnis hatte, eine Schwitzkur zu unternehmen (*die Seele weinen zu lassen*, ein Ausdruck, den ich einer Frau verdanke, die mich vor Jahren in einer Familiensauna in ein tiefsinniges Gespräch und sonst etwas verwickeln wollte), oder ich mußte so, wie ich war, das gemütliche Gefängnis verlassen und mein Schicksal selbst in die Hand nehmen.

Wie schrieb der *Kranke Uhu* so treffend: *Die schönsten Träume der Freiheit werden ja im Kerker geträumt.* Entschlossen verknotete ich den Gürtel meines Bademantels und trat in den Gang. Musik war zu hören. (Ein Umstand, dem ich kaum Beachtung schenkte, befand ich mich doch im Haus eines Musikproduzenten. Ebenso rechnete man auf einer Hühnerfarm mit Gegacker und Hahnenschreien.) Ich öffnete eine Tür und blickte in einen menschenleeren Fitneßraum. Die mahnenden Worte meiner Orthopädin, Frau Dr. S., fielen mir ein, ich müsse, postoperativ, mein Kniegelenk bewegen und den Quadrizeps stärken, am besten durch tägliche Folter auf einem Fahrradergometer. Hier standen vier Stück, doch war jetzt nicht der beste Zeitpunkt, mit dem Training zu beginnen. Der Korridor machte einen Knick, ich stand am Fuß der Wendeltreppe, die mich der Hausbesitzer, wie ich mich dunkel erinnerte, hinuntergeführt hatte. (Treppensteigen galt als Ersatztherapie.) Im oberen Stockwerk angekommen, lief ich einer weiß beschürzten Frau in die Arme, die, als sie mich gewahrte, vor Schreck fast das Tablett mit Fleischpasteten fallen ließ.

In der Küche, in die mir eine Schwingtür flüchtigen Einblick gewährte, herrschte Hochbetrieb, vier oder fünf Köche umtanzten dampfende Töpfe und Pfannen. Kellner schleppten Terrinen und Platten in den erleuchteten Tanzsaal (oder größeren Salon?), in dem etwa einhundert Personen in Gruppen und Paaren herumstanden. Auf einer Empore spielte eine Swing-Band, eine aschblonde Sängerin hauchte ins Mikrophon eine halbseidene Version von *My Funny Valentine*. Die Mitte des Raumes markierte ein gewaltiges Büfett, das niemand zu beachten schien. Die Stimmung war gelöst, die Anzugsordnung feierlich. Fräcke, Smokings, rückenfreie Abendkleider. Ausgesuchte Garderobe. Niemand trug einen Bademantel. Kein einziger Kimono weit und breit. Ich kam mir nackt vor und von aller Welt verlassen. Seltsamerweise erinnerte ich mich in diesem Moment – und daran erkennt man, welche Rolle die Literatur in meinem Leben noch immer spielt – einer Erzählung, von der ich nicht mehr wußte, wer sie verfaßte, Calvino oder Cortàzar? Sie handelte von einer Schwimmerin, die beim Baden im Meer ihr Bikiniunterteil verliert und sich nun, halbnackt, nicht mehr an Land traut. Ich zog mich zum Küchentrakt zurück und hielt die Kellnerin, die mit benutzen Tellern und leeren Schüsseln an mir vorbeieilen und durch die Tür verschwinden wollte, am Oberarm fest.

»Kennen Sie Frank, den Referenten? Ja? Haben Sie mich verstanden, den Privatsekretär? Richten Sie ihm aus, er soll meine Sachen in die Sauna bringen, und zwar schnell.«

»Wer sind Sie denn?«

»Mein Name ist Ernst Lustig.«

Obwohl der Bademantel flauschig war, kroch die Kälte die nackten Füße hinauf. Zeigte mein unfreiwilliges Tauchabenteuer Folgen? Litt ich bereits an der angedrohten Lungenentzündung, die D. mit einem kräftigen Schluck zu bekämpfen geraten hatte? Die Ellenbogen aufgestützt, hockte ich an der Bar und erging mich in Schwarzmalerei. Selbst wenn ich einen separaten Ausgang finden sollte, wenn ich wagte, in diesem Aufzug in Richtung Innenstadt zu marschieren, wie gelangte ich in die Wohnung in der Straßmannstraße? Der Schlüssel steckte in meiner Hosentasche. Aber wo steckte meine Hose? Einzige Alternative wäre ein Besuch bei T. Was würde meine Geliebte denken, wenn ich, den sie in Hanoi wähnte, mitten in der Nacht – zu Fuß bräuchte ich in die Innenstadt zwei bis drei Stunden, ein Nachtgespenst auf der Autobahn – plötzlich vor ihrer Tür stände, in einem Aufzug, der sie glauben machte, ich käme direkt vom Strand? Was tun? Ich konnte mich nur, wie Lenin in Zürich, in revolutionärer Geduld üben und abwarten. Und was verkürzt einem verzweifelten Mann das Warten besser als ein guter Schnaps?

Frank kam nicht. An Zufall mochte da glauben, wer wollte. Erst hetzte er Hunde auf mich, dann ließ er mich verhungern. Der Gedanke an das Büfett, das im Obergeschoß kalt werden würde, wenn es nicht schon kalt gewesen wäre, peinigte mich. Ich hatte in der letzten Woche so ausgiebig gefastet wie nie, war also gut auf Ostern vorbereitet. Warum, in Gottes Namen, hatte ich meine Geistesgegenwart – auf die ich mir so viel einbildete – nicht genutzt und der kleinen Kellnerin eine Pastete vom Tablett stibitzt. Sie hatte mich angesehen wie einen Amokläufer. Konnte man es ihr verdenken? Da platzt mitten in die Geburtstagsfeier ihres berühmten Arbeitgebers ein Skinhead mit blauem Auge und weißem Bademantel, der sich als Ernst Lustig vorstellt. Wer würde das nicht für eine Vision halten, eine Erscheinung, eine typische Streßreaktion? Prost Mahlzeit, mein lieber Schwan und Scholli. Den Stoßseufzer erbte ich von meiner klugen Mutter, Helene Kapuczinsky, die ihn nur benutzte, wenn ihr eine Lage hoffnungslos verfahren vorkam.

Ich war betrunken, ich war sogar der Meinung, ich sei *ganz schön* betrunken. Da man sich immer für etwas nüchterner hält, als man tatsächlich ist, mußte ich davon ausgehen, *reichlich* bis *fürchterlich* betrunken zu sein. Sollte mir, um dies zu beweisen, noch ein Indiz fehlen, genügte ein Blick auf die Flasche, die leer auf dem Tisch stand. Als ich sie vom Tresen zu der kleinen Oase mit Palmen getragen hatte, war sie halb voll gewesen, jetzt war ich es. Ich schleuderte das Leergut ins Schwimmbecken, als Flaschenpost für Frank, den falschen Hundeführer, dann begann ich die Ballade *Die Bürgschaft* zu rezitieren, um zu prüfen, welche Schäden der Alkohol in meinem Sprachzentrum angerichtet hatte. Bei der Stelle *ihn schlugen die Häscher in Bande* fühlte ich einen leichten Knoten in der Zunge, den ich jedoch mit Professionalität überspielte. Bei dieser Gelegenheit möchte ich erwähnen, daß ich während meiner Zeit als Vortragskünstler oft genug angetrunken auf der Bühne gestanden habe, im Fachjargon nannte man das *Spielen unter Strom*. Die Auftritte im ehemaligen Kulturhaus der Bergarbeiter in Hettstedt oder im Malchiner Club *Arabella*, wo ich vor fünf treuen, aber gehörgeschädigten Klassikfreunden meinen Rezitationsabend *Die Kraniche des Ibykus und andere Verse des Kranken Uhus* zum besten gab, waren nüchtern nicht zu ertragen. Hätte ich nicht früh genug mit der Kleinkunst gebrochen, wäre ich am Ende dort gelandet, wo mein Schulkamerad Bernd Nievoll einst den geistigen Getränken abschwor, in der Entzugsklinik. Als ich ohne entscheidenden Texthänger bei Strophe sechzehn anlangte – auf der Uhr war es inzwischen zweiundzwanzig Uhr zehn – und die Verse sprach: *Zurück! Du rettest den Freund nicht mehr, so rette das eigene Leben!*, fand ich, daß ein Mann, der nach dem Konsum eines halben Liters 42prozentigen Whisky zu solcher intellektuellen Leistung fähig war, wirklich nicht verdiente, in einer maurisch angehauchten Nobelsauna Hungers zu sterben.

Ich erreichte das Büfett, ohne daß irgend jemand ein Wort zu mir oder über mich verloren hätte. (Jedenfalls hatte ich kein Flüstern und Geraune registriert.) Vielleicht gehörte es zu den Ritualen, den besseren Manieren der besseren Gesellschaft, den anderen nicht zu bemerken oder ihm zumindest die Wahrnehmung zu verbergen?

»Hallo Till«, sagte eine junge Dame mit gewagt kurzem Silberrock, die gelangweilt an einem winzigen Hühnerbein nagte.

»Ich bin nicht Till.«

»Jetzt seh ich's auch, er ist mindestens einen Kopf größer. Was machst du, Serie?«

Nachdem ich den Teller mit einem halben Dutzend Piroggen beladen hatte – in der Sauna konnte ich an keine andere Speise denken, ich war vollständig auf die verpaßte Gelegenheit aus Blätterteig fixiert –, musterte ich meine Büfettnachbarin. Sie ähnelte einer TV-Moderatorin, die mich durch ihre bemüht dümmlich-jugendliche Sprechweise beeindruckt hatte, als wir, T. und ich, beim Durchzappen der Fernsehkanäle auf einem Musiksender hängengeblieben waren.

»Ich bin Literaturhistoriker«, sagte ich, biß in die Pastete und fügte schluckend an, »arbeitslos.«

»Ist ja abgefahren.«

Mein Knurren konnte man mit viel gutem Willen als Bestätigung auslegen.

»Du bist der erste Arbeitslose, den ich treffe, also in live und persönlich, und das ausgerechnet hier, bei D.s Party. Ist das nicht kraß?«

»Und ob.«

»Dabei soll es so viele geben.«

»Wird behauptet.«

»Du hast aber auch ziemlich Hunger.«

Spätestens dieser Satz beseitigte alle Zweifel, sie war das Berufsgirl aus dem Jugendfernsehen.

»Und was machst du hier?«

»Ich esse.«

Man konnte ohne Übertreibung behaupten, daß ich für zwei aß. Während weitere Teigtaschen in meiner Mundhöhle verschwanden, schweifte mein Auge zu den im Zentrum der Tafel angehäuften Obstsorten. Ananas, Kirschen, Melonen, Mangoscheiben, Nektarinen, Trauben, Kiwi, Pfirsiche sowie unbekannte Sorten oder Neuzüchtungen, deren Namen mir nicht geläufig waren, stachlige, pelzige, birnenförmige Objekte. Einzig die Frucht, die mein Herz begehrte, die meinen Mineralhaushalt im Gleichgewicht hielt, suchte ich vergeblich. Bananen waren nicht im Angebot, wahrscheinlich galt die gelbe Sichel inzwischen als Plebsfrucht, die nicht auf eine Millionärsgeburtstagsfeier paßte.

»Probier mal die Froschschenkel, superlecker.«

Die Ansagerin streckte mir ein winziges Knöchelchen hin. Ihr Lächeln hatte in diesem Moment einen gewissen Charme.

Es mußte an meinem Alkoholpegel liegen. Da ich annahm, sie würde sich mit diesen Dingen besser auskennen, kostete ich die Delikatesse. Es war gut getarntes Hühnerfleisch.

»Exzellent«, sagte ich gespreizt und um eine deutliche Artikulation bemüht, »alles schmeckt ausgezeichnet.«

»Die Reste gehen an ein Obdachlosenheim.«

»In Zehlendorf«, kam von der Stirnseite des Büfetts die Ergänzung. Ein lockiger Sportreporter war gerade dabei, einem Hummer die Schere abzunehmen.

»Es war, glaube ich, Hellersdorf«, antwortete ihm ein Kollege aus der Salatecke.

»Egal, was übrigbleibt, geht an die.«

»Da bleibt nichts übrig.«

Die Moderatorin blickte mir über ihre Sektschale so tief in die Augen, als wollte sie mich hypnotisieren. Eine Pose, die sie sich bei Ingrid Bergman oder Marlene Dietrich abgeschaut hatte.

»Ist das schwer?«

»Was?«

»Arbeitslos sein.«

Ich verschluckte mich und begann zu husten. Jetzt wurde man meiner ansichtig. Ein Mann mit einem rechteckigen Gesicht, den die Moderatorin mit dem Ruf begrüßte: »Ach, Till, da bist du ja«, der aber nicht die geringste Ähnlichkeit mit mir besaß und beinah zwei Köpfe größer war als ich, begann mit der Faust meinen Rücken zu bearbeiten und hatte Glück, daß ich in der einen Hand ein Froschbein, in der anderen ein Sektglas hielt, sonst hätte ich mich gewehrt und gezeigt, daß ich nicht umsonst Träger des weißen Gürtels war. Plötzlich tauchte Referent Frank auf, nach dem ich die ganze Zeit vergeblich Ausschau gehalten hatte, und zog mich von der Tafel fort.

»Wir sehen uns«, rief die TV-Frau, »du schuldest mir eine Antwort.«

D.s Adlatus glaubte mich in einem Augenblick der Schwäche zu erwischen, doch war das eine Fehleinschätzung. Als er einen Satz mit »Was fällt Ihnen eigentlich ein« begann, fuhr ich ihm in die Rede und erklärte, wenn er nicht sofort den Mund hielte und mir meine gestohlenen Kleidungsstücke zurückgäbe, würde ich die Polizei rufen, und dann könne er mal sehen, was in einem ostdeutschen Akademiker steckt. Zwar war mir, als ich die Warnung aussprach, nicht klar, was genau sich hinter dieser Drohung verbergen sollte, doch machte sie auf den smarten Sekretär Effekt. Ich nahm an, daß ihn der Gedanke, ich könnte wegen meiner klammen Wäsche die Staatsgewalt auf die Party seines Chefs einladen, mehr beeindruckte als meine Kraftmeierei. Er schien in den sechs Stunden, die wir uns nicht gesehen hatten, um mindestens ebenso viele Jahre gealtert zu sein.

»Entschuldigung, ich habe Sie schlichtweg vergessen«, lenkte er mit schwacher Stimme ein, »wir hatten ein paar Probleme außerordentlicher Art.«

Ich hielt das für eine Ausrede und hörte nicht auf, finster zu blicken. Frank öffnete einen Schrank – wir befanden uns in seinem Appartement im zweiten Stock der Villa – und zeigte mir, daß er eine reichhaltige Kollektion Anzüge besaß.

»Dieser hier dürfte passen«, meinte er, »Ihre eigenen Sachen sind noch naß. Bevorzugen Sie helle Hemden oder dunkle? Ach, suchen Sie sich einfach was aus.«

Ich würde noch ein paar tausend Euro in ein Aufbaukrafttraining investieren müssen, bis mir das Jackett perfekt auf den Schultern saß, doch schien der Anzug ansonsten wie für mich geschneidert. Trotzdem fühlte ich mich in der fremden Garderobe nicht wohl. Ich mache nicht gern Schulden und trage keine geborgten Sachen. (Im Gegensatz zu T., die zumindest letzteres mit Begeisterung betreibt.) Doch war die Verkleidung die einzige Chance, so schnell wie möglich von hier fortzukommen. Inzwischen war es halb zwölf, bis

Mitternacht mußte ich meine Schwester angerufen haben, wollte ich ihr noch rechtzeitig zum Geburtstag gratulieren. (Vermutlich wurde Petra zur finanziell erfolgreichsten Person unserer Familie, weil sie wie D. am 6. Goethe geboren und folglich ein Widder war.) Ich griff zum Telefon des Referenten und rief die Auskunft an. Auf dem Schreibtisch lagen (wie ich mich später erinnern sollte) Finanzbelege mit Summen, die länger waren als Petras Telefonnummer. (Und meine Schwester hat, weil sie in einer Kleinstadt im Land Brandenburg wohnt, bereits eine fünfstellige Vorwahlnummer.)

»Ich freu mich so, daß du daran gedacht hast«, rief sie mit ihrer kicksigen Jungmädchenstimme. »Seid mal still, es ist Ernst, aus Vietnam.«

Ich betete einen kleinen verlogenen Psalm herunter, Gesundheit, Erfolg im Geschäft und so weiter, ich umarmte sie, bedauerte, nicht bei ihr sein zu können, doch würde ich jetzt gleich in meiner Hotelbar ein Glas Sekt auf ihr Wohl trinken.

»Wie viele tausend Kilometer bist du eigentlich weg?«

»Keine Ahnung«, sagte ich, »vielleicht zwei oder drei?«

»Und die Verbindung ist so, als wärst du nebenan.«

Was würde die Jungunternehmerin sagen, dachte ich, wenn ich jetzt gestand, daß ich tatsächlich von nebenan anrief? (Vom Wannsee bis zu ihrem Nest bei Potsdam waren es höchstens zehn Kilometer.) Erführe sie, daß ich aus dem Haus des von ihr verehrten Entertainers D. telefonierte, würde sie augenblicklich in Ohnmacht fallen, oder sie hielt mich, was sie ohnehin tat, für völlig verrückt geworden. Ich wünschte ihr noch eine schöne Feier und bat Liane an den Apparat.

»Wie geht es dir?«

Sie hatte den anderen nichts von meinem Unfall erzählt und konnte nun nicht direkt nach meinen Verletzungen fragen, doch zeigte das sorgenvolle Vibrato in ihrer Stimme, daß sie meinen Bericht über die Fahrt zur Parfüm-Pagode gelesen hatte.

»Alles okay, Schwesterchen, die Genossen Ärzte im Viet

Duc Hospital haben mich wieder zusammengeflickt. Eine Prellung am Kopf und ein paar Kratzer, das ist alles.«

»Wann kommst du zurück?«

»Montag. Ich will noch ein paar deutsche Spezialisten meinen alten Schädel durchleuchten lassen.«

Die meisten Partygäste kannte ich, ohne sie jemals getroffen zu haben. Überhaupt schien hier jeder jeden zu kennen. Wollte man dem Überschwang der Begrüßungen glauben, hatten sich alle ungeheuer lieb. Es war eine illustre Runde von Fernsehgesichtern. Die Sportreporter, denen ich beim Essen begegnet war, belagerten ein anämisch anmutendes Fotomodell, der Leiter einer Kochsendung stieß mit einer Eisschnelläuferin an, der Wettermann erklärte, berauscht, durch die Klimakatastrophe kämen die Meteorologen endlich zu der Anerkennung, die ihnen jahrzehntelang versagt worden sei. Ein Rudel Popmusiker drängte sich in der Nähe der Schallplattensammlung, in der trügerischen Hoffnung, Erfolg wäre ansteckend. (*Nach Golde drängt,/ Am Golde hängt/ Doch alles. Ach wir Armen.*) Seriendarsteller, Leute, die in Talkshows ihren Senf zu allem und jedem dazugaben, einige Schauspieler, Opernsänger und auch ein paar Politiker, deren Bodyguards zwischen dem Büfett und ihren Schutzobjekten unentschlossen hin und her pendelten. So exzellent die Gäste gekleidet waren, alle waren nur halb so gut gelaunt. Die Stimmung glich einer munteren Beerdigung. Ich durchlief sämtliche Räume im ersten Stock der Villa, konnte aber weder D. noch Frank entdecken. Nicht, daß ich glaubte, ihnen zum Abschied die Hände schütteln zu müssen oder daß ich annahm, ihnen würde viel an einer solchen Zeremonie liegen, doch brauchte ich zumindest einen von beiden, um zu erfahren, wo sich meine mir auch im nassen Zustand unverzichtbaren Kleider befanden.

»Das gibt's doch nicht? Ernst, bist du's wirklich?«

7. GOETHE 44 (28. MÄRZ 2004)

Der Autor und Publizist S. – der mich seiner Frau und Bekannten als *guten Freund* vorstellte – hatte sich seit unserer Begegnung in der *Laterne* kaum verändert, das heißt, er war zehn Jahre älter, aber nicht sympathischer geworden. (Carl Gustav Jochmann hätte ihn unter der Rubrik *Mietlingsschriftsteller* eingeordnet.) Ich wollte schnell an ihm vorbei, doch er hielt mich an meinem Anzug fest, der nicht mein Anzug war.

»Warte einen Augenblick. Du siehst blendend aus, was machst du?«

»Nichts, mich unterstützt der Staat.«

Wieder kam der Spruch gut an. Das Gelächter lockte andere Gäste in die Runde. Insgesamt begann das Fest noch mehr an Schwung zu verlieren. Ein Kellner pirschte sich an und nötigte mir ein weiteres Glas Sekt auf. Ich griff zu, damit ich mich an etwas festhalten konnte.

»Wir reden gerade über sein Buch«, wandte sich S. mir zu, »hast du es gelesen?«

»*Ein Leben in den Charts*«, ergänzte mit deutlicher Ironie seine Begleiterin, eine üppige Brünette mit tiefer Stimme und noch tieferem Dekolleté.

»Noch nicht«, sagte ich, »D. hat es mir erst am Nachmittag geschenkt.«

Das Widmungsexemplar lag eventuell noch immer im Studio auf dem kleinen Glastisch. Vielleicht sollte ich dort nach dem Showmaster und seinem Privatsekretär suchen.

»Wo erscheint Ihre Rezension?«

Der Mann, der dies sagte, zwinkerte mir zu und sah aus wie Adolphe Menjou.

»Er ist ein Schwachkopf.«

Erst glaubte ich, der Schriftsteller spiele auf den Bartträger an, dann fühlte ich mich selbst attackiert, bis ich begriff, S. meinte den Hausherrn. Bei jeder anderen Gelegenheit hätte ich ihm beigepflichtet, doch hatte der Champagner meinen Rausch aufgefrischt und mich in Streitlust versetzt. Zwar ist die Neigung, nachtragend zu sein, eine Charakterschwäche und ein Zeichen innerer Unsicherheit, doch hatte ich mit S. eine alte Rechnung offen, von der er nichts ahnte. Jetzt bot sich mir die vielleicht einmalige Chance, sie ihm zu präsentieren. S. war mein diabolischer Schatten, er gehörte in jedem System zur Schickeria, so wie ich in jedem zu den Versagern zählen würde. Er schwamm immer oben – wie Dreck auf der Suppe –, fraß sich überall durch, kungelte und schleimte mit seinem offiziösen Gesicht, redete aber hinter dem Rücken verächtlich. Wenn er den Entertainer für einen Idioten hielt – womit er zweifellos recht hatte –, was suchte er dann auf der Party?

»Reden wir eigentlich von dem gleichen Mann?« fragte ich.

Es wurde still. Menjou hüstelte in seine Serviette. Die Frau des Schriftstellers zog geziert an ihrer Zigarette.

»Als Musiker ist er auf seine Art ein Genie«, erklärte S. und nickte in die Runde, als erwartete er Bestätigung.

»Man kann ihn getrost mit Mozart vergleichen«, sagte ich und biß mir auf die Lippe. Obwohl es wirklich kein schlechter Witz war, wagte niemand zu lachen.

Trost bei Schiller: *Wie viele gibt es, die ihren ganzen Wert in der Gesellschaft auf ihren Reichtum, auf ihre Ahnen, auf körperliche Vorzüge gründen! Wie viele andere, die mit zusammengerafften Gedächtnisschätzen, mit einem unschmackhaften Witze, mit einer Scheingröße des Talents prunken und im Wahn einer Wichtigkeit glücklich sind, die keine Probe aushalten würde.*

Die TV-Moderatorin im Silberrock – ich will sie X. nennen – zog mich auf die Tanzfläche (obwohl ich, sehr zum Kummer von T., zur nichttanzenden Bevölkerung zähle und mich mein Kreuzbandunfall zu äußerster Zurückhaltung anhielt) und versprach mir Mitnahme in ihrem Auto, sobald sie die Feier in Richtung Innenstadt verlasse. Gegen drei Uhr begann sich die Villa zu leeren, die Lage wurde übersichtlicher, und ich entdeckte, obwohl mir allmählich die Bilder vor den Augen verschwammen, Privatsekretär Frank, der staunte, mich noch immer hier zu sehen. Ich wäre längst gegangen, entbehrte freilich noch immer meine private Garderobe, erklärte ich und fragte, auf welchem Wege ich ihm den Anzug zurückexpedieren könnte. Wenig später tauchte er mit einer Plastiktüte auf, in der, wie er sich ausdrückte, meine *Habseligkeiten* steckten. X. drängte zum Aufbruch, trank ihren Sekt aus und wedelte mit dem Autoschlüssel. Auf meine Frage, ob sie oft betrunken chauffiere, erklärte sie mit stolpernder Zunge:

»Mir passiert nichts, erstens bin ich so gut wie nüchtern, zweitens kennt mich die Polizei. Entweder sind die Bullen jung, dann kennen sie meine Sendung, oder sie sind alt, dann haben sie Kids, die meine Sendung sehen. Siehst du meine Sendung?«

»Einmal hab ich«, gab ich zur Antwort, »das hat mir gereicht.«

»Ich hasse Arbeitslose«, sagte die Moderatorin und startete den BMW.

Sie wohnte in einem der alten Häuser im Scheunenviertel (in der Nähe meines Verlages). Vor mehr als zwanzig Jahren hatte ich einige Monate in der *Mulackritze* genannten Straße gelebt, zwei Räume mit einfach verglasten Fenstern, die sich im Winter mit dickem Eis bedeckten, eine Kochnische, eine einzige Toilette im ganzen Treppenaufgang. Schon im Parterre wurde man von penetrantem Gestank begrüßt. Jetzt verfügten die gleichen Häuser über Dachgärten und Tiefgaragen.

»Soll ich ein Taxi rufen?« fragte die Moderatorin.

»Kann ich mir nicht leisten.«

Sie reichte mir einen 50-Euro-Schein. Ohne Widerrede steckte ich die Spende in die Reverstasche und sagte, ich würde zum nächsten Taxistand laufen. (Irgendwie war mir der Stolz und das Verhältnis zu fremdem Eigentum abhanden gekommen. Lag es an der Trunkenheit oder der Tatsache, daß ich in einem 500-Euro-Anzug von Kenzo steckte?) Immerhin brachte ich noch genug Selbstbeherrschung und Verstand auf, die Einladung zu einem Kaffee abzulehnen. Man habe, meinte X., von ihrer Terrasse einen herrlichen Blick auf die erwachende Stadt.

»Ein andermal gern«, sagte ich, im Wissen, daß es kein anderes Mal geben würde.

Der Spaziergang wirkte ernüchternd. Mein Ausflug zum Wannsee hatte das gewünschte Ergebnis verfehlt. Ich war baden gegangen, Sauna, Whisky, Pasteten, Sekt, Frösche, Kaviar und am Ende 50 Euro Taschengeld waren nicht zu verachten, doch der Schlachtplan, den K. und ich ausgeheckt hatten, war Makulatur, kläglich gescheitert. D. würde, mit Franks tatkräftiger Unterstützung, verbale Luftblasen liefern und mein Buch zu einem albernen Patchwork machen. Was als seriöse, materialreiche Biographie konzipiert war, endete als postmodernes Wortgebilde, schrill und banal genug, um von X. in ihrer Sendung zwischen zwei Clips verbraten zu werden, passend zum geistigen Niveau von Jungbullen und Polizistennachwuchs.

Ich lief die Alte Schönhauser Richtung Norden, zum Rosa-Luxemburg-Platz, dem berüchtigten Horst-Wessel-Platz, davor Bülowplatz, zur Torstraße, ehemals Wilhelm-Pieck-Straße. Auf der Mollstraße verloren sich die letzten Nachtschwärmer, die breite Landsberger Allee, ehemals Leninallee, wirkte verödet. Am Platz der Vereinten Nationen vermißte ich noch immer das klotzige, schwunglose Denkmal von Wladimir Uljanow, in Stein gehauen von Lew Kerbel. Zur Einweihung war ich mit Vater gegangen. Auf seinen Schultern sitzend – er ermahnte mich, nicht die Kragenspiegel der Uniform abzureißen –, sah ich, wie das weiße Seidentuch langsam vom roten Marmor herabglitt. (Später, wenn Frauen leichte Sommerkleider abstreiften, kam mir dieses Bild in den Sinn: Enthüllung.) Auf dem Rasen lagen Steinblöcke, wie Trümmer nach einer Sprengung. Die Straße war menschenleer. Eine Telefongesellschaft hatte die Schaukästen und Werbeflächen mit neuen Plakaten tapeziert. Einer der beiden Sportreporter, der auf der Party des Entertainers den Hummer zerrupft hatte, hielt für einen neuen Internetanbieter sein selbstzufriedenes Gesicht hin und seine Hosentaschen auf. Ich zählte, wie oft ich ihm begegnete, bis ich die Straßmannstraße erreichte: fünfunddreißigmal. Diese Schweine, dachte ich, kriegen den Rachen einfach nicht voll.

In der Wohnung des Politikstudenten angekommen, hörte ich den Anrufbeantworter ab. K. hatte drei knappe, verwirrte Botschaften hinterlassen und ihre Verwunderung ausgedrückt, wohin ich verschwunden wäre. Sie wagte einen Scherz, der mich erschreckte: »Ich hoffe, du trittst nicht in Kleists Fußstapfen.«

Meine Badesachen warf ich in die Waschmaschine, die Schuhe stopfte ich mit alten Zeitungen aus. Wenn dieser Psychopath im Erdgeschoß nächtelang Gunter Gabriel hörte, durfte ich in der Sonntagmorgendämmerung auch ein nahezu lautloses Kurzwaschprogramm starten. Ausweise und Chipkarten hatte ich der Jacke entnommen – Verluste waren nicht festzustellen –, aber einen schweren Gegenstand, der gegen die rotierende Trommel schlug, mußte ich in der Eile übersehen haben. Wenn ich, wie versprochen, Montag in Berlin landen wollte, war es höchste Zeit, die Rückreise anzutreten. Es schien mir jedoch ratsam, zuvor eine letzte E-Mail zu verschicken, die den plötzlichen Aufbruch erklärte. Alle Welt – außer Liane – glaubte mich noch mit blutendem Schädel am Rande eines Reisfelds vor den Toren der vietnamesischen Hauptstadt. Die Gefahr, daß T., durch dieses Ereignis beunruhigt, mir nach Südostasien folgte, war noch nicht gebannt. Ich sah, wie sie ihren Rucksack packte, alle T-Shirts (daher der Name!) in der Wohnung ausbreitete und verzweifelt überlegte, welche der zweihundert Schuhpaare, die ihren Schrank füllten, bequem, variabel, tropentauglich und vor allem chic genug waren, um mit auf die Reise genommen zu werden.

Man trug uns zu dem am Straßenrand geparkten Minibus, der, zu allem Unglück, mit einer deutschen Reisegruppe gefüllt war, die von der Halong Bay nach Hanoi zurückkehrte und nicht unbedingt begeistert war, als ihr Mietmobil kurzerhand zu einem Rettungswagen umfunktioniert wurde. Dabei sollte sich diese Maßnahme für sie als Glücksumstand erweisen, denn der, wie durch ein Wunder unverletzt gebliebene, Polizist erbot sich, vielleicht weil ihn Gewissensbisse plagten, den Bus mit seinem ebenfalls intakten japanischen Motorrad durch den üblichen Vorabendstau in die Stadt zu eskortieren. Durch das Geleit des ununterbrochen hupenden und sich tatsächlich Raum erzwingenden Verkehrshüters schafften wir die Strecke, für die man normalerweise eine Stunde gebraucht hätte, in der Hälfte der Zeit. Da ich auf dem Beifahrersitz plaziert wurde, entging ich der Gefahr, von meinen Landsleuten als einer der ihren erkannt zu werden. Mir stand nicht der Sinn danach, Urlaubserlebnisse auszutauschen. Daß die Vietnamesen wie die Verrückten fuhren, der Verkehr eine Katastrophe und die Straßen in unzumutbarem Zustand waren, wußte ich schon. Meine rechte Hand hatte aufgehört zu bluten, nur der Zustand meines Kopfes machte mir Sorgen. Als Kind hatte ich eine schwache Gehirnerschütterung erlitten, als ich beim Balancieren von einem Klettergerüst stürzte, um vor Mädchen mit flachen Brüsten mit meiner Geschicklichkeit zu protzen, doch konnte ich mich – wahrscheinlich infolge der Erschütterung – nicht mehr an die Symptome erinnern. Minh saß auf der Bank hinter dem Fahrer, mit stumpfem Verzweiflungsblick und zusammengebissenen Zähnen, jedes Schlagloch bereitete ihm Schmerzen. Der Reiseleiter der Touristengruppe erklärte in tadellosem Deutsch, man bringe uns auf schnellstem Wege ins Krankenhaus der Freundschaft mit Deutschland, das Viet-Duc-Hospital sei die beste Klinik des Landes, die Ärzte wären auf Unfallchirurgie spezialisiert, er habe auch dort gelegen. Um die Kunst der Mediziner zu beweisen, zeigte er mir eine zehn Zentimeter lange Narbe auf seinem Unterarm. Wir fuhren am Hoa-Binh-Hotel vorbei, passierten den Hoan-Kiem-See, an dessen Ufer alte Frauen gymnastische Übungen machten, eine Art Schattenboxen, Männer mit Baskenmützen (ein modisches Relikt aus der Franzosenzeit) spielten Schach, in der Mitte des Sees erhob sich der Schildkrötenturm, das Wahrzeichen der Stadt, dann sah ich das gewölbte Dach des Literaturtempels. Es wurde bereits dunkel, als wir den Vorplatz des Krankenhauses erreichten. Der Polizist hupte ein letztes Mal und fuhr davon, die Deutschen, die mich inzwischen als Landsmann enttarnt und bemitleidet hatten, riefen ein kollektives Gute Besserung, dann gab der Busfahrer, dem die ganze Tour quer durch die Stadt nicht gepaßt hatte, Vollgas. Wir durchliefen einen düsteren Flur. Scheinbar war gerade Besuchszeit (falls es so etwas hier überhaupt gab). Ganze Familien hatten sich versammelt, um Kranke abzuliefern oder zu besuchen. Die Patientenzimmer – nur spärlich beleuchtet, aber alle mit geöffneten Türen – waren überfüllt. In jedem Raum standen fünf bis sechs schmale Eisenbetten, ohne Matratzen, nur mit einer Schilfmatte bedeckt, auf der nicht selten zwei Kranke lagen (oder ein Patient und ein übermüdeter Besucher?). Aus den Zimmern strömte nicht der typische Krankenhausgeruch, eine Mischung aus Desinfektionsmittel und Arznei, sondern würziger Küchenduft: Knoblauch, Ingwer, Koriander, Fisch, gebratenes Schweinefleisch, Huhn und Ente. So ärmlich die Ausstattung war, das Essen schien nicht schlechter zu sein als in den Garküchen der Altstadt. (Später erfuhr ich, daß die Angehörigen für die Verpflegung und sanitäre Betreuung der Kranken zu sorgen haben, das Klinikpersonal kümmert sich nur um die Aufsicht und medizinische Maßnahmen. Ärzte genießen Götterstatus, müssen jedoch wie Sklaven und für erbärmliche Löhne schuften. Das Viet-Duc-Hospital ist ein Staatsunternehmen, keine Privatklinik.) Niemand wagte es, Fragen an die Doktoren zu richten, die mit gestärkten weißen Kitteln über die Flure hasteten. Daß Minh das eiserne Gesetz der Zurückhaltung übertrat, hing weniger mit seinen Schulterschmerzen zusammen – es gab auf der Station viel schlimmere Fälle, allein ein Dutzend offene Frakturen und blutende Kopfwunden – als mit meiner Person. Als Ausländer verdiente ich andere Aufmerksamkeit als die gut einhundert in den Gängen auf eine Behandlung wartenden Kranken, die – wenn man ihre Blessuren betrachtete, was, nebenbei bemerkt, ein zweifelhaftes Vergnügen war – unser Schicksal zu teilen schienen und als Verkehrsteilnehmer unter die Räder gekommen waren. Niemand protestierte oder nahm Anstoß daran, als Minh und ich, bevorzugt, in den Behandlungsraum gebeten wurden. Es war ein geräumiger, fensterloser Operationssaal, der mit Paravents verkleinert und von Neonlampen kalt beleuchtet wurde. Da die Wände vom Boden bis zur Decke mit weißen Fliesen verkleidet waren, hatte ich den Eindruck, das Innere eines Kühlschranks zu betreten. Der Arzt, Dr. Quê, größer als ich, also für hiesige Verhältnisse ein Riese, war ebenfalls Brillenträger und etwa Anfang Vierzig – es fiel mir noch immer schwer, das Alter der Einheimischen zu schätzen. Aus den Gesten des Rikschafahrers erriet ich, daß er den Unfallvorgang schilderte. Dem Bericht lauschend, wusch sich der Doktor die Hände, bürstete sie, um sie anschließend in eine Schüssel einzutauchen. (Die Tinktur diente der Desinfektion und roch wie ein Cocktail aus Jod und Reisschnaps.) Er erklärte in dürrem Englisch, während er meine Hand untersuchte, ich hätte Pech, der Pathologe Dr. Bing sei nicht im

Haus, der könne gut deutsch sprechen. Ich antwortete, ich sei zufrieden, dem Pathologen nicht begegnen zu müssen, es hätte dazu ja nicht viel gefehlt, aber weder Quê noch Minh verstanden den Scherz. Die Handwunde war nur ein tieferer Kratzer. Verglichen mit den Verletzten, die im Flur auf Hilfe warteten, kam ich mir vor wie ein Simulant. Der Arzt reinigte die Wundränder, tastete anschließend meine Schläfe ab und sagte etwas, das wie X-RAY klang. Ich schüttelte den Kopf. No X-Ray! Da ich mich auch in der Heimat nur in Ausnahmefällen durchleuchten lasse, hatte ich nicht vor, mit diesem Vorsatz in der Fremde zu brechen. Nicht mit den hier im Einsatz befindlichen schwerkalibrigen Röntgenkanonen. Und schon gar nicht am Kopf. Um von mir und meinen Leiden abzulenken, deutete ich auf Minh, eigentlich sei ich nur sein Begleiter, er bedürfe dringender als ich ärztlicher Hilfe. Der Mopedpilot glaubte, ich machte ihn für meinen Zustand verantwortlich, ein Gedanke, der so abwegig nicht war, hatte er mich doch zur Parfüm-Pagode entführt, und wich meinem Blick aus. Dr. Quê antwortete auf meine Bitte kopfschüttelnd, er könne ihn nicht behandeln, weil dieser kein Geld besitze. Zahlungsunfähige Patienten würden unverrichteterdinge nach Hause geschickt. Meine Behandlung koste 20000 Dong, eine Ultraschalluntersuchung von Minhs Schulter das Sechsfache. Ich fragte den Mediziner, ob er glaube, die Prellung beeinträchtige meine Flugfähigkeit. Er hielt mir den Finger vor die Nase und ließ mich nach links und rechts blicken, fragte nach dem Tagesdatum, der Uhrzeit und meinem Namen, um zu testen, ob ich klar im Kopfe war. (Ein, wie mir schien, recht oberflächliches Verfahren, das zumindest einen seltenen Nebeneffekt hatte: Keiner der Anwesenden zeigte bei der Nennung meines Namens auch nur eine Spur von Erheiterung.) Zwar würde er mir raten, sagte der Doktor, mich ein, zwei Tage im Hotel auszuruhen oder in einer der schönen Parkanlagen der Stadt auf einer Bank zu verweilen, und den Mädchen hinterherzuschauen – er zwinkerte verschwörerisch wie ein Mann, der andeuten will, das Leben zu kennen –, doch könnte ich, falls in der Nacht keine Beschwerden wie Schwindelgefühl oder Erbrechen aufträten, davon ausgehen, keine Gehirnerschütterung erlitten zu haben, und sei also reisetauglich. Während der Diagnose wurde ein Kind in den OP getragen, ein wirklicher Notfall, ein Junge, höchstens zehn Jahre alt, der auf entsetzliche Weise schrie. Dr. Quê sah mich zusammenzucken und nickte. Die meisten Unfallopfer seien Schulkinder und alte Leute, sagte er. Plötzlich hatte ich das Gefühl, dieses Krankenhaus, die Stadt, dieses Land so schnell wie möglich verlassen zu müssen. Könne er den Mopedfahrer behandeln, wenn ich ihm 25 Euro gäbe? Das sei zuviel, antwortete der Arzt. Ich bat ihn, Minh zu übersetzen, ich schulde ihm noch das Fahrgeld zur Parfüm-Pagode, könne aber nicht länger warten, da ich morgen nach Hause fliegen würde. Der Mopedfahrer nahm die Ankündigung gleichgültig auf, entweder traute er der Botschaft nicht, oder das Gejammer des verletzten Kindes, das hinter dem Wandschirm schrie, als ginge es um sein Leben, trübte sein Urteilsvermögen. Ich zahlte dem Arzt die versprochene Summe sowie 20000 Dong für den Handverband, nickte den beiden Männern zu und verließ, ohne weiteren Aufenthalt, das beste Krankenhaus des Landes. Mich schwindelte, als ich die Stufen zum Klinikvorplatz hinunterlief. Das Unwohlsein hatte nicht der Stoß gegen meine Schläfe verursacht. Wanna cheap ride, Sir? rief ein Rikschafahrer. Ich ignorierte das Angebot und lief in Richtung Altstadt, wo ich, in der Gasse der Hutmacher ein Reisebüro entdeckt hatte, das mit einem Schild im Schaufenster warb, man verstünde Deutsch, Französisch, Englisch und Russisch, vier Sprachen also, die ich zumindest so weit beherrschte, um ein Ticket nach Europa buchen zu können.

Schlaftrunken erhob ich mich, warf mir die Bettdecke über die Schultern, wankte in den Flur und öffnete – des Versteckspiels überdrüssig –, ohne vorherigen Kontrollblick durch den Spion, die Tür. Es war Minh, der Rikschafahrer, der Gemüsehändler, in jedem Fall ein Vietnamese, der den linken Arm in der Schlinge trug und ein Grinsen zeigte, das man um die Zeit nicht anders als dreist nennen konnte. Hatte ich, somnambul, beim *Goldenen Drachen* angerufen und eine Nummer 43 bestellt? Am gesunden Arm des Boten hing jedoch keine Zellophantüte, sondern ein kleines Mädchen, das mir sofort sympathisch war, es lächelte nicht, sondern blickte ernst bis ängstlich.

»Das ist Nang«, stellte Minh seine Tochter vor.

»Wie spät ist es?« fragte ich.

»Zwölf Uhr. Wir kommen fragen wegen Einladung zum Essen. Bestimmt ist Kühlschrank ganz leer. Um eins, ist zu früh?«

Mir blieb noch genau eine Stunde. Rasieren, Duschen, Zähneputzen, Knieübungen, Wäscheaufhängen.

Ich hatte mein Schiller-Manuskript bei D. gelassen, obwohl ich mit dem Vorsatz hingegangen war, es unbedingt zurückzufordern, ich hatte es für einen Kenzo-Anzug eingetauscht, mit dem ich bei der Buchpremiere eine gute Figur machen würde, leider würde es keine geben, weil es kein Buch geben würde, und leider müßte ich den Einreiher dem Besitzer zurückbringen, und zwar heute noch, denn: *Was du heute kannst besorgen* usw. Ich kannte meine Neigung, alles so lange zu verschieben, bis man nicht mehr ohne Peinlichkeit aus der Affäre herauskam, egal, ob man die zu leistende Aufgabe noch erfüllte oder nicht.

Der Gemüsehändler hatte einen kurzen Weg zur Arbeit. Zwanzig Stufen treppab. Eine Drei-Raum-Wohnung in der ersten Etage, genau über dem Laden.

»Da höre ich alle Einbrecher«, sagte Minh.

»Zweckmäßig. Du könntest unten eine Kamera installieren und hier oben, im Sessel sitzend, kontrollieren, was im Geschäft passiert, ob jemand klaut oder deine Frau fleißig arbeitet.«

»Vielleicht lachst du, aber wir wollen das machen, Tuan und ich.«

Der Sohn des Vietnamesen trug schulterlange Haare, eine dicke Brille und war seines Vaters ganzer Stolz.

»Ist beste Schüler von seiner Klasse, sitzt immer nur lernt. Der Computer sein Spielzeugliebling.«

Mich begeisterte mehr die sprachliche Neuschöpfung meines Freundes als die elektronische Fixiertheit des Jungen. Er zog mich ins Kinderzimmer, um seine neueste Errungenschaft vorzuführen, eine Digitalkamera, die er zum Geburtstag geschenkt bekommen hatte. Kurzerhand wurde ich als Fotomodell engagiert. Erst ein Einzelporträt, dann Vater Nguyen und ich, Nang und ich, Tuan und ich und, als krönenden Abschluß, das Gruppenbild, Minh, Tuan und Ernst Lustig, der Nang auf dem Arm hält. Während der Aufnahmen arbeitete die Frau des Hauses, N., die Mutter der Kinder, in der Küche. Es gab Pho Ga (Hühnersuppe Nummer 8) und Ente (Nummer 45), hausgemacht. Während ich aß und die Köchin lobte, dachte ich daran, daß ich, gehörte ich zum flugtüchtigen Teil der Menschheit, sofort nach Vietnam fliegen würde, allein wegen seiner Garküchen. Minh aß mit der Gabel, da er als Einarmiger die Reisschüssel nicht halten konnte, auch mir bot man Besteck an, eine Geste, die ich ablehnte. Nang staunte, wie geschickt ich die Stäbchen benutzte.

Es gab den gallebitteren grünen Tee, den jeder zweite Vietnam-Tourist in den Internet-Reiseberichten als nationale Besonderheit erwähnte. Die Kinder wurden in ihr Zimmer geschickt. Nang spielte mit Puppen, der Junge testete die Möglichkeiten einer, wie er meinte, völlig neuartigen Software zur Fotobearbeitung. N. achtete darauf, daß mein Trinkschälchen immer gut gefüllt war. Minh rauchte. Nichts an dieser Wohnung schien mir typisch asiatisch. Schrankwand, Fernseher, Stereoanlage, Auslegware, eine Couchgarnitur mit zwei Sesseln. Die Inneneinrichtung der Familie Nguyen ließ auf vollständige Assimilation schließen. Vielleicht war das Schlafzimmer als eine Art Heimatmuseum möbliert? Ich fragte Minh, wie lange sie in Deutschland lebten?

»Neunzehn siebenundachzig«, sagte er, »als Zuschneider bei VEB *Treffmodelle*. Die Frau kam ein Jahr später, Näherin. Wir haben gewohnt in Marzahn, in Wohnheim. Bis Wende kam, dann wurden alle entlassen, erst Frauen, später Männer. Erst hat man uns gerufen, dann brauchte uns keiner nicht mehr. Schlechte Zeit.«

»Das kann ich mir vorstellen.«

»Kannst du wirklich?« fragte der Vietnamese.

»Damals hätte ich dich vielleicht nicht verstanden, aber heute ja.«

»Man hat angeboten allen Vertragsarbeitern dreitausend Mark, damit in die Heimat zurückgehen. Wir haben gesagt: Nein. Schön dumm. Hätten Geld nehmen sollen. Nach zwei Jahre später abgeschoben. Obwohl die Frau Baby hatte. Türken und Araber durften bleiben, wir mußte weg.«

»Wie habt ihr es geschafft zurückzukommen?«

»War nicht leicht«, sagte Minh, ohne weitere Details verraten zu wollen.

»Noch Tee?« fragte die Hausfrau. Dankend hob ich die Hände. Stille breitete sich aus. Die Höflichkeit gebot, noch ein paar Minuten Konversation zu betreiben. So nett das Paar war, mich beschlich das Gefühl, uns könnte in Kürze der Gesprächsstoff ausgehen.

»Waren die Kinder schon mal in Vietnam?«

»In den Ferien«, sagte N., »sie müssen unsre Sprache lernen, die Sitten. Hier reden sie immer deutsch.«

»Tuan sagt, hier ist mein Vaterland«, erklärte Minh. »Er will in Deutschland immer bleiben.«

»Ihr nicht?«

»Nein«, antwortete der Gemüsehändler und holte umständlich eine neue Zigarette aus der Schachtel. »Vietnam ist arm, trotzdem dort viel besser, hier immer nur arbeiten, arbeiten, arbeiten. Weißt du, wieviel Miete ich für Laden zahle? Tausendfünfhundert. Plus Steuer, plus Gebühren für Stellfläche, plus Diesel für Transporter. Mein Vater und Mutter haben uns besucht, ein Jahr vorbei, haben nur geweint, wie wir leben. Haben gesagt, ihr seid reich, besitzt alles, aber habt kein Leben.«

»In fünfzehn Jahren, wenn die Tochter erwachsen«, sagte N., »gehen wir nach Hause.«

»Kennst du Vietnam?«

Ich verneinte. N. erhob sich, um das Geschirr in die Küche zu tragen.

»Aber das wundert mich«, sagte Minh

»Wieso?«

»Weil gestern Anruf kam von einer Frau, auf meinem Handy, die reden wollte mit dir. Hat gesagt, du wärst in Hanoi.«

»Ach.«

Ich war ein Idiot. Natürlich hätte ich damit rechnen müssen, daß T. die Nummer ausprobieren würde, von der aus ich sie angerufen hatte.

»Was hast du ihr gesagt?«

»Daß es nicht stimmt.«

Minh grinste.

»Daß ich halbe Nacht mit dir war, im Krankenhaus, dann Beusselstraße, daß du bester deutscher Freund bist, für den ich Hand auf Feuer lege, wenn ich gesunde Hand habe.«

»Aha«, sagte ich matt, »das ist schön zu hören. Und hat sich die Frau dazu irgendwie geäußert?«

»Hat gesagt, daß mich nicht versteht.«

»Weshalb?«

»Vielleicht, weil ich nicht deutsch gesprochen, sondern

vietnamesisch? Konnte fremde Frau nicht anlügen, aber wußte nicht, ob es dir gefällt, wenn sie Wahrheit weiß.«

»Frauen müssen nicht wissen immer alles«, sagte ich.

Obwohl ich zweifelte, ob Minh meine Motive verstand, amüsierte ihn mein Bericht so sehr, daß sich Tuan vom Computer löste, um zu erfragen, worüber sein Vater so laut und ausgiebig lachte. Der hielt sich, mit schmerzverzerrtem Gesicht, die Schulter, weil die Heiterkeitsausbrüche die angerissene Rotatorenmanschette in Schwingung brachten. Besonders gefielen dem Drachen-Boten die Episode der Totalrasur, das Bad im Wannsee und der Ausflug zur Parfüm-Pagode. Der Gemüsehändler wischte sich Tränen aus den Augen und schickte den Sohn ins Kinderzimmer zurück mit der Begründung, dies seien Dinge, die ihn noch nichts angingen.

»Und nun?«

»Morgen mittag kehre ich zurück, mein Flugzeug landet um zwei.«

»Weiß die Freundin Bescheid?«

»Noch nicht.«

»Rufe an«, schlug er vor und schob sein Mobiltelefon über den Tisch, »sonst fliegt sie nach Hanoi ohne Sinn und verliebt sich in Verwandten von mir. Männer in Vietnam sehr gefährlich.«

Er ging zur Stereoanlage, legte eine CD ein und drückte die Starttaste. Eine Flöte ertönte, ein Gong, Xylophonklänge, dazu eine weibliche Stimme, die in höchster Lage kehlige Schleifen sang.

»Eine Hochzeitslied«, sagte Minh, »aus Bergen von Sa Pa.«

Als ich die Küche betrat, um mich zu verabschieden, überreichte mir der Händler eine Tüte.

»Was ist das? Suppe Nummer 8 und Nummer 45?«

»Kein Mensch kommt zurück aus Vietnam ohne Souvenirs.«

Er schenkte mir die touristische Grundausstattung: Teeschälchen, bemalte Fächer, Räucherkerzen, Seidentaschentücher sowie ein Bündel Eßstäbchen. Die Kinder bestanden darauf, daß ich die Fotos ansah, die Tuan mit dem Computerprogramm verändert hatte. Wir umringten den Monitor. Die Aufnahmen waren dieselben geblieben, Minh, die Kinder und ich, nur der Hintergrund war ausgewechselt. Statt vor der Kinderzimmertapete posierten wir grinsend vor einer rot, grün, golden angemalten Tempelanlage, am linken Bildrand blühten rosarote Stauden.

»Perfekt«, lobte ich den Jungen, »du bist ein begabter Fälscher.«

»Wenn Sie wollen, schicke ich die Fotos als E-Mail.«

Ich schrieb meine Adresse auf.

»In der Heimat lieben wir Männer, die gute Lügner sind. Für uns das ist eine Kunst. Werden nicht verachtet, sondern verehrt.«

»Du meinst, ich sollte nach Hanoi auswandern?«

»Vorher solltest du anschauen«, sagte der Vietnamese.

Die Maschine aus Paris sollte, laut Flugplan, um vierzehn Uhr in Tegel landen. Ich übermittelte die frohe Botschaft meiner Heimkehr an meine Schwestern und den Kupferstecher. In den Anhang packte ich die Dateien, die mir Tuan übersandt hatte. T., der ich meine Ankunft, musikalisch untermalt von vietnamesischer Folklore, bereits durch das Telefon des Gemüsehändlers gebeichtet hatte, schickte ich nur die manipulierten Fotografien, die meine Reise verläßlicher belegten als alle Berichte zusammen. Angeblich hatte mich der verletzte Rikschafahrer Minh in der Lobby meines Hotels angerufen und darauf bestanden, ihn und seine Familie zu besuchen. Auf diese Weise – verbunden mit einem üppigen Mahl – wollte er sich für die Bezahlung seiner Behandlung im Viet-Duc-Hospital revanchieren. Daß wir auf den Fotos vor einem Tempel standen, daß die Aufnahmen bei Tageslicht gemacht wurden, obwohl es, wie berichtet, schon dämmerte, als wir die Klinik erreichten und ich mich Sonntagmorgen längst auf dem Weg zum Flughafen befunden haben mußte, falls ich, wie verkündet, Montag in Berlin eintreffen wollte, daß die abgebildeten Vietnamesen sich europäisch kleideten, das Mädchen eine Barbiepuppe in der Hand hielt und der Junge viel zu lange Haare hatte, waren Unstimmigkeiten, die ich in Kauf nahm und vernachlässigte, die Kinder sahen reizend aus, die Atmosphäre war so freundlich und asiatisch, daß niemand arglistige Täuschung vermuten würde. Vor allem trug der verletzte Mopedfahrer tatsächlich den linken Arm in der Schlinge, während seine rechte Hand auf meiner Schulter ruhte.

Natürlich war es ein Risiko, am Sonntagnachmittag mit der S-Bahn quer durch Berlin zu fahren, wenn man die Welt glauben machen wollte, man befände sich auf einem Fünfzehnstundenflug von Asien nach Europa. Wem sollte ich begegnen? Meine Schwestern würden, nach der gestrigen Feier, eine ruhige Kugel schieben, anstatt Exkursionen mit Nahverkehrsmitteln zu unternehmen. U., der Grafiker, bevorzugte mit seiner Frau (weil in Wilhelmsruh wohnend) die Fahrradwege im Norden Berlins, Rike würde mit ihren Freunden am Kollwitzplatz *chillen*, außerdem bezweifelte ich, daß mich die Tochter überhaupt beachten würde. *Glatzen* waren Luft für sie. Meine Geliebte, wie immer die unberechenbarste Größe in der Rechnung, hatte am Telefon berichtet, sie müßte den ganzen Tag an einer Hausarbeit über *Die Pariser Begegnungen von Heine und Börne* sitzen, obwohl inzwischen in Berlin herrliches Frühlingswetter ausgebrochen sei und zum Ausgehen einlade, eine Bemerkung, die mich zu dem leichtsinnigen Kommentar veranlaßte, die Wassertemperaturen wären allerdings noch sehr niedrig, ein

Satz, der T. absurd vorkommen mußte und den ich zu erklären suchte, indem ich angab, aufgrund meines Unfalls nicht immer zu wissen, was ich sagte. Sie antwortete mit einer Spitze, an diese Manier wäre sie inzwischen gewöhnt, doch falls sie sich auf eine Eskalation des Zustands einstellen müßte, würde sie überlegen, ob wir es noch einmal miteinander versuchen sollten. Ich redete ihr zu, den Aufsatz zu Heinrich und Ludwig ernst zu nehmen, deren Annäherung 1831/32 sei ein schönes, weil verzwicktes Thema, ihr stünde eine bedeutende akademische Zukunft bevor, ich rechnete fest damit, daß sie einst als Professorin meine fachliche Rehabilitation erkämpfen würde.

»Bestimmt«, hatte T. geantwortet, »wahrscheinlich leider postum.«

Ich drückte den Klingelknopf zum dritten Mal, blickte zur Überwachungskamera und wartete vergeblich auf Franks Stimme oder das Klicken des Schlosses. Als ich mich gegen die Tür lehnte, sprang sie auf. Da ich annahm, wenn nicht erwartet, so doch identifiziert worden zu sein, betrat ich das Anwesen. Daß eine Begrüßung durch *Hektor* und *Ajax* ausblieb, nahm ich als gutes Zeichen. Sicher waren die Hunde von der gestrigen Party erschöpft. Ich stieg die Treppe zum Eingang der Villa hinauf. Öffnete der Referent, könnte ich die Sache erledigen, ohne das Haus zu betreten. Dem Showstar wollte ich, wenn irgend möglich, nicht noch einmal begegnen. Die Tür war verschlossen. Kräftiges Anklopfen brachte keinen Erfolg. Für einen Moment überlegte ich, die Tüte mit Franks Anzug und den italienischen Schuhen (die elegant aussahen, aber knochenhart waren und mir Blasen gerieben hatten) an den Türknauf zu hängen. Nur die Vorstellung, die Sachen könnten in fremde Hände geraten und in Frank und D. den Verdacht nähren, ich hätte die Leihgaben unterschlagen, ließ mich den Plan verwerfen. Schliefen die Herren? Saßen sie im Garten? Das Wetter war einladend, der Himmel blau, die Sonne leuchtete über den Baumspitzen am anderen Seeufer. Falls sie auf den roten Terrazzoplatten Kaffee tranken, wäre ein erneutes Gespräch mit meinem Co-Autor unvermeidlich. In diesem Falle schwor ich mir, stark zu bleiben und eine eventuelle Einladung auszuschlagen.

Ich umkreiste die Villa, ohne Menschen oder Hunden zu begegnen. Die Terrasse war leer, der Boden mit Zigarettenkippen übersät, letzte Spuren der nächtlichen Ausschweifung. Offenbar hatte D. dem Personal diesen Nachmittag frei gegeben. Die Tür zum Studio war angelehnt.

»Hallo«, rief ich, »ist da wer?«

Das war, zugegebenermaßen, ein etwas altbackener Wortbeitrag, doch sollte ich nicht dazu kommen, mir einen originelleren einfallen zu lassen, da mir, als ich die Flügeltür einen Spaltweit aufschob, der Atem stockte. Im Zimmer herrschte absolute Leere. Es barg weder Schreibtisch, Ledercouch noch Buchregale. Wenn man von ein paar, auf dem Boden verstreuten, Zetteln absah, befand sich das Studio in dem Zustand, den Immobilienmakler gern mit dem Wort *besenrein* bezeichnen. Es gab nur eine Erklärung: Ich war im falschen Haus, ich mußte mich in der Nummer geirrt haben. Deswegen hatte niemand geöffnet. Doch schien mir, nachdem ich mich einmal um die eigene Achse gedreht hatte, die Terrasse jene zu sein, auf der ich gestern gestanden, der Rasen der gleiche, den ich überquert, die Kastanien dieselben, die ich bewundert hatte, das Teehäuschen war jenes, das ich mit der Frage, welche amourösen Abenteuer sich dort abspielten, betrachtet hatte, und der Bootssteg war der, von dem mich mein trauriges Schicksal abstürzen ließ. Der Ruderkahn schaukelte im Wasser, die Segelboote mußten ausgelaufen sein, doch blinkte auf dem Teil des Sees, den ich von meinem Standort überblicken konnte, kein einziges einsames Segel. Es gibt Situationen im Leben – selten die angenehmsten –, in denen man zweifelt, ob der eigene Kopf verläßlich arbeitet. Dieser Moment war exakt so ein Augenblick. Vielleicht übertrat ich die Schwelle nur, um herauszufinden, ob ich einer Fata Morgana aufsaß oder nicht. Falls dies das Haus des Produzenten war, mußte der gestrige Besuch ein Traum gewesen sein. Oder der heutige, den ich gerade erlebte (oder mir vorstellte), war eine Vision. Der leere Raum erinnerte mich an Peter Brooks theatralische Sendung, eine schöne Fußnote, die meiner Inspiration auch nicht auf die Sprünge half. Verglich man die Akustik, war dies ein anderes Zimmer als das, in dem ich mit D. und Frank über das Manuskript gesprochen hatte. Meine Stimme klang hohl, fast blechern, als ich weitere *Hallos* ins Innere der Villa schickte. Ohne mich mit detaillierten Untersuchungen aufzuhalten – die mir, wie ich fand, nicht zustanden –, durchschritt ich das Erkerzimmer und öffnete die Tür, hinter der ich den Saal vermutete, in dem das Büfett gestanden und die Swing-Band gespielt hatte. Wenn nicht D. oder seinem Sekretär, so hoffte ich dort einem Angestellten zu begegnen, dem ich mein Hiersein erklären und Kenzo-Anzug und Pirelli-Schuhe übergeben konnte. Der Saal schien größer als gestern nacht, auch weil der Blick von keinem Möbelstück aufgehalten wurde. Nicht nur die Tafel war verschwunden, auch die Bühne, Stühle und Tische, die Töpfe mit den Palmen, Lautsprecher, Wandlampen und Vorhänge. Wo vor wenigen Stunden ein ziemlich monströser Kronleuchter gehangen hatte, ragten ein Haken und Kabelenden aus der Decke. Sonnenlicht fiel durch die hohen Fenster in Streifen aufs Parkett. Der Raum wirkte so verlassen wie eine Schulturnhalle in den großen Ferien. Obwohl ich kein Angsthase bin – wie mein todesmutiger Einsatz zur Rettung des Drachen-Boten gezeigt haben dürfte –, befiel mich ein Gefühl der Beklemmung. Durfte ich die geborgten Sachen auf dem Parkett ablegen? Frank würde sie bei seiner Rückkehr entdecken. Über die Marmortreppe gelangte ich zum Appartement des Referenten. Sollte ich ihn nicht antreffen, womit ich inzwischen rechnete, beabsichtigte ich, die Garderobe an die Tür zu hängen oder, gesetzt, diese wäre offen, da zu deponieren, wo der Anzug hingehörte, auf einen Bügel im Schrank. Da er mir nachts eine halbe Stunde ungestörten Aufenthalt in seinem Zimmer gestattet hatte, würde D.s Privatsekretär gegen mein Eindringen nichts einzuwenden haben. Seine Wohnung war unverschlossen – und so leer wie die anderen Räume. Nur das Telefon stand einsam auf dem Fensterbrett und schien zu einem Anruf einzuladen. Irgend jemandem, dachte ich, sollte ich von diesem Geisterhaus berichten, doch wem? Meiner Lektorin? Dem Verleger? Polizei? Isabel Allende? Alle würden mich zuerst fragen, was ich, in Gottes Namen, in der Villa suchte, ohne daß mich der Musikproduzent zu sich bestellt oder eingelassen hatte. So etwas nannte man Hausfriedensbruch. Man würde mich des Diebstahls bezichtigen oder anderer Verbrechen. Daß an diesem Umzug etwas faul war, lag auf der Hand. Es ging nicht mit rechten Dingen zu, wenn ein Haus innerhalb von zwölf Stunden all seinen Inhalt und seine Bewohner verlor. Ließ ich den Anzug in dem verwaisten Appartement des Referenten zurück, wüßte man, daß ich die Räume betreten hatte, man käme mir auf die Spur, irgendein Haar auf dem Kenzo-Einreiher würde den Kriminalisten den Weg in die Straßmannstraße weisen. (Für einen Augenblick vergaß ich, daß ich keine Haare mehr besaß, folglich auch keine verlieren konnte.) Ich hob die Tüte auf, die ich am Telefon hatte fallen lassen, und rannte die Treppe hinunter. Die Überlegung, das Gebäude auf kürzestem Weg durch den Haupteingang zu verlassen, war verlockend, doch fürchtete ich von Passanten (auf dem Bürgersteig) gesehen zu werden oder auf der Klinke Fingerabdrücke zu hinterlassen. (Daß ich eventuelle Spuren damit hätte begründen können, Gast der Geburtstagsparty gewesen zu sein, war ein Gedanke, der mir in meiner Panik nicht kam.) Ich kehrte durch den Saal ins Studio zurück und setzte den Fuß auf die Schwelle zur Terrasse, als die Papiere auf dem Parkett meine Flucht unterbrachen. (Mein Instinkt als Historiker und Archivar schaltete sich ein, vielleicht auch so etwas wie eine dunkle Ahnung.) Ich bückte mich – spürte die übliche Gelenkschwäche im Knie – und nahm eine der am Boden liegenden DIN-A4-Seiten an mich. *Der Streit um Schillers Knochen langweilte mich. Was hatte man nicht alles in Erwägung gezogen: eine Verschwörung des Herzogs, die verhindern sollte, daß sein Günstling sich dem Berliner Hof zuwandte, der bereit war, ihm ein jährliches Salär von 3000 Gulden zu zahlen, einen Anschlag der Illuminaten, die den Dichter aus dem Weg räumten, weil er sich der Loge verweigerte. Goethe spielte in allen Ränken die graue Eminenz, im Bestreben, den lästigen Konkurrenten aus dem Feld zu schlagen, weil Weimar nur einem Dichterfürsten Platz bot. Das wunderliche Benehmen des Geheimrats ...* Unzweifelhaft, es war mein Text, eine Passage aus den Vorbemerkungen. Wer immer die Räumung der Villa anordnete, hatte mein Manuskript nicht der Mitnahme für wert befunden. Trotz der verfänglichen Situation kränkte mich die anonyme Zurückweisung. Mochte meine Biographie auch unvollendet und drittklassig sein, als Staubfänger oder Fußabtreter zu enden, verdiente sie nicht. *... indem Goethe erklärte, er fühle sich von der Menge verkannt, die in ihm nur einen Machtmenschen sähe, blind für Ungerechtigkeiten und das Leiden des Volkes. Eckermann konnte den Verdruß nicht mildern, als er dem Meister attestierte, ein Blick in den »Egmont« würde genügen, um zu erfahren, wie er dachte. »Man beliebt einmal«, erwiderte Goethe, »mich nicht so sehen zu wollen wie ich bin, und wendet die Blicke von allem hinweg, was mich in meinem wahren Lichte zeigen könnte. Dagegen hat Schiller, der, unter uns, weit mehr ein Aristokrat war als ich, der aber weit mehr bedachte, was er sagte, als ich, das merkwürdige Glück als besonderer Freund des Volks zu gelten.« Hinter der angedeuteten Polemik, die der Geheimrat harmonisch aufzu-*

lösen suchte, indem er angab, dem toten Kollegen die Wertschätzung von Herzen zu gönnen, steckte mehr als der Wettstreit zweier Genien, wer der bedeutendere Dichter sei, eine Konkurrenz, die auch zwanzig Jahre nach Schillers Ableben nicht entschieden war. Der eigentlich verhandelte Gegenstand war beider divergierende Position zur Französischen Revolution, zur Rolle der Gewalt in der Geschichte, beziehungsweise, weiter gefaßt, zum Verhältnis von Freiheit und Gleichheit. Beide setzten unterschiedliche Akzente. Die heutige Gegenwart scheint sich auf Schillers Seite geschlagen zu haben, der, nach Goethes Wort, ein »Evangelium der Freiheit« predigte. Kaum jemand bemerkte den Widerspruch, daß der libertäre Schwabe oft genug Masse und Mehrheit verachtete, während der Aristokrat aus Frankfurt eine Bürgerliche heiratete und egalitär darauf pochte, die Rechte der Natur nicht verkürzt zu sehen. Seinem Biographen Eckermann stellte er die provokante Frage: »Was hilft uns ein Überfluß von Freiheit, die wir nicht gebrauchen können!« Indem ich die Blätter des Manuskripts vom Parkett aufsammelte (auflas!), verwirklichte ich einen Teil dessen, was ich mir vom Besuch am Wannsee erhofft hatte. Unter einem Papierstapel – einem Konvolut aus dem dritten Kapitel über den Aufenthalt des jungen *Alten* an der Karlsschule 1773 bis 1780 – verbarg sich ein druckfrisches Exemplar der Taschenbuchausgabe von *Ein Leben in den Charts*. Ich schlug das Buch auf und fand im Vorsatz D.s Widmung. Er hatte eine bemüht schwungvolle, angeberische Handschrift, doch mußte man den Text – ein Sprachspiel, das meinen Namen mit einem Schiller-Zitat verknüpfte – ein gelungenes Bonmot nennen, das ich weder dem Showmaster noch seinem Referenten zugetraut hätte.

Am S-Bahnhof Charlottenburg stand meine Theorie fest. D. war – was ich doch immer geahnt hatte – ein Hochstapler, eine Art Felix Krull der Unterhaltungsindustrie. Er und sein

Eckermann existierten als ein Ganovenduo, das, getragen von einer Welle der Dummheit, seine *Harlekinsleidenschaft* ausleben durfte. Hatte ich früher nur seine Fähigkeiten bezweifelt, konnte ich jetzt davon ausgehen, daß auch seine Erfolge nur Potemkinsche Dörfer waren. Er hatte – der Gedanke erschütterte mich – etwas mit Schiller gemeinsam. Biographie und Werk – falls man die Diskorhythmen des Entertainers so nennen wollte – bildeten eine Einheit. D.s Leben entsprach seiner Musik, beides war ein *Fake*: gestohlene Sounds, abgekupferte Rhythmen. Die Sänger, die im Fernsehen auftraten, waren nie jene, die für die Studioaufnahmen vor den Mikrophonen gestanden hatten, die Texte der Songs bedienten sich einer Sprache, die wie Englisch klang, aber auch von jedem verstanden wurde, der die Sprache nicht beherrschte. D. paßte seine gesellschaftliche Existenz dieser ästhetischen Luftblase an. Vorgegaukelter Reichtum, getürkte Kulissen, *geleaste* Immobilien, geliehene Liebschaften. Die Party und die Villa waren ein Bluff, der Champagner war Spumante, der Beluga-Kaviar Lachsersatz, die Froschschenkel Hühnerfleisch, die Erstausgaben von Kant waren zwar echt – darauf hätte ich meine Hand verwettet –, allerdings Leihgaben eines Herrn van Kruif, der Möchtegernbibliophilen für besondere Gelegenheiten und gegen Bargeldzahlung Renommierbibliotheken vermietete. Das alles klang schön und logisch, doch wurde die Beweisführung durch ein einziges Argument ad absurdum geführt und widerlegt. Die goldenen Schallplatten, die an den Wänden der Villa hingen, waren verdammt echt. Auch wenn ich es nicht wahrhaben wollte, meinem Gegner war gelungen, seinen Schrott erfolgreich zu versilbern, die Preise zeigten dem Chamäleon täglich, daß man ihm seine Verstellungen millionenfach abkaufte. Er hatte es nicht nötig, Geld vorzuspielen, weil er es in ausreichendem Maße besaß.

Als ich am Bahnhof Alexanderplatz die S-Bahn verließ, stand ich mit meinen Überlegungen wieder am Anfang. Die verwaiste Villa ergab keinen Sinn. Vielleicht sollte ich die Sache einfach abhaken? Bestimmte Dinge ließen sich nicht erklären, zum Bespiel das Bermudadreieck oder Teile der *Metaphysik der weiblichen Logik* (ein philosophisches Traktat, das ich eines Tages zu verfassen gedachte).

Vor dem Merckschen Pizzaplakat innehaltend, prüfte ich, wie die giftgrüne Spinatmasse heute auf mich wirkte. Nichts geschah. Mein Magen blieb ruhig. Hieß das, ich war geheilt? Oder nur abgestumpft? Der Verkäufer einer Obdachlosenzeitung sprach mich an. Ob ich ein Exemplar kaufen wollte? Ganz und gar nicht. Ob ich wenigstens eine Spende hätte? Ich suchte nach Kleingeld, hatte aber beim Kleiderwechsel versäumt, die Münzen aus der alten in die neue Hose zu transferieren. Meine Finger ertasteten den 50-Euro-Schein der TV-Frau.

»Willst du die?« fragte ich und zog die Pirelli-Schuhe aus der Tüte. Der Verkäufer prüfte das Angebot, knetete das Leder, besah sich Sohlen und Absätze.

»Sind mir zu klein«, sagte er schließlich.

Ich blickte auf seine Füße, er trug Sportschuhe und schien die gleiche Größe wie ich zu haben, 40, höchstens 41. Es war eine Ausrede, die Schuhe gefielen ihm nicht. Die Rolltreppe hinunterfahrend, fragte ich mich, weshalb ich den Mann, der in meinem Alter war, eigentlich geduzt hatte, ich kannte ihn doch gar nicht.

Der Anfall von Melancholie kam überraschend. Ich hatte zehn Tage in Isolation verbracht, ohne mich einsam zu fühlen, und jetzt, da ich mich anschickte, nach Hause, in die Gemeinschaft, zurückzukehren, quasi auf dem Landeanflug, überfiel mich Trübsinn. Bestimmt lag es an der Jahreszeit. Der Frühling, zynischer grüner Haustürvertreter des Fortschritts. Ich ersehnte und fürchtete die verlogene Botschaft universaler Erholung. *Alles neu macht der Mai.* Das war fast so ekelhaft wie der Werbespruch eines bekannten

Kaffeeherstellers: *Jede Woche eine neue Welt.* Mitunter fragte ich mich, ob die Leute in den PR-Abteilungen nur noch ihren Instinkten vertrauten oder gelegentlich auch mal ihren Gehirnzellen? Ein sogenannter Global Player unter den Internetfirmen warb mit der Schlagzeile: *Chatten Sie mit 34 Millionen Menschen weltweit!* Das war keine Verlockung, sondern eine Drohung. Falls ich dem Angebot folgen sollte, müßte ich die mir verbleibenden 9000 Tage (900 Monate nach dem *Lustigen Kalender*) ununterbrochen im Netz verbringen, Tag und Nacht, und könnte auf diese Weise mit jedem der 34 Millionen Teilnehmer 22,870588 Sekunden lang *chatten*, gesetzt den Fall, alle 34 Millionen lebten so lange wie ich, der ich allerdings kaum 9000 Tage ohne Schlaf durchhalten würde und, bei dieser Lebensaussicht, auch gar nicht durchhalten wollte.

Ohne es zu bemerken, war ich zu T.s Haus in der Warschauer Straße gelaufen. Im Hinterhof neben den Mülltonnen stehend, blickte ich zu ihrem Fenster hoch. Der Lichtschein konnte bedeuten, daß sie ihren guten Vorsatz in die Tat umgesetzt hatte und studierte. Hierherzukommen war reiner Hasard. Meine Geliebte brauchte nur ans Fenster zu treten, weil sie über eine Briefstelle bei Heine nachsann, und meine ganze Legende flog auf. Der Stasibeamte Lenz und Autohändler Winter hatte mich richtig eingeschätzt: für die Konspiration ungeeignet.

8. GOETHE 44 (29. MÄRZ 2004)

Der Wecker klingelte um drei Uhr, halb vier traf ich Minh vor dem Laden, um vier Uhr fünfzehn erreichten wir mit leerem Transporter den Großmarkt, eine Stunde später verließen wir die Beusselstraße beladen, um, gegen halb sechs, am U-Bahnhof Eberswalder in die Dimitroffstraße einzubiegen. (Die Fenster der alten Wohnung lagen im Dunkel.) Kurz nach halb sieben hatte ich alle Obst- und Gemüsekisten ins Geschäft getragen. (Siebenundzwanzig Schritte hin, siebenundzwanzig zurück, vierundfünfzig für eine Tour.) Danach trank ich mit Herrn und Frau Nguyen ein Schälchen Tee, dankte für ihre Reisewünsche, ging in die Wohnung, duschte (rasierte mich jedoch nicht, da ich dies im Flugzeug auch nicht getan hätte), nahm die Wäsche von der Leine, wollte Hemd und Hose plätten, fand kein Bügeleisen, packte einen Berg schmutziger T-Shirts und Socken in den Koffer und legte Minhs Andenkenspende (Fächer, Räucherkerzen usw.) obenauf. Die Hosen, die ich zur Arbeit getragen hatte, waren schmutzig, die sauberen Kleider klamm und zerknittert. Für Modenschauen fehlte mir die Zeit. Also stieg ich kurzerhand in den Kenzo-Anzug, warf die Jacke über, die mit dem Designermodell nicht harmonierte, aber wärmte, der Morgen war klar und kühl, ich entnahm die Briefe des Studenten der IKEA-Vitrine, steckte sie im Hausflur in den Briefkasten, holte aus der Recycle-Box eine Handvoll Werbezettel und stopfte sie in den Schlitz, trat dann auf die Straße, wo das Taxi wartete, das ich telefonisch bestellt hatte. Der Verkehr auf der Seestraße war dichter als drei Stunden zuvor, der Fahrer fuhr eine umständliche Route, ich enthielt mich jeder Besserwisserei und verriet ihm keine Schleichwege. Mein Gesicht im Rückspiegel betrachtend, stellte ich fest, das Veilchen hellte auf und ergriff Partei für die Sache der Globalisierungsgegner: Regenbogenfärbung. Auf dem Schädel zeigten sich erste nachwachsende Stoppeln. Paß und Kreditkarte steckten in der Brieftasche. Im Rucksack lag eine Reiselektüre der besonderen Art: *Ein Leben in den Charts*. Punkt acht Uhr bremste der Taxifahrer am Abflugterminal. Zugegeben, ich war ein wenig aufgeregt.

Die Dame am Verkaufsschalter der Luftverkehrsgesellschaft (deren Namen ich vorsorglich verschweige) fragte, ob sie richtig verstanden hätte. Ich wiederholte, ich wolle genau das: mit der Maschine um neun Uhr dreißig nach Paris fliegen, mit der Maschine um zwölf Uhr vierzig zurück.

»Es geht mich ja nichts an, aber wieso?«

»Ich muß etwas überbringen.«

»Warum beauftragen Sie keinen Botendienst, UPS oder Fedex, das kommt Sie viel günstiger?«

Die Frau war menschenfreundlich und handelte gegen die Interessen ihrer Firma.

»Ich bin selbst Bote«, antwortete ich verschwörerisch.

Das Ticket kostete 420 Euro. Ein teurer Spaß. Der Sozialstaat meinte es mit Leuten meines Schlages noch immer zu gut. Meinen Koffer könne ich mit an Bord nehmen, erklärte das Fräulein am Tresen der Abfertigung und fügte, meine Unsicherheit bemerkend, an, das Flugzeug wäre heute nicht ausgebucht. Darüber sei ich froh, gab ich zur Antwort, ich hätte schon befürchtet, die ganze Zeit stehen zu müssen. Sie sprach deutsch mit jenem entzückenden französischen Akzent, der sogar Beleidigungen einen gewissen Charme verleiht. Ob dies ernst gemeint sei oder ein Buchungsfehler? fragte sie, über mein Ticket gebeugt. Alles hätte seine Richtigkeit, sagte ich lächelnd und empfing einen verstörten Blick und die Bordkarte, ein weiterer Terminus technicus, den ich in die lexikalische Sammlung *Flughafendeutsch* einreihte, die ich im Begriff war anzulegen (Kurztitel *APG, Airport German*).

Es war die Stunde der Geschäftsleute. Männer in den besten Jahren, also meiner Generation, füllten die Abflughalle und das Café, in dem ich Platz genommen hatte. Der Preis für einen Cappuccino war eine Unverschämtheit und riß ein Loch in mein Bargeldvermögen, das durch die Taxifahrt bereits halbiert worden war. In meinem Kostüm fiel ich in der Gemeinschaft der Anzugträger kaum auf, obwohl mein Gesicht lädiert und mein Gepäck schäbig war und ich nicht, wie die echten Dienstreisenden, ein Handy auf die Tischplatte, neben die Kaffeetasse, legen konnte, um der Menschheit anzuzeigen, ich sei bereit, den Anruf anzunehmen, der die Weltwirtschaft wieder in die Balance brachte. In der Luft lag ein besonderer Geruch, ein Mix aus Rasierwasser und Verantwortungsbewußtsein. Jeder schien seine Bestimmung zu kennen. Alle meine Brüder waren von ihrer Mission überzeugt, sie bewegten sich mit schlafwandlerischer Sicherheit, wußten sich erwartet, in Barcelona, New York, Paris, zu Messen, Vertragsverhandlungen, Konferenzen, Arbeitsessen. Ihnen gehörte die Welt, wie sie das Dasein meisterten, war bewundernswert, sie lebten in geordneten Verhältnissen, mit Kindern, Haus, Hund, Katze. Die Anzüge paßten ihnen wie eine zweite Haut. (Mir lastete meiner wie eine Ritterrüstung auf den Schultern.) Eine Gedichtzeile des vergessenen Lyrikers Walter Bauer aus Halle an der Saale kam mir in den Sinn. *Zu Zeiten überfällt mich die grundlose Unruhe / und ich beneide alle, die voll Glaubens sind ...*

Mein Tischnachbar ließ seine Zeitung liegen. Ich nippte an meiner Tasse, griff mir das Boulevardblatt und hätte, als ich die Titelseite aufblätterte, vor Schreck fast den Luxuskaffee durch die Cafeteria gespuckt. Ein Porträtfoto von D. füllte die erste Seite, darüber prangte in fetten Buchstaben die Schlagzeile: *Die letzte Party vor der Flucht!* Der Produzent, der Lieblingsclown der Nation, mein Co-Autor, las ich, hatte mit unbekanntem Ziel die Heimat verlassen. Er sei mit diesem die Öffentlichkeit (und Leser der Zeitung) schockierenden Schritt einer drohenden Festnahme entgangen. D. wurde mit internationalem Haftbefehl gesucht. Der Grund war nicht, wie ich erwartet hätte, vorsätzliche Volksverdummung, sondern Steuerhinterziehung in Millionenhöhe. Seine Flucht war am Sonntagnachmittag gegen siebzehn Uhr entdeckt worden (also keine Viertelstunde nach Abschluß meiner illegalen Wohnungsbesichtigung), als ein Einsatzkommando der Polizei in die Villa des Millionärs am Wannsee eindrang, mit der Absicht, ihn dem Haftrichter vorzuführen und wertvolles

Beweismaterial zu beschlagnahmen. Die Beamten mußten feststellen, daß das Gebäude vollkommen ausgeräumt war. (Das Telefon im Zimmer des Referenten fiel scheinbar nicht ins Gewicht.) Offensichtlich hatte der Entertainer in letzter Minute vor der Haussuchung einen warnenden Hinweis bekommen. Man rechnete mit einem Informanten aus dem Umkreis der Staatsanwaltschaft. (Die Ermittlungen dauerten an.) Über den gegenwärtigen Aufenthaltsort des Musikers gab es wilde Spekulationen. Angeblich sei er über die Schweiz nach Südamerika geflogen, andere Quellen behaupteten, er habe sich nach China abgesetzt. D.s plötzliches Verschwinden löste, wie der Chefredakteur in seinem Leitartikel schrieb, *Bestürzung und Erschütterung* aus, vor allem weil zahlreiche Prominente (inklusive er selbst) noch in der Nacht vom Sonnabend zum Sonntag den 50. Geburtstag des Showstars gefeiert hatten. Partygäste wurden zitiert (ich erkannte mindestens die Hälfte der Gesichter auf den Porträtfotos), die sich *entsetzt, verzweifelt, ungläubig, fassungslos* und, immer wieder, *betroffen* zeigten. Meine Büfettbekanntschaft X., die TV-Moderatorin mit dem Silberrock und der jugendlichen Zwangsneurose, wurde mit den Worten zitiert: *Viele Unternehmen zahlen jahrelang keine Steuern, werden aber nicht von der Polizei belästigt, damit sie nicht ins Ausland fliehen, also okay, wo ist da der Unterschied?* Der Sinn ihres Plädoyers erschloß sich mir nicht völlig. Dafür war das Foto, das man von ihr ausgewählt hatte, gestochen scharf. Es zeigte sie auf der Feier des *Flüchtlings* (wie der Entertainer jetzt verkürzt genannt wurde), neben X. stand ein Glatzkopf in einem weißen Bademantel. Der Bildredakteur schrieb über den Unbekannten: *Bandmitglied der Böhsen Onkelz, 39, verspeist ein Stück Käsekuchen.* Schlecht recherchiert. Es war der Literaturhistoriker Ernst Lustig, 44, arbeitslos, und seine dritte Fleischpastete. (Daß man mich fünf Jahre jünger machte, freute mich, war aber wohl nur auf den Jungbrunnen Sauna zurückzuführen.) Die Fernsehmoderatorin gehörte zu den wenigen, die D. verteidigten. Zwar wurde das Vorgehen der Polizei allgemein gerügt – der Einsatz einer Hundertschaft schien auch mir etwas übertrieben, wären doch nur *Hektor* und *Ajax* zu überwältigen gewesen –, doch glaubten viele der zitierten VIPs betonen zu müssen, daß sie D. soviel kriminelle Energie nie zugetraut hätten (das hieß, ein bißchen Illegalität gehörte zum Geschäft), die Befragten hielten es für angebracht zu betonen, für sie sei das Prinzip der Steuerehrlichkeit unantastbar und heilig. *Mister Feel Good* hatte heute viel weniger Freunde als noch vorgestern nacht. Jeder schien zu fürchten, falls er wider den Stachel löckte, könnte man ihn demnächst mit einer Tiefenprüfung beehren, die Zeitung wurde schließlich auch auf den Finanzämtern gelesen. Ich erinnerte mich, auf einer Emeritierungsfeier Anfang der neunziger Jahre einem älteren Finanzbeamten aus Wilmersdorf begegnet zu sein, der mir im Alkoholrausch geraten hatte, niemals ohne Absprache mit meinem Steuerberater Einnahmen zu verschleiern. »Wenn Sie unbedingt betrügen wollen, ziehen Sie ihn ins Vertrauen und betrügen Sie gemeinsam.« Er selbst hatte einige Jahre als Ermittler gearbeitet, Zeit gehabt, die Mechanismen zu durchschauen, und faßte seine Erkenntnis in einer griffigen These zusammen: »Sie wissen doch, was bei Ihnen die Stasi war, genau das ist bei uns die Steuerfahndung.« (Damals dachte ich: wie schrecklich, heute denke ich: schön wär's.)

»Herr Ernst Lustig aus Berlin, unterwegs nach Paris, wird dringend zum Flugsteig 11 gebeten.« Die Durchsage überraschte mich nicht. Neun Uhr fünfzehn auf der Flughafenuhr. Höchste Zeit aufzustehen. Die Kaffeetasse würde ich nicht zur Geschirrabgabestelle tragen, aus Protest gegen die Inflation, dafür aber den Exklusivbericht über D.s Verschwinden einstecken. Nicht jeden Tag fand man sein eigenes Bild in der so genannten Zeitung. Auch wurde man nicht jeden Tag auf dem Flugplatz ausgerufen. Es gab *Vielflieger* – ein *APG*-verdächtiges Wort –, die jährlich Tausende Meilenpunkte sammelten, aber nie in den Genuß kamen, einmal ihren Namen als Lautsprecherdurchsage zu hören. *Ernst Lustig, unterwegs nach Paris,* das klang weltmännisch, universal, kosmopolitisch, erinnerte an die berühmten Reisen der Literaturgeschichte: *Georg Forster an Bord der »Resolution«* oder *Jakob Michael Reinhold Lenz' Wanderung nach Moskau.* Gespannt erwartete ich einen weiteren Aufruf. Wie viele Chancen gewährte man luftreisenden Bummelanten? Wann schlossen sich die Tore endgültig? Einige hundert Passagiere und Flughafenmitarbeiter verfolgten die vergebliche Suche nach dem säumigen Reisenden Ernst Lustig. Mancher machte sich Gedanken über den ungewöhnlichen Namen, andere riskierten eine dumme Bemerkung. Niemand ahnte, daß es sich bei dem Vermißten um einen ebenso begabten wie erfolglosen Historiker handelte, der nach Paris flog, um aus Hanoi zurückzukehren. Es war eher unwahrscheinlich, daß einer der vierhundertsechsundsiebzig Käufer der Jochmann-Biographie *Ein Leben für das freie Wort* ausgerechnet heute den Flughafen Tegel besuchte. »Letzter Aufruf für Herrn Ernst Lustig nach Paris, er wird dringend zum Flugsteig 11 gebeten.« Genau das wollte ich hören, diese schöne sprachliche Hülse: letzter Aufruf. Die Stimme der Ansagerin klang flehentlich, drängend, Einsicht fordernd. Überleg es dir, Ernst. Spiel wieder mit. Alle anderen fliegen auch, sind pünktlich, sitzen angeschnallt auf den numerierten Plätzen. Einmal im Leben der Mehrheit zu folgen ist keine Schande, bockbeinige Verstocktheit garantiert keine Originalität, Verweigerung aus Prinzip ist dumm und asozial. Erfolg macht sexy. Die Zeit der Außenseiter ist vorbei.

Am Himmel stand keine Wolke. Herrliches Flugwetter – ein weiterer Begriff, der für die *APG* vorgemerkt wurde –, gute Aussicht für Piloten und Passagiere. Nicht für mich. Ich verließ das Flughafengebäude, lief die Betonschleife hinunter, bog nach hundert Metern rechts ab, um einen günstigen Beobachtungspunkt zu finden. Ich wollte sehen, wie ich abhob und im Äther verschwand. Die Absperrung war massiv, Eisen. Am Luftfracht-Terminal versperrte ein Schlagbaum den Weg. Sackgasse. Mir blieb die Wahl, umzukehren oder in die Laubenkolonie auszuweichen, die sich an der Peripherie der Rollbahn erstreckte. Als ich mich durch eine Lücke im Maschendrahtzaun zwängte, riß mir der Draht einen Dreiangel in die Jacke. Hätte ich sie nicht angezogen, wäre der Anzug des Referenten, an dem ich allmählich Gefallen fand, ruiniert gewesen. Die Kleingartenanlage hieß *Vor den Toren*, ich durchlief sie – um der Logik des Sprichworts zu folgen – wie ein Ochse, ahnungslos, blind, immer der Nase nach. Über Sandwege, zwischen Parzellen, knospenden Kirschbäumen, Hecken, Beeten und Teichen spazierend, registrierte ich, daß mein Koffer zwar leicht war, aber doch *etwas* wog. Gartenzwerge, Schläuche, Leitern, Gießkannen, Kinderschaukeln. Zwischen den Bretterhütten tauchten die fensterlosen Flanken der Hangars auf, eindrucksvoll ein pyramidenförmiges Bauwerk, alle paar Minuten starteten, durch das Jaulen der Triebwerke angekündigt, Verkehrsflugzeuge. *Doch wer wird durch die Luft kutschieren?* fragte der *Kranke Uhu*. Bei jeder Maschine, die im Himmel verschwand, fragte ich mich (durchaus mit leisem Bedauern), ob es diejenige war, in der ich gesessen hätte. Die Gartenkolonie war, wie es schien, ein verlassenes Labyrinth. An allen Eingängen Schilder, die vor wachsamen Hunden warnten. Mein Verhältnis zu diesen Vierbeinern, von denen die Legende umging, sie seien der beste Freund des Menschen, war seit meiner frühen Kindheit gestört, vielleicht, weil jeder Dackel spürte, daß auch ich der Menschen bester Freund sein wollte. Die Begegnung mit *Hektor* und *Ajax* hatte mich nicht ermuntert, mein Hundebild zu korrigieren.

Durchquerte ich den Tegeler Forst, oder hieß das Waldstück Jungfernheide? Beabsichtigte ich eine Umrundung des Rollfeldes, um gegen zwei Uhr, zur Landung der Maschine aus Paris, zurück am Terminal zu sein, wo T. und Liane mich erwarteten? Oder suchte ich das altehrwürdige Humboldt-Schloß, in dem Alexander und Wilhelm einst ihre Kindertage verbrachten? Jenseits des drei Meter hohen, mit Stacheldraht gekrönten Zauns, der das Flughafenareal umfaßte, verlief eine Betonpiste, auf der ein Streifenwagen mit Grenzschutzmännern patrouillierte. Dreimal waren die Beamten im Laufschritt-Tempo an mir vorbeigefahren, mit stumpfen, leeren Gesichtern. (Kein Wunder, nach zehntausend Umrundungen ohne Konkurrenz verlor die spannendste Rennstrecke an Reiz.) Alle fünfzig Meter erklärte ein Schild am Maschendraht, der Spaziergänger bewege sich an der Scheide zu einem Sicherheitsbereich, den zu betreten laut *Luftverkehrsgesetz (Luft VZO)* nur mit Genehmigung gestattet sei. In der Einflugschneise lag die Scheinwerfergalerie, rot-weißrote Metalltore, die sich im weiten Feld verloren. Der Tower, das Empfangsgebäude, Hallen. Am Horizont erhob sich Ulbrichts drohender Zeigefinger, der Ost-Berliner Fernsehturm. Ein Markierungsstein gab Aufklärung, wohin ich lief. Richtung U-Bahnhof Seidelstraße. Den Namen der Station hatte ich noch nie gehört. Im Windschatten der Kiefern brannte die Sonne. Mit etwas Glück bekam ich ein wenig Farbe auf der Glatze. Noch war ich der blasseste Tropenreisende, der je auf deutschen Boden heimkehrte. Am Ende des Weges schimmerte zwischen leprösen Baumstämmen hellblaues Licht, eine Fata Morgana oder ein See. Die Vision beschleunigte meine Schritte. Wasser ist Leben. Schon sah ich Schilf, einen schwächlichen Zaun, der ein Vogelschutzgebiet begrenzte, Dickicht, einen Trampelpfad, knollige Wurzeln, tückische Fußangeln. Aus der Maschinenwelt fiel ich in unberührte Natur. Eichkater flüchteten, Vögel sangen sich ein, frühe Mücken setzten zum Jungfernstich an.

Jenseits der Spiegelfläche des Sees startete ein Düsenjet, rechter Hand, auf einem Hügel, drehte sich auf der Spitze eines Stahlgerüsts ein emsiger Radarschirm. Am Uferrand hielt ein Mann im Jogginganzug eine Wurfrute ins Wasser. Obwohl ich nur noch selten angelte, weil mir das Töten der Fische immer schwerer fiel, sah ich anderen Anglern noch immer gern zu. Der Sand war wie Asche, warm und leicht. Ein schöner Fleck Erde. Ich setzte mich auf die Böschung, zog Schuhe und Socken aus, streckte das Gesicht in die Sonne und schloß die Augen. Als ich sie öffnete, umringten mich vier Jungen, deren Alter schwer zu schätzen war, sie konnten elf sein oder vierzehn. Sackhosen, Baseballmützen, Sweatshirts. Jeder trug als Armreif eine Rolle Klebeband um das Handgelenk. Entweder hatten sie gerade einen Baumarkt ausgeraubt oder waren Mitglieder der Arbeitsgemeinschaft *Schöpferisches Basteln*, die einen Ausflug ins Grüne machten.

»Hallo«, sagte ich, »wie geht's?«

Keiner der Knaben sah eine Veranlassung, mein lockeres Grußwort zu replizieren. Sie rauchten, schwiegen, blickten auf mich herab. Im Schatten war es empfindlich kühl, ich bekam kalte Füße. Diogenes von Sinope hatte nicht gezögert, Alexander den Großen aufzufordern, ihm aus der Sonne zu treten. Obwohl überzeugter Kyniker, wagte ich nicht, von vier Kindern gleiches zu verlangen. Schwänzten sie die Schule? Hatte ich geschlafen? Waren Ferien?

»Können Sie uns sagen, wie spät es ist?«

Der größte Junge – er trug eine schwarze Mütze (den Schirm nach hinten gedreht) – brach das Eis des Schweigens.

»Tut mir leid, ich hab keine Uhr. Es geht wohl auf zwölf.«
»Haben Sie kein Handy?«
»Auch wenn es euch komisch vorkommt, es gibt Menschen ohne Handy.«

Meine Rückständigkeit schien ihnen nicht zu imponieren, vielleicht spürten sie die Lüge, denn ich besaß ja ein Mobiltelefon – ein Markenprodukt mit Infrarotschnittstelle, von der ich nicht wußte, zu was sie diente –, entbehrte nur die SIM-Karte, weil ich blöd genug gewesen war, ihre Flugeigenschaften zu testen.

»Wir haben uns verlaufen und brauchen Fahrgeld für den Bus.«

Der Kleinste, der sich bisher im Hintergrund gehalten hatte, war gerade im Stimmbruch. Als er seine Zigarette in den Sand warf und mit dem Schuh in den Boden drückte, glaubte ich – *Juckend sagt mein Daumen mir: Etwas Böses naht sich hier!* – ein verstohlenes Grinsen in seinem Gesicht erkennen zu können.

»Wo wohnt ihr denn?«

»Haben Sie Geld?«

Die Frage klang nicht wie ein Spendenersuchen. Aufstehend erkannte ich, was ich sitzend gehofft hatte: Ich war größer als sie. Um mindestens einen halben Kopf. Eine Überlegenheit, die mein angekratztes Selbstbewußtsein aufpolierte. Ich nahm Koffer und Jacke in die eine Hand, die Schuhe mit den Socken in die andere und marschierte in Richtung Waldrand, dahinter lag offenbar eine Straße oder Siedlung.

»Haben Sie nichts für uns übrig?«

Schnell fertig ist die Jugend mit dem Wort. Die Frage, mir hinterhergeworfen, besaß einen gewissen Hintersinn.

»Nein.«

Der lockere Sandboden belastete meine arthritischen Gelenke. Ich lief wie auf Eiern und hatte das Gefühl, auf der Stelle zu treten. Die Jungen bewiesen beim Erklimmen des Hangs mehr Geschick. Der Abstand zwischen mir und dem Quartett verringerte sich.

»Bleib doch mal stehen.«

Der abrupte Übergang vom Sie zum Du gab mir den Impuls loszurennen. Ohne Frage, es ist kein Beweis für besondere Tapferkeit, wenn ein ausgewachsener Mann vor vier

Kindern die Flucht ergreift, die zusammen etwa so alt sind wie er selbst. Vielleicht hätte ich verhandeln sollen, vielleicht wären sie mit den 20 Euro, die ich besaß, zufrieden gewesen? Und hätten sich am Ende als Liebhaber vietnamesischer Volkskunst entpuppt? *In dieses Lebens buntem Lottospiele sind es so oft nur Nieten, die wir ziehn.* Einem gelang es, meine Jacke zu fassen und an sich zu reißen. Mit dem Kleidungsstück verlor ich alle Papiere, inklusive des ungenutzten Tickets Berlin–Paris–Berlin. Mein Blick suchte den Uferstreifen ab, der Angler hatte die Jagd aufgegeben oder war an eine andre Stelle gewechselt. *Nicht Zeit ist's jetzt, der Schwäche nachzugeben.*

»Komm«, sagte ich mit bemühter Entschiedenheit in der Stimme, »gib die Jacke zurück, wir wollen doch keinen Ärger.«

Bei dieser Annahme ließ ich mich zu sehr von eigenen Wünschen leiten, der Dieb – einen anderen Titel verdiente der Knabe nicht – zeigte sich von der Drohung unbeeindruckt. Er war ein hübscher Kerl mit langen Wimpern und einem wachen Gesicht. Sicher ein Mädchenschwarm. Während er meine Brieftasche untersuchte, erwarteten seine Freunde eine erste Hochrechnung. Sie würden enttäuscht sein, es steckte kein Geld in der Börse.

»Ist das deine Tochter?«

Der Hübsche betrachtete ein Foto und schnalzte mit der Zunge. Die einzige Aufnahme von T., die ich bei mir trug: Sie lächelte, unvollständig bekleidet, im Hotelzimmer der russischen Kleinstadt Jaroslawl in die Kamera. Ein Augenblick, den ich liebte und unerlaubt zu okkupieren niemandem gestattete. *In gärend Drachenblut hast du die Milch der frommen Denkart mir verwandelt.* Ich ließ den Koffer fallen und stürzte mich auf den Jungen. Als Geisteswissenschaftler lehne ich Gewalt ab, vor allem körperliche, doch die Ohrfeige, die ich dem Kind verabreichte, bereue ich nicht. Die Folgen, die mir daraus erwuchsen, beschreibt das Wort *ver-*

heerend nur ungenau. Im Ergebnis der Attacke hatte ich nicht, wie erhofft, mein Eigentum zurück, sondern die ganze Bande auf dem Hals. Buchstäblich. Sie fielen über mich her wie die Bremer Stadtmusikanten über die Räuberbande, bei leicht veränderter Konstellation, die Räuber traktierten mich, der ich das arme Tier gab. Einer sprang auf meinen Rücken, der Anführer stieß mir die Fäuste in die Kniekehlen, während der Kleine und der Jackendieb meine Arme packten. Unter der Last brach ich zusammen. Bevor ich begriff, wie mir geschah, verschloß ein Streifen Klebeband meinen Mund. Innerhalb von Sekunden war ich an Handgelenken und Waden gefesselt. *Ich fühle eine Armee in meiner Faust*, dachte ich strampelnd, doch half mir die Poesie nicht, die Hände zu befreien. Aus meiner Zeit als Kleinkünstler hätte ich wissen müssen, daß das Material bei mehrschichtiger Anwendung absolut rißfest war. Die Jungen mußten nicht sparen, ihre Reserven waren enorm. Mehr schleifend als tragend – *wo rohe Kräfte sinnlos walten* –, beförderten sie mich zu einer kräftigen Kiefer – eine Prozedur, die dem Kenzo-Anzug gar nicht bekam –, richteten mich (wie eine Stele in der Wüste) vor dem Baumstamm auf und begannen mich festzubinden. Meine Hände lagen schützend vor dem Geschlecht, doch zogen sich durch die Fesselung der Unterarme die Schulterblätter vor der Brust schmerzhaft zusammen, so daß es aussah, als würde ich frieren. Die Kinder umtanzten mich wie Indianer, die den Gewinn einer Kriegsbeute feiern. Irgend so etwas stellte ich für sie dar. Was verachteten sie in mir? Einen Vater? Einen Ausländer? Einen Deutschen? Einen Versager? Einen Reichen? Einen Nazi? Einen Schwulen? Einen Redskin? Einen Klugscheißer? Oder war ich nur eine willkommene Ablenkung an einem langweiligen Vormittag? *Ihn schlugen die Häscher in Bande.* Am Tegeler Totempfahl stehend, erschloß sich mir der ganze schreckliche Sinn der Zeile des *Alten*. Das Quartett hörte nicht auf, mich mit Bändern einzuwickeln. Sie hatten

Spaß daran. Mir hätte es auch Vergnügen bereitet, sie zu einem Paket zusammenzuschnüren und ihnen Klassikerzitate in die Ohren zu schreien. *Edel sei der Mensch, hülfreich und gut.* Als nur noch meine Nase, Augen und Stirn frei lagen, bemerkte der Kleinste, sie hätten vergessen, meine Hosentaschen zu durchsuchen, die jetzt unter zehn Schichten textilverstärktem Klebeband verborgen lagen. (In der Tat ein Versäumnis, dort steckte das einzige Geld, das sie hätten erbeuten können.) Im Koffer fanden sie nichts Brauchbares. Auf dem Waldboden lagen (aus meinem begrenzten Gesichtswinkel einsehbar): Wäschestücke, Teeschälchen, mein Rasierzeug sowie, aufgeschlagen, D.s Autobiographie. Fester an eine märkische Kiefer gefesselt als Prometheus an den Kaukasus, war mir jede Bewegung, jeder Laut unmöglich. Der Bandenführer entdeckte, ein zweites Mal die Jacke filzend, den Schlagring. Sträflicher Leichtsinn, das Ding mit zum Flugplatz zu nehmen. Bei der Sicherheitskontrolle hätte mich das Gerät in einigen Erklärungsnotstand gebracht. Andererseits wäre es im Kampf gegen die Fraktion, die sich jetzt seines Besitzes erfreute, kein schlechtes Argument gewesen. Der Lange kam auf den Marterpfahl zu. In seiner Hand glänzte die Waffe. Ich war sicher, er wollte sein neues Spielzeug ausprobieren. In meiner Lage – hier machte das Wort Bindungsangst, das T. so gern zitierte, endlich einmal Sinn – konnte ich vor den minderjährigen Peinigern nicht einmal auf die Knie fallen. *O, muß ich diesen Tag des Jammers schauen!*

»Und was ist das?« fragte der Junge und hielt mir den Ring unter die Nase. Eine klassisch rhetorische Frage. Er erwartete keine Antwort und ließ den Stahl in seiner Sackhose verschwinden. *Vor grauen Jahren lebt' ein Mann im Osten, der einen Ring von unschätzbarem Wert aus lieber Hand besaß.* Glücklich, wem es gelingt, sich zu Lebzeiten von unnützen Erbstücken zu trennen. Immerhin fiel das Schmuckstück jemandem in die Hände, der damit in Zukunft etwas anfangen konnte. Schweißtropfen liefen mir in die Augen. Ernst Lustig im eigenen Saft. Wie lange konnte man in diesem Plastikkorsett überleben? Wenn sie mit dem Indianerspiel nicht bald Schluß machten und mich losbänden, würde ich als schwarze Mumie an der Borke verenden. (Wie vor dreißig Jahren der Wal, der sich in die Spree verirrt hatte.)

»Sieht fast so aus, als ob er zum Baum gehört«, sagte eine Kinderstimme.

»Vielleicht wächst er ins Holz rein«, antwortete eine zweite, »bei meim Opa im Garten ist ne Schubkarre mitm Apfelbaum zusammgewachsen.«

»Man muß ihn angießen, sonst wird das nichts.«

Der Kleine, dem die gärtnerische Eingebung kam, leerte meinen Koffer und schickte sich an, zum See hinunterzulaufen. Wie er damit Wasser holen wollte, wußte ich nicht, doch hoffte ich, er würde sich als Zauberlehrling entpuppen. In meinem Kokon wurde es langsam so heiß wie auf der obersten Stufe von D.s Saunazelle.

»Wart mal, ich hab ne beßre Idee«, sagte der Bandenführer und hielt den Kleinen zurück. Er stellte sich vor mir auf und suchte etwas in seiner Hose. Wahrscheinlich hatte er sich des Schlagrings erinnert. Dann vernahm ich – sehen konnte ich nichts – ein plätscherndes Geräusch, dessen Ursache sich aufklärte, als mir warme Flüssigkeit auf die Füße tropfte. Der Kleine und der Rückenspringer fanden die Idee ihres Chefs nachahmenswert, traten links und rechts neben ihn und ließen Wasser. Keiner der drei Pisser wagte mir in die Augen zu schauen.

»Was ist mit dir?« fragte der Boß den Hübschen.

»Ich hab grad.«

»Feigling.«

»Fuck, da kommt jemand«, rief der Kleine und deutete in Richtung des Radarturms.

Die Frau, die den Alarm auslöste, führte ihren Hund aus, nahm aber weder von den zum Ufer flüchtenden Kindern noch von mir Notiz. Sie beschirmte mit der Handfläche die Augen und beobachtete ein gelbes Flugzeug, das im Steigflug an Höhe gewann und das Laufwerk einklappte. Am Schilfrand stand der Angler, an der gleichen Stelle wie vorhin. Er zog einen Fisch aus dem Wasser. Eine Plötze oder Güster. In diesem See lebte kein ordentlicher Bestand. Und wenn, dann würde das Fleisch nach Kerosin schmecken.

Mit freudiger Hoffnung bemerkte ich, daß sich die Gegend belebte. Die Zahl der Passanten nahm zu. Fahrradfahrer, Spaziergänger, Mütter mit Kinderwagen. Ab und zu ging ein Blick in meine Richtung, ich war sicher, entdeckt worden zu sein. Dann wandte sich der Wanderer ab und schaute wieder zur Startbahn. Ich starrte in die wenige Schritte entfernten Gesichter, versuchte Augen zu fixieren, stöhnte, ohne daß ein Laut aus meinem Mund kam, das Klebeband saß straff und versiegelte die Lippen. Die Versuche, durch die Nase zu schniefen, erzeugten Geräusche, die vom Gezwitscher der Vögel übertönt wurden. Ich lief Gefahr, zuwenig oder zuviel Sauerstoff einzuatmen und zu kollabieren. Eine Ohnmacht wäre mein sicheres Ende. Das Klebeband war schwarz, die Borke dunkelgrau. Niemand rechnete zwischen den Stämmen mit einem Gesicht. Die Menschen sahen nur das, was sie zu sehen erwarteten. Auch Hunde, die meinen Schweiß und den Urin hätten riechen müssen, kümmerten sich nicht um mich, sondern apportierten Stöckchen, tollten mit anderen Hunden oder jagten Vögeln hinterher. So hatte sich Robinson gefühlt, auf seiner Insel, wenn er Schiffe am Horizont erspähte, die mit weißen Segeln grüßten, aber all seine Signale übersahen. Mochte er schreien, Feuer anzünden, Rauchzeichen geben, in die Luft schießen, sie achteten seiner nicht und nahmen seelenruhig ihren Kurs. Ich war schlimmer dran als Robinson, konnte weder rufen noch winken. Die einzige mir verbliebene Methode, auf mich aufmerksam zu machen, war, mit den Augen zu rollen. Eine Kommunikationskunst, die Blickkontakt verlangt, denn das dabei entstehende Geräusch ist nur von Fledermäusen bei absoluter Windstille wahrnehmbar. Da ich fürchtete, das Bewußtsein zu verlieren, begann ich *Die Bürgschaft* zu rezitieren. Doch kam ich nicht über die dritte Zeile hinweg. *Ihn schlugen die Häscher in Bande. Ihn schlugen die Häscher. Ihn schlugen.*

3. GOGOL 44 (13. MAI 2004)

Trixi war ein häßlicher Hund, und auch sein Herrchen Norbert konnte man nicht im klassischen Sinne Winckelmanns schön nennen. Der Hund hatte eine zerknautschte (aber feine) Nase, der Besitzer einen Bierbauch und ein gutes Herz. Ohne die beiden wären diese Notate (und ihr Erzähler) verlorengegangen. Der Mischlingsrüde (eine Verbindung aus Boxer und Pudel) bellte so lange, bis Norbert den Baum, von dem das Tier nicht weichen wollte, in Augenschein nahm. Als wachsamer Bürger und praktischer Mensch besaß der Taxifahrer ein Taschenmesser und schaffte es, in wenigen Sekunden meine Gesichtsknebel und innerhalb einer halben Stunde die übrigen Fesseln zu entfernen. Während ich am Fuß der Kiefer ausruhte, brannte mein Körper, als sei ich in ein Brennesselfeld gefallen. Norbert sammelte meine verstreuten Utensilien auf (sogar Brieftasche und Ticket fanden sich), Trixi leckte mir derweil das Gesicht, eine Liebkosung, die ich widerstandslos über mich ergehen ließ. (Eigentlich hätte ich aus Dankbarkeit dem Hund die Schnauze ablecken müssen.) Der Taxifahrer wohnte in der Siedlung am Flughafensee. Daß ich keine Polizei einschalten wollte, kommentierte er mit einem Achselzucken. In seiner Küche kochte er starken Kaffee und erbot sich, mich nach Hause zu fahren. Wo das sei, mein Zuhause? Ich nannte die Warschauer Straße.

Mein Gesicht war durch den Druck der Bandage aufgedunsen und rot und blau verfärbt. T. wollte nicht glauben, daß es sich um Folgen des Unfalls auf der Zufahrtsstraße nach Hanoi handelte. Auf dem Flugplatz hatte Liane, die sich als meine Schwester auswies, in Erfahrung gebracht, ein Herr Lustig habe zwar einen Platz in der Maschine aus Paris gebucht, ihn aber nicht wahrgenommen. Als ich meiner Geliebten beichtete, von Kindern gekidnappt und an einen Marterpfahl gebunden worden zu sein, glaubte sie mir kein Wort. (Hielt es im Gegenteil für einen neuen Trick zur Erzeugung antifamiliärer Atmosphäre.) Erst der Zustand meiner Unterarme und die nicht abgerissenen Bordkarten überzeugten sie. T. verlangte die ganze Wahrheit zu wissen. Ich verhehlte, was ich über dieses Begriffspaar dachte, und begann zu erzählen. Sie kennen die unheilvolle Geschichte, ich muß mich nicht wiederholen.

Was geschah in den letzten vier Monaten (Cervantes, Forster, King Ping Meh, Lenz), das einer Erwähnung bedarf? Minhs Schulter heilte erfolgreich, er fährt jetzt wieder allein auf den Großmarkt. (Darüber bin ich nicht unglücklich, das Frühaufstehen belastete mein Privatleben zunehmend, ich schlief, wie einst mein berufstätiger Vater, regelmäßig vor dem Fernseher oder im Kino ein.) F., der Politikwissenschaftler, kehrte nach Berlin zurück (er war definitiv an der Universität von Stockholm), ich mußte die Arbeitswohnung räumen. T. ließ sich überzeugen, mir wieder in ihrer Wohnung Asyl zu gewähren. Allerdings unter der Bedingung, mit ihr ein Kind oder eine Weltreise zu machen. Obwohl die Durchführung beider Vorhaben einiges Vergnügen verspricht, habe ich mich bislang um eine Antwort gedrückt. Für die eine Option fehlt mir die finanzielle Potenz, für die andere vielleicht schon bald die potentielle Kraft?

Rike hatte Geburtstag und freute sich sehr über die Seidentaschentücher und Teeschälchen. (Zumindest hat sie dies behauptet.) Meine Ex-Frau beabsichtigt zu heiraten und bat mich, in naher Zukunft meine Sachen, vor allem die Bücher, aus der Wohnung zu räumen. Liane erließ mir großzügig die Zahlung der 500 Euro (schickte aber einen Einzahlungsbeleg für ein Solidaritätskonto mit Kuba). Frau Dr. Nina Bengtsch in Hanoi bedauerte, mich im Viet-Duc-Hospital verpaßt zu haben. Zu ihrer Verwunderung konnte sich der Kollege Dr. Quê überhaupt nicht an mich erinnern. (Mich hätte das Gegenteil überrascht.) Herbert, der ehemalige Kulturattaché, verlangte eine Aussprache (keine Ahnung, in welcher Angelegenheit). Schließlich bat mich U., der Kupferstecher, für die Eröffnung einer Ausstellung in Weimar um eine einführende Rede. Ich schrieb einen Essay mit dem Titel *Der Hase auf der Schaukel im Bild des Philosophen*. Die meiste Zeit vergeudete ich mit der Überarbeitung der Biographie, so daß ich Ende King Ping Meh den ersten Teil im Lektorat abgeben konnte. K. antwortete eine Woche später per E-Mail. Der Verleger stünde voll hinter mir und dem Schiller-Buch, halte es jedoch zur Zeit für unklug, das Projekt weiterzuverfolgen, vor allem, weil in Fachkreisen durchgesickert sei, wir planten eine Kooperation mit dem Steuerflüchtling D. Meine Position im Herbst-Programm wurde durch den Titel *Zwei gute Freunde* ersetzt, eine ebenso schlüpfrige wie ironische Darstellung und Deutung der berühmtesten deutschen Dichterfreundschaft, die der Chef in letzter Minute einem anderen Bieter weggeschnappt hätte. Im Wartebereich des Arbeitsamts wurde ein neuer Kaffeeautomat aufgestellt, der Cappucchino ist preiswert und trinkbar. Habe ich einen Termin bei meiner Bearbeiterin, trage ich den Kenzo-Anzug (den ich habe reinigen lassen) und die Pirelli-Schuhe, um ihren Sozialneid zu erregen. Der Entertainer ist noch immer nicht wieder aufgetaucht. Es gibt Stimmen, die behaupten, man suche nicht wirklich nach ihm, er wisse zuviel. (Ein Satz, der mich, sooft ich ihn höre, äußerst amüsiert.) *Ein Leben in den Charts* habe ich sechsmal zu lesen begonnen und wieder aus der Hand gelegt. Ein ödes Buch. Die Widmung, die mir D. in den Vorsatz schrieb, ist allerdings von berückender Klarheit. Zwar stammt sie nur teilweise aus der Feder des Entertainers, doch trifft sie meine Philosophie auf den Punkt genau: *Ernst ist das Leben, Lustig die Kunst.*

»Man muß sich die Kunden des Aufbau-Verlages als glückliche Menschen vorstellen.«

SÜDDEUTSCHE ZEITUNG

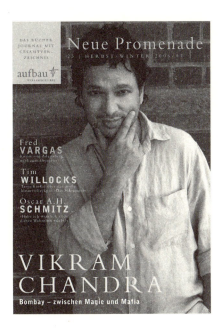

Das Kundenmagazin der Aufbau Verlagsgruppe erhalten Sie kostenlos in Ihrer Buchhandlung und als Download unter www.aufbauverlagsgruppe.de. Abonnieren Sie auch online unseren kostenlosen Newsletter.

Steffen Mensching
Mit Haar und Haut
Liebesgedichte
96 Seiten. Leinen
ISBN 3-351-03074-6

Neue Liebesgedichte

Der Band enthält etwa hundert Liebesgedichte, die das Zusammenfinden ebenso beschreiben, wie den Verlust. In ihrer präzisen, tabulosen Sprache, in der Direktheit und Körperlichkeit erinnern sie an Gedichte Erich Frieds oder Eugenio Montales. Sie kreisen um Erinnerungen: an die Geliebte, an erotische Momente des Zusammenseins, aber auch an warnende Zeichen der Vergänglichkeit.
Die Brücken sind abgebrochen, die Wunden noch offen. Mensching beschreibt diesen Zustand in seiner unsentimentalen, genauen Sprache. Es gelingen ihm Bilder von großer Sinnlichkeit und beeindruckender Offenheit.

»**Auch wenn es nicht immer gleich um alles gehen muß, geht es um viel. Bei Mensching immer.**« JUNGE WELT

Mehr Informationen erhalten Sie unter
www.aufbauverlagsgruppe.de oder in Ihrer Buchhandlung

Tanja Dückers:
»Mitten in den deutschen Zeitgeist.« STERN

Tanja Dückers, geb. 1968 in Berlin, studierte Nordamerikanistik, Germanistik und Kunstgeschichte. Für ihr schriftstellerisches Werk erhielt sie zahlreiche Preise und Stipendien, die sie u. a. nach Los Angeles, Pennsylvania, Gotland (Schweden), Barcelona, Prag und Krakau führten.

Spielzone
Sie sind rastlos, verspielt, frech, leben nach ihrer Moral und fürchten nichts mehr als Langeweile: junge Leute in Berlin, Szenegänger zwischen Eventhunting, Hipness, Überdruß und insgeheim der Hoffnung auf etwas so Altmodisches wie Liebe. – »Ein Roman voller merkwürdiger Geschichten und durchgeknallter Gestalten.« DER TAGESSPIEGEL
Roman. 207 Seiten. AtV 1694

Café Brazil
Die Geschichten um ganz normale Nervtöter, leichtsinnige Kinder oder verwirrte Großmütter steuern stets auf verblüffende Wendungen zu. »Feinsinnig, bösartig, kühl und lustvoll, bisweilen erotisch, spiegeln Dückers' Erzählungen den Erfahrungshorizont einer Generation, die hinter einer vordergründigen Erlebniswelt ihre Geschichte entdeckt.« HANNOVERSCHE ALLGEMEINE
Erzählungen. 203 Seiten. AtV 1359

Himmelskörper
Je älter Freia wird, desto stärker ahnt sie, daß in ihrer Familie mehr als ein Geheimnis vertuscht und verdrängt wird. Was immer sie auch erfährt, alles scheint an jenem bitterkalten Morgen im Krieg begonnen zu haben, als die Großmutter mit einem der letzten Schiffe aus Westpreußen fliehen wollte. »… daß jetzt die Enkel anfangen zu fragen, das hat mich gefreut.« CHRISTA WOLF
Roman. 319 Seiten. AtV 2063

Stadt, Land, Krieg
Autoren der Gegenwart erzählen von der deutschen Vergangenheit
Sie werfen einen Blick zurück – nicht zornig, aber mit unbequemer Wißbegier. In den letzten Jahren beschäftigten sich viele junge Autoren fernab des Klischees von der unpolitischen Generation mit der NS-Zeit, dem Zweiten Weltkrieg und deren spür- und sichtbaren Folgen. Allerdings tun sie das ganz anders als ihre Vorgänger. Mit Verena Carl, Katrin Dorn, Tanja Dückers, Annett Gröschner, Norbert Kron, Tanja Langer, Marko Martin, Leander Scholz, Vladimir Vertlib und Maike Wetzel u. v. a.
Herausgegeben von Tanja Dückers und Verena Carl. 244 Seiten AtV 2045

*Mehr unter
www.aufbauverlagsgruppe.de
oder bei Ihrem Buchhändler*

Thomas Lehr:
»Ein Autor, der gewinnt, weil er wagt.« FRANKFURTER RUNDSCHAU

Thomas Lehr, geb. 1957, lebt in Berlin. Er erhielt zahlreiche Literaturpreise, u.a. den Förderpreis Literatur zum Kunstpreis Berlin, den Rheingau Literatur Preis, den Wolfgang-Koeppen-Preis und den Kunstpreis Rheinland-Pfalz 2006.

Zweiwasser oder Die Bibliothek der Gnade
Zweiwasser befindet sich nicht nur im Krieg mit den Verlagen, sondern auch mit der Liebe. Erzählt wird die Geschichte des Schriftstellers Zweiwasser, dessen Weg zum Erfolg von seltsamen Todesfällen gesäumt ist und dessen Bücher schließlich Eingang finden in eine alles verschlingende »Bibliothek der Gnade«. Der Roman ist ein Balanceakt zwischen Thriller und dessen Parodie, ein Buch der großen Leidenschaften und der tausend Morde.
Roman. 359 Seiten. AtV 1443

Die Erhörung
Ein Roman der Visionen, ein Roman voller Deutungsmöglichkeiten zwischen skeptischer Vernunft und philosophischer Phantasmagorie. In das reale Berlin der siebziger und achtziger Jahre schicken himmlische Boten ihre verrätselten Offenbarungen über Leben, Tod, Erlösung, Verdammnis, Liebe und den inneren Zusammenhang aller Menschengenerationen von Anbeginn an.
Roman. 463 Seiten. AtV 1638

Nabokovs Katze
Ebenso zärtlich wie obszön, so sprach- wie bildversessen: ein ironischer und cineastischer Roman über das Kopfkino einer erotischen Passion, über die Projektionen von Leidenschaften und über die Nach-68er-Generation, »die stets zu klug war, um an irgend etwas zu glauben. Sprachlich und erzählstrategisch höchst raffiniert dargeboten – ein wunderbares Buch.«
SIGRID LÖFFLER, DER SPIEGEL
Roman. 511 Seiten. AtV 2097

Frühling
Thomas Lehr hat nach seinem Erfolgsroman »Nabokovs Katze« in dieser Novelle erneut ein literarisches Wagnis unternommen: In 39 Kapiteln werden die letzten 39 Sekunden eines Mannes im Grenzbezirk zwischen Leben und Tod in einer Sprache berichtet, die so extrem ist wie die Situation und der Gegenstand – eine Meditation über Wahrheit und Schuld.
»Ein gewagtes und überwältigendes Stück Literatur.« DER SPIEGEL
Novelle. 142 Seiten. AtV 2184

Mehr unter
www.aufbauverlagsgruppe.de
oder bei Ihrem Buchhändler

Hansjörg Schertenleib:
»... versteht sich aufs Erzählen.«
SÜDDEUTSCHE ZEITUNG

Hansjörg Schertenleib, geb.1957 in Zürich, lebt im County Donegal in Irland und in Zürich. Er ist Autor zahlreicher Romane, Erzähl- und Lyrik-Bände, Theaterstücke und Hörspiele.

Die Namenlosen
Christa Notter wird gejagt. Die vierzigjährige Frau versteckt sich in Irland und schreibt ihrer Tochter, die ihr nach der Geburt weggenommen wurde. Sie schreibt gegen die Zeit und um ihr Leben, denn sie hat die Sekte verraten, deren Mitglied sie war. Der charismatische und brutale Sektenführer Fisnish wird sie töten. Es sei denn, ihr Geliebter findet sie zuerst.
Roman. 314 Seiten. AtV 1853

Von Hund zu Hund
Geschichten aus dem Koffer des Apothekers
Die Geschichten handeln von Liebe und Tod, vom Kampf um Würde und Respekt und von zufälligen Begegnungen, die Lebensläufe radikal auf den Kopf stellen. Sie spielen in Barcelona oder auf den Hebriden, in Irland oder Perpignan, in Magdeburg oder Lissabon. Die Figuren bestechen durch eine lakonische Präzision, emotionale Kraft und menschliche Reife. Literarisch virtuos und mit dunklem Witz erzählt Schertenleib das Außergewöhnliche ihres ganz gewöhnlichen Lebens.
208 Seiten. AtV 1912

Das Zimmer der Signora
Während Stefano Mantovani in einem italienischen Kriegsveteranenheim seinen Militärdienst leistet, trifft er seine Jugendliebe Carla. Nicht nur ihre eindeutigen Offerten stricken um ihn ein immer dichter werdendes Netz aus Lust und Schmerz. Auch eine geheimnisvolle Signora bestimmt bald auf irritierende Weise sein Leben. Schertenleibs preisgekrönter Bestseller, voll psychologischer Raffinesse, Komik und abgründiger Erotik, erzählt auf faszinierende Weise von der unauflöslichen Verbindung von Sexualität und Macht, von deren weiblichen und männlichen Ritualen.
Roman. 473 Seiten. AtV 2106

Der Papierkönig
Der Journalist Reto Zumbach recherchiert das Verbrechen eines Papierfabrikanten, der auf seinem Anwesen in den einsamen Weiten im Norden Irlands eine grausame Tat beging. Er macht sich auf den Weg an den Ort des Geschehens und verstrickt sich in eine Geschichte, die sein Leben verändern wird. Ein literarisches Meisterwerk, ausgezeichnet mit dem Preis für »neue deutsche literatur« 2003.
Roman. 343 Seiten. AtV 2108

Mehr unter
www.aufbau-verlagsgruppe.de
oder bei Ihrem Buchhändler

aufbau taschenbuch
AUFBAU VERLAGSGRUPPE